ro
ro
ro

Perdita hütete sich, zu irgendwem von Alf zu reden. Zwar durfte der Schwärmer von seinem Schwarm schwärmen, auch laut und in Worten, doch nur vor anderen zarten, schwärmerischen Ohren. Undenkbar, sich etwa Evelyn anzuvertrauen. Evelyn legte mitunter einen Pragmatismus an den Tag, der dem Geist der Schwärmerei völlig zuwiderlief.

Perdita wusste genau, was Evelyn sagen würde: «Schön und gut, aber willst du ihn jetzt vögeln oder nicht? Wenn ja, dann mach endlich. Wenn nicht, dann hör mit diesen Telefonaten auf, du steigerst dich bloß in was rein und bist für alles andere blockiert.»

Andrea Voß machte nach dem Studium ihren Weg vom Fernsehen zum Theater. Heute lebt sie in Köln.

Andrea Voß

Fräulein Kellermann und die Kunst des Schwärmens

ROMAN

Rowohlt Taschenbuch Verlag

2. Auflage 2010
Originalausgabe

Veröffentlicht im Rowohlt Taschenbuch Verlag,
Reinbek bei Hamburg, November 2007

Umschlaggestaltung any.way,
Barbara Hanke/Cordula Schmidt
(Fotos: Envision/CORBIS; mauritius images/
Photo Alto ès collection)
Satz ITC Legacy PostScript, InDesign
Druck und Bindung CPI – Clausen & Bosse, Leck
Printed in Germany
ISBN 978 3 499 24565 7

Für John Gilbert.
Dank Rupp.

1
Hinter den sieben Bergen

«Also, wen haben wir denn hier?»

«Perdita Kellermann, 30 Jahre alt, kinderlos, alleinstehend. Magisterabschluss in Literaturwissenschaften.»

«Verstehe. Was haben die Tests ergeben?»

«Das seelische Immunsystem hat seine Arbeit praktisch eingestellt. Keinerlei Abwehr. Die Patientin ist dem geringsten emotionalen Reiz schutzlos ausgeliefert.»

«Wie steht's um das Nervenkostüm?»

«Fadenscheinig, zerschlissen. Die Patientin arbeitet seit anderthalb Jahren beim Privatfernsehen. In einer sogenannten Talkshow-Redaktion, glaube ich.»

«Verstehe. Frau Kellermann? Nein, Sie brauchen die Augen nicht zu öffnen. Ruhen Sie sich aus. In ein paar Tagen werden wir uns unterhalten.»

Perdita lächelte und nickte. Die Augen ließ sie zu.

«Das war der Herr Professor», wisperte ihr die Krankenschwester ins Ohr, «er ist eine Kapazität!»

Perdita kuschelte sich in ihre Decke. Nun wusste sie, dass sie in den besten Händen war.

Seit etwa zwei Jahren gab Perdita Kellermann sich solchen Sanatoriumsphantasien hin. Es waren dies Folgeerscheinungen eines verschleppten, nicht weiter behandelten Nervenzusammenbruchs. Damals vor zwei Jahren waren binnen weniger Tage die Verhältnisse, die ihr Leben seit langem nachhaltig beeinflussten, eskaliert: Tante Doris' schleichender Alkoholismus, der endlich für alle offen zutage trat, als sie am hellen Vormittag im Nachthemd (und ohne Schlüpfer) in der Bad Godesberger Theaterpassage randalierte. Die Rückkehr von Perditas Eltern aus Afrika, die Mutter nach sechzehn Jahren im Dienste der Menschheit nur mehr ein hohlwangiges Gespenst, der Vater ein heiterer, desorientierter Patient, den Kopf voll blinder weißer Flecken. Im Vergleich mit der schon beinah erhabenen Tragik dieser Familienkatastrophen war die letzte Geschichte, die sich zutrug, bloß ein phantastisch schlechter Witz. Nur eine weitere geschmacklose Episode im Liebesleben der Perdita Kellermann. Aber die gab ihr den Rest.

Den Zusammenbruch hatte Perdita dann beim Anblick eines gefallenen Brötchens. Es lag mitten auf der Straße, erste Spritzer von Pfützenwasser benetzten schon die zartgelben Flanken, und Perdita fand in diesem Brötchen mit einem Mal den Jammer der ganzen Welt verkörpert. Man sah ihm an, dass es noch warm war, noch einen Hauch von Duft verströmte und eine letzte Erinnerung barg an sein Ideal, die Erfüllung, in der es seinem bescheidenen Platz in der Weltordnung gemäß aufgehen sollte: Appetit zu erregen, Genuss zu bereiten, Hunger zu stillen. Die schlichte, schöne Bestimmung eines Brötchens, auf einer schmutzigen Straße so kläglich vereitelt. Perdita versuchte zu schlucken, etwas schnürte ihr die Kehle zu. In ihren Augen brannten heiße Tränen. Endlich weinte sie. Sie weinte noch, nachdem es ihr unter großer Kraftaufbietung gelungen war, sich abzuwenden und in ihre Wohnung zurückzukehren, sie weinte einen ganzen Nachmittag um das unschuldig in den Dreck getretene Brötchen ...

Der Schmerz um das Brötchen sollte für einige Zeit die letzte menschliche Regung sein, die sie empfand. Zwei Tage später teilte man ihr mit, ihre geliebte Tante Doris habe in der Klinik einen gottlob vereitelten Selbstmordversuch unternommen, und Perdita fühlte nichts.

Sie entwickelte lediglich einen starken Widerwillen gegen Störungen jeglicher Art, doch auch dabei handelte es sich weniger um ein Gefühl als um eine physische Reaktion. Das Klingeln des Telefons, ein Passant, der die Uhrzeit wissen wollte, oder eine Verkäuferin, die sich nach ihren Wünschen erkundigte, verursachten Perdita eine Art neuralgischen Schmerz im Kopf. Sie geriet in einen Zustand, vergleichbar der hektischen Alarmbereitschaft in einem billig produzierten Katastrophenszenario, aus dem es keinen Ausweg gibt – Wassereinbruch in den vorderen Kammern, Kurzschluss und Feuer in der Steuerzentrale, die blockierten Stahltüren stehen unter Strom, und der Captain ist tot.

Es mochte etwa zwei Wochen nach dem traurigen Ende des Brötchens gewesen sein, als Perdita Kellermann zum ersten Mal die Stimme der Krankenschwester hörte. Perdita stand in der Bäckerei, sie hatte nicht aufgepasst und war an der Reihe, und bevor sie der Verkäuferin mit ihrer Bestellung zuvorkommen konnte, fragte die schon: «Was darf's sein?» Perdita kniff die Augenbrauen fest zusammen, spannte ihre Kiefermuskulatur an, als könne sie damit den zu erwartenden Nervenschmerz abfangen. Doch das Fiasko blieb diesmal aus.

Eine leise, mahnende Stimme sagte: «Schschtt! Seien Sie gefälligst still! Stören Sie mir nicht das Fräulein Kellermann! Das Fräulein Kellermann braucht Ruhe, die Ärmste, sie hat ja so viel mitgemacht.» Eine Stimme, die gewohnt war, sich Gehör zu verschaffen, obschon sie nur gedämpft sprach, die keinen Widerspruch duldete, ohne Zweifel die Stimme einer Krankenschwester. Die Worte erfüllten Perdita mit tiefer Dankbarkeit. Gerührt lächelte sie die Bäckereiverkäuferin an. Es dauerte, bis sie die allgemeine Irritation bemerkte. Der Mann neben ihr hämmerte mit seinem Geldstück ein Stakkato auf die gläserne Theke, die Verkäuferin schaute dümmlich drein, und Perdita begriff, dass eine Verwechslung vorlag. Nicht die Bäckereiverkäuferin war in Wirklichkeit eine Krankenschwester, sondern die Krankenschwester befand sich in Wirklichkeit in ihrem Kopf. Frisch und rosig stand sie da in ihrer gebügelten Tracht, bereit, die Patientin vor jedweder Störung zu bewahren. Dies erkennend, drehte Perdita sich wortlos um und verließ mit größter Vorsicht das Geschäft. Nur nicht die Stimme verscheuchen. Behutsam setzte sie ihre Schritte auf dem Weg nach Hause. Die nette kleine Schwester sollte nicht aus dem Gleichgewicht geraten.

Die Sanatoriumsphantasien machten Perdita den Alltag erträglicher. Die imaginäre Krankenschwester nahm sie vor mancher realen Störung in Schutz. Das kategorisch ausgesprochene «Schtt!» in ihrem Kopf wirkte wie ein Attest, es berechtigte sie, sich einfach abzuwenden und die Störung zu ignorieren. Perdita wusste, dass ihr Verhalten unhöflich, womöglich verletzend wirken musste, aber das belastete sie nicht länger. Schließlich handelte sie auf ärztliche Weisung. Die Gesundheit ging vor, da hätte jedermann auf der Straße ihr zugestimmt. Die Gesundheit ging immer vor. Sie fühlte sich nicht verantwortlich, wie ein Patient, der sämtliche sein Wohl betreffenden Entscheidungen in die Hände des behandelnden Arztes gelegt hat. Nur ein Störfaktor, ein ganz wesentlicher, durch den sie ihre Gesundheit fortwährend schwächte und aufs Spiel setzte, ließ sich nicht ausschalten: die tägliche Arbeit. Die Arbeit in der Talkshow-Redaktion empfand Perdita als eine einzige ununterbrochene Störung. In dem Büro, in dem außer ihrem noch die Schreibtische von fünf Kolleginnen standen, wo ein ständiges Kommen und Gehen herrschte, wo immer irgendein Telefon schrillte, fand sie keinen Zugang zu ihrer inneren Zuflucht. Dass sie neuerdings ungewöhnlich oft den Waschraum aufsuchte, fiel bereits auf. Doch auch die Abgeschlossenheit der Toilettenkabine brachte kaum Linderung. Nicht nur, weil die Stille des gekachelten Vakuums häufig genug von Geräuschen zerrissen wurde, wenn etwa nebenan eine Mitarbeiterin immer wieder erbittert und ohne je zu ermüden die Kabinentür zuknallte, weil sie sich von ihrer Chefin gedemütigt fühlte, oder zwei Klos weiter eine der bulimischen Kolleginnen ihr Mittagessen erbrach. Im ganzen Gebäude war die Störung allgegenwärtig. Das Prinzip der täglichen Talkshows basiert auf Hervorzerren, Aufstacheln, Bloßstellen. Störung ist das Wesen des Geschäfts.

Perdita hätte schon nach den ersten drei Monaten am liebsten wieder gekündigt. Aber sie verdiente ganz gut. Sie empfand eine tiefsitzende Scheu vor Bewerbungsgesprächen. Und sie konnte sich beim besten Willen nicht vorstellen, womit sie sonst ihr Geld verdienen sollte.

«Assoziieren Sie, Perdita.»

Perdita kniff die Augen zusammen und tat ihr Bestes, der Aufforderung nachzukommen.

«Tut mir leid, Professor. Da ist nichts.»

«Zigarette?»

«Danke. Also – nein, das ist zu albern ...»

«Ja?»

«Schneewittchen. Ich assoziiere Schneewittchen ...»

«Ja?»

«Meine Großeltern nannten mich so. Sie wissen schon, so weiß wie Schnee, so schwarz wie Ebenholz ...»

Mit einer ironischen Grimasse grenzte Perdita sich von dem kitschigen Kosenamen ab.

«Statt ‹rot wie Blut› sagten meine Großeltern ‹rot wie Kirsch›, das fanden sie passender für ein kleines Mädchen. Aber wieso komme ich jetzt auf Schneewittchen? Worüber sprachen wir denn eigentlich?»

«Was Sie gerne tun möchten. Bei welcher Art von Beschäftigung Sie sich sehen.»

«Ach so, jetzt weiß ich: die kleinen Tellerchen und Gäbelchen und Messerchen. Das hat mir immer am besten an der ganzen Geschichte gefallen. Die kleinen Strümpfchen stopfen und das kleine Häuschen rein halten. Das schien mir immer so friedlich. Hinter den sieben Bergen, bei den sieben Zwergen. Da würd ich gern sein, und das würd ich gern tun. Das hilft uns nicht gerade weiter, oder?»

«Ich denke, doch.»

«Ah ja? Inwiefern?»

«Kümmern Sie sich um Ihr Schneewittchen, Perdita.»

«Wie soll ich das verstehen, bitte?»

«Für heute ist unsere Zeit leider um.»

Es war dies nicht der erste kryptische Ausspruch des imaginären Professors. Perdita wusste inzwischen aus Erfahrung, dass es sich lohnte, darüber nachzudenken. Sie zerbrach sich also den Kopf darüber, wie man sich heutzutage als Schneewittchen über Wasser halten konnte. Nach tagelangem Grübeln kam ihr die Lösung ganz überraschend, ausgerechnet im Waschraum. Einmal mehr kauerte sie hinter verschlossener Tür mit hochgezogenen Beinen auf dem heruntergeklappten Toilettensitz. Sie verzog unwillig das Gesicht, als zwei Frauen den Waschraum betraten, an den Stimmen erkannte sie zwei Kolleginnen aus einer anderen Redaktion. Die eine gab gerade in aller Freundschaft den Rat, doch nicht so blöd zu sein und endlich den Avancen eines bestimmten Abteilungschefs entgegenzukommen. Die andere wollte davon nichts wissen: «Mit *dem*?! Nee, da geh ich lieber putzen!»

In Perditas Kopf machte es klick. Es machte klack, wie sie mit einem Satz auf die Füße sprang, klick, die Kabinentür fiel hinter ihr ins Schloss, und klack-klack-klack-klack marschierte sie aus dem Waschraum geradewegs in das Büro der Redaktionsleiterin und sprach ihre Kündigung aus.

In der nächsten Zeit studierte Perdita Kleinanzeigen. Schneewittchen suchte sich seine Zwerge. Innerhalb weniger Wochen hatte sie die sieben zusammen.

Dienstags bügelte sie Herrn Simmerings gestreifte Button-down-Hemden. Es lagen immer mindestens sechsundzwanzig Stück im Wäschekorb, denn Herr Simmering wechselte seine Hemden mehrmals am Tag. Die Arbeit als Versicherungsvertreter musste schweißtreibend sein, das zwischen zwei Freundinnen sich aufreibende Privatleben nicht minder. Sein Appartement zu verschmutzen, blieb ihm nicht mehr viel Zeit, und so brauchte Perdita nach dem Bügeln nur ein bisschen mit dem Staubtuch zu wedeln und einmal rasch über den hellen Velours zu saugen.

Am Mittwochmorgen ging sie zu Herrn Klebe. Nun bedurfte Herr Klebe nach eigener Aussage keiner «Aufwartefrau», denn er hatte schon «im Kriege» gelernt, seine Siebensachen in Ordnung zu halten. Seine Nichte sah das anders und oktroyierte ihm Perdita auf. Der alte Mann kapitulierte, doch nur zum Schein. In dem Moment, wo Perdita ihren Mantel an die Garderobe hängte, schaltete Herr Klebe sein Hörgerät ab, und laute Marschmusikbeschallung setzte ein. Perdita stellte fest, dass es sich dazu gut putzen ließ.

Mittwochabends machte sie die Grundreinigung in einem kleinen Steuerbüro. Sie wurde pauschal für dreieinhalb Stunden bezahlt, schaffte es manchmal aber auch in zwei drei viertel.

Donnerstags war Frau Brandrup an der Reihe. Perdita hatte unter anderem die Meißner Porzellansammlung abzustauben und Palmyras Katzenklo zu desinfizieren. Wann sie anfing, war egal, doch bis 17.30 Uhr musste sie fertig sein, dann kam Frau Brandrup von einem weiteren enervierenden Tag als Chefsekretärin nach Hause und wollte nichts weiter als ihre Pumps in die Ecke pfeffern und sich mit ihrer Perserkatze einen gepflegten Whisky genehmigen.

Frau Brandrup vermittelte ihr auch den Putzjob bei ihrem Nachbarn Herrn Brettschneider, den Perdita niemals zu sehen bekam. Er besaß eine hübsche Wohnung in asiatischem Stil. Sie hielt sich gern dort auf.

An jedem zweiten Donnerstagvormittag erledigte Perdita für Frau Trautvetter sämtliche Arbeiten, zu denen man sich bücken oder auf eine Leiter steigen musste. Unter der Leiter plapperte derweil auf seinem Höckerchen das ergraute «ächt Pfälzer Mädle» von unbeschwerten Backfischjahren, vom nunmehr längst unter der Erde befindlichen Glasermeister Trautvetter, der sie «vom Flägg wäg hairatete» und «nach Köln äägschpatriierte». Der gleichförmig zwitschernde Singsang konnte es mit jeder New-Age-Meditationsmusik aufnehmen.

Dank Perditas Umsicht bei der Auswahl ihrer Klientel blieb sie bei der neuen Arbeit von Störungen weitgehend unbehelligt, jedenfalls von Dienstag bis Donnerstag. Mit dem Freitag und dem Montag sah es anders aus, denn da fand sie sich bis in den Nachmittag hinein den Irritationen des Wagenbach'schen Haushalts ausgesetzt. Frau Wagenbach war eine muntere junge Kardiologengattin und hatte der Kinder wegen den Beruf aufgegeben. Die ganze Familie war blond wie zu früh aus dem Ofen geschossene Brötchen und hyperenergetisch veranlagt. Von den drei Kindern blieb Perdita mehr oder weniger verschont, weil die den lieben langen Tag von einer begabungsfördernden Maßnahme zur nächsten hetzten. Frau Wagenbach hingegen fand zwischen Airbrush-Painting und rhythmischem spanischem Klatschen genug Zeit, sich ihres «wahnsinnigen Interesses für Menschen» zu erinnern. Sie jagte dann mit zwei Bechern dünnen Kaffees treppauf, treppab hinter Perdita her und versuchte, ihr ein Gespräch aufzuzwingen. Perdita wäre die Kardiologenfamilie gern wieder losgeworden, aber die Semmelblonden zahlten ihr am meisten. Sie tröstete sich damit, dass sie immer noch besser dran war als das verschreckte dänische Au-pair-Mädchen, das Wagenbachs aufgenommen hatten.

Finanziell kam sie mit dem neuen Broterwerb gerade

so durch. Sie fand aber ihre Ruhe nicht zu teuer bezahlt. In der Zeit beim Fernsehen hatte sie ein bisschen was angespart, und die Wohnung war billig, ihre Ansprüche bescheiden, wenn man von Extras wie dem Bakelittelefon und der Anbringung von Bakelitschaltern und -steckdosen in allen Zimmern absah. Perdita war zufrieden mit ihrem neuen Job. Das Glück beim Ausführen einfacher, mechanischer Tätigkeiten, die vertrauten Gerüche von frisch gebügelter Wäsche und Putzmitteln, die in ihr von Kindheit an Wohlgefühle ausgelöst hatten, der sichtbare Nutzen der verrichteten Arbeit trugen dazu bei, dass sie langsam wieder an Boden gewann. Allzu langsam, fand Perdita. Irgendetwas stand ihrer Genesung weiterhin im Wege. In den imäginären Sitzungen mit dem Professor versuchte sie, der Ursache auf den Grund zu gehen.

Schon früh hatte der Professor den Verdacht ausgesprochen, ein unverhältnismäßiger Literaturkonsum trage womöglich die Mitschuld an Perditas Überreizung. Die Art, wie sie ihm ihr Brötchenerlebnis schilderte, hatte ihn auf die Idee gebracht. Da mochte was dran sein, dachte Perdita. Schon als Kind war sie von Wörtern fasziniert gewesen, sie übten eine Macht über sie aus, der sie sich gern überließ. Vielleicht hatten ihre ausschweifenden Lesegewohnheiten sie über die Jahre tatsächlich ein bisschen strapaziert.

Was aber den gegenwärtigen Zeitpunkt anging, konnte Perdita den Professor beruhigen. Schon seit über einem Jahr las sie überhaupt nicht mehr. Sie hatte festgestellt, dass es sie nervös machte, wenn sie dem Gang einer Geschichte oder den Gedanken einer Figur folgen musste. Zuerst versuchte sie es noch mit solchen Büchern, deren epische Passagen sie früher als weitschweifig und unnötig umständlich empfunden hatte. Doch auch die machten sie nervös. Nicht, weil sie so lange brauchten, bis etwas passierte. Perdita hatte plötzlich Schwierigkeiten damit, dass überhaupt etwas passierte. Sie rettete sich zu den Naturschilderungen, doch schon drei Seiten, auf denen es um nichts anderes ging, als dass der Tag die Nacht ablöst, versetzten sie hochgradig in Unruhe. Also gab sie das Lesen auf.

«Aber das ist ja ganz außerordentlich!», jubilierte der Professor.

«Ja?»

«Aber ja! Sehen Sie, Ihre Psyche entgiftet sich selbst.»

«Sie meinen, ich habe mich vergiftet? An der Literatur?»

«So könnte man sagen. Zu viel des Guten, selbst des Besten, wirkt sich unter Umständen schädlich aus. Lassen Sie es mich anders ausdrücken: Sie sind intelligent, verfügen über Witz und Geist und sind zur ironischen Reflexion befähigt. Darüber hinaus sind Sie aber auch ein leidenschaftlicher, gefühlsbetonter Mensch und als solcher empfänglich für – nennen wir es mal: das Pathos.»

«Aha ...»

«Es ist nun aufgrund Ihrer Lebensumstände, über die wir noch ausführlicher sprechen müssen, und aufgrund einer Neigung zur Introvertiertheit und nicht zuletzt auch, da bin ich sicher, durch die von Ihnen bevorzugt und in hohem Maße rezipierte Literatur ein Ungleichgewicht eingetreten. Wenn Sie mir das Wortspiel erlauben: Ihr Hang zum Pathos hat sich gewissermaßen ins Pathologische entwickelt. Sehen Sie, das griechische ‹pathetikos› bedeutet so viel wie ‹leidenschaftlich, gefühlvoll›. Gleichzeitig kann es aber auch ‹leidend› heißen.»

«Mit anderen Worten: Ich bin ein pathologischer Fall», sagte Perdita im Ton einer unrettbar Verlorenen.

«Eine solche Bemerkung, liebe Perdita, ist reinstes Pathos», sagte der Professor lächelnd.

«Sie glauben also, Sie können mich heilen?»

«Aber ja. Nur das Lesen, das müssen Sie vorläufig hübsch bleibenlassen.»

Perdita konnte die Zuversicht des Professors nicht ganz teilen, denn schließlich las sie ja nun schon seit einiger Zeit höchstens noch Gebrauchsanweisungen. Trotzdem wurde es nicht besser. Ihr Innerstes fühlte sich immer noch betäubt an. Es ließ sich damit leben, aber nicht gerade gut. Sie hätte gerne wieder einmal Spaß gehabt, oder einen Schmerz gehabt, einen gesunden Schmerz, nicht die verzweifelte, jammervolle Traurigkeit, die sie manchmal überkam und die in keinem Verhältnis stand zu dem, wovon sie ausgelöst wurde – einem kleinen alten Sessel auf dem Sperrmüll, einem zusammengekauerten Vogel, der Geste eines Schauspielers in einem Film ...

«Moment. Sagten Sie Film? Sie gehen ins Kino? In Ihrem Zustand?» Der Professor wirkte mit einem Mal höchst alarmiert.

«Ähm, na ja, ab und zu geh ich schon mal ins Kino ... ich, also, ich hab auch eine Filmsammlung zu Hause ...»

«Was sind das für Filme? Hollywood?»

«Na ja, sicher, schon vorwiegend Hollywood. Stummfilme, Screwball Comedies und Film noir ...»

Normalerweise geriet Perdita in Begeisterung, wenn die Rede auf ihre Filmsammlung oder Filme überhaupt kam. Doch unter dem bohrenden Blick des Professors fühlte sie sich seltsam schuldbewusst.

«Ich mag aber auch europäisches Kino, also zum Beispiel Nouvelle Vague ... Ist es Ihnen eigentlich bewusst, Professor, dass Sie eine ganz frappierende Ähnlichkeit mit Michel Piccoli haben? Nicht nur die Art, wie Sie rauchen ... haben Sie Piccoli in Die Dinge des Lebens *gesehen? Oh, das ist ein so großartiger –»*

«Schluss! Aus! Wie konnte ich das übersehen! Wegen Ihres Magisters in Literaturwissenschaften habe ich mich zu einer vorschnellen Diagnose verleiten lassen. Dabei liegt es auf der Hand! Eine Vielzahl der Symptome deutet auf das Kino. Das Kino ist der Infektionsherd, an dem Sie sich immer wieder anstecken!»

Perdita schwieg betroffen.

«Das muss sofort aufhören», setzte der Professor hinzu.

«Aber das – das können Sie nicht von mir verlangen ...», stammelte Perdita, «das können Sie wirklich nicht, ich meine, wie soll ich, ohne Filme ...»

«Ab sofort keine Filme mehr. Kein Kino, bis auf weiteres.»

«Aber ich bin Cineastin!», rief Perdita, als fordere sie ihr Recht auf Glaubensfreiheit ein, weil in ihren Augen der Cineasmus eine Religion war. Doch der Professor schüttelte nur ernst und nachdrücklich den Kopf. Perdita sank in sich zusammen. Und auf einmal wusste sie, dass sie eine Entscheidung treffen musste. Krankheit oder Genesung, sie hatte es in der Hand. Sie holte tief Luft.

«Also gut», flüsterte sie, «keine Filme.»

Im Folgenden hielt Perdita sich strikt an die Anweisungen des Professors. Die Notwendigkeit sah sie selbst ein, denn jedes Mal, wenn sie dagegen verstieß und heimlich einen wie auch immer gearteten Film einlegte, löste schon die Musik des Vorspanns gleich einen Rückfall aus. Später ging der Professor dazu über, einige sorgfältig ausgewählte alte Fernsehserien aus Perditas Video-Sammlung behutsam in die Therapie mit einzubeziehen. In gewissen Befindlichkeitsphasen verabreichte er der Patientin Folgen von den *Waltons* oder dem *Haus am Eaton Place* als Sedativa, in anderen *Der Doktor und das liebe Vieh* oder *Die Straßen von San Francisco* als sanfte Stimulanzien. Von Büchern ließ Perdita weiterhin die Finger. Schon ein paar Seiten von Fontanes *Wanderungen durch die Mark Brandenburg* verursachten ihr einen Schwindel, weil auch dort für ihre Verhältnisse immer noch viel zu schnell zu viel passierte.

2
Großes Kino

Es war Ende August, Perdita befand sich seit nunmehr zwei Jahren in ihrem Schneewittchen-Status und hielt strenge literarische und cineastische Diät, da fiel ihr durch einen Zufall das Programm des aktuellen Bonner Stummfilmfestivals in die Hände. Ihre Rekonvaleszenz hatte bis hierher gute Fortschritte gemacht. Zeit für einen Testlauf, dachte Perdita.

Und: Wenn schon, dann richtig, dachte sie weiter und entschied sich für *Flesh and the Devil*, ihren persönlichen melodramatischen Meilenstein, Metro-Goldwyn-Mayer 1926, Regie: Clarence Brown, die Stars: John Gilbert und Greta Garbo. Eine krude Geschichte von Liebe, Eifersucht und Männerfreundschaft, aber das Spiel zwischen Gilbert und Garbo, das fand sie wahrhaftig groß. Und wenn es schiefgehen sollte ... John Gilbert, überlebensgroß auf der riesigen Leinwand im Innenhof der Universität, seine Bewegungen in Originalgeschwindigkeit und von einem Pianisten am Flügel begleitet, war einen kleinen Nervenzusammenbruch wert.

Sie verkraftete den Film aber ganz gut. Sie fühlte sich im besten Sinne berührt. Das angenehme Gefühl verflog kurzzeitig, als sich im Regionalexpress zurück nach Köln drei Jurastudentinnen in ihr Abteil setzten und in dem knatschig-quengeligen Ton, den Claudia Schiffer kultiviert und über die Welt gebracht hatte, begannen, eine Party durchzuhecheln. Perdita wollte schon den Platz wechseln, doch bot sich hier ein womöglich wünschenswerter Kontrast zu der eben auf der Leinwand erlebten Passion. Zu rein therapeutischen Zwecken blieb sie sitzen und hielt es aus.

Perdita stieg in Köln-West aus. Die kurzzeitige Irritation aus dem Zug verflog, während sie querfeldein über die Wiesen des Grüngürtels ging. Sie passierte die Innere Kanalstraße und betrat durch ein Gebüsch das still im Mondlicht daliegende Ehrenfeld. Aus manchen der Häuser drangen schon ruhige Atemzüge, aus anderen noch Gesprächsfetzen oder die Erkennungsmelodie einer späten Nachrichtensendung. Drüben auf der Venloer Straße fuhr hin und wieder ein Auto. Perdita schlenderte durch die einsamen Straßen, sog die laue Luft ein und fühlte sich in die angenehme Raum-Zeitlosigkeit versetzt, für die sie solche stillen Sommernächte liebte.

Auf dem Spielplatz unweit ihrer Wohnung bildeten die Schatten der mächtigen alten Bäume schwarze Inseln in Lachen aus silbrigem Mondlicht. Der Ort sah unwirklich und märchenhaft aus wie eine Stummfilmkulisse. Perdita setzte sich unter den hohen Bäumen auf eine Bank. In ihrer Handtasche tastete sie nach dem Tabak, bis ihr wieder einfiel, dass der vergessen zu Hause in der Küche lag. Irgendwie hatte sie es geschafft, den Abend mit nur zwei geschnorrten Zigaretten zu überstehen. Mit einem leichten Seufzer ließ sie den Kopf in den Nacken sinken, breitete die Arme über die Bank und schaute in das dunkle Laub, das über ihr leise zu rascheln begann. Ein kleiner Wind kam auf.

«Wie kann eine Frau, die so schön ist, so billige Schokolade essen.»

Perdita schrak zusammen. Die Frage, oder vielmehr

Feststellung, schien ganz in ihrer Nähe, doch für niemand Bestimmtes in die laue Nacht gesprochen.

«Äh – wie bitte?»

«An Schokolade sollte man nicht sparen.»

Nein, das sollte man wohl nicht. Der Satz gefiel ihr. In seiner Schlichheit leuchtete er unmittelbar ein und wirkte doch so ausgesprochen fehl am Platz, derlei Widersprüchlichkeiten mochte sie gern. Die Stimme gefiel ihr womöglich noch mehr, und das Unbehagen, aus der Dunkelheit beobachtet worden zu sein, verschwand, bevor es recht aufkommen konnte. Perdita vermochte nicht gleich auszumachen, woher die Stimme kam. Eine Männerstimme, nicht dunkel, nicht hell. Er musste sich irgendwo dort vorne befinden. Dort gab es nur eins dieser Klettergerüste, so eine Holzburg mit Türmchen, Hängebrücke und Rutsche. Man rutschte direkt in den Rindenmulch. Ja, als sie genauer hinsah, erkannte sie die Umrisse einer langen Gestalt, die bequem ausgestreckt auf der hölzernen Brücke lag.

Sachlich sagte Perdita: «Es käme mir auch nie in den Sinn, an Schokolade zu sparen.»

In seiner Stimme schwang ein milder Tadel, als er lediglich feststellte: «35 Cent die Tafel.»

Perdita wusste nicht, wieso, aber plötzlich ahnte sie, welche Farbe sein Haar haben musste. Sie bekam Gewissheit, als er sich auf den Ellenbogen stützte und eine Zigarette anzündete. Er ließ das Feuerzeug einen wohlkalkulierten Augenblick länger als nötig brennen, sodass sie sein Gesicht sehen konnte. Aber das ist ja aberwitzig, dachte Perdita.

Es gab da seit vier oder fünf Monaten einen Mann in ihrem Viertel, oder jedenfalls fiel er ihr zu jener Zeit zum ersten Mal auf. Er war eines Tages aus einem Kiosk getreten und dann vor ihr den Bürgersteig entlanggegangen. Er war groß und trug einen langen, sacht schwingenden Mantel, das zog ihre Aufmerksamkeit auf sich, der Mantel, und dann sein Haar. Sie nahmen den gleichen Weg, und die halbe Körnerstraße lang überlegte sie, wie solche Haarfarbe zu benennen sei. Nicht einfach rot, eher schon kupfer, nein, doch dunkler, sie wollte sich schon für fuchsfarben entscheiden, da brach die Sonne durch die Wolken, das Haar leuchtete, loderte auf in vielfachen Schattierungen, und Perdita dachte: lohfarben. Das muss es wohl sein, was man gemeinhin unter lohfarben versteht. Dann stand sie neben ihm an der roten Ampel, und als sie beiläufig zu ihm hochschaute, vergaß sie die Frage nach der Farbe seines Haars. Ihre Lippen öffneten sich in stummer Verzückung, als sie sein Profil erkannte. Ein paar Jahre lang hatte es gerahmt auf ihrem Schreibtisch gestanden, weil sie sich lange nicht sattsehen konnte an den klaren, klassischen Linien, der reinen, lichten Stirn, der geraden, kraftvollen Nase und diesem trotzig träumenden Mund. Es war nur eine Postkarte gewesen vom Bamberger Reiter. Hier aber stand er leibhaftig neben ihr, der in Stein gehauene Rittersmann aus dem Dom zu Bamberg, mitten in Ehrenfeld, an der Ampel. Nicht mehr so jünglingshaft, wie sie ihn von ihrer Postkarte kannte, und ohne die starre, mittelalterliche Pagenfrisur. Das Haar, das lohfarbene, fiel ihm locker ums Gesicht, halb in die Stirn und ein Stück weit in den Nacken. Nein, der Reiter war zweifellos zum Manne gereift, sie schätzte ihn auf sieben- oder achtunddreißig. Die Ampel sprang auf Grün, er überquerte die Straße mit wehendem Mantel, Perdita, verzückt, blieb zurück.

Von da an tauchte sein kühnes Heldengesicht immer wieder in ihrem Umkreis auf, er schien sich in Ehrenfeld niedergelassen zu haben. Perdita fand Gelegenheit, ihn in Ruhe zu betrachten, über die Kühltruhe im Supermarkt hinweg oder wenn sie beide wieder einmal an derselben Kreuzung warteten. Sie brauchte sich kaum in Acht zu nehmen, denn wie bei dem kleinen steinernen Bruder war sein blauer Blick meist in die Ferne gerichtet. Sie meinte, einen gewissen Zug um seine Mundwinkel zu bemerken, und konnte nicht sicher sagen, was es war. Verhaltene, kaum merkliche Arroganz vielleicht? Überdruss? Oder eher eine leise Müdigkeit, ein Hauch von Schwermut? Ach ja, die Kreuzzüge, dachte Perdita. Zu viele Tränen, zu viel Blut unter der sengenden Sarazenensonne. Sie verspürte selbst eine zartschmelzende Melancholie, wenn sie ihn erspäht hatte und sein Bild von der Straße mit nach Hause nahm. Sie gestattete sich dann, bei einer Zigarette oder einem Tee ein wenig an ihn zu denken, auf eine unbestimmte Weise inspiriert. Manchmal, wenn sie am Abend mit der Bahn nach Hause fuhr, nahm sie eine andere als die gewöhnliche Linie und machte den kleinen Umweg über die Körnerstraße, denn dort, so entdeckte sie eines Tages, hatte er sich in einem ehemaligen Ladenlokal ein Büro eingerichtet. Bis spät in die Nacht saß er dort vor seinem Computer. Sie schlenderte vorbei, warf bloß einen flüchtigen Seitenblick durch die große Schaufensterscheibe, das genügte. Manchmal waren auch die Vorhänge vorgezogen, und sie sah nur, dass Licht brannte, aber das machte nichts, sie wusste ja, dass er da war und was er wahrscheinlich gerade tat. Es war eine schöne

Gewissheit, dass um diese Stunde, wo alles schlief, nur sie beide noch wach waren, nur sie und der Kreuzritter. Oder jedenfalls stellte sie sich gerne vor, dass alles schon schlief, bis auf sie beide.

Sie erlaubte sich, für ihn zu schwärmen. Bald schon tat sie es ganz ungeniert, denn er schien ihr ebenso unnahbar und fern wie der Recke hoch oben im Bamberger Dom. Groß war ihr Schreck, als sie im Supermarkt wieder einmal hinter ihm herschlenderte, Unschlüssigkeit vortäuschend, in Wahrheit den schon beinah finsteren Ernst bewundernd, mit dem er die Vorteile verschiedener Entkalkungsmittel gegeneinander abwog – ja, dieser Anflug von Unmut war eine neue Facette, stand ihm ausnehmend gut –, und er sie dabei überraschte. Ohne jede Vorwarnung wandte er ihr plötzlich sein Gesicht zu, Unwille sprach daraus, gleich würde er sie zur Rede stellen: «Was wollen Sie eigentlich? Laufen Sie mir nach?» Ein klaftertiefer Spalt tat sich vor Perdita auf, schloss sich aber gleich wieder, weil ihr klar wurde, dass seine Aufmerksamkeit einer unerfreulichen Szene hinter ihr galt: Eine Frau maßregelte lautstark ihr Kind. Er hieß das offenbar nicht gut, schaute jetzt drohend, oh, schön und schrecklich sah er auf einmal aus, die Frau verstummte, es wurde wieder ruhig. Perdita, geblendet, stand immer noch da und staunte ihn an, und jetzt, erst jetzt bemerkte er sie. Schätzungsweise vier Sekunden lang sahen sie sich an. Da, weitere, ungewohnte Facette, flog von irgendwoher ein Lächeln seine Mundwinkel an, wollte sich niederlassen zu einem Grinsen, einem Lachen, vielleicht einer Bemerkung, harmlos genug, und Perdita, hübsche junge Frau, nicht auf den Kopf gefallen, hätte nichts davon zu fürchten gehabt. Aber: Ihr Gesicht versteinerte, düster zogen sich die langen schwarzen Brauen zusammen, sie grapschte das Erstbeste aus dem Regal, frische WC-Brise, und rauschte davon.

Befremdlich, ausgesprochen befremdlich. Doch in Perditas Gedankenwelt nur konsequent. Sie musste sich so verhalten, wollte sie nicht gegen die Regeln der Schwärmerei verstoßen, der sie sich ganz hingegeben und die sie zu einer Kunstform erhoben hatte. Perdita hatte sich der Kunst des Schwärmens zugewandt, als sie die Liebe aufgab. Die Liebe, das war in ihren Augen eine schöne Frau unbestimmbaren Alters, mit blassem, erschöpftem Antlitz und fiebrigem Blick, die sich in innerer Glut verzehrte. Sie hatte eine halbwüchsige, ungebärdige Schwester, die hieß Verliebtheit, ein wildes, genialisches Geschöpf, doch leider verrückt. Beide mussten früher oder später in der Klapsmühle landen. Hingegen die Schwärmerei, das war die unscheinbare, bescheidene Cousine der beiden, zu Unrecht belächelt, weil sie sich nie in den Vordergrund spielte, sondern immer still bei den alten Tanten saß und stickte. Die Schwärmerei erlebte ganz für sich ein sanftes Glück, man sah es an ihrem träumerischen, beseelten Blick, und wenn die Träume sie fortzureißen drohten, schlug sie die Augen nieder und konzentrierte sich auf ihren Stickrahmen. Sorgfältig setzte sie einen Stich neben den anderen, und das, was an ihren Träumen allzu hitzig und beunruhigend sein mochte, floss in die bunte Handarbeit. Bis sie ruhigeren Herzens ihre Träumereien wiederaufnehmen konnte.

Ganz ähnlich hatte Perdita sich im Supermarkt verhalten, wenn auch das Bild, das sie abgab, mit finster verkniffenem Gesicht eine Packung WC-Brise umklammernd, der Anmut einer beseelten Stickerin entbehrte. Perdita kannte die Gewalt, die ein noch so zufälliges Lächeln auf sie ausüben konnte, wenn es von jemandem kam, der ihre Phantasie beflügelte. Sie war von großer Begeisterungsfähigkeit. Der Schwärmer durfte sich begeistern, aber niemals sich sehnen, er musste sich hüten, etwas zu wünschen. Perdita kannte die beiden überspannten Schwestern zu gut, und sie kannte sich selbst. Ein Lächeln von ihrem Schwarm, dem Kreuzritter, dem Lohfarbenen, hätte auf einen Schlag Möglichkeiten eröffnet, und Perdita wusste, wozu sie imstande war, wenn es galt, einer noch so vagen Möglichkeit nachzujagen. Mit Beschämung dachte sie daran, wie sie bei anderen Gelegenheiten durch Straßen gelaufen war, lange in Hauseingängen gelungert hatte, nur um ein wie zufälliges Treffen herbeizuführen. Wie sie flammende Briefe geschrieben hatte, Monologe formuliert, Situationen kreiert, all ihre Energien verschleudert auf nichts als einen Blick, der Hoffnungen zu machen schien. Und wenn sie sich auch derlei unwürdige Unternehmungen längst für immer verbot, konnte sie doch nichts dagegen tun, dass ein flüchtiger Kontakt wie der, dem sie in dem Gang mit den Reinigungsmitteln noch haarscharf entkommen war, ihr ganzes Denken okkupierte.

Und nun saß sie in mondheller Nacht auf einer Bank, und ihr gegenüber auf einem Klettergerüst saß ihr Schwarm, und sie hörte zum ersten Mal seine Stimme, die gerade sagte: «Ich bin übrigens Alf. Du und ich, wir gehen in denselben Supermarkt.»

Aberwitzig, aberwitzig, aber-aber-aberwitzig. Die Silben reihten sich endlos aneinander zu einem monotonen Singsang, nur mit Mühe konnte sie sich davon losreißen und, um die Form zu wahren, sagen: «Ich bin Perdita.»

«Willst du nicht heraufkommen, Perdita? Die Aussicht ist grandios.»

Regel Numero eins aus dem Handbuch des Schwärmers: Der unmittelbare Kontakt mit dem Schwarm ist unbedingt zu vermeiden, aus folgenden Gründen: a) der Schwarm kann sich bei näherem Kontakt als Enttäuschung erweisen, und der Schwärmer geht somit seiner Schwärmerei verlustig, oder b) der Schwarm entspricht den Erwartungen des Schwärmers, übertrifft diese womöglich, wodurch der Schwärmer Gefahr läuft, die sich selbst genügende, aus sich selbst schöpfende Kunst der Schwärmerei zu verraten und an ihrer Stelle konkrete Sehnsüchte zu hegen. Letzteres wäre unbestreitbar eine wenig wünschenswerte Veränderung, weil 1. die schwärmerische Sehnsucht befreit und beflügelt und den Schwärmer mit leichtem Herzen durch die ganze weite Welt gehen lässt und 2. im Gegensatz dazu die konkrete Sehnsucht einer eisernen, in den Boden zementierten Fußfessel gleicht, die nur noch wenige Schritte erlaubt, welche sich in geringem Radius allesamt um einen einzigen Punkt bewegen, nämlich das konkrete Sehnsuchtsobjekt. (Sternchen, Fußnote: Die weitere Bezeichnung als «Schwarm» verbietet sich unter diesen Umständen selbstredend.) Vor den weitreichenden Folgen einer solchen Verlagerung muss eindringlich gewarnt werden, da sie nicht im Entferntesten abzuschätzen sind.

Es war nun gar nicht mal so, dass Perdita bewusst gegen das erste und wichtigste Gesetz der Schwärmerei verstieß. Sie vergaß es schlicht. Denn dies hier war eine Situation, so reizvoll, unwahrscheinlich und verstiegen, dass Perdita ihr nicht widerstehen konnte. So kam es, dass die

Frau, die am hellen Nachmittag im Supermarkt vor der Andeutung eines Lächelns entsetzt die Flucht ergriffen hatte, sich jetzt im unwirklichen Licht des Mondes ohne Bedenken von ihrer Bank erhob, von keiner anderen Emotion behelligt als einer angenehm prickelnden Neugier.

Perdita kletterte an einer kleinen, viersprossigen Leiter hoch und tat zwei Schritte auf die sacht schwankende Hängebrücke. Alf rutschte ein Stückchen, ließ die Beine herunterbaumeln, sie setzte sich neben ihn und machte es genauso.

Mit Bedacht ließ Perdita einen Moment verstreichen und schaute sinnend hinüber zu den Bäumen am anderen Ende des Platzes. Die kleine Kunstpause verlieh ihrer Frage noch größeren Nachdruck: «Hast du jemals diese Schokolade für 35 Cent probiert, Alf?»

«Um Himmels willen, Perdita, nein.»

Die Art, wie er auf ihren bedeutsamen Ton einging, machte ihr Spaß. Lächelnd wandte sie ihm ihr Gesicht zu, dabei sprach sie gewichtig und mit Sachverstand: «Sie ist köstlich. Nicht so verzuckert. Pure Schokolade.»

«Ich kann es kaum glauben.»

«Und doch aber ist es so.»

Er stieß ein leises, schnaubendes Lachen aus. Perdita grinste. Alf sagte: «Es ist wirklich ganz erstaunlich. Ich stieg auf dieses Kletterdings, in der vagen Hoffnung, Antworten zu finden ... warum geht man sonst in einer Nacht wie dieser auf den Spielplatz? Warum bist du hier?»

«Ich wollte in Ruhe eine Zigarette rauchen. Aber ich hab gar keine dabei.»

Er hielt ihr eine flache, gelbe Zigarettenschachtel hin. Perdita fischte sich eine heraus, und Alf gab ihr Feuer.

«Danke.»

«Siehst du. Scheint eine dieser magischen Nächte zu sein, wo jeder bekommt, was er sich erhofft. Eine Zigarette, eine Antwort auf eine Frage, mit der man sich schon lange quält.»

«Und was war nochmal die Frage?»

«Wie kann eine Frau, die so schön ist –»

Sie unterbrach ihn hastig: «Ah ja. Da bin ich wirklich froh, dass ich behilflich sein konnte.»

Puuuh, dachte Perdita und blies energisch den Rauch aus. Magische Nächte, gezuckerte Komplimente. Sie warf ihm einen raschen Seitenblick zu. Er beobachtete sie ungeniert und schien die Situation zu genießen. Ich für meinen Teil, sprach Perdita zu sich, genieße eine Zigarette, dann mach ich mich davon. Feinen Tabak raucht er jedenfalls.

«Das sind feine Zigaretten, die du da rauchst.»

«Sie heißen Sweet Afton.»

«Ich weiß. Ist das deine bevorzugte Marke?»

«Ehrlich gesagt, Zufall. Das hier ist erst meine zweite Schachtel.»

«Und was rauchst du sonst so?»

Er stutzte.

«Du meinst, Haschisch ...?»

«Nein, ich meine Zigaretten.»

«Du willst dich mit mir über Zigaretten unterhalten?»

«Ich hör gern, was die Leute rauchen. Oder mal geraucht haben.»

«Also, ich hab mal Camel geraucht ...»

Sie lächelte höflich.

«Ja, ich dachte mir schon, dass dich das nicht sehr beeindrucken würde. Ist es so was à la Sage-mir-was-du-rauchst-und-ich-sage-dir-wer-du-bist?»

«Nein, gar nicht. Obwohl, natürlich könnte man auf die Idee kommen, dass jemand, sagen wir mal, zum Beispiel Sweet Afton raucht, weil die Schachtel so extravagant aussieht und die Mädels dann fragen: Oh, was sind das denn für komische Zigaretten, wie heißt'n du ...»

«Genau. So einer bin ich.»

«Ja. Dacht ich mir schon.»

«Aber es stimmt eigentlich gar nicht. Im Grunde bin ich es müde, dass die Mädels mich dauernd fragen, wie die Zigaretten heißen und warum ich so komisch bin ... in Wirklichkeit rauch ich sie wegen des Gedichts.»

Er rezitierte die beiden Zeilen aus der Ballade von Robert Burns, die auf jeder Schachtel stehen, unter der kleinen Zeichnung einer lieblichen schottischen Hügellandschaft mit Bach: *Flow gently, sweet Afton, among thy green braes. Flow gently, I'll sing thee a song in thy praise.* Perdita musste lächeln. Sie mochte es, wenn jemand Verse zitierte. Und sein Englisch klang so melodiös.

«Das hat so was ... Bukolisches», erläuterte Alf. «Man hört das Wasser leise plätschern, man riecht das grüne schottische Gras, und dann dieses Gelb. Ich hätte, glaube ich, gern ein Zimmer in diesem Gelb. Nur, um dort zu rauchen.»

«Ach, dann hast du kein Extrazimmer, um zu rauchen? Kein Rauchzimmer?»

«Nein, ich rauche einfach, wo ich gehe und stehe. Furchtbar stillos, nicht?»

«Ganz furchtbar.»

«Was rauchst du denn so? Soll ich raten?»

«Na los, rate.»

«Also ich fange mal mit den geläufigeren Marken an. Mir ist schon klar, dass du irgendetwas rauchst, was es nicht im Automaten gibt, aber ich versuche zu erraten, was du rauchen würdest, wenn dir die Lieblingszigaretten ausgegangen sind und du vor dem Automaten stehst. Oder sagen wir mal, in einem gutsortierten Kiosk. Davidoff? Nein, das wär dir peinlich. Das schiene dir zu offensichtlich um Extravaganz und Stil bemüht, *The more you know* und das ganze Zeugs. Ebenso wenig Gauloises blondes. Sie haben's übertrieben mit ihrem *Liberté toujours*. Hab ich recht?»

Sie lachte und nickte.

«Also weiter. Lucky Strike? Nein, die sind ja inzwischen schon direkt banal, die rauchen schon Schulkinder ... Ich brauche einen Tipp. Rauchst du mit Filter oder ohne?»

«Kommt drauf an.»

«Das heißt, mal so, mal so? Muss ich daraus schließen, dass ich hier neben einer etwas flatterhaften, unbeständigen Person sitze?»

«Ich weiß nicht, womöglich, ich bin schwer beeindruckt, du liest in mir wie in einem offenen Buch ...»

«Aha, du versuchst dich bei mir einzuschmeicheln, gibst dich nachgiebig, machst Komplimente. Das klingt nicht nach einer Rothändle-Raucherin. Auch nicht nach Ernte 23. Vielleicht ... Nil? Die blumigen, süßen Versprechungen des Orients? Rauchst du Nil?»

«Gelegentlich.»

«Wirklich? Diese neue Zigarette der Kreativen? Ist das nicht auch schon wieder beinahe ein bisschen – banal?»

«Also, das ist mir jetzt wirklich peinlich, aber ich glaube, ich sag's dir besser gleich: Ich bin eine furchtbar banale Person.»

«Tatsächlich? Banal im Sinne von gewöhnlich, nichtssagend, abgedroschen?»

«Oberflächlich, abgeschmackt, trivial.»
«Geistlos?»
«Inhaltslos.»
«Fade?»
«Flach.»
«Hohl?»
«Seicht.»
«Hmhm. Also, wenn das so ist ... dann kann ich ja zugeben, dass ich auch manchmal diese neue Zigarette der Kreativen rauche. Die rauch ich auch wegen der Farbe. Ich hatte mal einen alten Ford Capri in fast demselben sagenhaften Blau.»
«Und rauchst du Nil mit oder ohne Filter?»
«Ach, gibt's die auch ohne Filter?»
«Aber ja. Nil Turkish Ovals. In der flachen quadratischen Schachtel. Turkish Ovals rauch ich am liebsten.»
«Turkish Ovals. Wieso bin ich nicht gleich drauf gekommen. Was sind Turkish Ovals?»
«Das sind Zigaretten aus Orienttabak. Filterlos und nicht rund, sondern oval. So wie Nil oder Finas, oder Mercedes. Die haben noch so eine Spur von diesem besonderen Aroma, und so ein Flair ... Weißt du, ich sehne mich eigentlich nach der Zeit, als die Leute zu ihrem Tabakhändler gingen und eine Bestellung aufgaben für Zigaretten, die extra für sie angefertigt wurden aus einer speziell nach ihren Wünschen zusammengestellten Tabakmischung ...»
«So was gab's?»
«Man muss sich das mal vorstellen ... die Zigarette war etwas ebenso Persönliches wie das Parfum. Für jede Stimmung konnte man auf die passende Zigarette zurückgreifen ... Ach, mir ist heute so ich weiß nicht wie, ich denke,

ich werde mich meiner Melancholie hingeben und ein paar von meinen schweren Türkischen rauchen ... oder, vielleicht sollte ich die Melancholie besser vertreiben, da greife ich doch lieber zu einer Zigarette von kräftigem Virginia-Tabak, mit einer guten Prise Maryland und einem Hauch, aber wirklich nur einem Hauch Balkan-Schnitt ...»

Alf lauschte gebannt.

«Also, wenn du von Zigaretten sprichst ... da ist so ein träumerischer Ton in deiner Stimme ... ich dachte, diesen Ton haben Frauen gar nicht mehr, den hatten sie nur früher, wenn sie ihrer Busenfreundin von ihrer Aussteuer vorschwärmten ...»

«Tja, meine ganze Aussteuer ist meine Zigarettenschachtelsammlung.»

«Wirklich? Du hast eine Zigarettenschachtelsammlung? Mann. Da bin ich platt.»

«Das sind sie alle. Das Problem ist nur, ein Mädchen mit einer richtig feinen Zigarettenschachtelsammlung kann nie sicher sein, ob es um seiner selbst willen gemocht wird oder ob die Kerle bloß scharf auf die Sammlung sind.»

«Ja. Ich kenn solche Typen.»

Betroffen schüttelte er den Kopf.

«Ein trauriges Kapitel», nickte Perdita.

«Erzählst du mir trotzdem davon? Von deiner Zigarettenschachtelsammlung?»

Auf ihren skeptischen Blick legte er die Hand aufs Herz und schaute unschuldig drein.

«Na schön. Also, es sind natürlich nur Schachteln drin, aus denen ich selbst geraucht habe. Hin und wieder begebe ich mich auf einen kleinen sentimentalen Ausflug und erinnere mich, bei welcher Gelegenheit oder in welcher Stimmung ich sie geraucht habe ...»

«Warte, gib mir einen Moment. Ich muss mir das eben vorstellen, wie du dasitzt und eine bunte Schachtel nach der anderen in die Hand nimmst und wie sich bei jeder der Ausdruck auf deinem Gesicht verändert ...»

Er legte den Kopf zurück und sah sie unter den Wimpern hervor an. Ein wissendes Lächeln spielte um seine Mundwinkel, verschwand, er konzentrierte sich, runzelte leicht die Stirn, und wieder zuckte es um seine Lippen. Offenbar hatte er Spaß an dem, was er sich vorstellte. Perdita fühlte eine vage, nicht unangenehme Verlegenheit, während sie ihn abwartend anlächelte. Schließlich sagte er: «Nenn ein paar Namen!»

«Sweet Afton, kennst du ja ... Kyriazi ... Shepheard's Hotel ... Dimitrino Botschafter ... Red Rock ... Krakowianka ... Senoussi ...»

«Klingt wie Musik, wie du das sagst ...»

«Nicht wahr? Ich fürchte nur, du bist dabei, mich zu verschaukeln.»

«Nein, es ist mir ganz ernst. Ich mag das, wie du über Zigaretten sprichst. Ich wünschte nur ...»

«Was?»

«Gott, ich weiß so wenig über Zigaretten. Das ist blöd für den Mann, wenn die Frau ihm auf dem Gebiet, über das sie konversieren, überlegen ist.»

«Du könntest unauffällig zu einem anderen Thema überleiten. Das machen Männer immer, wenn sie sich nicht auskennen.»

«Nein, gib mir noch eine Chance ... Warte! Mir schwant da so was. Gab es nicht eine Zigarettensorte, die Scheich hieß? Vermutlich auch Turkish Ovals?»

«Ich weiß nur, dass es eine Kondomsorte gab, die Scheich hieß, in den zwanziger Jahren. Das war eine Anspielung auf den Film mit Valentino.»

«Oh. Die waren bestimmt der Renner. Die hätte ich mir auch gekauft.»

«Hallo, Fräulein, bitte eine Packung Scheich mit Erdbeergeschmack, und fluoreszierend, wenn möglich ...»

Sie kicherten beide vergnügt, dann sagte Alf: «Das ist mir jetzt ein bisschen peinlich. Ich wollte nicht zu Schlüpfrigkeiten überleiten.»

«Obwohl du dich da bestimmt gut auskennst.»

«Ja-haa ... Aber, ich meine doch, dass ich irgendwo – Mensch, Scheich, das klingt so dermaßen nach Turkish Ovals!»

«Kann schon sein, es gab ja auch zum Beispiel Fatima-Zigaretten, die pafft Dashiell Hammetts namenloser Detektiv bei Continental. Und natürlich Abdullah. In den zwanziger Jahren rauchte ganz Hollywood Abdullah, bis auf F. Scott Fitzgerald, der rauchte nichts anderes als Chesterfield. Guter alter Maryland-Tabak. Aber alles, was sonst glamourös war, rauchte Abdullah. Norma Desmond raucht sie noch dreißig Jahre später in *Sunset Boulevard*, auf diese unglaublich divenhafte Art – weißt du, sie hat so einen Zigarettenhalter, den man sich wie einen Ring an den Finger steckt, wahnsinnig glamourös ...»

«Gibt es die noch, diese Abdullahs?»

«Keine Ahnung. Vielleicht in Amerika. Ich kenn sie nur aus Büchern oder Filmen, und da endet ihre Spur für mich irgendwo in den fünfziger Jahren.»

Alf bot ihr die gelbe Schachtel an, und eine Weile rauchten sie schweigend. Wahrhaftig, dachte Perdita, es läßt sich gut rauchen mit diesem Alf. Sie fühlte sich wohl und ganz unbeschwert. Als sie sich zufällig nach ihm umwandte, sah sie ihn mit weit zurückgelehntem Kopf in die Nacht hineingrinsen.

«Was ist?»

«Wieso?»

«Du grinst. Und mit Verlaub, du grinst recht unverschämt.»

«Ach nein, das kommt dir nur so vor.»

«Woran denkst du gerade?»

«Das ist die Frage, die ihr uns niemals stellen dürft, das solltest du doch wissen ...»

«Ach, komm schon.»

Er schaute sie an, mit einem Lächeln, das sie ein wenig nervös machte.

«Jetzt sag schon!»

«Ich dachte ... weißt du, ich bin ganz gut in imaginären Geschenken. Das bedeutet, mir fällt manchmal ein Geschenk ein, das einfach perfekt wäre für jemanden, nur ist es dann entweder sehr schwierig zu beschaffen oder allzu kostspielig. Es existiert nur in der Imagination.»

Perdita war entzückt: «Ach! Und gehst du dann zu demjenigen hin und sagst: Hier, ich habe ein imaginäres Geschenk für dich, und dann schilderst du ihm in allen Einzelheiten, wie das Geschenk aussieht?»

«Genau. Und wenn derjenige mit imaginären Geschenken umgehen kann, dann malt man sich zusammen das Geschenk so plastisch wie möglich aus, und was man damit anfangen kann und so weiter ... also, das macht Spaß. Es gibt allerdings auch schrecklich materiell eingestellte Leute, die mir vorwerfen, dass ich knickrig wäre.»

«Und jetzt eben hast du ... du hast so ein imaginäres Geschenk für mich?»

«Hmhm. Ja. Ich glaube, es wäre das richtige. Obwohl, je mehr ich darüber nachdenke, der Zeitpunkt könnte vielleicht schlecht gewählt sein. Ich meine, du könntest es möglicherweise falsch verstehen.»

«Ist es ... schlüpfrig?»

«Schlüpfrig, das klingt so ... nein, sagen wir lieber, es ist ein wenig verfänglich ...»

Sie sah ihn erwartungsvoll an, er aber zog es vor, rätselhaft in sich hineinzulächeln.

«Aber ich zerspringe vor Neugier! Das ist, wie wenn du etwas mit einer großen Schleife vor mich hinstellst, und ich darf es nicht auspacken! So was kann man nicht machen!»

«Nein. Ich hätte gar nicht davon anfangen sollen.»

«Du hast aber angefangen. Und jetzt – komm schon! Ich kann mit verfänglichen Geschenken umgehen!»

«Sicher?»

«Ja klar! Ich bekomm andauernd verfängliche Geschenke!»

«Soso. Also gut. Mein Geschenk für dich, mein imaginäres Geschenk ist, voilà: eine Schachtel Abdullah, eine Originalschachtel selbstverständlich, aus den späten Zwanzigern. Bitte schön! Für dich!»

«Oh! O mein Gott, wie bist du da bloß rangekommen?»

«Kennst du die Winter in New York?»

«Äh, nein ...»

«Hart, sag ich dir. Die schlimmste Kälte, die ich je erlebt habe. Nun, ich war also in New York, im Winter, und an einem eisig kalten Wintermorgen, da ging ich über den Flohmarkt, im Village. Greenwich Village. Es war bitterkalt, ich fror erbärmlich, ich hielt Ausschau nach irgendetwas richtig Warmem – da entdeckte ich diesen alten Waschbärpelz, so wie ihn Schauspieler in sehr alten Filmen tragen. Schon bisschen angefressen von den Motten, aber so dick und warm und bodenlang, da hab ich ihn gekauft. Und wie ich später in die Innentasche fasse, da finde ich ganz tief unten, halb ins Futter gerutscht, eine alte bunte Zigarettenschachtel. Da drauf stand Abdullah. Und ich fand auch noch einen arg zerknitterten Zettel, die Rechnung von einer Wäscherei, das Datum lautete 12.02.1928. Da dachte ich, Mann, das ist ein mächtig alter Mantel, mit einer mächtig alten Zigarettenschachtel.»

Verzückt starrte sie ihn an. Er grinste zufrieden: «Da bist du wohl sprachlos?»

«Ja, das bin ich ... ich bin immer noch bei dem alten Waschbärpelz ... ich bin ganz verliebt in dieses – dieses Detail ... ich versuch mir gerade vorzustellen, wie du darin aussiehst.»

«Oh, ich seh verdammt gut aus in 'nem mottenzerfressenen Pelzmantel.»

«Davon bin ich überzeugt. Weißt du, dass ich – ach, egal.»

«Was?»

«Nicht so wichtig.»

«Komm schon, jetzt rück es auch raus.»

«Ich hab eine Schwäche für Männer in Pelzmänteln.»

«Wirklich wahr?»

«Natürlich finde ich Pelze ganz furchtbar, ich würde nie einen tragen, aber Männer in Pelzmänteln, große Männer in schweren, langen Pelzmänteln ... die machen mich fertig.»

«Interessant ...»

Er grinste wieder auf diese beunruhigende Art, und Perdita wünschte das Thema nicht zu vertiefen.

«Ja, aber dass in diesem Mantel eine originale Schachtel Abdullah gesteckt hat – Mensch, das ist wirklich unglaublich! Ich wusste nicht mal, wie die Dinger aussehen, und jetzt – ich weiß gar nicht, was ich sagen soll!»

«Mach sie mal auf.»

«Oh!»

«Na?»

«Mir wird ganz schwach! Es ist noch eine Zigarette drin! Eine original Abdullah! Vielleicht gibt es nur noch diese eine ... die Menschen bewahren ihre Zigaretten ja nicht auf, sie rauchen sie, und die Schachteln schmeißen sie weg ... mancher hebt vielleicht eine Zigarette als Andenken auf, hab ich auch schon gemacht ... aber irgendwann raucht man sie dann doch ... O Alf, das ist ein wunderbares, ein kostbares Geschenk!»

«Für deine Zigarettenschachtelsammlung.»

«Das absolute Prunkstück meiner Zigarettenschachtelsammlung!»

«Aber bedenke, in deine Sammlung kommen ja nur Schachteln, aus denen du auch wirklich geraucht hast.»

«Oh! Aber ich kann doch nicht ... du meinst, ich soll diese original Abdullah, womöglich die letzte auf der ganzen Welt, wirklich rauchen?»

«Nur dann darf die Schachtel ja in deine Sammlung.»

«Ich würde schon gern wissen, wie sie schmeckt.»

«Abscheulich, nehm ich an, nach fast achtzig Jahren.»

«Ist mir egal. Ich werde jeden Zug genießen. Und wenn ich danach sofort – na ja. Allerdings müsste es dann schon ein ganz besonderer Anlass sein, zu dem ich sie rauche.»

«Hab ich mir gedacht. Und das ... das wäre der verfängliche Teil. Wo du dich sowieso schon die ganze Zeit fragst, was an einer antiken Zigarette verfänglich sein soll.»

«Ja, ehrlich gesagt ... was?»

«Der Anlass.»

«Welchen Anlass schlägst du vor?»

«Den klassischen.»

Sie sah ihn begriffsstutzig an.

«Den klassischen Anlass für eine Zigarette. Den aus dem Kino.»

«Sonnenaufgang im Grand Canyon?»

«Den anderen. Nicht Werbung. Kino.»

«Oh. Du meinst ... la cigarette après ...?»

«Hübsch, dass du das auf Französisch sagst. Klingt weniger schlüpfrig.»

«Oh, là, là. Damit ist es ein ... ein wirklich sehr intimes Geschenk. Damit ich das richtig verstehe ... du schenkst mir diese Zigarette zu einem ganz bestimmten Anlass ... es ist also sozusagen eine Abdullah pour après?»

«Exactement.»

«Avec vous?»

«Pardon?»

Er war selbst überrascht, dass ihn ihre Frage, die ja nur die konsequente Weiterführung des von ihm eingefädelten Geplänkels war, so aus dem Konzept brachte. Sie war gleichfalls überrascht, und ihre Stimme klang kühler, als sie fragte: «'ast du misch nischt rischtisch verstanden?»

Irgendetwas war gerade schiefgelaufen, er wusste nicht, was, und so sagte er vage: «Isch glaube, isch 'abe misch ein wenig in la Brédouille gebrakt ...»

«Oh! Du willst maken eine Rückzie'er? Willst 'aben zurück das schöne Geschenk?» Und mit weit ausholender Geste sagte sie: «Voilà!»

«Non! Isch will nischt 'aben – du gehst sehr leichtfertig um mit meinem Geschenk! Bedeutet es dir denn gar nichts?»

«O doch. Ich würde alles Mögliche tun für eine echte alte Abdullah. Um eine achtzig Jahre alte Abdullah zu rauchen, würde ich mit ganz anderen Typen ins – »

«Stopp!»

Sie waren beide entsetzt. Nach einer Pause sagte Alf: «Ich entschuldige mich. Ich wollte dir nicht zu nahe treten. Wirklich nicht.»

«Nein. Bist du nicht.»

Perdu!, dachte Perdita, gründlich verkackt. Damit begnügte sie sich, denn jede weitere Analyse hätte sie zurück in ein gedankliches Labyrinth geführt, das sie längst hinter sich glaubte und in dem zwei hässliche Kreaturen lauerten mit den Namen Schmach und Zorn. Alf hingegen versuchte, sich Aufschluss darüber zu geben, wieso er statt des unseligen «Pardon?» nicht einfach «Mais oui!» geantwortet hatte, was ihn wiederum zu Perdita führte.

Als Perdita sich gerade innerlich zum Abgang bereit machte und nur noch darüber grübelte, wie das am würdevollsten zu bewerkstelligen sei – steif und hoheitsvoll die kleine Holzleiter hinuntersteigen oder einfach von der Hängebrücke hopsen mit dem Risiko, eine Bauchlandung im Mulch zu machen? Die Entfernung zum Boden betrug zwar nur circa einen Meter zwanzig, aber man kannte das ja –, da hörte sie Alf zögerlich sagen: «Perdita ... das ist ein seltener Name ...»

«So selten auch wieder nicht. Gern strapaziert in Literatur und Film. Irrtümlich wird es oft mit ‹die Verlorene› übersetzt, tatsächlich bedeutet es aber eher ‹versäumt›, im

Sinne von ‹verpasst›, und somit steht ‹Perdita› für ‹die verpasste Chance›.»

Perfekter Schlusssatz. Jetzt brauchte sie bloß noch in die Hände zu klatschen – «In diesem Sinne!» –, und beide wären sie von der Pein erlöst. Besser, sich damit zu beeilen, denn zweifellos würde andernfalls Alf im nächsten Moment in die Hände klatschen.

Er tat es nicht. Alfs Hände blieben ruhig auf seinen Schenkeln liegen. Die knappe Sachlichkeit, mit der Perdita ihren Namen erklärt hatte, stand noch einen Augenblick höflich abwartend zwischen ihnen, für den Fall, dass sie noch gebraucht wurde zu weiterer Verbrämung von Bosheit, Überdruss oder Enttäuschung, dann machte sie sich achselzuckend davon, hin zu anderen Paaren, die ihrer in dieser Nacht dringender bedurften für ein bitteres Resümee oder einen nüchternen Schlussstrich. Erst da sagte Alf: «Klingt nach einer Prinzessin, für die man manches Abenteuer bestehen muss, weil sie nicht leicht zu erringen ist ...»

Das nun waren Worte, geeignet, um pfeilgleich in Perdita Kellermanns Herz zu dringen. Zwar hatte sie sich ein Kettenhemd aus Skepsis darum gestrickt, deshalb drehte sie den Kopf nach ihm, um zu sehen, ob er sich etwa über sie lustig machte. Doch in seinen Augen war wie in seiner Stimme keine Spur von Spott. Und so, mit minimaler Verzögerung, schossen die Worte durch die härenen Maschen ihr mitten ins Herz. Sie schluckte.

«Das ist das Hübscheste, was man mir je über meinen Namen gesagt hat.»

Drei Hauptmerkmale kennzeichnen den Zauber: dass er Raum und Zeit außer Kraft setzt, dass Personen, die unter seinem Einfluss stehen, anders reagieren als üblicherweise und dass er nicht ewig anhält. So kam es, dass Alf und Perdita einander nur in die Augen schauten und dass Alf sie nicht küsste und Perdita nicht die Flucht ergriff. Und dass, als der Zauber sich sanft und allmählich wieder verflüchtigte, er sie in einem entspannten, lächelnden Einverständnis zurückließ, aus dem heraus Alf Perdita noch eine von seinen Zigaretten anbot.

Er beugte sich zu ihr herunter, um ihr Feuer zu geben, und für einen Moment wurden ihre nahen Gesichter vom Schein der Flamme erleuchtet. Da sah er, dass sie verhalten grinste.

«Was ist?»

Sie lachte.

«Ach, nichts!»

«Doch! Sag schon, was ist so komisch?»

«Komisch ist nur, ich kam mir grad vor wie Greta Garbo – na, wenn das nicht komisch ist, was? Nein, ich meine, ich hatte fast ein Déjà-vu, denn es gibt da eine Szene mit ihr in einem Film ... kennst du *Flesh and the Devil*?»

Er schüttelte den Kopf.

«Das ist ein Film von 1926, ein großes Melodrama, nebenbei.»

«Mit Greta Garbo?»

«Ja. Der Film war ihr Durchbruch. Zu der Zeit kannte man sie kaum, ihr Name stand ganz klein auf dem Plakat. Der Star war John Gilbert. John *Dark Star* Gilbert, *Greatest Lover of the Silver Screen* ...»

«Ich dachte, Rudolph Valentino wäre –»

«Valentino war schon tot. John Gilbert war die neue Nummer eins. Die absolute Nummer eins.»

«*Dark Star*, hm? Auch so ein Latin Lover?»

«Na ja, nicht eigentlich, aber – dunkel und glutäugig. Sehr intensiv.»

«Aha. Der Latin Lover. Mein alter Feind und Widersacher. Wir netten blauäugigen Jungs können da einpacken.»

«Mit diesem Film begann Garbos Ruhm und ihre heftige Liebesaffäre mit John Gilbert. Es heißt, sie verliebten sich in dem Moment, in dem sie die erste Szene spielten, wo sie sich auch im Film zum ersten Mal sehen. Es heißt, er wurde blass, wenn sie den Raum betrat ...»

«Erzähl mir mehr von Garbo und Dark Star ...»

«Ach, es ist eine traurige Geschichte. Sie ließ ihn vor dem Traualtar stehen. Der Dark Star fing das Trinken an ...»

«Wegen Garbo?»

«Vielleicht. Vielleicht auch wegen seiner schauerlichen Kindheit oder weil der mächtigste Produzent von Hollywood so ein fettes Miststück war ... Louis B. Mayer hatte einen Hass auf ihn. Mayer hat ihn fertiggemacht. Ach, John Gilbert, er war so – er ist so – wundervoll ... was soll ich sagen, ich meine, guck ihn dir doch nur mal an! Ach, du – du kennst wohl John Gilbert gar nicht?»

Alf schüttelte betroffen den Kopf. «Leider nein.»

«Jedenfalls, er bekam in Hollywood kein Bein mehr auf die Erde. Er starb mit sechsunddreißig. Marlene Dietrich war bei ihm in jener Nacht. Sie verließ das Haus durch den Hintereingang.»

«Goodbye, Dark Star ...»

«Ja. Fare thee well ... Jedenfalls, in *Flesh and the Devil*, da wird viel geraucht. Es gibt die Zigarette danach, und obschon weiter nichts passiert, als dass sie rauchen, spürt man genau, es ist die Zigarette danach. Es ist sehr ...»

«Intensiv?»

«Ja. Aber es gibt auch eine Zigarette davor, das ist diese erste Zigarette zwischen ihnen ... obwohl, die rauchen sie eigentlich gar nicht. Also es ist so: Ein Fest, Gilbert, magisch angezogen von Garbo, fordert sie auf zum Tanz. Sie tanzen, und es ist sehr ...»

«Intensiv, nehme ich an.»

«O ja. Dann gehen sie hinaus in die warme Nacht, in den Garten, sie landen in einer Laube, Licht und Schatten auf den Gesichtern, beide ganz nah ... er fragt, wann er sie wiedersehen kann, und sie, kokett: *Muss das sein?* O ja, unbedingt müsse das sein, und zwar *Tag für Tag*. Also gut, sie sagt: *Ich bin Donnerstagnachmittag zu Haus*. Daraufhin er: *Sie sind sehr schön*, und sie, wissend, rätselhaft: *Sie sind sehr jung* ... sie plänkeln so ein bisschen herum, und sie nimmt sich eine Zigarette. Er greift in seine Tasche, um ihr Feuer zu geben, sie steckt die Zigarette zwischen die Lippen, er schaut sie an, hört auf, nach seinen Streichhölzern zu suchen, schaut auf die Zigarette, auf ihren Mund ... und dann sagt er etwas, was man nie erfährt, denn hier gibt es keinen Zwischentitel, was sie aber offenbar dazu bringt, die Zigarette von ihrem Mund zu nehmen und ihm zwischen die Lippen zu stecken. Es ist so eine kleine, intime Geste, ihre Gesichter sind ganz nah beieinander, dazwischen nur Garbos Finger, die die Zigarette halten. Es bedarf nur einer kleinen Drehung der Hand, um die Zigarette von ihren Lippen an seine zu bringen ... er braucht dann auch einen Moment, um sich davon zu erholen, und schaut ihr nur tief in die Augen. Dann zündet er endlich ein Streichholz an, er schirmt die Flamme mit der Hand ab, so wie du eben, und ihre Gesichter werden plötzlich von unten beleuchtet, so wie unsere ... ähm, ja ...»

Perdita hatte plötzlich das Gefühl, dass sie sich gerade um Kopf und Kragen redete.

«... fandest du nicht auch, dass das ein toller Effekt war?»

«Ja, das fand ich allerdings ...»

In seiner Stimme vibrierte leise ein Ton, und ihre Magenwände gerieten in ein sanftes Schlingern.

«Ja. Mann, die hatten's wirklich raus, was? Ich meine, es ist schon recht hübsch ausgedacht. Oder nicht? Na ja, du müsstest es natürlich sehen.»

«Ich kann's mir vorstellen ...»

Perdita zog das linke Bein hoch, die einzige Barriere zwischen ihr und Alf, und fummelte an ihrem Schuh herum. Komisch, der Absatz schien irgendwie lose.

«Und weiter? Was passiert dann?», fragte leise Alf.

«Mist», sagte Perdita. Sie hatte den Absatz in der Hand. «So 'n Mist.»

Kurzerhand zog sie den Schuh aus, hielt Schuh und Absatz dicht vor die Nase, um in der Dunkelheit die kleinen Löcher erkennen zu können, passte die herausstehenden Nägel des Schuhs in die Löcher im Absatz, drückte beide Teile leicht zusammen und haute dann das Ganze mit einem kurzen, wohlplatzierten Schlag auf eine Planke zu ihrer Rechten. Sie prüfte kurz die wiederhergestellte Haltbarkeit und schlüpfte in ihren Schuh.

«Und weiter?», fragte Alf, im Ton eine Nuance nüchterner. «Was passiert dann?»

«Ja, also dann ... Er neigt den Kopf über das Streichholz und schaut in die Flamme. Sie schaut ihn an. Und er kommt nicht dazu, die Zigarette anzuzünden, denn er fühlt ihren Blick, nicht wahr, und muss zu ihr hinsehen. Im Schutz seiner Hände brennt immer noch das Streichholz, die beiden schauen sich in die Augen, Garbos Lippen öffnen sich leicht ... und dann bläst sie die Flamme aus. Er ist einen Moment sprachlos, dann sagt er, immer noch mit der Zigarette im Mund: *Sie wissen, wenn Sie das Streichholz ausblasen, ist das eine Aufforderung zum Küssen.* Nun, offenbar weiß sie das, und er weiß, dass sie es weiß, denn dann, nur einen Augenblick später, entledigt er sich seiner Zigarette, sie sinkt ihm entgegen, und sie küssen sich.»

Perdita räusperte sich leise, ein pures Verlegenheitsräuspern, das aber eine Winzigkeit Schleim freisetzte und auf ihre Stimmbänder applizierte und sie nötigte, sich ungewollt laut und anhaltend zu räuspern. Gleichzeitig ward ihr die Gabe zuteil, ihren Körper zu verlassen und sich selbst von außen zu betrachten. Was sie sah, war eine Frau, die sich nicht entblödete, umständlich bei Mondschein auf einem Klettergerüst eine Liebesszene aus einem Stummfilm zu deklamieren. Die damit auf eine verworrene, doch unmissverständliche, beinah schon plumpe Art zum Küssen einzuladen schien. Die Schlüsse, die ein unbefangener Betrachter, so jemand wie Alf, daraus ziehen musste, lagen auf der Hand: eine versponnene, sexuell ausgehungerte, dabei verklemmte, eine alles in allem erbarmungswürdige Person. Obendrein verschleimt.

Dabei war sie lediglich einer cineastischen Assoziation erlegen. Aber jemand wie Alf würde ihr das niemals glauben. Sie überlegte, ob sie den Schuh abermals ausziehen und sich den Absatz mit einem kurzen, wohlplatzierten Schlag vor die Stirn hauen sollte.

«Ich wüsste gern, was er wohl zu ihr gesagt hat, damit sie ihm die Zigarette gab», meinte da nachdenklich Alf, zu ihrer großen Erleichterung.

«Ja, das wüsst' ich auch gern.»

«Vielleicht sagte er: ‹Rauchen ist Männersache, einer Dame steht es nicht an› ...»

«Aber nein, so was hat er im Leben nicht gesagt ...»

«Oder er sagte: ‹Mit Ihnen in dieser Laube, Göttliche, das ist göttlich, aber das alles und ein Königreich gäb' ich hin für eine Zigarette› ...»

Perdita, inzwischen wieder glücklich eins mit sich selbst, lachte.

«Du hast aber auch wirklich so gar kein Talent zum Latin Lover.»

«Ach nein? Mal sehen. Wie wär's mit: ‹Madame, weil um einen Kuss zu bitten ich nicht wage, so bitte ich um diese Zigarette, um wenigstens den Abglanz Ihrer Lippen auf den meinen fühlen zu dürfen› ...»

«Schon besser ...»

«Oh, ich weiß genau, was diese glutäugigen Typen euch erzählen.»

Sinnend blickte er auf die halb aufgerauchte Zigarette zwischen Perditas Fingern.

«Madame, ich bitte Sie um diese Zigarette, weil ... es ist die letzte.»

Perdita grinste und hielt ihm die Zigarette hin. Er nahm einen tiefen Zug, sah gedankenvoll dem Rauch hinterher. Sie saßen nah beieinander, ihre Schultern berührten sich, und als er ihr die Zigarette zurückgab, bedurfte es nur einer kleinen Drehung der Hand, mit der er die Zigarette zwischen ihre Lippen legte. Eine kleine, intime Geste. Eine Geste wie ein Wimpernschlag. Augen, die bei Tag blau sind, schimmern nachts dunkel, wie dunkle, tiefe Wasser, man taucht hinein, taucht unter, unterseeische Stille, da, Fluch oder Segen, cineastische Assoziation, eine Szene spult ab, *Flesh and the Devil*: berstendes Eis, ein klaffender Spalt, Greta Garbo wirft verzweifelt die Arme hoch, sinkt, hilflos, in die kalten, schwarzen Wasser, dunkle, eisige Flut, schließt sich, für immer!, für immer!, und: *Cut!!!*

Perdita wandte den Kopf ab, inhalierte noch einmal tief und entledigte sich der Zigarette. Keck schnipste sie die Kippe bis auf den Kiesweg.

«Tja, für mich wird's langsam Zeit. Es war ein schöner Abend. Ich werd jetzt gehen.»

Sie griff hinter sich nach ihrem Täschchen, zögerte, weil wieder die Frage nach dem Abgang sich stellte, machte zuletzt einfach einen kleinen Hopser und landete sicher auf beiden Füßen im Rindenmulch. Sie drehte sich um und schaute hoch zu Alf. Hat mich sehr gefreut? Übertreib's mal nicht, Perdita. Zum Abschied probierte sie ein unbefangenes Lächeln und hob die Hand zu einem letzten kleinen Gruß.

Alf war ruhig oben sitzen geblieben. Hoch über ihm wogten Zweige im aufkommenden Wind und warfen flackernde Schatten auf sein Gesicht.

«Darf ich dich mal anrufen?», fragte Alf von der Hängebrücke herunter.

«Klar.»

«Dazu müsste ich deine Telefonnummer haben.»

«Ich steh im Telefonbuch.»

«Unter P wie Perdita?»

Sie zögerte kurz.

«K wie Kellermann.»

Damit drehte sie sich um und eilte mit raschen Schritten davon.

Alf Strelitz hatte eine leichte Missstimmung verspürt, als Perdita so völlig unvermutet und grundlos erklärte, sie werde jetzt gehen. Das war ihm irgendwie nicht folgerichtig erschienen. Es lief einfach gegen das Gesetz der Situation, die sich fast von selbst auf eine Weise entwickelt hatte – ja, er hätte sie zumindest gern einmal geküsst. Die Irritation hielt an, bis er zu Hause als Erstes das Telefonbuch aufschlug. Tatsächlich, «Perdita Kellermann». Die Adresse lag in dem Teil von Ehrenfeld, in dem sie ihm schon verschiedentlich über den Weg gelaufen war. Er entspannte sich. Sieh an, das Flamenco-Gesicht. Alf lächelte, weil er dachte, dass der Spitzname, den er Perdita gegeben hatte, lange bevor sie heute zum ersten Mal miteinander redeten, ihr gefallen würde. Ihr Gesicht war ihm aufgefallen, weil es so unnahbar und einsam aussah. Ernste, stolze Einsamkeit. Ein Flamenco-Gesicht. Er hatte es anziehend gefunden. Aber es schien keine Annäherung zu gestatten. Und nun hatte er erlebt, wie sich Amüsiertheit, Begeisterung und träumerische Entrücktheit darauf widerspiegelten. Er fand es faszinierend. Er wollte mehr davon. Er fragte sich, wie sie zum Beispiel wohl aussehen würde, wenn man sie küsste.

Perdita Kellermann. Sie hatte seine Neugier geweckt.

Nach ihrem Sprung vom Gerüst hätte Perdita in zwei Minuten zu Hause sein können. Der Spielplatz mündete auf die Glasstraße, und Perdita wohnte rechter Hand im dritten Haus. Sie mied aber den direkten Weg, passierte das Törchen und drehte nach links. In flottem Tempo marschierte sie rauf bis zur Venloer, wandte sich nach rechts, bog auf den Gürtel, von da in die Subbelrather und kam schließlich am entgegengesetzten Ende der Glasstraße heraus. Sie konzentrierte sich auf das Geräusch ihrer Schritte. Sie wusste, sie musste nur lang genug gehen, und das Klack-klack ihrer eigenen Absätze auf den leeren, nächtlichen Straßen würde ihr die Beruhigung verschaffen, deren sie jetzt dringend bedurfte. Allerdings nahm die Runde ums Karree gerade mal eine knappe Viertelstunde in Anspruch. In ihrer momentanen Verfassung hätte sie mindestens bis nach Nippes und wieder zurück laufen müssen. Doch sie verspürte leichte Müdigkeit und das starke Verlangen nach einer weiteren Zigarette.

Oben schien der Mond in Perditas Küche und zeigte ihr mit silbernem Finger, wo sie am Abend den Tabak hatte liegenlassen. Ohne Licht zu machen, ließ sie Wasser in ein Glas laufen und trank es in großen Schlucken aus. Sie füllte das Glas noch einmal bis zum Rand, griff sich den Tabak vom Küchentisch und öffnete die Tür zu ihrem winzigen Balkon.

Der Balkon ging nach hinten hinaus. Wandte man sich nach rechts, sah man die dunklen Wipfel der Bäume vom Spielplatz. Im Winter, wenn die Blätter gefallen waren, konnte man sogar das Klettergerüst sehen. Nach links hin erstreckte sich eine kleine, enge Hinterhoflandschaft. Man konnte ein Tischchen und zwei Stühle auf dem Balkon unterbringen oder, wahlweise, einen kleinen Sessel und eine große Kübelpflanze. Perdita hatte sich für den Sessel und die Pflanze entschieden, einen hohen, dicht wachsenden Bambus.

Sie stützte die Füße gegen die Brüstung, schob sich tief in den knarzenden alten Rattansessel und lauschte dem leisen Flüstern im Bambus. Die Sommernächte waren friedlich auf ihrem Balkon. Die Menschen schliefen bei weitgeöffneten Fenstern, weiße Vorhänge bauschten sich gemächlich im Nachtwind. Von links drang das tiefe, rechtschaffene Schnarchen des dicken marokkanischen Familienvaters herüber, der mit seiner Sippe ein paar Häuser weiter unter dem Dach wohnte. Eine Taube gurrte im Traum.

Perdita begann, eine schwarze Gauloise zu drehen. Nach zwei Zügen endlich wandte sie sich der kleinen, erregten Gestalt zu, die schon während des ganzen Heimwegs um sie herumgeflattert war. Vergeblich hatte sie versucht, mit ihrem Wispern das Geräusch von Perditas Schritten zu übertönen. Sollte sie also sagen, was sie zu sagen hatte.

Dankbar setzte sich das Fräulein Kellermann vor Perdita in Positur. Es nahm sich Zeit, die Falten seines plissierten weißen Gewandes in eine anmutige Ordnung zu bringen. Anschließend presste es in großer Geste beide Hände aufs Herz und sah Perdita mit dramatischem Augenaufschlag an: «Du wirst es nicht glauben, was mir widerfuhr. Still und sehnsüchtig ging ich durch mein Leben, in meinem Herzen trug ich das Bild eines Mannes, den ich nur schüchtern aus der Ferne zu verehren wagte. Doch dann, in lauer, mondheller Nacht, unter den uralten, schicksalhaften Bäumen, geschah es, dass er mich rief, und staunend erfuhr ich, dass er mich schon lange bewundert! Denk dir, er findet mich schön! Wir ergingen uns in geistreichem Geplauder, wir verständigten uns auf eine Weise, die nur durch eine ganz besondere Verwandtschaft der Seelen möglich sein kann! Wie sonst hätte er Worte finden können, die mich zum Lachen brachten, und andere, die tief an mein Herz rührten! Mit dieser Stimme! Mit diesen Augen! Oh, seine Blicke! Die Blicke, die wir tauschten, die Art, wie er mich ansah ...»

Auf dem Gesicht des armen Fräulein Kellermann lag ein ent-

rückter Ausdruck, das Weiße ihrer Augen trat unschön hervor, und Perdita, die Gereifte, durch Feuer Gegangene, aus Asche Erstandene, nickte stumm den Schwestern zu. Behutsam fassten sie die Ärmste bei den Schultern und führten sie sanft, doch bestimmt auf ihr Zimmer.

«Wie konnte das passieren?», fragte hinter ihr streng der Professor. «Was hat diesen erneuten Rückfall ins Pathos ausgelöst?»

«Sie ist in warmer Sommernacht über den Spielplatz gegangen», erklärte Perdita. «Sie traf dort rein zufällig einen Mann, den sie schon seit längerer Zeit interessant findet. Er lud sie ein, auf ein Klettergerüst zu steigen. Es stellte sich heraus, dass sie den gleichen Humor haben, und weil der Mond schien und sie sich sympathisch fanden, flirteten sie ein bisschen. Sonst war nichts weiter.»

«Ich mache mir ernsthaft Sorgen um sie», sagte düster der Professor. «Ich fürchte, es könnte eine neue Krise auslösen.»

«Keine Bange», antwortete Perdita. «Ich hab dafür gesorgt, dass sie zum richtigen Zeitpunkt ging. Das ist ein großer Fortschritt, finden Sie nicht?»

«Ich finde, Sie nehmen das Ganze ein bisschen zu sehr auf die leichte Schulter. Am meisten beunruhigt mich, dass sie andauernd von seinen Blicken phantasiert. Wir müssen in der nächsten Zeit sehr gut auf sie aufpassen.»

3
Éducation sentimentale

Perdita Kellermann war in einem stillen Haus aufgewachsen, in dem niemand je die Stimme erhob. Ruhig und beherrscht ging ihre Mutter durch die Zimmer, eine schöne Frau in schlichten Kleidern. Die Mutter hatte ihre Stimme gedämpft, seit Perdita sich erinnern konnte. Es gab dafür keinen erkennbaren Grund. Auch wenn sie sich erregte, wurde sie doch niemals laut. Nur die dunklen, feucht schimmernden Augen schienen dann noch größer und glänzender zu werden.

Der Vater sah Perdita selten an, wenn er mit ihr sprach. Wohl ruhte sein Blick auf ihr, wenn er schwieg und nachdachte, sie wusste nie, ob über sie oder etwas ganz anderes. Was der Vater sagte, fand Perdita, klang wie das Murmeln, das der Wind an Sommerabenden über die Hecken der Nachbargärten trägt und herauf zum Kinderzimmerfenster weht, bevor man einschläft.

Perdita fühlte sich wie ein Gast im Hause ihrer Eltern. Unüberlegt zum Bleiben aufgefordert, höflich mit einbezogen in den Alltag, konnte sie doch die Vorstellung nicht loswerden, dass das wirkliche Leben der Gastgeber erst stattfand, wenn der Besuch endlich zu Bett gegangen war.

Wenn der Vater von der Arbeit in seiner Arztpraxis heimkam, wurde es für Perdita meist schon Zeit zum Schlafengehen. Die Mutter dagegen saß fast den ganzen Tag an ihrem Schreibtisch am Fenster. Von dort aus half sie den

Menschen in Afrika, was immer das genau hieß, und um sie anzusprechen, brauchte man schon einen guten Grund.

Bis ungefähr zu ihrem elften Lebensjahr kämpfte Perdita um ihre Mutter. Dann begann sie, gegen sie zu Felde zu ziehen. Sie lieferten sich kleine Scharmützel, bei denen Perdita fast immer unterlag. Um den Vater konnte man nicht kämpfen, man konnte nur wachsam achtgeben auf die Momente, in denen die Zugbrücke heruntergelassen war – «Hoch oben auf seinem Felsenschloss lebte einsam ein trauriger König, bewacht von seinen schwarzen, steinernen Rittern, nur alle hundert Jahre einmal erwachten die Ritter für einen Tag zum Leben und ließen die schwere eiserne Brücke zum Schloss herunter.» Perdita hing sehr an ihrem Vater.

Kellermanns bewohnten einen nüchternen Bungalow, in dem die Farbe Weiß vorherrschte. Breite Glasfronten ließen das Haus hell, aber nicht freundlich erscheinen. An sonnigen Tagen ging von den gleißend weiß gestrichenen Backsteinwänden eine aggressive Helligkeit aus. Bei trübem Wetter nahmen die Räume die verhangene Farbe des Himmels an.

Der einzige dunkle Winkel im ganzen Haus war die selbstgebaute Höhle unter dem Kinderschreibtisch in Perditas Zimmer. Dort hielt sie sich am liebsten auf. Sie knipste eine gelbe Lampe an, auch wenn draußen die Sonne schien, und las. Zu der liebevoll ausgesuchten, ihrem Alter entsprechenden Literatur, die die besorgten Großeltern ihr mitbrachten, kamen bald Gäste in kreischend bunten Einbänden, die Perdita selbst aus der Stadtbibliothek anschleppte und nach ihren reißerischen oder geheimnisvollen Titeln auswählte.

Perdita besaß auch einen Fernseher. Die Großeltern hatten ihr den ausrangierten Apparat aufs Zimmer gestellt, ausnahmsweise, als Perdita die Masern bekam. Der Empfang war schlecht und das Bild in der Mitte ein wenig verzerrt. Später hatte man das Gerät vergessen. Auch zum Fernsehen kroch Perdita in die Schreibtischhöhle. Am liebsten schaute sie Abenteuerfilme, die bunten, prachtvollen aus den fünfziger Jahren. Oder die schwarzweißen, die so selten kamen, weil sie noch älter waren, in denen nicht gesprochen wurde und durch die der phantastisch leichtfüßige Mann hüpfte: Douglas Fairbanks. An einem verregneten Nachmittag war er zum ersten Mal aus luftiger Höhe mitten in das wohlbewachte Turmzimmer gehüpft, breitbeinig stand er vor der überraschten Prinzessin und der staunenden Perdita, stützte die Arme in die Hüften, warf den Kopf in den Nacken und lachte, dieses schallende, unverschämte Lachen, das alles hinwegfegte, obwohl man gar keinen Ton dazu hörte.

Wie die Bücher wählte Perdita auch die Filme nach den Titeln aus, die in der Programmzeitschrift standen. Es kam vor, dass sie Filme sah, die sich nach einer Abenteuergeschichte anhörten, worin es dann aber um etwas ganz anderes ging, was sie nicht richtig verstand, und das faszinierte sie noch mehr. Und dann sah Perdita ihren ersten Film mit Doris Day. Doris Day war so blond wie Perditas Tante, die auch Doris hieß, und so lustig und laut wie überhaupt niemand, den sie kannte. Sie lebte in einer bunten, übermütigen Welt. Sie konnte die komischsten Gesichter machen und so witzig wütend werden, und sie nahm dauernd Rock Hudson auf die Schippe, und Rock Hudson nahm Doris Day auf die Schippe, und am Ende kriegten sie sich und küssten sich, und alles war ein großer Spaß. Doris Day in ihrer überdrehten, heilen Sixties-Welt schien ihr mehr Fleisch und Blut zu haben als ihre schöne, strenge Mutter. Anders als in dem stillen Haus ihrer Eltern fand Perdita sich in diesen Filmen mühelos zurecht.

Petra Kellermann hatte es nie recht verstanden, dem Kind den Sinn ihrer humanitären Arbeit nahezubringen. Sicher, es war schlimm, dass Menschen hungern mussten und an Krankheiten starben und dass andere Kinder nicht zur Schule gehen und also auch keine Bücher lesen konnten. Man musste den armen Menschen helfen, so viel verstand Perdita. Was sie nicht verstand, war, warum die ganze Last der Dritten Welt offenbar allein auf den Schultern ihrer Mutter lag. Und warum durfte Perdita keinen Hund haben, solange in Afrika Kinder verhungerten?

«Weil es geradezu obszön ist, wie in den westlichen Industriestaaten, und ganz besonders in Deutschland, die Hunde verhätschelt und vermenschlicht werden», sagte die Mutter. «Mir wird jedes Mal schlecht, wenn ich so einen Fiffi sehe, der gerade frischgeföhnt vom Hundefriseur kommt und auf dem Bürgersteig sein Eins-a-Premium-Deluxe-Menü auskackt.»

«Wir könnten dem Hund ja unsere Reste geben», wandte Perdita ein, begeistert von der Vorstellung, zukünftig ihren Teller nicht mehr leer essen zu müssen. «Hunde sind nämlich Allesfresser, weißt du. Ich könnte auch in den Mülltonnen von den Nachbarn nachgucken und Reste sammeln. Auf die Art müssten wir überhaupt kein Geld für den Hund ausgeben.»

«Du verstehst nicht, worum es geht, Perdita. Schade. Du bist doch nicht dumm.»

Aber Perdita sah beim besten Willen keinen Zusammenhang. Und allmählich keimte in ihr der Verdacht, dass ihre Mutter es einfach nicht gut mit ihr meinte. Denn das mit dem Hund war keine vorübergehende kindische Laune. Es war ihr sehnlichster Wunsch, seit sie das Wort «Hund» sagen konnte. Ihre Mutter wusste das, und trotzdem speiste sie sie mit fadenscheinigen Argumenten ab. Und ihr Vater? Was war eigentlich mit ihrem Vater? Der Papa mochte Hunde, das wusste sie genau. Und trotzdem hielt er sich aus der Angelegenheit raus. Das tat er ja eigentlich immer, er war eben ein einsamer, trauriger König. Oder ließ er sie einfach im Stich?

Petra Kellermanns Einsatz für die Katastrophengebiete Afrikas nahm mit der Zeit Züge von Besessenheit an. Sie genoss den größten Respekt und wurde gleichzeitig gefürchtet, denn Frau Kellermann verstand es nicht nur, einem, eh man sichs versah, das Geld aus der Tasche zu ziehen. Die rehäugige Frau, die aussah wie Audrey Hepburn, verursachte auf ihre leise, beherrschte Art jedermann ein schlechtes Gewissen. Mit Petra Kellermanns kompromisslosem Engagement konnte der Wohlmeinendste nicht mithalten.

«Humanitarismus!», nannte es Großvater Heinrich. «Jawohl, Humanitarismus! Mein liebes Kind, du bist ja nicht mehr ganz normal!»

Bislang hatte er den humanitären Fimmel seiner Tochter toleriert, obwohl er schon lange der Ansicht war, die eigene Familie käme dabei zu kurz. Aber an jenem Weihnachtsfest platzte dem besonnenen Großvater der Kragen. Es war das Weihnachten, an dem Perdita sich, wenn es schon kein lebendiger Hund sein konnte, den riesengroßen Steiff-Leoparden wünschte. Alle wussten davon, denn schon seit Anfang November besuchte das Kind den Leoparden jeden zweiten Tag in der Karstadt-Spielwarenabteilung. Laut Absprache sollte dieses kaum zu übertreffende Geschenk von den Eltern kommen. Und dann fand sich unter dem Tannenbaum statt des heißgeliebten Stofftiers ein roter Briefumschlag mit dem Foto eines lachenden afrikanischen Jungen und einem kurzen, auf Englisch geschriebenen Brief. Petra Kellermann hielt eine kleine Rede, ungefähr folgenden Inhalts: «Perdita, ich weiß, du hast dir dieses Stofftier gewünscht. Nun, dies hier ist ein viel besseres Geschenk. Ein wirklich wertvolles Geschenk. Der Junge auf dem Foto heißt M'beki, er ist genauso alt wie du. Ich habe das Geld, das das Stofftier gekostet hätte, in deinem Namen an M'beki geschickt. Er kann dafür ein ganzes Jahr lang weiter zur Schule gehen. Du schenkst damit diesem Jungen eine Chance, vielleicht sogar ein ganz neues Leben. Hier, in dem Brief bedankt er sich bei dir. Ich übersetze ihn dir gleich. Na, was sagst du? Freust du dich?»

Freude, das war in dem Moment etwas viel verlangt von Perdita. Als sie endlich begriff, dass der Leopard für immer verloren war, stiegen ihr Tränen in die Augen. Doch das war nicht das Schlimmste. Das Schlimmste war der Ausdruck im Gesicht ihrer Mutter, als sie Perditas Reaktion beobachtete. In dem Moment hatte Perdita das Gefühl, für immer verstoßen zu werden.

Der Großvater brauchte etwas länger, um die Situation zu erfassen.

«Wann rückt sie denn jetzt endlich mit dem Leoparden raus?», zischte er seiner Frau zu.

«Es gibt keinen Leoparden», flüsterte die Großmutter betreten zurück.

«Was?! Keinen Leoparden? Dietmar! Jetzt sag doch auch mal was!»

Doch der Vater schwieg, wie immer.

Der Großvater polterte los, die Mutter murmelte etwas von «Wohlstandskind», die Großmutter versuchte, Perdita für ihre anderen Geschenke zu begeistern, der Vater zog sich in sein Arbeitszimmer zurück. Perdita, im vollen Bewusstsein der mütterlichen Verdammnis, nahm von alldem kaum etwas wahr. Sie war verständig genug, um zu wissen, dass ihre Enttäuschung selbstsüchtig war, sie schämte sich dafür, sie fühlte sich furchtbar schuldig, die Mutter verurteilte sie völlig zu Recht. Gleichzeitig hatte sie das Gefühl, dass ihr irgendwie ein Unrecht widerfahren war. Sie wusste nicht, welche Position sie beziehen sollte, sie war elf Jahre alt und befand sich in einem erbärmlichen Schlamassel.

Die Großmutter half ihr da heraus, ohne es zu wissen. Perdita drückte sich gerade an der Küchentür herum, unschlüssig, ob sie der Mutter unter die Augen treten sollte, sie fürchtete den kühlen, abschätzigen Blick. Da hörte sie, wie die Großmutter sagte: «Wirklich, Petra, was hast du dir dabei gedacht. Sie ist doch erst elf! Weißt du nicht mehr, wie es ist, wenn man sich als Kind etwas von ganzem Herzen wünscht? Die Kleine entbehrt schon so viel. Du und Dietmar mit eurem Gutmenschentum. Und dann solche Holzhammermethoden, ausgerechnet zu Weihnachten. Ich kann mir nicht helfen, ich finde das herzlos.»

Ja, dachte Perdita, ich auch. Ich finde das auch herzlos. Und ich entbehre so viel.

«Herzlos» und «entbehren» waren Wörter wie von einer Märchenschallplatte, Wörter von schrecklicher Schönheit. Wörter, die man nur mit einem leichten Schaudern denken konnte. Zu sagen, dass die eigene Mutter herzlos war, bedeutete etwas Furchtbares, es setzte sie auf die gleiche Stufe wie die bösen Stiefmütter im Märchen. Und doch kam sie nicht mehr los von dem Wort, es schien ein Schlüssel für alles, was sie am Verhalten der Mutter nicht begriff. Ebenso war es mit dem Entbehren. Sie fühlte, dass es stimmte, obwohl sie ja eigentlich alles hatte, genug zu essen, zum Anziehen, zum Spielen. Perdita empfand es als eine Erlösung, ihr Unbehagen, ihr Leiden an ihrem Zuhause endlich benennen zu können. Mit so herrlich dramatischen Wörtern.

Am ersten Werktag nach den Feiertagen kam Perditas Vater zur allgemeinen Überraschung mit einem riesigen Stoffbären nach Hause. Der Leopard war nicht mehr da gewesen, den hatte jetzt ein anderes Kind. Perdita bedankte sich artig, und später beim Mittagessen schlug sie vor, den Bären nach Afrika zu schicken. Sie tat es aus einem Gefühl von Stolz. Dass der Bär eine alberne rosa Zunge hatte und heimtückisch guckte, machte es ihr leichter.

Die Mutter warf ihr einen misstrauischen Blick zu, dann sagte sie: «Weißt du, die Kinder in Afrika brauchen keine teuren Stofftiere. Die spielen mit ganz einfachen Sachen, mit einem bemalten Stück Holz oder einem Ball aus bunten Lumpen. Damit haben sie genauso viel Spaß.» Sie beobachtete genau, ob ihre Tochter vielleicht erleichtert wäre, doch die hörte nur aufmerksam zu. «Aber wenn du wirklich etwas Gutes mit dem Bären tun willst, dann können wir ihn im Kinderheim abgeben.»

Das war ein Test, so viel verstand Perdita immerhin. Und es kostete sie überhaupt nichts, mit großen Augen zu sagen: «Ja, Mami, gerne. Ich glaube, das ist eine gute Idee.»

Sie sah, dass die Mutter ihr noch nicht ganz traute, aber nach einer kleinen Pause nickte sie: «Gut. Ich freu mich. Ich bin richtig stolz auf dich.»

Der Vater schaute sie einen Moment lang forschend an, dann wandte er sich wieder seinem Steak zu.

«Das war, wenn ich so sagen darf, der Verlust meiner Unschuld. Das erste Mal, dass ich meiner Mutter bewusst etwas vorgemacht habe. Der erste Sieg, den ich über meine Mutter davontrug.»

«Und war das ein gutes Gefühl?»

«Oh, sicher. Ein wildes Triumphgefühl. Ich kam mir richtig raffiniert vor. Aber dann ... ich meine, da versucht man jahrelang alles, um Anerkennung zu bekommen, man gibt sich alle Mühe, brav zu sein, ein liebenswertes, aufgewecktes Kind zu sein – vergeblich. Und dann bekommt man ein bisschen von der Anerkennung, nach der man sich sehnt, aber nur, weil man einen miesen, billigen Trick angewandt hat. Das schmälert das Lob doch ungemein. Vor allem aber hat meine Mutter sich dadurch in meinen Augen selbst ziemlich herabgesetzt. Also, falls Sie sich schon die ganze Zeit fragen, warum ich so auf dieser Geschichte mit dem Stoffleoparden herumreite: Das war gewissermaßen ein Wendepunkt in der Beziehung zu meinen Eltern.»

«Genau so habe ich es auch verstanden.»

«Ich meine, nicht dass Sie denken, meine Probleme mit meinen Eltern kommen daher, weil ich sauer bin, dass sie mir damals dieses sündhaft teure Stofftier nicht gekauft haben.»

«Jetzt sagen Sie bloß, Sie haben immer noch Angst, dass man Sie für selbstsüchtig hält?»

«Na ja. In gewisser Weise war es ja auch ganz schön ver-

wöhnt. Davon auszugehen, dass ich den Leoparden bekomme.»

«Ich neige da eher zur Ansicht Ihrer Großmutter.»

«Wirklich? Das beruhigt mich.»

«Sie suchen die Schuld in dem schwierigen Verhältnis zu Ihren Eltern immer noch bei sich selbst. Damit sollten Sie aufhören.»

«Sie wissen noch nicht alles. Zu diesem Zeitpunkt ...»

Zu diesem Zeitpunkt begann Perdita sich zu wünschen, von Doris Day und Rock Hudson adoptiert zu werden. Das kam einer Todsünde gleich, dessen war Perdita sich bewusst. Sich zu wünschen, von anderen Eltern adoptiert zu werden, war fast so schlimm, wie zu wünschen, die Eltern wären tot. Dafür kam man in die Hölle. Aber sie konnte nicht damit aufhören. Sie wollte in einen von diesen bunten, leichtherzigen Filmen hinein. Sie wusste schon, dass das nicht die Realität war. Aber sie konnte sich nicht vorstellen, dass Doris Day nicht am Ende doch mit Rock Hudson verheiratet sein sollte. Und wenn nicht mit Rock Hudson, dann eben mit Cary Grant.

Im Kellermann-Haus verdüsterte sich unterdessen die Atmosphäre. Der Vater nahm nur noch selten an den Mahlzeiten teil, weil er, wie es hieß, in der Praxis festgehalten wurde, und wenn er endlich nach Hause kam, zog er sich gleich in sein Arbeitszimmer zurück und kam nicht mehr heraus. Seine Bewegungen, sogar seine Worte hatten eine schleppende Langsamkeit angenommen. Als ob er wirklich zu Stein würde, dachte Perdita. Ist so etwas denn möglich? Die Mutter ging kerzengerade mit riesigen Augen und zusammengepressten Lippen umher. Perdita verließ kaum noch ihr Zimmer. Von den hitzigen Telefonaten, die ihre Mutter mit der Großmutter führte, bekam sie nichts mit. So traf es sie völlig unvorbereitet, als die Mutter beim Mittagessen verkündete: «Wir gehen nach Afrika.»

Ein paar Erbsen kullerten Perdita aus dem offenen Mund. Dass es hier um etwas Endgültiges ging, nicht um einen Urlaub oder einen dieser Hilfstransporte, verstand sie sofort.

«Dein Vater hat die Möglichkeit, dort ein Krankenhaus aufzubauen. In einer Gegend, wo es im Umkreis von mehreren hundert Kilometern kein Krankenhaus gibt. Viele Menschen sterben dort, weil sie nicht medizinisch versorgt werden, und es gibt regelmäßig schlimme Epidemien. Nun, dein Vater wird da ein kleines, funktionierendes Krankenhaus aufbauen und die Menschen behandeln, und ich gehe natürlich mit, um ihm zu helfen.»

«Und ich?»

«Ja, Perdita, darüber haben wir uns große Gedanken gemacht. Wir haben nächtelang geredet. Die Entscheidung fällt uns sehr schwer, aber so wie es aussieht, können wir dich nicht mitnehmen. Weißt du, es gibt dort keine Schule für dich. Es ist alles so ganz anders als hier. Und Papa und ich werden sehr viel zu tun haben. Wir könnten uns gar nicht richtig um dich kümmern. Du würdest dort nicht glücklich sein. Und darum haben wir entschieden, dass du hierbleibst. Zuerst mal. Wenn wir erst alles ein bisschen organisiert haben, kannst du ja vielleicht nachkommen. Und natürlich in den Ferien.»

«Ich soll hier ganz alleine bleiben?»

«Nein, Kind, natürlich nicht. Auch darüber haben wir sehr lange gesprochen.»

Perdita konnte sich das gar nicht vorstellen, ihre Eltern, lange Gespräche führend, und dann auch noch über sie.

«Die Großeltern würden dich sehr gerne zu sich nehmen, und das schien uns auch zuerst eine schöne Lösung. Aber du weißt ja, Opa hat die Parkinson-Krankheit, und Oma musste sich den Bypass legen lassen, und auch wenn sie es nicht zugibt, sie ist nicht mehr so belastbar wie früher. Sie braucht ihre ganze Energie für Opa und sich selbst. Aber Tante Doris und Onkel Gunther würden sich freuen, wenn du eine Weile bei ihnen lebst.»

«Aber die wohnen doch gar nicht hier. Die wohnen doch in Bad Godesberg.»

«Ja, du würdest dann eben nach Bad Godesberg ziehen. Da hat's dir doch immer gut gefallen.»

Das hieß: Raus aus ihrem Zimmer. Ihr Zimmer gab's dann nicht mehr. Ein großer Sturm würde kommen und das Dach abheben und ihre Sachen in alle Himmelsrichtungen verstreuen und Perdita fortblasen in ödes Niemandsland. Genau wie im *Zauberer von Oz*.

«Guck mal, bei Tante Doris und Onkel Gunther bekommst du dein eigenes Zimmer, und Viktoria und Vanessa sind da, und du darfst bestimmt auch mal auf ihrem Pferd reiten.»

Bestimmt nicht, dachte Perdita, da streiten sich die beiden schon andauernd drum. Sie legte aber ohnehin keinen besonderen Wert auf das Pferd ihrer Cousinen. Noch weniger Wert legte sie auf die Cousinen.

«Und du magst Tante Doris doch so gern.»

Das stimmte. Perdita mochte Tante Doris. Die Schwester ihres Vaters kam nicht oft zu Besuch. Sie hing sehr an ihrem Bruder, aber zwischen den beiden bestand kein enges Verhältnis. Mit ihrer Schwägerin verstand Doris sich trotz ehrlichen Bemühens nur leidlich. Aber sie vergötterte Perdita. Sie brachte ihr herrliche Geschenke mit, Barbies und Barbiehäuser und Barbiekleider, den Ken, Geschenke, die die Großeltern aus pädagogischen Gründen ablehnten. Die Mutter fand es unter ihrer Würde, Stellung zu derlei Konsumquatsch zu nehmen, so etwas war eben «typisch Doris». Tante Doris fragte Perdita ganz ernsthaft nach ihrer Meinung über eine neue Frisur oder eine Handtasche, die sie sich gekauft hatte, wodurch Perdita sich sehr erwachsen vorkam. Tante Doris lachte gern und oft, und ihre Sympathie brachte sie durch Küsschen und Umarmungen zum Ausdruck. Doris, die ganz für ihren Mann und ihre beiden Töchter lebte, sah die seltsamen Verhältnisse im Hause ihres Bruders mit der gleichen Verständnislosigkeit wie Perditas Großeltern. Bei jedem Besuch spürte sie das starke Bedürfnis, an Perdita etwas gutzumachen, ihr etwas zu geben, das über die Zärtlichkeit der Tante und die Barbies hinausging. Und so erzählte sie ihr, Perdita war sechs oder sieben, eines Tages eine Geschichte, an die Perdita lange glaubte: «Weißt du eigentlich, Didalein, was für einen wunderschönen Namen du hast? Was er bedeutet?»

«Meinst du jetzt ‹Didalein› oder ‹Perdita›?»

Perdita war ziemlich stolz auf ihren kleinen Scherz. Tante Doris lachte glockenhell.

«Du Witzbold! Natürlich mein ich ‹Perdita›. Aber jetzt mal im Ernst. Ich glaub, du weißt es wirklich nicht. Was? Nein? Das gibt's doch gar nicht. Deinen Namen, den Namen Perdita, haben deine Eltern extra für dich erfunden. Weil sie dir einen ganz besonderen Namen geben wollten, damit du immer weißt, wie sehr du ihnen verbunden bist, wie sehr sie dich lieb haben und wie sehr sie einander lieben. Und weißt du, wie sie das gemacht haben? Sie haben ihre eigenen Namen genommen, und daraus haben sie einen neuen gemacht, einen nur für dich. Warte, ich zeig's dir. Hol doch mal eben dein Buchstabenspiel.»

Perdita lief eilig auf ihr Zimmer und schnappte sich die Klötzchen mit den Buchstaben, die man zu Wörtern zusammenlegen konnte. Sie wusste noch nicht ganz, worauf die Geschichte hinauslaufen sollte, aber sie fühlte, dass etwas ganz Tolles dabei herauskommen würde. Gespannt sah sie zu, wie Tante Doris ein Klötzchen nach dem anderen herausnahm und damit die Namen ihrer Eltern bildete.

«Siehst du, Dietmar und Petra. Und wenn ich nun das P, das E und das R aus PETRA nehme und das D, das I, das T und das A aus DIETMAR, dann steht da – na?»

«Perdita», flüsterte Perdita atemlos.

«Genau.»

Perdita ließ das Ganze auf sich wirken. Dann fragte sie: «Man könnte aber auch das A aus Petra nehmen, oder?»

«Wie? Ähm, ja sicher. Das könnte man auch.»

«Was meinst du, ist es das A aus Petra oder aus Dietmar?»

«Also ... tja, ich würde mal sagen – wahrscheinlich ist es das a aus beiden Namen. Übereinandergelegt. Zur Sicherheit, sozusagen.»

Doris atmete auf, als sie sah, dass Perdita zufriedengestellt war. Mehr als das. Sie war selig. Sie wollte gleich zu ihren Eltern, um ihnen zu sagen, dass sie nun Bescheid wusste, aber Tante Doris meinte: «Lass mal, Dida. Weißt du, es gibt Menschen wie mich, die tragen ihr Herz auf der Zunge und müssen immer gleich ausposaunen, wie glücklich oder traurig sie sind und wie lieb sie jemanden haben. Und dann gibt es Menschen, die reden nicht gern über ihre Gefühle. Das bedeutet nicht, dass sie nicht sehr große und tiefe Gefühle haben. Im Gegenteil. Aber sie reden eben nicht gern darüber.»

«Warum nicht?»

«Na ja ... sie denken vielleicht, dass ihr Gefühl so groß ist, dass man es mit Worten gar nicht beschreiben kann. Weißt du, es gibt Sachen, die sind so wunderbar, dass man sie mit Worten nicht ausdrücken kann, und wenn man es versucht, dann hören sie sich auf einmal ganz klein und mickrig an. Kannst du dir das vorstellen?»

«Hmhm.»

«Also, ich denke mal, deswegen reden deine Eltern nicht so gern über das, was sie empfinden. Sie sagen dir nicht dauernd, wie sehr sie dich lieben, weil sie denken, das ist ja eh klar. Denn sie haben dir doch diesen wunderschönen, besonderen Namen gegeben. Da ist wirklich jedes weitere Wort überflüssig.»

«Ach, jetzt versteh ich das.»

«Ja?»

«Ja, jetzt versteh ich alles.»

«Na siehst du.»

Verstohlen tupfte die Tante sich zwei Tränchen weg, Perdita dachte sich nichts dabei, sie wusste schon von ihrer Mutter, dass Doris «nah am Wasser gebaut» hatte. Diesmal aber war die Tante wirklich tief bewegt, aus dem unbestimmten Gefühl, hier eine Glanzleistung vollbracht zu haben. Sie täuschte sich nicht. Wenn Perdita traurig war und sich einsam fühlte, griff sie jetzt zu ihren Holzklötzchen und legte die beiden Namen zusammen, aus denen sich dann der dritte ergab. Das war der Beweis. Greifbar, unmöglich zu leugnen, buchstäblich zum Anfassen in Gestalt der sieben Klötzchen. Perdita vergaß Tante Doris nie, dass sie ihr einen solchen Schatz in die Hand gegeben hatte. Auch später nicht, als sie entdeckte, dass sie zwar einen wenig verbreiteten, aber keineswegs einzigartigen Namen trug.

Doch, Perdita mochte Tante Doris wirklich gern.

Die Mutter redete noch weiter bei jenem Mittagessen, als sie Perdita eröffnete, dass sie mit dem Vater nach Afrika gehen werde und Perdita zurückbleiben müsse, aber Perdita konnte sie nicht richtig verstehen. Es war plötzlich so, als hätte sie sich die Erbsen in die Ohren gesteckt. Alles, was sie hörte, waren ihre eigenen Gedanken. So war es also, wenn man verstoßen wurde. Im Wald ausgesetzt. Jetzt waren sie also geschiedene Leute, Perdita und ihre Eltern. Sie kam zu Tante Doris. Sie würde in Bonn-Bad Godesberg leben bei Tante Doris, die man immer so gerne ansah, weil sie fast immer lächelte und weil sie so hübsch aussah mit ihren farbenfrohen Kleidern und dem duftig toupierten blonden Haar. In dem gemütlichen Haus mit den gelben Knautschsesseln, den knallig bunten Teppichen und den großen orangefarbenen Lampen, wo den ganzen Tag über Musik gespielt wurde, Platten von Dean Martin und von Elvis. Es gefiel ihr dort, in der bunten Wohnung, es war fast wie – ja, und da wusste sie es. Es war wie in einem dieser Märchen, wo jemand sich etwas wünscht, zum Beispiel ganz viel Gold, und alle, die er unterwegs trifft, die Tiere, die Blumen, die Bäume, sagen zu ihm: Bist du sicher? Hast du dir das auch gut überlegt? Wünsch dir doch lieber was anderes, wer reinen Herzens ist, der wünscht sich nicht so was Schnödes wie Gold. Aber er will unbedingt das Gold, und dann kommt die

Fee und erfüllt ihm den Wunsch, Tausende und Abertausende von Goldstücken regnen vom Himmel, es hört gar nicht mehr auf, und er wird darunter begraben. Und die Tiere, die Blumen und die Bäume schütteln traurig den Kopf. Und Perdita hatte sich gewünscht, von Doris Day adoptiert zu werden, seit sie elf war, wünschte sie sich das, und obwohl sie wusste, dass man so etwas nie, niemals auch nur denken darf, hatte sie nicht damit aufhören können. Und nun wurde ihr dieser Wunsch erfüllt. Im Rahmen des Möglichen, sozusagen. Statt zu Doris Day kam sie also zu Tante Doris, bei der zu Hause das Leben sich genauso abspielte wie in einem bunten Film. Weil sie sich von ihren Eltern weggewünscht hatte, wurde sie von ihnen verlassen. Die Tiere, die Blumen und die Bäume schüttelten traurig den Kopf. Arme, dumme Perdita. So geht es einer, die nicht reinen Herzens ist. Böse Perdita. Du wolltest deine Eltern los sein? Jetzt bist du sie los.

«Sie gaben sich also wieder einmal selbst die Schuld?»

«Ja, natürlich. Ich war ein kluges Kind, ich wusste ja Bescheid: Nur wer reinen Herzens ist, kann den Bann brechen. Die sieben Schwäne wieder in sieben Brüder verwandeln, das Ungeheuer bezwingen, et cetera, et cetera. Mir kam's immer so vor, als ob meine Eltern unter einem bösen Zauber stünden, und nur ich könnte sie davon erlösen. Aber ich konnt's eben nicht. Weil mein Herz nicht rein, sondern böse war. Schwarz wie Ebenholz. Weil ich irgendwann aufgehört hatte, mir zu wünschen, meine Eltern würden von ihrem Fluch befreit, und mir einfach andere gewünscht hab.»

«Sehen Sie das inzwischen anders?»

«Natürlich seh ich das inzwischen anders.»

«Wirklich?»

«Es war die Schuld meiner Eltern, und nicht meine, dass ich mir wünschte, adoptiert zu werden. Sie hätten es nicht so weit kommen lassen dürfen.»

Der Professor nickte zustimmend.

«Dass es dann so kam, wie es kam, das hab ich mir natürlich selbst zuzuschreiben.»

Der Professor stutzte und hob fragend die dichten schwarzen Brauen.

«Meine Schuld war, dass ich mir überhaupt etwas gewünscht habe. Oder sagen wir nicht Schuld, sondern Fehler, denn damals wusste ich ja noch nicht, wie es sich mit dem Wünschen verhält.»

«Nämlich wie?»

«Ach kommen Sie, Professor. Dieser uralte Glaube, dass ein Wunsch sich erfüllt, wenn er nur stark genug ist, der kann Ihnen doch nicht fremd sein.»

«Durchaus nicht.»

«Ich weiß nicht, wie es mit Ihnen ist, aber ich bin überzeugt, da ist etwas dran. Jemand, etwas, erfüllt unsere Wünsche. Der Volksglaube nannte es gute oder böse Fee. Ich stell es mir vor wie eine höhnische Macht. Die inzwischen zu Tode gelangweilt ist von diesen uralten, banalen Sehnsüchten nach Glück, immer nur Glück. So was wie ein gefallener Engel, dessen Flammenschwert man konfisziert hat und der fürderhin verflucht ist, bis in alle Ewigkeit den Menschlein ihre Wünsche zu erfüllen. Der beständig kotzen muss bei all dem Kitsch, der ihm da abverlangt wird. Die meisten Herzenswünsche sind ja so gnadenlos kitschig. Also, meine waren es jedenfalls immer. Gnadenlos kitschig. Da nimmt er sich eben die Freiheit heraus, die Erfüllung des Wunsches ein klein wenig zu pervertieren. Um sich ein bisschen zu belustigen, in der endlosen Ödnis des Universums. Und wenn du dann sagst: Hey, Mann, ich hab mir doch nicht diesen

Scheiß gewünscht, dann sagt er: Oh doch, mein Schatz, genau diesen Scheiß hast du dir gewünscht. Und man kann ihm schlecht das Gegenteil beweisen. Weil, wenn man wünscht, dann wünscht man ja naiv. Man spezifiziert nicht, man setzt nichts Kleingedrucktes auf den Wunschzettel. Also, Wünsche, wenn sie erfüllt werden, pervertieren sich. Davon bin ich überzeugt. Deshalb gab ich das Wünschen damals auf. Seither, seit meinem 13. Lebensjahr, habe ich mir nie wieder etwas gewünscht.»

«Das soll heißen, Sie haben keine Wünsche?»

«Nein, absolut nicht. Ich wäre schön blöd.»

Ihren zwölften Geburtstag feierte Perdita schon in Bad Godesberg. Sie bekam eine große Schokoladentorte, über und über mit bunten Smarties verziert, und aß sie allein mit Tante Doris. Onkel Gunther musste in der Bank arbeiten, und die beiden Cousinen, Vanessa, fünfzehn, und Viktoria, sechzehn, hielten «Kindergeburtstage» für unter ihrer Würde. Perdita fand es sowieso mit Tante Doris und der Musik von den Beatles viel lustiger. Auf die Cousinen konnte sie gut verzichten.

Die Fronten hatten sich schon kurz nach Perditas Einzug geklärt. Es verband sie nichts mit ihren Cousinen. Vicki und Nessi fanden Perdita absonderlich, weil sie dicke, langatmige Bücher las und die gleichen alten Filme anschaute wie ihre Mutter. Es machte sie gereizt, dass Perdita oft so ernst und finster guckte und in ihrer Gegenwart nicht den Mund aufbekam. Perdita ihrerseits wusste beim besten Willen nicht, worüber sie mit den Cousinen hätte reden sollen. Mit Mädchen, die sämtliche Bände von *Hanni und Nanni* verschlungen und danach mit dem Lesen aufgehört hatten. Abgesehen von Büchern über Turnierreiten und Pferderassen und den Memoiren von Paul

Schockemöhle. Und der *Bravo*, immerhin. Perdita bekam schnell heraus, wo sie sie versteckten. Es gab ein paar für alle Beteiligten anstrengende Wochen, in denen Tante Doris versuchte, die drei Mädchen durch gemeinsame Unternehmungen zu einem unzertrennlichen Kleeblatt zusammenzuschmieden. Nach deren Ablauf musste Doris ihre Lieblingsidee im Interesse des Hausfriedens aufgeben, und Perdita und die Cousinen durften wieder getrennte Wege gehen.

Mit Verwunderung stellte Perdita fest, dass die Tante in ihrer eigenen Familie eine Außenseiterposition einnahm. Doris, die sich für Mann und Töchter hätte in Stücke reißen lassen, wurde von ihren Lieben belächelt. Die Cousinen verdrehten die Augen und warfen sich vielsagende Blicke zu, bei beinah allem, was ihre Mutter tat oder sagte. Wenn sie sich um jemanden bemühten, dann ausschließlich um den Vater. Nicht ganz so verzweifelt vielleicht, wie Perdita um ihren eigenen Vater herumgeschlichen war, doch mit ebenso bescheidenem Erfolg. Die Herzlichkeit, die der Onkel seiner Frau und seinen Töchtern entgegenbrachte, erschöpfte sich in milder Ironie. Das hätte Vicki und Nessi einen Teil von Perditas Sympathie eintragen können. Aber sie konnte es ihnen nicht verzeihen, wie schlecht sie Tante Doris' Liebe vergalten.

Perditas Erbitterung über Onkel und Cousinen mündete in einer bedingungslosen Solidarität mit der Tante, die verbissene Züge annahm, als es mit Doris schwieriger wurde.

Zunächst aber ließ sich alles sehr schön an. Es war eine ganz neue Erfahrung für Perdita, die Dinge, für die sie sich begeisterte, mit jemandem zu teilen. Tante Doris mochte es ähnlich gehen. Sie lachten sich zusammen kaputt über *Spion in Spitzenhöschen* oder *Bettgeflüster*. Manche Dialoge zwischen Doris Day und Rock Hudson konnte Tante Doris sogar mitsprechen. Oder sie seufzten zusammen vor amerikanischen Schmachtschnulzen mit Joan Crawford, Lana Turner oder Elizabeth Taylor. Perdita zuliebe schaute die Tante sogar zusammen mit ihr Winnetou III an, obwohl auf einem anderen Programm eine Dokumentation über die Exkaiserin Soraya lief. Und als Perdita bei Winnetous Sterbeszene verstohlen, tränenumflort, zu Doris schielte, sah sie, dass die gleichfalls leise schniefte. Es machte einfach Spaß, mit Tante Doris vor dem Fernseher zu sitzen. Gemeinsam fieberten sie jeder neuen *Dallas*-Folge entgegen. Als der *Denver Clan* dazukam, lieferten sie sich kleine Scheingefechte, welche Serie die bessere sei. Es war eine Gesinnungsfrage, so wie die, ob man lieber die *Beatles* oder die *Rolling Stones* mochte.

Tante Doris' Freude am Trivialen, ihre spontane, mitunter etwas unbedarfte Art, Gefühle zu äußern, und die Begeisterung, in die sie über Dinge geraten konnte, die anderen belanglos erschienen – «Ach! Seht nur! Ist das nicht ein wunder-, wunderhübscher kleiner Lampenschirm? Wunderschön! Entzückend! Frau Schmiskowski, was haben Sie da für einen allerliebsten Lampenschirm! Selbstgemacht? Oh, Ihre Großmutter? Das muss ja eine wunderbare Frau gewesen sein!» –, erweckten bei verschiedenen Leuten den Eindruck, sie sei oberflächlich und ein wenig schlicht. Doch das einzig Schlichte an Doris war ihre Vorstellung vom Glück. Sie empfand tief und assoziierte lebhaft, sie brachte den Menschen im Allgemeinen die freundlichsten Gefühle entgegen und war doch voller Scheu vor ihnen. Unsicherheit und eine ausgeprägte, schon unmäßige Feinfühligkeit hielten sie in der ständigen Furcht, jemandem zu nahe zu treten, und so fiel es ihr schwer, tiefergehende Kontakte herzustellen.

Ihre Mutter und ihren Vater sah Perdita erst zwei Jahre später wieder. Besuche wurden geplant und dann wieder verschoben. Perdita selbst lehnte es grundsätzlich ab, in den Ferien nach Afrika zu fliegen. Nach den ersten schlimmen Wochen in Godesberg, in denen sie manchmal nachts auf tränennassem Kopfkissen aufwachte, hatte sie sich plötzlich geweigert, ans Telefon zu kommen, wenn die Eltern anriefen. Sie wollte die Eltern bestrafen, das auch. Vor allem aber wollte sie, dass sie, Perdita, nicht länger zerrissen wurde von Sehnsucht, Verlassenheit und Wut. Nach ein paar Monaten sprach sie wieder mit ihren Eltern. Tante Doris grauste es jetzt vor ihrer Perdita, wenn sie mit anhörte, wie sie mit Afrika telefonierte. An dem, was das Kind sagte, war so weit nichts auszusetzen. Aber es imitierte nun perfekt die kühle, distanzierte Sprechweise seiner Mutter.

Dann starben die Großeltern. Oma Irmgard erlag einem neuerlichen Herzinfarkt, und zwei Tage später entwischte Opa Heinrich seinem Betreuer und lief vor ein Auto. Er war sofort tot. Petra und Dietmar kamen zur Beerdigung, sie blieben nur wenige Tage.

Der Verlust der Großeltern löste in Perdita ein Gefühl von Heimatlosigkeit aus, das sich beim Anblick der Eltern ins Bodenlose steigerte. Trauer und Trotz machten sie stumm. Die Eltern, kummervoll, hilflos, wussten nichts zu sagen. Die kurze Zeit, die Kellermanns in Deutschland blieben, verging mit dem Warten darauf, dass einer von dreien einen Anfang machen würde. Dann saßen sie schon wieder im Flugzeug, und jeder, Vater, Mutter, Kind, verkapselte sich in seine persönliche Sicht der Dinge.

Nicht lange darauf veranstaltete Tante Doris einen dieser kleinen Empfänge, wie man sie in Onkel Gunthers Bank von den Ehefrauen der Führungskräfte hin und wieder erwartete. Geladen wurden allesamt Leute, die eine Rolle spielten. Solche Empfänge bereiteten Tante Doris eine Heidenangst. Sie organisierte sie glänzend, erdachte phantastische Tischdekorationen, bestellte ein erstklassiges Buffet bei einem guten Traiteur. Zwei, drei Salate und Nachspeisen bereitete sie selbst zu, so was sah man gern. Es sollte privat und unaufwändig zugehen, man schätzte den Charme des Improvisierten und erwartete doch Perfektion. Mit der Zeit lernte Perdita diese Empfänge hassen und fürchten. Nicht, weil sie und ihre Cousinen Tabletts mit Gläsern oder Häppchen herumtragen und darauf achten mussten, dass jeder der Gäste ein volles Glas hatte. Das ging in Ordnung. Das Schlimme war, zu erleben, wie Doris schon Tage vorher in nervöse Erregung geriet und wie sie dann, wenn der Tag kam, langsam die Kontrolle verlor. Immer hatte sie noch im letzten Moment ein ganz extravagantes Rezept aufgetrieben, und immer ging bei der Zubereitung etwas schief, obwohl Tante Doris unter normalen Umständen eine sehr gute Köchin war. Sie fing an, hier und da ein Gläschen zu kippen, auf den Schreck, gegen die Aufregung, zur Entspannung. Perdita ließ sie an solchen Tagen nicht gern aus den Augen, aber oft hatte Doris schon einen Schwips, wenn ihre Nichte aus der Schule kam. Dann schickte sie Perdita mit kleinen Aufträgen durchs Haus, und einmal kurz in den Keller gehen reichte aus für einen weiteren kräftigen Schluck. Wenn die ersten Gäste eintrafen, benahm sich

Tante Doris bereits ein wenig exaltiert. Perdita stellte fest, dass man bis zu einem gewissen Grad bereit war, darüber hinwegzusehen, sofern der Rahmen gewahrt blieb. Nur hin und wieder gab es hinter Doris' Rücken amüsierte oder befremdete Blicke, hochgezogene Augenbrauen, verhalten selbstverständlich, man besaß ja Umgangsformen. Perdita merkte sich jeden Einzelnen, der derart auf Doris herabsah, mit einer Art bitterer Genugtuung, etwa wie ein Racheengel, der die Liste seiner Opfer stetig wachsen sieht, sodass am fernen Tag der Vergeltung von Sonnenaufgang bis Sonnenuntergang der Wetzstein nicht stillsteht.

Bei jenem einen Empfang nun trugen sich gar keine nennenswerten Peinlichkeiten zu. Nicht wie im vergangenen Jahr, als die Gattin des stellvertretenden Bezirksleiters die gefüllten Champignons lobte und Tante Doris in ihrem Bestreben, jedermann glücklich zu machen, anfing, der schreckensstarren Dame gefüllte Champignons in ihr Paillettentäschchen zu schaufeln: «Nehmen Sie sich noch ein paar mit, ach bitte, Sie mögen sie doch so gern! Ein paar für die Kinder, und noch ein paar für den Weg ...»

Diesmal standen die Chancen besser, Perdita hatte dafür gesorgt, dass Doris ein bisschen Kaffee trank. In den Sekt-Orangensaft-Cocktails, die sie unermüdlich anbot, befand sich mit Rücksicht auf die Tante praktisch nur Saft. Doris wirkte ein wenig angeheitert, aber mehr auch nicht. Trotzdem hörte Perdita, gerade im Begriff, ihre Petits Fours unter die Leute zu bringen, wie eine Frau im kleinen Schwarzen zu einer Frau im kleinen Gelben sagte: «Ach, wussten Sie das gar nicht? Sie trinkt.»

«Ooh ...!»

Mit ihren Blicken folgten die beiden Tante Doris, die gerade begann, ihre Blumenarrangements zu plündern, um einigen besonders liebgewonnenen Gästen eine Blüte ins Knopfloch, hinters Ohr oder ins Dekolleté zu stecken.

«Ja, ich weiß auch nicht, mein Gott, die Frau kann sich doch nicht beklagen. Wahrscheinlich ist es ja doch genetisch. Der Bruder, wissen Sie, ist schwerer Alkoholiker.»

Perdita, hinter den beiden zur Salzsäule erstarrt, fragte sich im ersten Moment, wie die im kleinen Schwarzen auf die Idee kam, ihre Tante und ihr Vater hätten noch einen Bruder. Ein düsteres Familiengeheimnis? Ein versteckt gehaltener Bruder, der von Geburt an unter schwerem Alkoholismus litt, oder was?

«Ja, tragisch, der Frau, also der Schwägerin, blieb nichts übrig, als ihren Mann nach Afrika zu schaffen.»

«Afrika? Bringt man Alkoholiker heutzutage nach Afrika?»

Die im kleinen Schwarzen kicherte.

«Nein, natürlich nicht. Obwohl, vielleicht wär das eine Idee. Nein, der Mann, also der Bruder, ist Arzt. Sie verstehen?»

«Oh! Sie meinen, ihm ist im Suff ein Kunstfehler unterlaufen oder so was?»

«Aber nein, absolut nicht. Er soll ein sehr guter Arzt gewesen sein. Es war wohl eher, also, das Leid seiner Patienten ist ihm offenbar über den Kopf gewachsen. Depressionen, nehm ich an. Gott, ja. Gerade das Mitgefühl kennzeichnet ja einen guten Arzt. Abgesehen mal von den Chirurgen, haha! Tja. Wirklich tragisch.»

«Aber wenn der Mann alkoholabhängig ist, kann er

denn da überhaupt noch praktizieren?», fragte die im kleinen Gelben skeptisch.

«Gott, nun ja, in Afrika ...»

Perdita drückte dem Mann, der an sie herantrat und mit einem «Oho, kleines Fräulein, die sehen aber lecker aus!» auf ihre Petits Fours schielte, wortlos das Tablett in die Hand und verschwand Richtung Küche. Ihre Wangen brannten vor Scham. Nicht, weil es irgendeiner dämlichen Kuh gefiel, ihren Vater als eine Art versoffenen Albert Schweitzer hinzustellen. Sie schämte sich, weil sie spürte, dass die Frau im kleinen Schwarzen bei aller Häme besser Bescheid wusste als sie, Perdita, die Tochter. Depressionen, Alkohol. Das erklärte einiges. Das allmähliche Verstummen, den Blick wie durch eine Wand aus Glasbausteinen. Sie hätte es merken müssen. Wenn sie es nur gemerkt hätte, dann hätte sie ihrem Vater geholfen, bestimmt hätte sie ihm geholfen, und alles wäre anders gekommen. Aber sie war blind gewesen, blind und taub, ignorant und egoistisch.

Das auf der Party Belauschte wirkte sich insofern auf Perdita aus, als sie nun aufhörte, ihre Mutter dafür zu hassen, dass sie mit ihrem Wohltätigkeitsfimmel den Vater nach Afrika geschleppt hatte. Jetzt hasste Perdita ihre Mutter, weil sie sie über das Leiden des Vaters im Unklaren gelassen, sie in jeder Hinsicht ausgeschlossen und der Chance beraubt hatte, den Vater zu retten.

«Sie hassten Ihre Mutter?»

«Schockiert Sie das etwa?»

«Durchaus nicht.»

«Sie meinen, ich dramatisiere wieder?»

«Sagen Sie's mir.»

«Also – gut, ich hab mir nie gewünscht, sie wär tot oder so was. Aber sie war mein Feind. Das ganz bestimmt. Und es hat mich immer rasend gemacht, wenn irgendwelche Leute sagten: ‹Ach, die junge Perdita, sie sieht ja ganz aus wie ihre Mutter!› Was ein völliger Blödsinn ist. Ich meine, als Kind hab ich das gern gehört, klar. Denn meine Mutter war ja so schön. Aber diese angebliche Ähnlichkeit zwischen uns – gut, also ich hab ihre Farben. Augen, Haare, Teint. Das ist aber auch schon alles. Unsere Augen mögen auf den ersten Blick ähnlich scheinen, aber meine haben Gott sei Dank nicht diesen feuchten, wehen Bambi-Schimmer. Ich hab eine kräftigere Nase und einen anderen Mund. Ich hab den hübschen, kleinen Mund meines Vaters, ich darf das ohne Eitelkeit sagen, denn mein Vater hat wirklich einen sehr hübschen, wenn auch kleinen Mund. Ich hab auch diese komischen langen, geschweiften Augenbrauen, wie mein Vater sie hat. Meine Mutter hat ein ovales Gesicht, meins ist eher dreieckig. Und auch wenn wir beide das gleiche lange schwarze Haar haben – ich meine, ich hab mir die Haare mal ganz kurz geschnitten, weil sie mich jeden Morgen an meine Mutter erinnerten, aber ich – ich mag nun mal lange Haare … Aber ich trage mein Haar ganz anders, Seitenscheitel, sehen Sie, und hier, ich lass es immer ein bisschen stufig schneiden, dadurch fällt es nicht so madonnenhaft glatt, es fächert sich eher, wie Gefieder …»

Perdita neigte den Kopf zur Seite und warf mit heftigen Handbewegungen ihr Haar auf, damit der Professor sehen konnte, wie es fiel. Abrupt hörte sie damit auf. Sie strich sich eine Strähne aus der Stirn und wollte noch rasch hinzufügen, dass ihre Mutter ihrerseits niemals eine Strähne im Gesicht dulden würde. Stattdessen atmete sie einmal durch und sagte: «Dieser kleine Monolog über mein Aussehen, fürchte ich, war ein bisschen hysterisch.»

«Es ist Ihnen offenbar wichtig, sich von Ihrer Mutter abzugrenzen.»

«Ja, und ist das ein Wunder?!»

«Durchaus nicht.»

In der Folge schloss Perdita sich noch mehr an Tante Doris an. Wenn sie schon bei ihrem Vater versagt hatte, wollte sie wenigstens alles tun, um der Tante beizustehen. Sie wurde Doris' Beschützerin und Vertraute. Sie leistete ihr Gesellschaft, wenn der Rest der Familie Doris wieder einmal die kalte Schulter zeigte und sie betrunken und unglücklich auf dem Teppich im Wohnzimmer ihre langen, leidenschaftlichen Monologe hielt. Sie hinderte sie daran, in diesem Zustand alle möglichen Leute anzurufen, verleugnete die Tante am Telefon oder an der Haustür, um sie vor peinlichen Auftritten zu bewahren, und brachte sie schließlich ins Bett. Am nächsten Tag zog sie alle Register ihrer Rhetorik, um Doris zu ermahnen und zur Vernunft zu bringen, und stets zeigte die Tante sich einsichtig. Aber die Phasen, in denen sie nicht trank, wurden allmählich kürzer. Ehemann und Töchter waren sich offenbar einig, Doris' Alkoholproblem zu ignorieren. Und Perdita kam es nicht in den Sinn, mit Onkel Gunther oder den Cousinen darüber zu sprechen. Vicki und Nessi waren unsensibel und roh, der Onkel ein kalter Zyniker. Undenkbar, ihnen Doris' zarte Seele auszuliefern.

Die alleinige Verantwortung für Tante Doris' trauriges Schicksal, die Szenen, die sie mit ansah, die immer neuen Versuche, einen Ausweg zu finden, und die langsam sich durchsetzende Erkenntnis, dass nichts half, der ganze Doris-Komplex bedrückte Perdita bis zum Abitur. Sie konnte es kaum abwarten, endlich herauszukommen. Als

Studienort zog sie Berlin, Freiburg, eine Zeitlang auch Wien in Erwägung, in besonders kühnen Träumen dachte sie sogar an Sevilla. Als es so weit war, entschied sie sich für Bonn. Sie redete sich ein, dass es gar nicht mal so sehr wegen Tante Doris sei, sondern weil sie Bonn einfach mochte. Bonn besaß das Flair, das Bad Godesberg längst verloren oder verscherbelt hatte. Natürlich hätte sie, um in Bonn an die Uni zu gehen, problemlos in Godesberg wohnen bleiben können, wie Doris schüchtern anmerkte. Doch hier blieb Perdita strikt. Zum einen brauchte sie Unabhängigkeit, zum anderen Atmosphäre. Tante Doris verstand.

Perdita suchte sich eine Bleibe in Poppelsdorf, dem lauschigen Viertel zwischen Universität, Hofgarten und Schloss. Hübsche kleine Altbauten mit abblätternden Fassaden, duftende, im Treibhausklima der Tiefebene üppig wuchernde Vorgärten hinter schmiedeeisernen Gittern, schattige Straßen unter hohen alten Kastanien, mittendrin Kneipen, Supermärkte und Burschenschaften, Heilsarmee und Antiquariate.

Perdita sah im Studium weniger die planvolle Vorbereitung auf einen bestimmten Beruf als den idealen Vorwand zum hemmungslosen Ausleben ihrer Neigungen. Sie entschied sich für Literaturwissenschaften und orientierte die Semesterpläne an ihren ganz persönlichen Richtlinien. Erst spät und ausgerechnet während der Magisterprüfung ging Perdita auf, dass sie zwar über beachtliches Spezialwissen in Randgebieten verfügte, ihre allgemeinen Kenntnisse jedoch bedauerliche Lücken aufwiesen. Glücklicherweise redete sie sich irgendwie raus.

Ihr neues Zuhause war ein dämmeriges Zimmer, dessen einziges, großes Fenster auf einen schattigen und ganz von Efeu überrankten Garten hinausging, den niemand je betrat. Perdita strich die Wände in einem zarten, verwässerten Grün. Man glaubte, sich unter Wasser zu befinden. Es gab Phasen, da lebte Perdita in ihrem aquarienhaften Dämmer wie der geheimnisvolle Quastenflosser. Doch sie fand auch Freunde, gute und beste, mit denen sie Nächte in irgendeiner Küche oder am Rheinufer verquatschte und ausgelassene Feste feierte. Sie entdeckte selbst neue Seiten an sich, sah, dass sie schillernd und mitreißend sein konnte und nur ein Klima brauchte, um sich zu entfalten. Sie wurde sich ihrer Wirkung auf andere bewusst und lernte, dass viele sie für abweisend und arrogant hielten, während andere sich sofort zu ihr hingezogen fühlten. Perdita wusste nur, dass sie weder das eine noch das andere beeinflussen konnte. Ihr Persönlichkeitsbild in dieser Zeit stellte sich durchaus interessant, alles in allem aber noch recht disharmonisch dar.

Bei Männern hatte sie keine glückliche Hand. So gab es einen Studenten, der in feinem Tuch wie ein Dandy herumging, das Haar trug er halblang wie Oscar Wilde. Das gefiel Perdita. Aber sie begeisterte sich erst für ihn, als sie sah, wie er seine derzeitige Freundin anhimmelte. Sie verliebte sich in die Vorstellung, so angesehen zu werden. Ein Jahr später widerfuhr es ihr, dass der Lord, wie sie ihn für sich nannte, sie, Perdita, auf diese Art anschaute. Sehnsüchtig, hingebungsvoll, ihr alles versprechend. Und Perdita glaubte, dies sei nun wahrhaftig die Liebe. Zwei Wochen später kamen Konstellationen zum Zuge, die alles beendeten: Eine andere Frau, die das zuvor gelöste Verhältnis als weiter bestehend ansah, Perdita, herabgewürdigt zur Spielfigur, der Lord schwankend, wankend, unfähig zum Entschluss – alles in allem benahm er sich so feige, dass Perdita ihn ziehen ließ. Doch noch nach Jahren schrieb sie ihm Briefe, die sie nicht abschickte, weil sie in der Nacht von seinem Blick geträumt hatte.

Von dieser Art waren Perditas Passionen. Weil sie sich in die Assoziationen verliebte, die ein Mann in ihr hervorrief, ging sie oft in die Irre. Weil sie aber an ihre Assoziationen glaubte, mehr als an tatsächliche, greifbare Zeichen, stürzte sie sich mit ungestümer Ausschließlichkeit in ihre Irrtümer. Häufig kam es dabei gar nicht zum direkten Kontakt. Eine ganze Reihe ihrer Liebesgeschichten erlebte Perdita für sich allein, im grünen Dämmer ihres Aquariums oder auf Streifzügen durch die nächtlich stillen Straßen von Poppelsdorf. Unter solchen Voraussetzungen gestalteten Perditas Amouren sich naturgemäß aufreibend, langwierig und intensiv.

Die Vorstellungen davon, wie sie nach dem Magister ihr Geld verdienen wollte, blieben während des ganzen Studiums vage. Alle Welt sprach mittlerweile von «den Medien», und so dachte auch Perdita, dass sie dort am ehesten ihre Talente zur Entfaltung bringen könnte. Neben ihrem eigenen Innenleben interessierte sie sich von jeher für die Art, wie andere Menschen sich ihre spezielle Welt zusammenstrickten. Sie hielt sich etwas auf ihre Neugier und ihr Einfühlungsvermögen zugute. Warum also nicht so eine Art neue Margret Dünser werden, in der ganzen Welt herumreisen und mit charismatischen Leuten Interviews führen und Tee trinken, wahlweise Whisky?

Nach acht Jahren verließ Perdita das Aquarium in Poppelsdorf und zog nach Köln-Ehrenfeld in eine kleine, lichte, perfekt geschnittene Dreizimmerwohnung. Sie strich alle Räume in einem wässrigen Orange und nahm das als gutes Vorzeichen für ihre Hinwendung zum Leben. Diverse Praktika in der Medienwelt konfrontierten Perdita mit der garstigen Wirklichkeit. Sie hielt sich überraschend gut, entwickelte Durchhaltevermögen, übte Selbstdisziplin und lernte, sich zu behaupten. Alles in allem mangelte es ihr aber am rechten Biss. Es gelang ihr nicht, den nötigen Eifer aufzubringen, sich anzubiedern und geschickt zu verkaufen. Um Leute, auf die es ankam, von sich zu begeistern, fehlte ihr das Klima. Das vorherrschende Klima führte dazu, dass Perdita ungewollt wieder in die Außenseiterposition ihrer Schulzeit geriet. Trotzdem blieb sie bei dem eingeschlagenen Weg, in Ermangelung eines besseren, und landete zuletzt, unwahrscheinlich genug, bei einem Privatsender in der Redaktion einer täglichen Talkshow.

Während all dieser Jahre ging es Tante Doris mal besser, mal schlechter. Die alarmierenden Anrufe, von Doris selbst oder besorgten Bekannten, erfolgten in unregelmäßigen Abständen während Perditas ganzer Studienzeit, sie hatten ein sofortiges Alles-stehen-und-Liegenlassen zur Folge und hörten auch nicht auf, als Perdita in Köln arbeitete. Eine ernsthafte Krise stand seit langem zu befürchten. Als es so weit war, fühlte Perdita sich schuldig, weil es so weit hatte kommen können, und erleichtert, weil sie Doris nun endlich der ärztlichen Obhut überlassen durfte, was ihr Schuldgefühl nur noch verstärkte.

Der Kontakt zu den Eltern beschränkte sich mittlerweile auf Weihnachts- und Geburtstagsgrüße. Perdita ging dem Gedanken an Vater und Mutter möglichst aus dem Weg. Als sie dann ihren Eltern nach so langer Zeit in der Flughafenhalle gegenüberstand, kam es ihr vor, als habe ein zweitrangiger neosymbolistischer Maler einen Blick in ihr Unterbewusstes getan und die schlechtesten ihrer Gedanken in Bilder übersetzt. Ihre Mutter sah aus wie die böse Fee aus dem Märchen, die zur Strafe für ihre Untaten in den Hungerturm gesperrt worden war. Ihr Vater hingegen wirkte zwar älter, doch so entspannt und heiter, wie sie ihn selten erlebt hatte. Perdita stutzte, als er ihr ein Trinkgeld in die Hand drücken wollte. Er hielt sie für eine freundliche Dame vom Flughafenpersonal. Ein Teil seines Gehirns war von zwei kleineren Schlaganfällen in Mitleidenschaft gezogen und durch jahrelangen Alkoholmissbrauch schwer geschädigt. Er erkannte seine Tochter nicht mehr. Die Nacht mit dem spanischen Kameramann, in deren Verlauf sich herausstellte, dass er Perdita, während er mit ihr schlief, für eine andere Frau hielt, bildete den vorläufigen Abschluss der langen Reihe von Perdita Kellermanns exzentrischen Liebeserlebnissen ...

... zog man all dies in Betracht, dachte Perdita in der warmen Augustnacht auf ihrem Balkon beim leisen Rascheln des Bambus, zog man dies alles in Betracht, so hatte sie am heutigen Abend eine glänzende Figur gemacht. Sie war unbeschadet in die schwüle, erinnerungsbehaftete Atmosphäre Bonns ein- und wieder daraus aufgetaucht, sie hatte bewegt, doch ohne die Fassung zu verlieren, einen hochdramatischen Stummfilm mit John Gilbert anschauen können. Sie hatte seit langem wieder einmal geflirtet. Letzteres sozusagen unter Extrembedingungen, in lauer Mondnacht, mit keinem Geringeren als dem Lohfarbenen, ihrem Schwarm. Und nun saß sie hier heil und unbefleckt ganz friedlich auf ihrem Balkon, würde noch eine Zigarette rauchen und dann tief und traumlos schlafen. Die Kur, in der sie sich seit zwei Jahren befand, wirkte sich aus. Perdita freute sich mit einem Mal richtig darauf, dass morgen ein zweiter Donnerstag war und somit Frau Trautvetters Fenster drankamen. Denn für die nächsten paar Monate, mindestens bis Weihnachten, hatte sie genug erlebt.

4
Große Oper

Die Nacht auf dem Spielplatz lag eine gute Woche zurück, da durchquerte Alf Strelitz zügig das Eigelsteinviertel, auf dem Weg zu seinem Freund Rainer. Sie wollten miteinander zu Mittag essen, und in Gedanken ging Alf bereits die gutbürgerliche Speisekarte durch. Er schwankte noch zwischen Sauerbraten und Rindsrouladen, als er an dem zabaionefarbenen Gründerzeithaus klingelte. Ungeduldig wartete er auf den Summer und nahm dann mit großen Schritten die breite Holztreppe bis zum zweiten Stock.

Rainer erwartete ihn in der Tür, sommerlich flott in einem kurzärmeligen weißen Hemd mit blauen Streifen, unterm Kragen eine kecke Fliege. Rainer verströmte etwas von der frischen Reinheit einer englischen Nanny, die in gestärkter Bluse, Cape und Häubchen ihre Schützlinge im Hyde Park ausführt. Sein rundes Gesicht sah immer aus wie blankgescheuert, obschon es zur Hälfte von einem gepflegten, kurzen braunen Vollbart verdeckt wurde. Rainer begrüßte seinen Freund mit knappem Handschlag. Die hellgrauen Augen schauten konzentriert durch Alf hindurch. Er schloss daraus, dass noch jemand im Sprechzimmer saß.

«Ich bin gleich so weit. Mach's dir schon mal gemütlich.»

Alf seufzte, und während Rainer in dem schmalen, dämmrigen Flur verschwand, der sich über die ganze

Längsseite der Wohnung hinzog, schlenderte er in den Salon. Er machte es sich in einem samtweichen, moosgrünen Fauteuil bequem, steckte eine Zigarette an gegen das nagende Hungergefühl und ließ einmal mehr den Blick über das erlesene Ambiente schweifen.

Viel Jugendstil, dazwischen ein bisschen Art déco. Die Wohnung eines schöngeistigen Sammlers. Eines Sammlerpaares, genau genommen. Der Jugendstil ging auf Onkel Albin zurück, die Art-déco-Stücke hatte Onkel Engelhard zusammengetragen. Rainer hatte die große Altbauwohnung samt Inventar von den beiden Onkeln geerbt, die ihn nach dem frühen Tod seiner Eltern erzogen hatten.

Ja, der Rainer, dachte Alf unbestimmt, während er in dem sanften Sonnenlicht angenehm schläfrig wurde. Zum Schutz gegen die Mittagshitze waren an den hohen Fenstern die bodenlangen Vorhänge aus grün und golden gemustertem Atlas vorgezogen. Alf seufzte wohlig und schloss die Augen. Nicht lange darauf hörte er Absätze hastig übers Parkett stöckeln. Träge wandte er den Kopf und sah gerade noch, wie eine platinblonde Frisur und ein rosa Chiffonschal aus der Wohnung wehten. Ihm gegenüber öffnete sich die Verbindungstür zu Rainers Praxis, und aus dem dunkel getäfelten Sprechzimmer eilte sein Freund auf ihn zu. Seine ungeteilte Aufmerksamkeit galt jetzt Alf. Er rieb sich die Hände und strahlte über das ganze runde Gesicht: «Mensch, Alter! Ich freu mich!»

Alf lächelte. Es war eine der liebenswerten kleinen Eigenheiten von Herrn Dipl.-Psych. Rainer Erbs, dass er sich im allerprivatesten Umgang mitunter aufführte wie ein wackerer Pfadfinder aus Vorkriegszeiten. Festzustellen, dass er sich mit jemandem wohlfühlte, so richtig rundum pudelwohl, überraschte und erschütterte ihn. Er verfiel dann in den Ton von *Emil und die Detektive*. Der außerhalb seiner Praxis reservierte bis gehemmte Rainer Erbs war imstande, dem anderen kräftig auf die Schulter zu hauen oder auch sich selbst auf die Schenkel, und begleitete solches Tun mit begeisterten Ausrufen wie «Junge, Junge!», «Menschenskind!» oder eben auch «Mensch, Alter». Alf nahm an, dass sich darin eine alte kindliche Sehnsucht nach Freundschaft und fröhlicher Kameradschaft ausdrückte. Vielleicht hatten auch die beiden eigenbrötlerischen Onkel gegenüber Rainer, «dem Knaben», diesen Ton angeschlagen, in vager Erinnerung an ihre eigene Jugendzeit. Rainer wuchs als Außenseiter heran, was nicht weiter verwunderte, wenn man von seinem siebten Lebensjahr an beharrlich Fliege, Pullunder und Mittelscheitel trug. Zumindest die Fliege hatte Rainer nie abgelegt, anfangs den Onkeln zu Gefallen, später aus Trotz. Irgendwann, vermutete Alf, war die Fliege mit seiner Identität verschmolzen.

Alf hievte sich aus dem Sessel, denn nun war die innige, freundschaftliche Pfadfinderumarmung fällig. Festes, herzliches Aneinanderpressen der Oberkörper, dann ausgiebiges Schulterklopfen auf beiden Seiten. Anschließend legte Rainer die Hände auf Alfs Schultern und schaute glücklich zu ihm auf.

«Mensch, ich freu mich! Was möchtest du trinken? Was Kaltes? Oder was Heißes?»

«Mir knurrt der Magen, Alter. Wollen wir nicht lieber gleich los?»

Ein bekümmerter Ausdruck trat auf Rainers Gesicht. Bedauernd ließ er die Arme sinken.

«Ich kann leider nicht mit dir essen gehen. Mir ist was dazwischengekommen. Ein Notfall.»

«Oh. Akute Suizidgefahr?»

Rainer grinste verkniffen. Das war schon ein Zugeständnis. Normalerweise duldete er keine Witze über seine Klienten. Aber er hatte auch ein schlechtes Gewissen.

«Privater Notfall. Ich muss mit Rotraut einkaufen gehen. Sie hat heut Abend eine Verabredung und weiß nicht, was sie anziehen soll.»

«Die Mühe kannst du dir sparen. Sie kauft sich ja doch wieder so 'n Minidings mit lauter Rüschen. Oder irgendwas Spitzendurchbrochenes. Mit Samtapplikationen. Ich weiß überhaupt nicht, wo sie die Dinger immer auftreibt.»

«Na ja, sie hat da so eine Lieblingsboutique. Ich glaub, die Inhaberin entwirft die Sachen selbst.»

«Ich meine, wenn sie wenigstens auf dich hören würde. Du hast immerhin Geschmack.»

«Tja ...»

«Oder wenn sie zumindest die Rüschen weglassen würde. Respektive Spitzen.»

«Das entspricht eben ihrer Vorstellung von Weiblichkeit. Mich rührt das. Es hat so etwas Kindliches.»

«Moment mal, reden wir hier von Rotkäppchen, oder reden wir von Rotraut?»

«Eigentlich geh ich ja auch bloß mit, weil sie schon am Telefon so überdreht war. Sie ist in letzter Zeit ein bisschen gestresst. Richterin am Familiengericht, das ist einfach nichts für sie.»

Alf nickte.

«Ja, find ich auch. Rotraut gebührt der Vorsitz über ein Inquisitionstribunal. Oder ein Blutgericht. Da könnte sie sich weitaus besser verwirklichen.»

Rainer gab ein unwilliges Schnalzen von sich.

«Also ich weiß nicht, du und Rotraut, ihr seid in letzter Zeit wie Hund und Katze.»

«Waren wir doch immer schon.»

«Nein, ich hab den Eindruck, in letzter Zeit, da schießt ihr sozusagen mit scharfer Munition. Früher waren's bloß so kleine Dinger mit Gummiproppen.»

«Was denn für Gummiproppen?»

«Na, die so plopp! machen und sich an der Stirn festsaugen. Du weißt schon.»

Alf lachte kurz auf.

«Das ist der Kampf der Geschlechter. Würde Rotraut sagen. Ja, also wenn das so ist, dann geh ich doch am besten gleich wieder, was? Tschüs!»

Er griff nach seinen Zigaretten. Rainer fasste ihn am Arm, er sah ganz erschrocken aus:

«Ach komm! Jetzt sei nicht sauer! Eine halbe Stunde hab ich doch noch. Komm, wir trinken einen Eistee!»

Alf nahm es schon ein klein wenig übel, ausgerechnet von seinem treuesten Freund versetzt zu werden, ausgerechnet heute und ausgerechnet wegen Rotraut. Bei der freudigen Begrüßung war ihm erst richtig klar geworden, dass er den Rainer vermisst hatte. Zudem war er hungrig, und es trieb ihn, laut Betrachtungen anzustellen im Zusammenhang mit gewissen Begebenheiten in spätsommerlicher Nacht. Düster blickte er auf die hellblaue Fliege hinunter. Rainer wartete unglücklich ab, wie sein Freund sich entscheiden würde. Auf dem rosigen Gesicht spiegelte sich ein heftiger Loyalitätskonflikt. Alfs Groll schmolz. Ach, der Rainer. Er machte es sich nicht leicht. Aber es handelte sich eben um Rotraut. Alf kannte Rainers rätselhafte Schwäche für diese Frau. Es musste wohl mit einer der dunklen Seiten in seiner fleckenlosen Seele zu tun haben. Mit einem tiefen Seufzer ließ Alf sich wieder in den Sessel fallen.

«Na schön. Also keine Brauhausplatte. Kein Kalbsragout à la Irmchen –»

«Ich hab was zum Knabbern da!»

«Na prima. Dann schaff mal ran.»

Flink verschwand Rainer in der Küche, kam kurz darauf zurück mit einem schönen Intarsientablett, auf dem hohe vorgekühlte Gläser und eine Karaffe Eistee standen, eine violette Hibiskusblüte aus dem Wintergarten in zierlicher Vase, verschiedene Schälchen mit Knabbergebäck und mehreren Sorten gefüllter oder eingelegter Oliven. Er stellte das Tablett auf einem grazilen Van-de-Velde-Tischchen ab, schenkte ein, bot an, und aus allem, was er tat, sprach das eifrige Bestreben, die verbleibende knappe halbe Stunde für sie beide so schön und behaglich wie möglich zu machen. Wie sollte man so jemandem böse sein?

Schließlich hatte jeder, was er brauchte, und Rainer lehnte sich erleichtert in seinem Sessel zurück. Gleich darauf schnellte er wieder vor und fragte: «Und? Was gibt's Neues?»

«Och ... ach! Ich traf neulich in der Buchhandlung diese Chloé, mit der du mich letztes Jahr verkuppeln wolltest.»

«Chloé? Ich kenn keine Chloé.»

«Ach komm schon. Sie war dabei, als du vietnamesisch gekocht hattest, das kannst du unmöglich vergessen haben. Niemand, der dabei war, hat dieses Essen vergessen. Es endete in einer Großbestellung beim China-Imbiss.»

Rainer überlegte.

«Du meinst Zoé.»

«Ach ... stimmt.»

«Wie kommst du darauf, dass ich dich mit ihr verkuppeln wollte?»

«Wolltest du nicht?»

«Ich hatte damals selbst ein Auge auf sie geworfen.»

Alf war verblüfft: «Ja?»

Rainer war gleichfalls verblüfft: «Jetzt sag mir nicht, du hast mit ihr –? Du hast doch nicht etwa mit ihr –?»

Peinlich berührt biss sich Alf auf die Lippe.

«Aber ich hatte ja keine Ahnung! Es war alles haargenau wie immer, wenn du mich mit jemandem – ich meine, sie war doch schließlich meine Tischdame!»

«Ich hab's längst aufgegeben, dich zu verkuppeln. Hinterher kommen sie in meine Praxis. Na, jedenfalls weiß ich jetzt, warum ich nie wieder was von Zoé gehört habe. Ich dachte immer, es hätte am Essen gelegen.»

«Im Zweifelsfall hat es auch am Essen gelegen. Es ist nichts vorgefallen, weswegen jemand einen Groll hegen müsste.»

Alf fand zwar, dass er sich bei der ganzen Sache nichts vorzuwerfen brauchte. Denn das war so eine Sache mit Rainer und den Frauen. Nach den traurigen Erfahrungen, die er zuerst als Neunjähriger gemacht hatte und die sich im Alter zwischen sechzehn und vierundzwanzig verschiedentlich wiederholt hatten, stand Rainer der romantischen Liebe, soweit sie ihn selbst betraf, sachlich gegenüber. Das Phänomen der Verliebtheit beruhte nach Rainers Ansicht im Wesentlichen auf einer von Prägungen, Komplexen, Wunschbildern und nicht zuletzt hormonellen Faktoren bestimmten Projektion. Wie sonst sollte man erklären, dass gewisse Männer, unter ihnen auch Rainer, sich, vereinfacht gesagt, immer in die Falsche verliebten? Dies wissend, nahm Rainer seine Liebeleien selbst nicht allzu ernst. Er frönte ihnen still für sich und so im Geheimen, dass nicht nur das derzeitige Objekt, sondern auch seine engsten Freunde meist ahnungslos blieben.

Trotzdem war es Alf nicht nur peinlich, es tat ihm auch aufrichtig leid, seinem Freund ins Gehege gekommen zu sein. Dass Rainer ihn jetzt mit dem gleichen bohrenden Ernst fixierte wie die kleine Gipsbüste von Freud im Regal über seinen Schultern, machte es für Alf nicht leichter. Unbehaglich wechselte er seine Sitzposition.

«Glaub mir, ich wusste wirklich nicht, dass du da irgendwie involviert warst ...»

Aber Rainer hing ganz anderen Fragen nach: «Zoé. Ich hätte gar nicht gedacht, dass sie dein Typ wär.»

«Na ja. Sie war doch meine Tischdame ... Bist du mir böse deswegen?»

«Ach Quatsch. Ich hatte sie bereits aufgegeben. Es war das Abschiedsessen, verstehst du? Ich meine, ich mag ja diese dominanten Frauen, aber dann fand ich ihr Auftreten im Ganzen doch ein wenig zu herrisch. Weißt du, zwei Tage vorher hatte ich sie noch zu einer Einladung bei Krosigks begleitet.»

«Hm, Krosigks. Très chic.»

«Oui, oui», murmelte Rainer und fuhr fort: «Also, wir kommen rein, sie eilt auf die Krosigk zu, die am andern Ende des Flurs die Honneurs macht, und im Gehen lässt sie einfach so ihren Mantel runtergleiten, in der Erwartung, dass ich schon herbeispringen und ihn auffangen werde – in dem Moment gab ich sie auf.»

Rainer erlag regelmäßig solchen Frauen, die einem etwa beim geringsten Aufkommen von Langeweile verächtlich den Rauch ihrer Zigarette ins Gesicht bliesen. Blasierte Arroganz machte ihn schwach. Gleichzeitig verurteilte er als sensibler, intelligenter Mann solche Verhaltensweisen. Früher hatte ihn die Tatsache, sich in Frauen zu verlieben, die menschlich von vornherein indiskutabel waren, jedes Mal in einen Konflikt gestürzt. Inzwischen ging er pragmatisch vor. Sobald er an sich die Anzeichen von Verliebtheit feststellte, machte er sich bereit, es durchzustehen. Er genoss die ersten sechs Wochen, das Gewahrwerden einer neuen, verliebten Neigung, die damit verbundenen Aufregungen und Hochgefühle. Manchmal gelang es ihm, den angenehmen Zustand über acht oder sogar zehn Wochen hinauszuziehen. Dann spätestens machte Rainer Schluss, brutal und kaltschnäuzig. Die Rücksichtslosigkeit, mit der er vorging, richtete sich dabei in erster Linie gegen ihn selbst. Von vornherein mied Rainer die intimen Rendezvous. Er zog es vor, seine Herzensdamen in Gesellschaft einiger guter Freunde zu treffen. Wenn es dann vorbei war, bekamen die betroffenen Damen höchstens mit, dass gelegentliche Blumensendungen und Einladungen zu geselligen Abenden in der stilvollen Jugendstilwohnung plötzlich ausblieben. Vielleicht merkten sie es auch erst nach drei oder vier Monaten, wenn ein anderer Mann sie im letzten Moment versetzt hatte und sie in alter Manier bei dem kleinen Kerl mit der Fliege anriefen. Dann mussten sie plötzlich sehen, dass dieser stets verlässliche Begleiter nicht mehr zur Verfügung stand. Zu leiden hatten die Damen unter Rainer im Allgemeinen nicht. Um eigenem Kummer vorzubeugen, betrachtete Rainer seine Amouren von vornherein als zum Scheitern verurteilt. Er gab sich wohl Phantasien, aber keinerlei Hoffnungen hin. Sein Werben geschah diskret und unverbindlich, und er sorgte dafür, dass er die Frau zum rechten Zeitpunkt «aufgab».

«Aber den Mantel hast du doch aufgefangen?», fragte Alf.

«Ja, ein allerletztes Mal.»

«Hmm. Ehrlich gesagt, ich fand sie schließlich auch ein bisschen zu – herrisch.»

Rainer grinste.

«Und, was war, du sagst, du hast sie neulich getroffen?»

«Ja, es war eigentlich nichts. Ich sagte: Hallo, Chloé, und sie drehte sich auf dem Absatz um und rauschte davon. Ich war ein bisschen irritiert ... aber wenn sie tatsächlich Zoé heißt, dann wundert's mich natürlich nicht ...»

Rainer kicherte auf seine leise, schnaubende Art. Seine Schultern zuckten vor Vergnügen. Alf lehnte sich entspannt zurück. Da schien ja weiter kein Schaden entstanden zu sein, gottlob.

«Wie sieht's jetzt aus – kommst du am Samstag?», fragte Rainer.

«Also – ich weiß nicht. Hältst du immer noch daran fest, dass es eine Mottoparty werden soll?»

«Ja, das Motto ist Operette, und dabei bleibt's.»

Alf stöhnte leise.

«Das wird entsetzlich peinlich werden. Ich meine, stell dir das doch mal vor, all diese lustigen Witwen und Gräfin Maritzas und –»

«Aber du kommst?»

«Ja-ha. Ich komme. Übrigens, kann sein, ich bring jemand mit, zu deiner Party ...»

«Die mit den Katzenaugen, mit der du letztens auf der Vernissage warst?»

Wenn es um romantische Aspekte im Leben seiner Freunde ging, war Rainer immer gleich Feuer und Flamme. Das Interesse des Psychologen mischte sich mit einer fast kindlichen Neugier. Besonders am Liebesleben von Alf nahm er großen Anteil. Aus dem Wunsch, seinen Freund glücklich zu sehen, brachte Rainer mitunter mehr Begeisterung für Alfs jeweilige Bekanntschaften auf als Alf selbst.

«Ich glaub, ich hab noch nie so grüne Augen gesehen», setzte Rainer vielsagend hinzu.

«Äh, ja, ich glaub, ich auch nicht ...»

«Wie hieß sie nochmal?»

«Ja, wie hieß sie nochmal?»

«Also, Alf, jetzt hör aber auf!»

«Sabrina. Oder Samantha –?»

«Also, ich fand sie sehr nett.»

«Ja. Ich kann dir ihre Telefonnummer geben, falls ich sie noch irgendwo hab.»

«Ach, dann bringst du sie nicht mit zur Party?»

«Wie kommst du darauf?»

«Schade. So grüne Augen ...»

«Ich denk daran, braune Augen mitzubringen. Lieber Gott, das klingt ja schon wie aus einer von deinen Operetten.»

«Rehaugen?»

«Rehaugen? Nein, eigentlich nicht ... wenn es nicht so abgedroschen wäre, würd ich sagen, sie hat Augen wie eine spanische Tänzerin ...»

«Wieso abgedroschen? Ich finde, Rotraut hat auch Augen wie eine spanische Tänzerin.»

Alf, in Gedanken gerade abgeschweift, verschluckte sich an seinem Eistee.

«Wie bitte?!»

«Findest du nicht?»

«Nein, find ich absolut nicht.»

Vergleiche drängten ihm auf die Lippen, aber er wollte Rainers Gefühle nicht verletzen.

«Absolut nicht.»

«Da bin ich aber mal gespannt.»

«Worauf?»

«Auf die spanischen Augen.»

«Ja. Ich auch. Keine Ahnung, ob sie überhaupt kommt. Sie – sie scheint ein scheues Geschöpf ... ein seltenes, scheues Geschöpf des Waldes. Immer auf der Hut, Gefahr witternd ... und dann wieder auch recht zutraulich – Mann, ich hör mich an wie Walt Disney. Ich bin nicht in Form.»

«Hört sich aber schon sehr nach einem Reh an.»

«Nein, eher eine kleine Füchsin ... ach, wieso eigentlich immer diese albernen Vergleiche mit Tieren!»

«Mit welchem Tier würdest du Rotraut vergleichen?»

«Jetzt hör doch mal auf mit Rotraut! Das möcht ich hier lieber nicht sagen, mit welchem Tier ich Rotraut vergleiche.»

«Los, sag schon!»

«Rotraut ist eine zähnefletschende Tüpfelhyäne, die in Rüschen gewildert hat.»

Rainer guckte jetzt doch ein wenig betroffen.

«Mein lieber Junge. Ich glaube, wir müssen mal ernsthaft den tieferen Ursachen des Konflikts zwischen dir und Rotraut auf den Grund gehen. Schon im Interesse unserer gemeinsamen Freundschaft.»

«Ja, Dr. Freud, müssen wir unbedingt. Aber sicher nicht heute, denn ich schätze, du musst langsam los.»

Rainer sah auf seine Armbanduhr und fuhr zusammen.

«Mensch, stimmt! Höchste Zeit. Schade. Ich hätte gerne noch mehr über die spanische Füchsin gehört.»

«Bitte, vergiss das mit der Füchsin und dem Spanien-Kitsch, das ist schlechter Stil. Ich weiß gar nicht, was in mich gefahren ist.»

«Ich finde, es klang direkt schwärmerisch.»

«Ganz schlechter Stil. Menschenskind. Mit Alf Strelitz geht's bergab.»

Rainer spitzte den Mund. «Ich freu mich jedenfalls auf Samstag.»

Perdita dachte inzwischen an die Nacht auf dem Spielplatz wie an eine Szene aus einem guten Film. Das Erlebnis stand bereits ordentlich eingereiht im Archiv ihres privaten Gefühlskinos. Alles Streifen, in denen Fräulein Kellermann die Hauptrolle gespielt hatte. Ein paar großartige Schnulzen, zum Heulen schön, mit sehr bewegenden, atmosphärisch dichten Szenen. Manches Stück Slapstick war darunter und das eine oder andere billig produzierte B-Movie. Sie überlegte gerade, welchen Regisseur wohl das Skript zu *Cheap Chocolate* (Arbeitstitel) gereizt haben könnte – vielleicht Lubitsch? Hatte die Episode nicht durchaus so einen Lubitsch-Touch gehabt? –, als ihr schwarzes Bakelittelefon klingelte.

«Kellermann.»

«Kellermann? *Perdita* Kellermann?»

Die Stimme löste eine auf Akustik programmierte Reaktion aus, und Perditas Magen raste in die Tiefe. Der ernst fragende Nachdruck, mit dem die Stimme ihren Namen betonte, trug dazu bei, dass die Magenmasse sich in einen ungefähren Ruhezustand einpendelte. Perdita musste lächeln. Das war die Art Humor, an der sie schon auf dem Klettergerüst ihren Spaß gehabt hatte. Sie ging darauf ein: «Ganz recht, ich bin es selbst. Und wer spricht da, bitte?»

«Strelitz. Alfonso Strelitz. Alfons vom Spielplatz. Kurz: der Alf.»

«Heißt du wahrhaftig Alfonso –?»

«Jawohl. Nach meinem Onkel Alfons, der an der Ostfront verschollen ging. Als meine Mutter guter Hoffnung war, bekam mein Vater einen Brief von der Kriegsgräberfürsorge, da wären die Gebeine seines Bruders irgendwo in Russland in einem Obstgarten aufgetaucht. Meine Mutter war so gerührt, dass sie beschloss, mich Alfons zu nennen. Sie hängte noch ein o daran, und dafür hat sie eine langatmige Erklärung, aber in Wahrheit, fürchte ich, fand sie es einfach irgendwie chic.»

Leicht benommen von der unerwartet ausführlichen Auskunft, lauschte Perdita in den Hörer, nicht sicher, ob noch weitere Details der Familiengeschichte folgten. Doch am anderen Ende herrschte plötzliches Schweigen. Womöglich war dem Sprecher seine Mitteilsamkeit ein wenig peinlich. Derlei Gefühle verstand Perdita gut. Sie grinste und sagte schlicht: «Hallo, Alf ...»

«Hallo, Perdita! Wie geht es dir?»

«Oh, mir geht es gut, vielen Dank. Und wie geht es dir?»

«Oh, vielen Dank, mir geht es ganz prächtig. Ich bin blendendster Laune, ich habe selten so geistreich parliert, du musst mich für schwachsinnig halten ...»

«Aber nein, ich unterhalte mich prächtig.»

«Ja? Das hör ich wirklich gern. Also, Perdita ...»

«Ja?»

«Hast du diesen Samstag schon was vor?»

«Diesen Samstag?»

«Ja, diesen Samstag, über-über-übermorgen.»

Hallo? Könnte ich bitte den Herrn Professor sprechen? Ja, ich glaube, es ist ein Notfall.

«Wieso, äh, wieso fragst du –?»

«Ich dachte, vielleicht hättest du Lust, mit mir zu einer Party zu gehen. Mein Freund Rainer feiert seinen vierzigsten Geburtstag.»

Sagen Sie ihm einfach, seine Lieblingspatientin ist in Schwierigkeiten.

«Na ja, ich weiß nicht ...»

Wie meinen Sie das, der Professor ist nicht da? Was?! Golf spielen?!

«Ich meine, ... im Prinzip. Warum nicht.»

«Genau! Warum nicht, im Prinzip!»

Ja, nun war es an ihm, sich über sie lustig zu machen. Er tat es aber, fand sie, auf eine ganz nette Art.

«Er ist ganz in Ordnung, der Rainer. Bloß ein bisschen kindisch. Und damit bin ich beim peinlichen Teil: Es ist eine Mottoparty.»

«Oh. Was denn für ein Motto?»

«Operette. Das Motto ist Operette.»

«Einfach Operette? Keine bestimmte?»

«Nein. Man soll sich bloß vom Thema Operette inspirieren lassen und entsprechend verkleiden.»

«Wird erwartet, dass man einen großen Aufwand betreibt? Kostümverleih und so was?»

«Aber nein, überhaupt nicht. Du kannst dich auch in einen roten Samtfetzen wickeln und sagen, du bist der Theatervorhang.»

«Als was wirst du denn kommen?»

«Ich? Also von mir darfst du nichts Originelles erwarten. Ich hasse Mottopartys. Und ich hasse Operetten. Das Einzige, was mir dazu einfällt, sind Männer im Frack. Also komme ich als Mann im Frack.»

«*Wiener Blut* und so?»

«Nein, der Kellner. Ich glaube, in jeder Operette gibt es einen Kellner. Was denkst du? Hättest du Lust? Du musst wirklich keinen großen Aufwand betreiben.»

«Ja, doch.»

«Am Ende magst du sogar Mottopartys?»

«Kommt auf das Motto an, aber Operette ... das find ich ziemlich hübsch, ja.»

«Wirklich? Du bist ... erstaunlich. Weißt du, dass ich mich kaum getraut habe, dich zu fragen? Ich hatte gefürchtet, du würdest konsterniert, pikiert, womöglich schockiert sein ...»

Aha, da ging's schon wieder mit ihm durch. Perdita fand es irgendwie süß.

«Bin ich nicht.»

Er holte Luft und sagte dann, in beinah normaler Gesprächsgeschwindigkeit: «Ich freu mich! Ich hol dich so um acht rum ab? Sagen wir besser, halb acht. Oder ist das zu früh?»

«Halb acht ist gut.»

«Ich freu mich.»

«Bis Samstag.»

«Ciao, Perdita.»

«Ciao ...»

Das, fand Perdita, als sie aufgelegt hatte, war eigentlich so nicht vorgesehen. Dieser Alf war nicht gerade ein Herzchen. Er war raffiniert, gewieft, undurchschaubar. Sehr verwirrend und sehr ... bestrickend. Jeder weitere Kontakt musste zweifellos zu Verwicklungen führen. Und Verwicklungen, Verstrickungen, welcher Art auch immer, waren Perdita höchst unwillkommen. Sie war froh gewesen, die kleine Screwball-Comedy auf dem Spielplatz gerade noch so zu einem sauberen Abschluss gebracht zu haben.

Tja, zu spät. Sie hatte sich überrumpeln, nein, mitreißen lassen. Von seiner Aufregung. In seiner Stimme hatte unter der ganzen Flachserei etwas Atemloses, Erwartungsvolles geklungen. Das gefiel ihr.

Also, was zum Teufel zog man zu einer Operettenparty an?

Egal, von welcher Seite Perdita die Kostümfrage betrachtete, immer schob sich Anneliese Rothenberger in den Vordergrund und verstellte ihr den Blick. Ihre verschütteten Einblicke in die Welt der Operette verdankte sie sämtlich Frau Rothenberger und ihrer Fernsehsendung von vor fünfundzwanzig Jahren. Perdita konnte aber unmöglich eine toupierte blonde Betonperücke aufsetzen, in ein strenges Siebziger-Jahre-Brokatabendkleid schlüpfen und als «Anneliese-Rothenberger-gibt-sich-die-Ehre» kommen. Oder doch? Nein, besser nicht.

Perdita sah ihre Garderobe durch nach irgendetwas, das sich operettenhaft aufpeppen ließe. Komplette Fehlanzeige, man besaß schließlich Geschmack. Obwohl ... Ihr Blick blieb an dem schimmernden Suzie-Wong-Kleid hängen, das sie im Frühling gekauft hatte. Nicht unbedingt operettenhaft, eher Musical. Aber exotisch. Der typische, enganliegende chinesische Schnitt, mit kleinem Stehkragen und kurzen Ärmeln, über der Brust schräg geknöpft. Das Kleid reichte bis an die Fesseln und war an beiden Seiten hoch geschlitzt. Silberne, rosa und zartgrüne Schmetterlinge tummelten sich zwischen großen Lotusblüten auf hellblauer Seide. Ein Traum von einem Kleid, fand Perdita, doch bisher hatte sich noch keine Gelegenheit ergeben, es zu tragen. Vielleicht wär das was? Frau Rothenberger, bitte, was halten Sie davon?

Perdita schloss die Augen und versetzte sich in die Zeit, als sie ungefähr sieben war. Sie saß im Frotteebademantel auf dem Sofa der Großeltern, ein Handtuch um die feuchten Haare, frisch aus der Badewanne. Auf dem Fernsehbildschirm die Dame im Brokatabendkleid. Huldvoll nickte sie ihr zu. Wusst' ich's doch, sagte Perdita, *Madame Butterfly*, nicht wahr? Mit damenhaftem Tadel schüttelte Frau Rothenberger den Kopf. Ach, stimmt ja, das ist natürlich eine Oper. *Miss Saigon?* Nein, Verzeihung, das ist ein Musical, Frau Rothenberger, ich wollte Sie nicht beleidigen. Aber seien Sie doch so nett, geben Sie mir einen kleinen Tipp, wirklich, es liegt mir auf der Zunge ... was war das? Frau Rothenberger neigte ein wenig den Kopf und, ja, sie trällerte ... Dürfte ich es noch einmal hören, bitte? Ich hab's gleich ... «Immer nur lää-cheln, immer vergnüüügt ...» *Das Land des Lächelns!* Ja sicher! Oder nicht? Doch, Frau Rothenberger applaudierte. Perfekt.

Die kleine Chinesin auf einer ihrer Teedosen inspirierte Perdita zu einem klassisch schlichten Haarknoten. Es sah auch sehr hübsch aus, aber plötzlich kam etwas wie Verwegenheit über sie, sie löste den Knoten und stand vor dem Spiegel, bis ihr die Arme schwer wurden und sie genau die Art von locker-lasziver Hochsteckfrisur hinbekam, die ihr vorschwebte. Sie wusste, dass irgendwo noch ein Paar chinesischer Essstäbchen herumlagen, die der

Frisur ein asiatisches Flair geben würden, sie musste sie nur erst finden. Dazu die kleinen Papierschirmchen, die man auf Eisbecher steckte, die wollte sie sich links und rechts auf dem Kopf befestigen. Auch die musste sie suchen, dabei stieß sie auf Ohrclips, von denen sie gar nicht mehr wusste, dass sie sie besaß. Kleine, durchbrochene silberne Fächer, die an silbernen Kettchen baumelten. Ja, die sahen chinesisch aus, und das leise Klimpern: ausgesprochen chinesisch. Die Augen schminkte sie blausilbern und ließ den Kajalstrich ein wenig über die Lider hinauslaufen. Die Lippen *Radiant Red.* Sie streifte hauchzarte, staubfarbene Nylons über und hohe silberne Plateausandaletten. Zuletzt schlüpfte sie in das Kleid und stöckelte vor den Spiegel. Perdita Kellermann, ein Traum in Silber. Sie stützte die Hände in die Taille, drehte sich, machte zwei, drei kleine Ausfallschritte, um zu testen, wie die hohen Schlitze ihre Beine zur Geltung brachten. Doch, sie konnte sich sehen lassen. Wie spät? Halb sieben. Das reichte, um noch mit ruhiger Hand die Nägel zu lackieren, silbern, versteht sich, und, weil das Lackieren immer Nervensache war, notfalls die ganze Schweinerei wieder zu entfernen.

Als Perdita sah, was da um Punkt halb acht mit langen Schritten die Treppe heraufgestürmt kam, beglückwünschte sie sich zu ihrer Entscheidung für ein Kostüm, das vielleicht nicht wahnsinnig originell, dafür aber umso vorteilhafter war. Denn Alf sah umwerfend aus. Er trug einen schwarzen Frack mit Schwalbenschwanz und Einstecktuch und kleiner schwarzer Fliege. Der Anzug saß wie angegossen. Das Haar war seitlich gescheitelt und mit Pomade glatt an den Kopf gekämmt, dadurch sah es dunkler aus, wie Bronze. Sein schöner Mund wurde betont durch ein elegantes, nagelneues bronzefarbenes Menjou-Bärtchen. Perdita war überrascht, wie gut es ihm stand. Trotz Frack und Bärtchen und Pomade wirkte er kein bisschen verkleidet. Er sah einfach nur umwerfend aus.

Vor ihrer Schwelle blieb er stehen, auf dem Gesicht ein frohes, erwartungsvolles Lächeln. Er nahm sich Zeit, genau das richtige Maß an Zeit, sie zu betrachten, dann murmelte er: «Du siehst ... zauberhaft aus ... ganz und gar zauberhaft ...»

So, wie sie ihn einschätzte, ging sie davon aus, dass er das in jedem Fall gesagt hätte. Alf hätte noch «zauberhaft!» gehaucht, wenn sie ihn mit Anneliese-Rothenberger-Perücke begrüßt hätte. Doch er brachte es schon ganz gut rüber. Und zufällig wusste Perdita, dass sie heute tatsächlich ziemlich gut aussah.

Gespannt schaute sie zu ihm hoch und fragte: «Und?»

Nicht minder gespannt lächelte er zu ihr herunter und fragte zurück: «Und?»

«Errätst du, auf welche Operette ich anspiele?»

«Oh ... also, wie ich schon durchblicken ließ, in Operetten, da bin ich nicht so ausgesprochen gut bewandert ... ich fürchte, nein, ich glaub, ich komm nicht drauf ...»

«Ach», machte sie enttäuscht.

«Hilf mir!»

«China!»

«Ah ...»

«Das Land des Lächelns.»

«Oh! Aber klar! Ja, ich hab wirklich die ganze Zeit fieberhaft überlegt, in welchem Operettentitel das Wort ‹Lächeln› vorkommt, weil du dieses einfach bezaubernd schöne Lächeln anhast ...»

Perdita lachte: «Ich habe selten jemand getroffen, dem die Komplimente so mühelos von den Lippen perlen.»

«Aber ich bin kein Schmeichler. Ich bin ein ernster, aufrichtiger Mann.»

«Ja. Das sieht man gleich. Andernfalls würd ich auch nicht mit dir ausgehen. Bloß dieses Bärtchen ... dieses kecke kleine Bärtchen, das scheint mir doch eine Spur frivol.»

Alf grinste.

«Ich habe es meinem Freund Rainer gewidmet, zum Geburtstag. Ich nehme an, es sieht sehr schmierig aus und so richtig schön operettenhaft?»

«Es sieht toll aus. Mit dieser ganzen Pomade in deinem Haar ...»

«Brillantine.»

«Es sieht ... phantastisch aus.»

«Du findest, ich seh phantastisch aus?»

«Oh, ja.»

«Vielen Dank.»

«Sollen wir gleich los, oder wollen wir noch was trinken – Kaffee, vielleicht?»

«Kaffee, gerne.»

Er folgte ihr in die Küche und setzte sich an den Tisch, während Perdita das Espressokännchen ausspülte, füllte und zusammenschraubte. Sie stellte es auf die Herdplatte, holte Tassen und Milch heraus, ach ja, und Zucker, für alle Fälle, und die kleinen Löffel. Als nichts mehr übrig blieb, als auf den Kaffee zu warten, stand sie einen Augenblick unschlüssig herum, dann setzte sie sich zu ihm an den Tisch. Alf beugte sich herüber und bot ihr eine Zigarette an. Dann lehnte er wieder lässig in ihrem Küchenstuhl. Als sei es das Normalste von der Welt. Perdita fand plötzlich überhaupt nichts mehr normal. Eigentlich sah sie ihn ja jetzt zum ersten Mal aus der Nähe. In der Nacht auf dem Spielplatz hatten sie Seite an Seite gesessen, in der Dunkelheit. Da hatte sie ihn vor allem empfunden. Sie hatte auf seine Stimme gelauscht, auf das leise Schnauben, wenn er lachte, seine Hände betrachtet, wie sie gestikulierten oder ruhig auf seinen Schenkeln lagen. Wenn sie ihm ihr Gesicht zuwandte, sah sie ihn in Ausschnitten, intimen Details in einem Spiel aus Licht und Schatten. Seine leicht geöffneten Lippen, wenn er ihr zuhörte, die Wölbung seines Nasenflügels und immer wieder, in Großaufnahme, seine Augen. Im Schutze der Nacht reagierten die Sinne feiner und empfänglicher.

Bei Tag sah sie ihn mit anderen Augen. Ihre Wahrnehmung arbeitete konventioneller, sie sah, was zuerst ins Auge stach: einen wahnsinnig attraktiven Mann. Es machte einen Unterschied, ob man einen auffallend schönen Menschen heimlich von der anderen Straßenseite oder durch Einkaufsregale anschwärmte oder ihm in der eigenen Küche gegenübersaß. Man fragte sich automatisch: Was macht er in meiner Küche? Dieser Hochglanztyp, der auch ein Boss-Model sein könnte. Mit diesem Gesicht. Was will ein Boss-Model von Perdita Kellermann? Und: Was fängt man an mit einem Boss-Model?

«Tja», meinte Perdita.

Alf schaute sich unbefangen um.

«Hier wohnst du also.»

«Ja, genau.»

«Hübsche Küche.»

«Ja, nicht?»

«Interessanter Ausblick.»

Perdita drehte nicht mal den Kopf, sie kannte die unspektakuläre Hinterhoffront, die sich bot, wenn man durch ihre Balkontür schaute.

«Na ja ...»

«Die Jungs da.»

«Ach so, die.»

Er meinte zweifellos die beiden Männer, deren Küche der ihren gegenüberlag und die meistens nackt darin herumliefen.

«Die seh ich schon gar nicht mehr.»

Alf nahm offenbar keinen Anstoß an der armseligen Konversation. Perdita schon. Zu ihrer Wohnung, ihrer Kücheneinrichtung, zu den beiden Nackten gegenüber gab es eine Menge zu erzählen. Ein ganzes Füllhorn Anekdoten. Kellermanns Anekdotenschatz. Aber sie fühlte sich auf einmal ganz mutlos. Gott, war sie plötzlich deprimiert.

Der Espresso begann zu brodeln, und Perdita hatte eiligst die Platte abzustellen und die Kanne herunterzunehmen.

«Ich mag deine Schirmchen», sagte Alf mit Blick auf ihren Kopfschmuck.

«Ja? Danke schön.»

Während sie noch mit dem Einschenken beschäftigt war, fügte er leiser hinzu: «Die mag ich wirklich ganz besonders.»

Ach, das war nun wieder etwas, das war nun wieder wie – Perdita fühlte sich erröten. Fräulein Kellermann, du bist ja wirklich allerliebst. Und dabei musste sie lächeln, sie konnte gar nicht mehr damit aufhören.

Sie tranken jeder einen Schluck Kaffee und lächelten sich still über ihre Tassen an. Unvermittelt griff Alf in die Innentasche seines Fracks. Er zog ein schmales, in rosa

Seidenpapier gewickeltes Kästchen hervor und reichte es Perdita über den Tisch.

«Hier. Ich hab dir was mitgebracht.»

«Für mich? Ein Geschenk?»

«Hmhm. Ein richtiges. Damit du nicht denkst – na, mach's halt auf.»

Sie hatte mit keinem Geschenk gerechnet und konnte sich auch beim besten Willen nicht vorstellen, was es war. Langsam wickelte sie das Papier ab, und ein rotes Pappschächtelchen kam zum Vorschein. Sie lächelte kurz zu ihm hinüber, hob den Deckel ab, stutzte. Ein sonderbarer silberner Ring kam zum Vorschein, mit einem Stängchen daran, etwa so lang und ein wenig dicker als eine Stecknadel, an dem sich ein kleinerer, breiterer, oben geöffneter Ring befand, wie eine Art Halterung.

«Was – was ist das? O nein, ist das –? Das ist Norma Desmonds Zigarettenhalter, oder nicht?»

«Jedenfalls so ungefähr.»

«Mein Gott, wie kommst du denn auf so was! Woher hast du den –?»

«Ich hab ihn anfertigen lassen. Ich hab mir *Sunset Boulevard* ausgeliehen und – na ja, zuerst hab ich's selbst versucht. Aber es sah immer irgendwie zerdötscht aus. Mein Kumpel Kopitzky ist Goldschmied, der hat es in einer halben Stunde hingekriegt.»

«Oh, das ist – ich weiß gar nicht, was ich sagen soll! Das ist –»

«Bloß Blech.»

«Ich bin sprachlos.»

Das war untertrieben. Sie war fix und fertig. Überwältigt. Noch nie hatte jemand etwas für sie anfertigen lassen.

«Noch nie hat jemand etwas für mich anfertigen lassen ...!»

Jetzt hast du sie, raunte eine schmierige Stimme ihm zu. Beschämt senkte Alf den Blick. Perdita nahm es für Bescheidenheit.

«Hoffentlich passt er. Probier ihn mal an.»

Perdita wollte den Ring an den Mittelfinger stecken, aber Alf machte sie darauf aufmerksam, dass Norma Desmond ihn am Zeigefinger trug. Er passte genau. Sie nahm noch eine von Alfs Zigaretten und schob sie in die Halterung. Sie besah sich das Ganze, wedelte mit der Hand herum und führte sie schließlich vor den Mund. Geziert spreizte sie die Finger ab, während er ihr Feuer gab. Sie blies den Rauch aus, schwenkte die Hand zur Seite, hob blasiert die Augenbrauen und sagte: «Sieht ziemlich albern aus, was?»

Er grinste.

«Aber nicht die Spur.»

«Es ist gar nicht so einfach. Wie macht sie das noch? Ist ewig her, dass ich den Film gesehen hab.»

«Sie macht es – darf ich mal?» Sacht griff er nach ihrer Hand und streifte ihr den Halter mit der brennenden Zigarette vom Finger. «Sie macht es ungefähr so ...» Er steckte den Halter an seinen Finger, er bekam ihn nur gerade auf das erste Glied. Er winkelte den Arm an und knickte locker die Hand ab, schwenkte sie beiläufig nach hinten zu einer absurd verdrehten Geste, die aber nicht ohne Anmut war, neigte leicht den Kopf und zog an der Zigarette.

«... oder auch so ...»

Perdita ließ sich in ihren Stuhl zurückfallen und genoss das Schauspiel. Ein großer Mann im Frack, mit Brillantine und Bärtchen, ein richtiger Gent, saß mit lässig übereinandergeschlagenen Beinen in ihrer Küche und rauchte wie eine Filmdiva. Das Erstaunlichste war, dass er nicht im Geringsten lächerlich wirkte. Ein wenig affektiert vielleicht, denn das Ding an sich war durch und durch affektiert. Aber er handhabte es mit der stoischen Unbekümmertheit eines erfahrenen Dandys. Perdita war hingerissen.

«Hast du das lange geübt?»

«O ja, das liegt mir nicht unbedingt im Blut, weißt du ... versuch du's nochmal.»

«Nein, bitte, das wäre nicht fair, ich muss vorher unbedingt auch ein bisschen üben dürfen. Unbeobachtet.»

«Na schön. Aber dann wirst du für mich rauchen, ja?»

«Dann werde ich sehr gerne für dich rauchen.»

Er nahm noch einen Zug von der Zigarette in dem Halter und drückte sie dann aus.

«Wollen wir dann los?»

«Gern. Alf – das ist ein wundervolles Geschenk! Danke!»

«Es macht Spaß, dir was zu schenken.»

Alf hielt Perdita die Wagentür auf, und sie sank in das komfortable Polster eines bordeauxfarbenen Citroën XM. Sie fuhren durch die Straße, in der, wie sie wusste, sein Büro lag, und prompt sagte er: «Da drüben ist mein Büro.»

«Ja, dein Büro ... ich hab dich schon da drin gesehen.»

«Ach was? Unlängst auf dem Spielplatz, da tatest du, als sähst du mich zum ersten Mal!»

«Also, was ist das eigentlich für ein Büro? Was tust du da? Es hängt ja kein Schild dran oder so was ...»

«Natürlich hängt kein Schild dran. Ich bin ein Geheimtipp.»

«Oh! Geheimtipp für was?»

«Webdesign.»

«Was –?»

«Ich bin Webdesigner.»

«Grundgütiger –!»

Das brachte ihn doch ein wenig aus der Fassung.

«Äh, was? Also, normalerweise finden die Frauen das ganz toll, es hört sich so kreativ an und nach 'ner Menge Geld ... ich geb zu, das sind eher nicht die Frauen, die Worte wie ‹Grundgütiger› im Munde führen ...»

«Es hört sich an wie Werbefuzzi – oh, pardon! Ist mir rausgerutscht.»

«Hm. Ja, also ich war tatsächlich mal in der Werbebranche. Mir gehörte die Hälfte einer Agentur. Das finden die Frauen normalerweise auch ganz toll.»

«Entschuldige bitte, ich find das auch ganz toll, ehrlich ... es – ja, es hört sich so kreativ an, und, Mann, da kann man sicher viel Geld mit machen, was?»

«Wenn man gut ist. Ich bin ganz gut. Du machst dich über mich lustig?»

«Nein!»

«Es sieht aber sehr danach aus.»

«Nein, ich – ich bin bloß fürchterlich borniert. Ich denke gleich an Typen mit Mickymaus-Socken und roten Turnschuhen ...»

Sie versuchte, unauffällig einen Blick auf seine Socken zu erhaschen. Er erwischte sie dabei, und auf seinem Gesicht spiegelte sich jetzt echte, ungläubige Entrüstung.

«Das kann ja wohl nicht wahr sein! In meinem ganzen Leben habe ich keine Mickymaus-Socken getragen!»

«Natürlich nicht!»

«Ich käme überhaupt niemals auf die Idee!»

«O nein, ich hätte auch nie ernsthaft geglaubt –»

«Du hast nach meinen Socken geschielt!»

«Das war ein Reflex. Wirklich! Ich bin unglaublich schlicht gestrickt. Ich höre ‹Werbebranche, Webdesign›, und sofort guck ich nach den Socken, ich – ich lebe von Klischees!»

«Ach ja?»

«O ja.»

Perdita war ein bisschen verdattert, sie wusste nicht, ob sie ihn am Ende ernsthaft beleidigt hatte. Als sie aus den Augenwinkeln nach ihm schaute, sah sie wieder dieses Grinsen, das sie auch jetzt nicht anders als unverschämt bezeichnen konnte.

Er warf ihr einen kurzen Blick zu.

«Schlicht gestrickt, was? Nun, so mag ich sie am liebsten.»

Sie schnappte nach Luft.

«Du bist so ein –»

«Was?»

«Ein Chauvi. Und ein Schuft. Ein ganz übler Halunke.»

«Klingt doch gut. Oder?»

Sie dachte einen Augenblick darüber nach. «Doch. Find ich auch. So mag ich sie am liebsten.»

Sie kurvten eine Viertelstunde durch die kleinen Straßen rund um den Eigelstein, bis Alf einen halbwegs legalen Parkplatz fand. Es war das alte Viertel linker Hand vom Bahnhof, schmale Straßen und Gässchen, manche arg heruntergekommen, andere aufwändig saniert. Billigläden, Imbissbuden und Rotlichtkaschemmen wechselten sich mit schicken Restaurants und Spezialgeschäften für Spirituosen oder Espresso ab, dazwischen hatte noch hier und da ein Schuster oder Schneider seinen Platz behaupten können. Aus den vorbeifahrenden Autos tönte laute türkische Popmusik, von den Hinterhöfen hörte man Trommeln und Saxophonspiel.

Sie mussten eng aneinanderrücken, um einen abgerissenen Mann vorbeizulassen, der im Einkaufswagen seinen Fuselvorrat fürs Wochenende vor sich herschob. Bei dieser Gelegenheit legte Alf ganz selbstverständlich seinen Arm um Perditas Schultern, und mit der gleichen Selbstverständlichkeit ließ er ihn dort, als sie weitergingen. Alf gab vor, die Orientierung verloren zu haben, und Perdita tat so, als ob sie ihm glaubte. Es war angenehm, auf diese Art durch die anbrechende, warme Dämmerung zu schlendern. Wäre sie nicht hin und wieder dem neugierigen Blick eines Passanten begegnet, der ihrer Aufmachung galt, hätte sie die Party, zu der sie unterwegs waren, einfach vergessen.

Während Perdita unbestimmt vor sich hin träumte, spürte sie mit einem Mal, wie Alfs Hand sich ein wenig fester um ihre Schulter schloss. Sie führte das auf die drei offenbar türkischen Männer zurück, breite, kräftige Gestalten mit millimeterkurz rasiertem Haar, schwarzen Koteletten und schwarzen Lederjacken, die um eine Ecke gebogen waren. Sie hatten einen großen, braungestromten Staffordshire-Terrier dabei. Die drei nahmen den ganzen Bürgersteig ein und kamen mit langsamen, festen Schritten auf sie zu. Auf ihren unbewegten Gesichtern lag ein düsterer orientalischer Ernst, in der Dämmerung konnte man nicht sagen, ob sie Alf und Perdita fixierten oder durch sie hindurchsahen. Kurz bevor sie auf einer Höhe waren, zog Alf sie zur Seite, um die drei passieren zu lassen. Zu seiner unaussprechlichen Überraschung hörte er in diesem Moment Perdita sagen: «Hey, Osman.»

Die Männer blieben stehen, der mittlere von ihnen fühlte sich angesprochen.

«Hey, Perdita.»

Er griff nach der Hand, die sie ihm hinstreckte, und umschloss sie mit beiden Händen. Er sah ihr tief in die Augen, und allmählich breitete sich ein Lächeln auf seinem Gesicht aus. Es erzählte von einer Vertrautheit, die Alf überhaupt nicht gefiel.

Perdita war klar, dass Osman sie erkannt hatte, lange bevor sie ihn ansprach. Hätte sie nichts gesagt, wäre er ohne ein Zeichen weitergegangen. Denn Osman war diskret. Und er war stolz.

Dieses Handhalten und Einanderangrinsen dauerte für Alfs Begriffe schon viel zu lange, bis endlich der Türke Perditas Hand losließ und sagte: «Hübsches Kleid.»

«Danke.»

Sie dankte ihm darüber hinaus mit einem leuchtenden Blick, dann beugte sie sich zu dem Kampfhund hinunter. Mit beiden Händen umfasste sie seinen dicken Kopf.

«Hey, Schnitzel. Wie geht's dir, hm? Ja, bist 'n Feiner. Bist ein Schätzchen.»

Der Hund schloss die schwermütigen Augen und hielt ihr hingebungsvoll den Kopf hin. Perdita kraulte ausgiebig seine Ohren. Zuletzt küsste sie ihn auf die breite Stirn und stand wieder auf.

«Hey, Osman. Pass auf dich auf.»

Erst jetzt, und nur für einen Augenblick, nahm Osman

Notiz von Perditas Begleiter. Er sah ihm kurz und ausdruckslos in die Augen, und Alf hatte das Gefühl, dass sein Gesicht nun für immer auf des anderen Netzhaut gespeichert war. Dann wandte der Türke sich wieder Perdita zu.

«Pass auf dich auf, Perdita.»

Noch einmal schlossen sich die großen Hände um Perditas Hand, dunkle Augen sahen sich an, und man ging seiner Wege.

Alf war gegen seinen Willen ein wenig verstimmt. Auch beeindruckt. Er zerbrach sich den Kopf über die Art dieses Verhältnisses. Vor allem war ihm daran gelegen, sich nichts davon anmerken zu lassen.

«Das war Osman», sagte Perdita nach einer Weile.

«Hab ich mir schon gedacht.»

Offenbar fand sie die Auskunft erschöpfend.

An einer roten Ampel blieben sie stehen, obschon weit und breit kein Fahrzeug in Sicht war. Er schaute zu ihr hinunter mit gerunzelter Stirn, und da sah er, wie sie leise lächelte. Dachte sie etwa immer noch an diesen Osman, oder –? Sie drehte ihm ihr Gesicht zu, es zuckte übermütig um ihre Lippen, und Alfs gute Laune kehrte augenblicklich zurück. Er grinste vergnügt, und mit einem Ruck und einem leisen «Ach!» zog er sie an sich. Perdita fand es gut so, sie schmiegte sich an seine Seite und schob der Bequemlichkeit halber die Hand unter seinen Frack. Zum Teufel mit Osman, dachte Alf, und aus einem plötzlichen Hochgefühl beschleunigte er seinen Schritt, sodass sie letztendlich doch noch vor Rainers Haus ankamen.

Schon im Treppenhaus empfingen sie leise Walzerklänge. Sie stiegen der Musik entgegen, und in einer Tür im zweiten Stock erwartete sie ein festlich gekleideter Mann, gleichfalls im Frack. Sein Gesicht leuchtete auf, als er Alf erkannte.

«Menschenskinder, kommt ihr doch noch!»

Er wartete, bis sie bei ihm anlangten, dabei verteilte er sein herzliches Lächeln gerecht zwischen Alf und Perdita. Als sie dann vor ihm standen, konnte er sich nicht länger zurückhalten. Er fiel Alf um den Hals, und Perdita sah zu, wie die beiden einander innig und ausgiebig umarmten. Wie zwei Donkosaken. So was fand sie schön. Anschließend legte der Kleinere dem Größeren die Hände um die Schultern, und in dem Blick, mit dem er zu ihm aufsah, leuchtete so viel Zuneigung, dass ihm Perditas Herz zuflog.

«Sag mal, Alf, was ist das denn da in deinem Gesicht?»

«Ein Bärtchen. Mein Geburtstagsgeschenk für dich. Um Mitternacht rasier ich es ab und überreiche es dir feierlich.»

Rainer lächelte verzückt. Alf verstand es wirklich, Geschenke zu machen.

Alf legte den Arm um Perditas Schulter und zog sie heran.

«Also, Perdita, das ist der Rainer. Rainer, darf ich vorstellen: Perdita. Aus dem Land des Lächelns.»

Rainer fuhr herum, von Alfs Bärtchen zu Perdita, bestürzt über seine Unhöflichkeit. Die Verlegenheit machte ihn stumm, und so schüttelte er ihr nur sehr nachdrücklich die Hand.

«Ich freu mich sehr», sagte sie lächelnd.

Rainer konnte nur nicken und weiter ihre Hand schütteln, sodass Alf schließlich bemerkte: «Sag mal, wann kommen die anderen Gäste raus?»

«Oh! Ja, kommt doch endlich rein! Was stehen wir hier auch – bitte! Kommt rein!»

Während sie vor Rainer die Wohnung betraten und dann hinter ihm her in den Salon gingen, überlegte Perdita, wann sie zum letzten Mal jemanden «Menschenskinder!» hatte sagen hören. Musste wohl Heinz Rühmann in der *Feuerzangenbowle* gewesen sein.

Perdita hätte nichts dagegen gehabt, sich noch eine Weile in der Diele aufzuhalten, wo rosé angehauchte Alabasterwandschalen sanftes Licht über schwarze Steinfliesen gossen. Der lange, schmale Flur verlor sich in anheimelndem, rosaschwarzem Dämmer.

Stattdessen standen sie nun in einem hellerleuchteten Saal, aus dem man offenbar alle tragbaren Möbel entfernt hatte, eingekeilt von Gruppen und Grüppchen bunt kostümierter Menschen. Die Musik war für den Moment verstummt, und Perditas Ohren brausten von dem lauten, allgemeinen Stimmengewirr. Einzelne Stimmen, die sich schneidend erhoben, und schrilles, jäh abbrechendes Gelächter zeigten an, dass sich die Party bereits dem Höhepunkt näherte. Perditas Augen, instinktiv auf der Suche nach einem ruhigen Pol in dem hitzigen Durcheinander, fanden Halt an den geöffneten Fenstern auf der gegenüberliegenden Seite, wo sich lange, goldgrüne Vorhänge träge in der Abendluft blähten.

Dann änderte sich alles. Die Musik setzte wieder ein und spülte jeden Missklang einfach fort. Vom Zentrum ging eine Wellenbewegung nach allen Seiten, es gab Lachen und Protest, als Menschen gegeneinandergedrückt wurden und den Halt verloren, man rückte noch ein bisschen enger zusammen, und in der Mitte entstand eine kleine Tanzfläche. Die ersten Paare drehten sich schon auf dem Parkett zu einem stürmischen Walzer von Strauß. Es sah heiter und mitreißend aus.

Alf hingegen sah leicht indigniert aus. Er vollführte ruckartige Kopfbewegungen bei dem Versuch, dem kitzelnden Federbusch auszuweichen, der das Haupt der temperamentvollen Dame unmittelbar vor ihm zierte.

Zweifelnd wandte er sich an Perdita: «Na, sieht doch ganz lustig aus – oder?»

Sie strahlte ihn an, nickte, und Alf sah das ganze Ambiente in einem anderen Licht. Er fasste sie bei der Hand, sie kamen genau drei Schritte weit, dann steckten sie wieder fest. Doch das Gedränge störte Perdita nicht mehr, man konnte sich schon die Zeit damit vertreiben, die farbenfrohen Aufmachungen zu bewundern. Einige der Anwesenden hatten doch einen ziemlichen Aufwand betrieben. Perdita sah atemberaubende Turmfrisuren, venezianische Masken und ausladende Roben, die direkt aus dem Theaterfundus zu stammen schienen.

Jemand stieß im Vorbeigehen gegen sie, sie stolperte, und dabei gerieten ihr ein paar Leute rechter Hand ins Sichtfeld. Sie traf auf den bohrenden Blick einer Frau und hatte auf einmal das sichere Gefühl, seit ihrem Eintreten beobachtet worden zu sein. Perdita konnte eben noch feststellen, dass ihr das volle Gesicht unter der schwarzen Lockenperücke vage bekannt vorkam, als sie, von Alf gestützt, ihr Gleichgewicht wiederfand und seine Schultern ihr die Sicht nahmen. Doch einen Augenblick später musste Alf einen Schritt zurück machen, und Perdita sah, wie die Frau sich aus ihrer Gruppe löste und mit aufreizend in die Hüfte gestützter Hand auf sie zustolzierte. Perdita schätzte sie auf Ende dreißig. Sie trug ein Zigeunerkostüm, eine weiße, tiefausgeschnittene Rüschenbluse mit Puffärmeln zu einem roten, über und über mit Volants besetzten Rock. Eine breite schwarze Schärpe betonte die ungefähre Mitte ihres Körpers. Von Taille konnte keine Rede sein, denn die Frau hatte einen Rumpf wie ein Baumstamm, nicht dick, aber massiv und kräftig, ganz ohne Rundungen, von den allerdings beachtlichen Brüsten abgesehen. Der rote Rock war an der einen Seite hochgerafft und ließ ein langes, schlankes Bein sehen. Nur das Knie schien etwas spitz geraten. Jahrelange, eiserne Diät, mutmaßte Perdita. Das Gesicht der Frau gefiel ihr nicht. Ein fleischiges Gesicht, dem die klobigen schwarzen Kunstlocken nicht eben zum Vorteil gereichten, ein Gesicht, das insgesamt eine Tendenz zur Erschlaffung an den Tag legte. Die Unglückliche, dachte Perdita, sie hat Hängebacken. Oder jedenfalls wird sie welche haben, in nicht allzu ferner Zeit. Dafür ein schöner, herzförmiger Mund, der nur durch die abgesenkten Mundwinkel und die volle, schwere Unterlippe ein wenig verdorben wurde. Ein mürrisches Gesicht. Auch die Augen, rund und braun wie Haselnüsse, gefielen Perdita nicht.

Bei allen Vorbehalten konnte Perdita nicht umhin, die raumgreifende Art zu bewundern, mit der die Erscheinung sich gerade ihren Weg zu ihnen bahnte. Um sie herum verschütteten Leute ihren Sekt, weil sie von ihr angerempelt wurden, aber die Erscheinung kümmerte das keinen Deut.

Dicht vor Alf blieb die Dame stehen. Sie schürzte die Lippen zu einem kurzen, anzüglichen Lächeln, das vorgab, um vertrauliche Dinge zu wissen, und alle etwa sonst noch Anwesenden ausschloss.

«Alf! Rainer dachte schon, du kommst nicht mehr!»

«Hallo, Rotraut. Was stellst du denn dar?»

Rotraut stützte auch die andere Hand an die schwarze Schärpe, bog sich in Positur und sagte: «Na, was glaubst du wohl?»

Weil Alf nur fragend die Schultern hob, warf sie den Kopf zurück, blitzte ihn herausfordernd an und begann mit kokett hervorgestoßenen La!-La!-La!-La!s die ersten Takte von *Auf in den Kampf, Torero* aus *Carmen* zu trällern. Perdita, obschon sie inzwischen wusste, dass sie diese Rotraut nicht mochte, war gefesselt. Wie immer, wenn jemand sich nicht scheute, einen Narren aus sich zu machen, fand sie darin eine gewisse Größe. Alf blieb unbeeindruckt.

«Sag mal, boykottierst du nicht irgendwie Rainers Idee von der Operettenparty, wenn du als Opernfigur daherkommst? Ich meine, ich hab mich schließlich auch nicht als Don Giovanni verkleidet. Obwohl es mich gereizt hätte.»

Er neigte den Kopf zu Perdita und raunte: «Du weißt schon, die Strumpfhosen.»

«Ach weißt du, ich war immer der Ansicht, dass *Carmen* gar keine richtige Oper ist. Der Plot ist so banal. Liebe, Eifersucht, Tod – die reinste Operette! Wo ist das Drama?»

«Aha. Wie spitzfindig. Natürlich sind wir jetzt wahnsinnig gespannt auf deine Vorstellungen von echter Dramatik, aber in erster Linie sind wir auf eine Erfrischung aus. Du entschuldigst uns –»

Er wollte sich an ihr vorbeischieben, aber Rotraut machte einen beiläufigen kleinen Halbschritt und versperrte Alf damit vorläufig den Weg.

«Aber Alf, wo sind die berühmten Strelitz'schen Umgangsformen geblieben!»

Rotraut richtete nun ihr volles Augenmerk auf Perdita.

«Willst du mir deine niedliche Neuerrungenschaft denn nicht vorstellen?»

Na, das kann ja lustig werden, dachte Perdita.

Alf legte die Hand leicht um Perditas Taille und sagte in vollendetem Gesellschaftston: «Perdita, das ist also Rotraut. Eine ganz liebe alte Freundin. Von Rainer.»

Perdita neigte leutselig den Kopf: «Freut mich außerordentlich.»

Rotraut kniff die Augen zusammen und starrte sie weiter ungeniert an. Plötzlich rief sie mit geheuchelter Überraschung: «Natürlich! Wusst' ich's doch, dass ich Sie von irgendwoher kenne!»

Sie machte eine kleine Kunstpause, und Perdita hob die Augenbrauen in höflicher Erwartung.

«Sie putzen bei Wagenbachs, stimmt's?»

Das kam doch ein bisschen unerwartet. Perdita schlug einmal kurz mit den Wimpern. Rotrauts runde Haselaugen glänzten in unverhohlenem Triumph. Sehr sanft sagte Perdita: «Stimmt. Bei Wagenbachs putze ich montags.»

«Die schwärmen ja direkt von Ihnen! So ehrlich! So zuverlässig! Die erzählen wunders was, wie Sie mit Urinstein fertig werden! Toll! Sie müssen mir unbedingt Ihren Trick verraten!»

Perditas Lächeln wurde nachgerade lieblich, ihre Stimme honigmild: «Das muss, fürchte ich, mein kleines, süßes Geheimnis bleiben.»

Unterdessen hatte Rainer endlich wieder einen Weg zu ihnen gefunden, zufrieden, dass seine Freunde sich gut miteinander unterhielten, und voller Vorfreude, an einem interessanten Gespräch teilzunehmen. Alf packte ihn bei den Schultern.

«Rainer, fein, dass du kommst. Sei so gut, erlöse uns von Rotraut.»

Damit drehte er ihn herum und schob ihn direkt zwischen Rotraut und Perdita. Er gab ihm einen aufmunternden Klaps auf die Schulter, griff nach Perditas Hand und bahnte ihnen nicht ohne Rücksichtslosigkeit einen Weg durchs Gedränge. Bei den hohen Flügelfenstern fanden sie zwischen einem Paar Zimmerpalmen eine bequeme Lücke für zwei Personen.

«Ich entschuldige mich für Rotraut.»

«Das brauchst du nicht.»

«Ich weiß. Trotzdem.»

«Was ist denn los mit ihr? Ist sie eine Ex von dir, oder ist sie einfach nur scharf auf dich?»

«Rotraut hackt einfach gerne auf mir herum. Und weil du mit mir gekommen bist, hast du gleich auch was abgekriegt. Es tut mir leid. Wenn man mit Rainer befreundet ist, muss man Rotraut in Kauf nehmen.»

«Nun weißt du jedenfalls, dass ich putzen gehe.»

Alfs Miene wurde sehr ernst. Er seufzte, dann legte er ihr schwer die Hände um die Schultern, sah ihr tief und traurig in die Augen und sagte: «Ja. Nun weiß ich es.» Betroffen presste er die Lippen zusammen. «Mädchen. Du hättest es mir sagen müssen. Es ist ganz entsetzlich für mich, dass ich es auf diese Art erfahre.»

Bestürzt klimperte Perdita mit den Wimpern. Ihre Brauen zogen sich dramatisch zusammen, und mit einem herzzerreißenden Augenaufschlag stammelte sie: «Und – und glaubst du, du kannst irgendwie darüber hinwegkommen –?»

Um seine Lippen zuckte es verräterisch, aber es gelang ihm noch einmal, zutiefst betrübt auszusehen: «Das weiß ich wirklich nicht. Aber ich will es ehrlich versuchen.»

Perdita grinste. Alf legte die Arme um ihre Taille und zog sie nah zu sich heran. Er neigte den Kopf zu ihr herunter und tippte mit dem Finger leicht an eins ihrer Papierschirmchen.

«Ich mag wirklich deine Schirmchen.»

Sanft strich Perdita über seinen kleinen Schnurrbart.

«Ich mag dein Bärtchen.»

«Ja?»

Sie nickte.

«Meinst du das auch aufrichtig?»

Sie nickte abermals, und ihre Hände schoben sich an seiner Hemdbrust hoch. Alf neigte den Kopf noch ein wenig tiefer, und ihre Gesichter berührten sich. Einen flüchtigen Moment fühlte sie seine Lippen irgendwo auf ihrer Schläfe.

«Ich möchte mit dir tanzen», murmelte er ihr ins Ohr.

Langsam begann er, sich ganz sachte mit ihr zu wiegen, im Rhythmus des Walzers. Perdita legte die Arme locker um seinen Hals, und sie tanzten, ohne sich vom Fleck zu rühren, zwischen den Zimmerpalmen.

Vielleicht hätten sie den ganzen Abend so hingebracht, wenn nicht unweit von ihnen plötzlich jemand gekreischt hätte: «Wen muss man hier vögeln, um was zu trinken zu kriegen?!»

Alf hob den Kopf.

«Gute Frage. Entschuldige, ich bin ein schlechter Begleiter.»

Suchend überschaute er die Menge.

«Gibt es hier Personal? Ich fürchte, nein. Ich besorg

uns mal eben was. Was möchtest du haben? Schälchen Schampus?»

Sie nickte bloß.

«Bin gleich wieder da.»

Perdita sah ihm nach, wie er zwischen wippenden Straußenfedern und Phantasieuniformen verschwand. Sie klappte ihr Täschchen auf und fischte ein Päckchen Gitanes heraus. Perdita hatte die Zigarette gerade in den Mund gesteckt und kramte noch nach ihrem Feuerzeug, als urplötzlich ein Mephisto vor ihr stand, mit weißgeschminktem Gesicht, diabolisch aufgemalten Augenbrauen, rotem Käppi samt Hahnenfeder und Umhang. Wortlos riss er ein Streichholz an und gab ihr Feuer. Perdita sagte artig «Danke schön», worauf er teuflisch grinste, das Streichholz ausschnipste und mit einem Gleitschritt wieder in die Menge tauchte. Sie musste lachen. Ein stattlicher Zigeunerbaron mit falschem Schnurrbart und echtem Schmerbauch bezog das auf sich. Seine buschigen Augenbrauen – aufgeklebt? oder etwa echt? – zitterten empört: «Ja, Sie lachen, aber ich kann Ihnen sagen, Gnädigste, das ist gar nicht komisch. Gar nicht komisch.»

Er bedachte die perplexe Perdita noch mit einem bösen Runzeln und wandte sich wieder den beiden üppigen, tiefdekolletierten Dienstmägden zu, die bei ihm standen und fasziniert seiner Geschichte lauschten. Perdita schnappte auf, dass es anscheinend um eine Dickdarmspiegelung ging. Sie biss sich auf die Lippen. Hier amüsierte man sich ja prächtig.

Unvermutet tauchte wieder Mephisto vor ihr auf. Er legte die Hand aufs Herz, verneigte sich leicht und reichte ihr eine Schale Champagner. So was konnte man schlecht ablehnen. Perdita lächelte ihm zu, hob ihr Glas, er grinste, womöglich noch teuflischer, und entschwand. Sie sah noch, dass er zu seinem schwarzen Trikot und den Strumpfhosen rote Kickbox-Stiefelchen trug. Perdita begann, sich nach Alf umzuschauen. Sie entdeckte ihn in gar nicht mal großer Entfernung, wo er ein Grüppchen langbezopfter Chinesen überragte, die wohl aus derselben Operette kamen wie Perdita. Eine schwarze Lockenperücke versperrte ihm den Weg. Sieh an, wieder diese Rotraut. Rotlackierte Nägel krallten sich ins Frackrevers. Alf, in den beiden übers Gedränge erhobenen Händen je ein gefülltes Glas, wirkte etwas hilflos. Jetzt schaute er zu Perdita herüber und schickte ihr ein gequältes Lächeln. Die Lockenpracht ruckte und zuckte und hatte demnach einiges zu sagen. Was Alf erwiderte, fiel knapp aus. Schließlich, auf ein paar kurze, ungeduldig hervorgestoßene Worte von Alf, ließ die Hand von ihm ab. Er schob sich an Rotraut vorbei, sie sah ihm nach, und das Gesicht mit der Zweitfrisur erinnerte Perdita an ein Gorgonenhaupt.

«Entschuldige. Das ist hier das reinste Tollhaus. Du bist sicher schon am Ver- oh!»

Er hatte das noch unberührte Glas in ihrer Hand entdeckt. Mit gespieltem Ingrimm ließ er den Blick über die Menge kreisen.

«Wer war das? Wer hat es gewagt, sich an dich ranzumachen, während ich bloß mal kurz zur Bar war?»

«Ich glaube, es war Mephisto.»

«Mephisto?»

Er beugte sich über ihr Glas und schnupperte.

«Ja, stimmt, riecht nach Schwefel. Du willst das doch nicht etwa trinken?»

«Natürlich nicht. Ich hab auf dich gewartet.»

Er wirkte ein bisschen angespannt, offenbar ernsthaft verärgert über das Intermezzo im Carmen-Kostüm. Doch wie er nun endlich Perdita voll anschaute, schwand der Unmut aus seinem Gesicht. Sie ließ Mephistos Glas irgendwo verschwinden und nahm die Champagnerschale, die Alf ihr hinhielt.

«Danke.»

«Hast du dich gelangweilt?»

«Überhaupt nicht.»

«Aber du hast mich vermisst?»

«Ganz schrecklich ...»

Er lächelte und stieß sein Glas leicht gegen ihres. Sie tranken sich zu.

«Was trinkst du da?», fragte Perdita. «Gin Tonic?»

«Nur Tonic.»

Er schaute in sein Glas und sagte: «Ich trink keinen Alkohol.»

«Ach. Überhaupt nicht?»

Alf schüttelte den Kopf.

«Ich würd Probleme kriegen, wenn ich's täte. Aber ich tu's nicht.»

Perditas Blick verlor für eine Sekunde den Halt, glitt aus und schlitterte über Alfs Schulter. Alf beobachtete sie. Schließlich hob er sein Glas: «Cheers.»

«Cheers.»

Er stellte sich an ihre Seite, und eine Zeitlang schauten sie den Tänzern zu, die jetzt dicht an ihnen vorbeirauschten. Perdita fuhr aus ihren Gedanken, als Alf fragte: «Ist das da drüben dein Mephisto?»

«Wo? Ah, ja, das ist er.»

«Ich werd mal eben hingehen und ihm die Fresse polieren. Mir ist grad danach.»

Verdutzt guckte sie zu ihm hoch. Seiner Miene nach konnte es ihm durchaus ernst sein. Unwillkürlich legte sie ihm die Hand auf den Arm. Die Muskeln fühlten sich hart und gespannt an. Perdita war verwirrt.

«Nein, wirklich, dazu gibt's doch gar keinen Grund ... Alf. Tanzt du mit mir?»

Seine Augen mussten erst von irgendwoher zurückfinden, dann sagte er: «Willst du?»

«Ja. Schon die ganze Zeit.»

Er zog sie aufs Parkett, fasste sie fest um die Taille, und im nächsten Moment befanden sie sich mitten unter den tanzenden Paaren. Es lief wieder ein Walzer. Perdita konnte sich nicht erinnern, dass seit ihrer Ankunft etwas anderes gespielt wurde, und sie fand es herrlich. Sie drehten sich, wiegten sich, fügten sich in den Strom ein und glitten dahin, was ein Wunder schien angesichts der vielen Menschen auf der kleinen Tanzfläche. Alf war ein fabelhafter Tänzer. Er führte sie sicher, wich schwungvoll aus und nutzte geschickt jede Lücke, leicht und mühelos. Während sie tanzten, fiel die Anspannung von ihm ab. Perdita vergaß den befremdlichen Ausrutscher. Sie ließ den Kopf in den Nacken sinken und sich einfach herumwirbeln.

«Alf, ich kann nicht mehr!»

Er grinste, und mit drei besonders schwungvollen Drehungen bugsierte er sie elegant von der Tanzfläche. Atemlos fiel Perdita gegen die moosgrün bespannte Wand.

«Ich liebe Walzer! Ich kann auch bloß Walzer. Puuuh! Ich bin völlig aus der Puste ...»

«Ich hol dir was zu trinken. Diesmal dauert's nicht lange, wir sind auf der richtigen Seite.»

Sie nickte nur. Aus ihrem Täschchen zog sie den bemalten Papierfächer, ein weiteres Operettenaccessoire, das sie in letzter Minute eingesteckt hatte. Sie war noch damit beschäftigt, sich Luft zuzufächeln, als Alf mit zwei Gläsern zurückkam. Belustigt schaute er ihr zu. Über ihren Fächer strahlte sie ihn an. Alfs Lächeln wurde stiller.

«Perfekt!», sagte er leise.

«Du bist einfach ein phantastischer Tänzer!»

«Irgendwie mag ich die Art, wie du das Wort ‹phantastisch› anwendest ...»

Perdita konnte überhaupt nicht aufhören, ihrer Begeisterung Ausdruck zu geben: «Es war – hinreißend!»

Er stand vor ihr, immer noch ein Glas in jeder Hand, und starrte sie an. Irgendwann murmelte er so leise, dass sie es kaum verstand: «Du bist hinreißend ...»

In dem Moment erklang ein entsetzlicher Misston, der sich als Jodeln entpuppte und den Auftakt zu einer wilden Polka bildete. Um sie herum geriet alles in kreischende Bewegung. Alf drückte ihr das Glas in die eine Hand, packte sie an der anderen und zog sie hinter sich her. Sie durchquerten den anschließenden Raum, der karmesinrot gestrichen war und in dem sich nur vier ernst diskutierende Frauen und der dicke Zigeunerbaron befanden, der einsam abgewandt in einer Ecke stand und mit düsterer Endgültigkeit seine Zigarre paffte. Alf öffnete mit einer raschen Bewegung eine breite gläserne Tür und schob Perdita hindurch. Einen Augenblick später klang der

Lärm nur noch gedämpft herüber. Die Glastür hatte sich hinter ihnen geschlossen, und Perdita fand sich neben Alf in einem farbig gebrochenen Dämmerlicht. Staunend sah sie sich um. Der Raum schien eine Art großer Erker zu sein, der wohl zur Rückseite des Hauses hinausging. Die Wände bestanden beinah ganz aus Glas. An den vielfach unterteilten Fenstern, die vom Boden bis fast an die Decke reichten, rankten sich kleinblättrige Kletterpflanzen entlang. Überall im Zimmer standen in kleinen und größeren Gruppen prachtvolle Kübelpflanzen: Oleander, Orangen- und Zitronenbäumchen, Bananenstauden und Farne. Ihre Blätter wiegten sich in einem sanften Lufthauch. Bunte Tiffany-Lämpchen, halb verborgen im Dickicht der Pflanzen, und Kerzen in farbigen Glasgefäßen gaben ein märchenhaftes Licht.

«Was ist denn das?», hauchte Perdita.

«Das ist der Wintergarten.»

Perdita machte ein paar zögernde Schritte in den Raum hinein. Es raschelte leise, wenn ihr Kopf die Blätter streifte. Sie blieb stehen und strich mit den Fingern über die kühle, samtige Blüte einer Kamelie. Tief sog sie die süßen und zitronigen Düfte ein, die ihr von überall her in die Nase stiegen.

«Das ist ja wunderschön ...»

«Komm. Da drüben ist irgendwo ein kleines Sofa. Da kannst du dich zurücklehnen und es bewundern. Unter dem Zimmerjasmin ...»

Alf nahm sie bei der Hand und führte sie durch das Dickicht zu einer kleinen Laube aus duftendem Jasmin, unter der ein arabisches Höckerchen und ein Sofa aus Korbgeflecht standen. Darüber ausgebreitet lag eine Gobelindecke. Zwischen Blüten und Blattwerk verstrahlte eine pilzförmige Stehlampe sanftes, orangerotes Licht. Perdita ließ den Kopf auf die Lehne sinken und atmete die Nachtluft, die vom Garten heraufstieg.

«Das ist ja wirklich ein ganz zauberhafter Ort ...»

Sie beobachtete den Wechsel von buntem Licht und sachte bewegten Schatten. Abwesend nippte sie an ihrem Champagner.

Alf hatte einen Arm auf die Sofalehne gestützt. Seine Finger spielten mit einer Jasmindolde, die über ihrem Kopf herunterhing. Sie wusste, dass er sie ansah. Sie spürte, wie sie unter diesem Blick in eine körperliche Spannung geriet, und plötzlich wurde es ihr unmöglich, den Kopf nach ihm zu wenden. Sie nahm noch einen Schluck. Alf zog den Jasminzweig ein wenig herunter, und sie fühlte die kühlen weißen Blüten auf ihrer Stirn. Lächelnd schloss sie die Augen. Mit den Blüten strich er sanft über ihre Lider, ihre Wangen. Perdita schauerte leicht, als er begann, ihr Ohr zu kitzeln, und drehte ihm ihr Gesicht zu. Alf ließ den Zweig los und stützte den Kopf in die Hand. Perdita hörte ihre eigene, leicht belegte Stimme fragen: «Hast du vielleicht noch eine Zigarette?»

Sie nutzte den Moment, in dem er sich zurücklehnte und in die Innentasche seines Fracks griff, für einen langsamen, tiefen Atemzug. Dann richtete sie ihre Aufmerksamkeit ganz auf die gelbe Schachtel. Sie nahm eine Zigarette, legte sie zwischen ihre Lippen und beugte sich vor, als er ihr Feuer gab. Doch kurz bevor sie die Flamme erreicht hatte, ließ er das Zippo unvermutet wieder zuschnappen. Überrascht schaute sie auf. Alf lächelte kaum merklich und murmelte: «Lassen Sie mich erst noch sagen, bitte: Sie sind sehr schön.»

Perdita guckte irritiert. Wie um Verzeihung bittend,

neigte Alf den Kopf und fuhr fort: «Ich weiß, ich bin sehr jung.»

Ihre Augenbrauen hoben sich noch ein Stück höher. Da begriff sie, und die Anspannung der letzten Viertelstunde löste sich in einem Lachen.

«Aha, ich bin im Bilde. Du hast das alles arrangiert. Damit das Fräulein Kellermann sich wieder mal wie Greta Garbo vorkommt. Das Fest, der Walzer, die Laube, der – der Zimmerjasmin ... Ich muss schon sagen, das ist wirklich –»

Alf schüttelte den Kopf. Er grinste.

«Glaub mir, bis zu dem Moment, in dem ich dein Gesicht im Schein der Flamme sah, hab ich nicht – nicht an Greta Garbo gedacht. Aber ich gebe zu, ich hab mir diesen Film besorgt. *Flesh and the Devil.* Ich dachte, es wäre irgend so ein Kitsch. Aber es ist – es packt einen wirklich.»

Amüsiert fragte sie: «Wirklich? Es hat dich gepackt?»

Er nickte, und mit einer langsamen Bewegung nahm er ihr die Zigarette aus der Hand. Er betrachtete die Zigarette, wie er sie zwischen seinen Fingern drehte, und murmelte: «Etwas hat mich gepackt ...»

Perditas Augen folgten seiner Hand, als er sich ihre Zigarette zwischen die Lippen steckte. Sie sah zu, wie er das Benzinfeuerzeug entzündete. Beide neigten sie unwillkürlich die Köpfe über die flackernde Flamme und schauten ins Feuer. Dann trafen sich ihre Blicke. Auf Perditas Gesicht spiegelte sich noch immer das Vergnügen an der Szenerie und dem Mann, der sie durch seine Worte erst geschaffen hatte. Ihre Augen leuchteten groß und dunkel, mit einem Glitzern darin aus Übermut und Erwartung. Langsam sagte Alf, in dem nachdenklichen Ton von jemandem, der eben eine Entdeckung gemacht hat, deren

Folgen er noch nicht abschätzen kann: «Von uns beiden bist jedenfalls du der glutäugige Teil ... Dark Star, das bist du ...»

Vier Sekunden darauf gab Perdita dem Zippo-Deckel einen leichten Klaps. Der Deckel schnappte zu. Die Flamme war aus.

Alf war gerade dabei, festzustellen, dass Perdita halterlose Strümpfe trug, als von draußen die Klänge eines vielstimmigen *Happy Birthday* zu ihnen herüberdrangen. Atemlos stieß sie hervor: «Es ist Mitternacht! Dein Freund hat Geburtstag!»

Alf fuhr sich durch das zerwühlte Haar und sagte vage: «Ja ...?»

«Du musst ihm gratulieren gehen!»

«Ich gratulier ihm später ...»

«Nein, er wird furchtbar enttäuscht sein, wenn du jetzt nicht da bist! So, wie er dich umarmt hat. Er liebt dich!»

Hastig machte sie sich von ihm los, sprang vom Sofa und sah ihn auffordernd an. Alf brauchte einen Moment, bis er begriff, dass sie wahrhaftig von ihm erwartete, augenblicklich aufzustehen und sich zu seinem Freund zu begeben.

«Perdita, ich kann jetzt nicht aufstehen ... gib mir eine Minute, ja ...»

«Oh ...»

Etwas verlegen begann sie, an ihrer aufgelösten Frisur herumzunesteln.

«Ach ... meine Finger sind ganz ölig von deiner Brillantine ...»

Er reichte ihr sein Taschentuch.

«Hier.»

Perdita rieb die Hände daran ab und strich ihr Kleid glatt. Die Gratulanten jenseits des Wintergartens waren inzwischen zu einem schmetternden *Hoch soll er leben* übergegangen.

«Wirklich, Alf, es wird höchste Zeit ...»

Er war reichlich überrascht von ihrer plötzlichen Hast. Sie schien sich ernsthaft um Rainers Gefühle zu sorgen, die ihm selbst momentan herzlich egal waren. Aber er wollte es nicht riskieren, vor Perdita als treuloser Freund dazustehen. Er rappelte sich hoch, stopfte sein Hemd in die Hose und rückte den Frack zurecht. Die Fliege war ihm abhanden gekommen.

«Ja, also dann ...»

Er atmete durch und strich Perdita eine Haarsträhne aus dem Gesicht. «Von mir aus können wir.»

«Ich komme nach. Ich muss – ich muss mich ein bisschen richten, glaub ich.»

Er lächelte mit Blick auf ihre desolate Frisur und sagte: «Hm. Du hast deine Essstäbchen verloren.»

«Ja. Macht nichts. Jetzt geh schon ... nein, warte, du hast da ...»

Sie nahm das Taschentuch und rieb ihm die Spuren ihres Lippenstifts vom Gesicht.

Halb irritiert, halb belustigt fuhr er mit dem Finger über ihre Wange.

«Bis gleich ... Dark Star.»

Er schloss die Glastür hinter sich, und sie sah, wie er mit raschem Schritt das rote Zimmer durchquerte, das jetzt leer war. Sämtliche Gäste hatten sich in dem großen Raum versammelt, in dem vorher getanzt worden war. Alf verschwand in dem Durchgang auf der linken Seite. Es gab noch einen Durchgang auf der rechten Seite, der musste zum Flur führen. Perdita fasste keinen Entschluss, sie folgte lediglich einem Impuls, als sie nach ihrer Tasche griff, die Glastür aufstieß und mit eiligen Schritten die Wohnung verließ.

Die Leuchtschrift der Espressobar erlosch in dem Moment, als Perdita mit klappernden Absätzen um die Ecke bog. Erleichtert atmete sie auf. Sie klopfte leicht an die Scheibe, und Evelyns blonder Kopf tauchte hinter der Spüle auf. Der gereizte Ausdruck auf ihrem Gesicht verschwand, als sie die Freundin erkannte. Eilig kam sie an die Tür und schloss auf.

«Ich bin so dermaßen froh, dich zu sehen ...»

«Was ist passiert?»

Perdita hievte sich mit der Kraft, die ihr verblieben war, auf einen Barhocker. Evelyn warf ihr einen prüfenden Blick zu, dann machte sie sich daran, die Espressomaschine anzuschmeißen. Sie griff nach einer Flasche Ramazotti, aber Perdita stöhnte: «Nee, nich das Zeug.»

«Brandy?»

Perdita nickte.

«Mann. Ich hab was so dermaßen Blödes gemacht ...»

Perdita fasste die Ereignisse seit der Nacht auf dem Spielplatz knapp zusammen. Ausschweifend wurde sie nur, wenn es darum ging, den Ausdruck von Alfs Augen bei verschiedenen Gelegenheiten und den Klang seiner Stimme so nuanciert wie möglich wiederzugeben. Mitunter wurde sie auch wirr: «Weißt du, wie er das sagte, nachdem er mich eine endlose Zeit angesehen hatte mit diesem Blick ... weißt du, das war ein Blick wie – wie –»

«Ja, den Blick hast du mir, glaub ich, vorhin schon geschildert.»

«Seinen Blick, nachdem wir getanzt hatten und er von der Bar zurückkam?»

«Ja, genau den. Den kenn ich schon.»

«Na, jedenfalls seine Stimme – ach, Evelyn, ich bin ganz konfus! Wo war ich denn jetzt grad?»

Evelyn kippte sich noch einen Brandy ein.

«Irgendwas mit ‹hinreißend›.»

«Ja ... wie er das sagte, da klang seine Stimme plötzlich dunkler und heiserer, aber jetzt nicht rau-heiser, sondern eher so sanft-heiser – also, ich meine, es gab auch Momente von rau-heiser, aber als er sagte: ‹Du bist hinreißend›, da klang es dunkel und sanft-heiser. Aber jetzt auch nicht tief-dunkel sondern irgendwie mehr mittel-, vielleicht sogar hell-dunkel ... weißt du, seine Stimme ist nicht wirklich dunkel. Aber sie ist auch nicht hell – ich könnte jetzt sagen, er hat eine Stimme wie ein Saxophon, aber ein Saxophon kann so entsetzlich misstönend sein, und seine Stimme – es gibt keinen einzigen Misston darin ...»

Evelyn, den Kopf in die Hand, den Arm auf die Bar gestützt, nickte gedankenvoll vor sich hin. Sie zuckte zusammen, als Perdita plötzlich sagte: «Gott, vielleicht ist es auch einfach was mit seinen Stimmbändern.»

«Was –?»

«Ich denke, wunders welcher Gefühle dieser Mann fähig ist, dabei hat er vielleicht einfach nur was an den Stimmbändern.»

Evelyn zündete sich eine weitere Gauloise blonde an.

«Ich seh noch immer nicht, wo das Problem liegt. Du hast dich verknallt. Wo liegt das Problem?»

«Es ist doch überhaupt kein Wunder, dass ich mich verknallt hab! Er zieht genau die richtigen Register. Ich bin so leicht zu durchschauen, wenn man erst mal raushat, wie ich ticke.»

«Du meinst, dass er sich Filme ausleiht, die du bloß mal so en passant erwähnt hast, und so 'n Zigarettendings für dich anfertigen lässt, ist bloß 'ne Masche?»

«Evelyn, der Typ kommt aus der Werbebranche. Die sind es gewöhnt, sich zu allem die passende Strategie zu überlegen. Die können gar nicht anders. Vielleicht hat er sich einfach gesagt, die Kleine mit dem Zigarettentick, die mich am ersten Abend partout nicht mit nach Hause nehmen wollte, die muss doch irgendwie flachzulegen sein ...»

«Und was wäre so schlimm daran, sich flachlegen zu lassen? Du bist doch sonst nicht prüde.»

«Ich würde da nicht heil wieder rauskommen. Ich meine, das hat genau das Potential, um wieder eine von diesen Geschichten zu werden ... du weißt schon.»

«Na, dann bist du ja jetzt fein raus. Männer schätzen es nicht besonders, wenn man sie vor den heißen Ofen laufen lässt. Noch dazu in aller Öffentlichkeit, auf 'ner Party.»

Düster und grüblerisch drehte Perdita ein zerknautschtes Papierschirmchen zwischen ihren Fingern.

«Ja. Stimmt. Ich hab ihn bis auf die Knochen blamiert, und jetzt hasst er mich. Es war das Schlauste, was ich machen konnte.»

Unglücklich starrte sie auf das Schirmchen. Evelyn lachte.

«Ach komm schon. Spring ins Taxi und erzähl ihm, du hättest das Bügeleisen angelassen.»

«Sehr witzig.»

«Dann rufst du ihn halt morgen an. Sag, du hättest eine Panikattacke gehabt. Das wird ihn freundlich stimmen. Es zeigt ihm, wie sehr er dich umgehauen hat, und was für eine zarte, empfindsame Seele du bist. Wie ich das sehe, war es nichts weiter als das. Eine Panikattacke.»

«Du meinst, ich soll ihn anrufen?»

«Unbedingt.»

«Vielleicht ist er einfach nur aalglatt.»

«Ruf ihn an.»

Alf, als er endlich begriff, dass Perdita nicht mehr da war, wirkte alles andere als aalglatt. Die Fassungslosigkeit spiegelte sich blöde auf seinem Gesicht, und Rainer, der nur merkte, dass etwas nicht stimmte, bekam kein Wort aus ihm heraus. Ratlos tätschelte er seinem Freund die Schulter, bis Alf sich mit einer abrupten Bewegung frei machte.

«Wo ist denn Perdita? Hattet ihr Streit?»

«Suzanne Wong ist abgeschwirrt», raunte ihm Mephisto über die Schulter zu, hob bedeutsam die diabolischen Augenbrauen und mischte sich wieder unter die anderen Gäste.

«Wirklich? Abgeschwirrt? Einfach so?»

Alf fixierte einen Punkt an der karmesinroten Wand.

«Sie wird schon einen Grund gehabt haben. Komm, suchen wir Rotraut. Ach, da ist sie ja.»

Die Frau im Carmen-Kostüm hatte sie die ganze Zeit beobachtet. Jetzt kam sie heran.

«Na, ihr Hübschen? So allein?»

«Rotraut, komm, munter Alf ein bisschen auf. Habt ihr beiden eigentlich schon miteinander getanzt?»

«Aber Rainer, guck ihn dir doch an. Er ist ja ganz zerschmettert. Gräm dich nicht, Alf. Vielleicht hat sie ihre Tage bekommen.»

«Aber Rotraut!»

Rainer wurde ganz verlegen. Ihm kamen Zweifel, ob Rotraut die Richtige war, Alf aufzuheitern.

«Was denn? Ich versuche doch nur –»

«Ich werd jetzt gehen.»

«Aber Alf, es ist noch nicht mal eins! Ich hab doch Geburtstag! Wir haben noch gar nicht –»

«Tut mir leid, Rainer – aber ich werd jetzt gehen.»

«Aschenputtel mit ihrem Schuh hinterherrennen? Oder einsam deine Wunden lecken?»

«Fahr zur Hölle, Rotraut.»

Sie lachte. Dann rief sie ihm nach: «Lass dich bloß nicht volllaufen!»

Rainer war entsetzt: «Rotraut!»

«Was denn?»

«Manchmal solltest du dich wirklich ein bisschen mäßigen. Manchmal solltest du wirklich – ein bisschen Takt aufbringen.»

«Wie könnt' ich das? Meine Welt ist aus dem Takt! Alf Strelitz wurde einfach so stehengelassen. Den Tag muss ich mir rot im Kalender anstreichen.»

Alf setzte sich in seinen Wagen und fuhr in zügigem Tempo auf die Stadtautobahn. Er beschleunigte allmählich, und als er sich auf der A3 befand, trieb er den Wagen auf die dem Motor zumutbare Höchstgeschwindigkeit. Es gab wenig Verkehr, aber das Tempo erforderte seine ganze Konzentration. Auf der Höhe von Montabaur ließ er die Geschwindigkeit auf 140 km/h fallen. Gleich drängten sich die Bilder der Operettenparty wieder vor, und es reizte ihn, erneut aufs Gas zu treten. Aber er merkte, dass er müde wurde, und wollte nicht riskieren, die Kontrolle über den Wagen zu verlieren. Weil die Bilder des Abends nicht weichen wollten, versuchte er, die Ausschnitte anders zu wählen. Da stand zum Beispiel Rainer in seinem Frack. Sein liebster Freund, der heute Geburtstag feierte. Alf hatte ihn vernachlässigt und enttäuscht. Vielleicht könnte man nächste Woche mit Rainer ins Kino gehen. Wahrscheinlich würde er dann Fragen stellen, nach Perdita und was im Wintergarten passiert war. Anderer Ausschnitt. Rotraut mit dieser unmöglichen Perücke. Anderer Ausschnitt, bitte ganz schnell. Wieder Rainer. Ins Kino. In welchen Film könnten sie gehen? Vielleicht lief irgendwo nochmal der Film, den sie nie gesehen hatten, obschon sie von Anfang bis Abspann brav die Leinwand angestarrt hatten ...

Das musste im Frühling gewesen sein, richtig, im April. Nicht in diesem, sondern im vergangenen Jahr, als der Film zum ersten Mal in die Programmkinos kam ...

«Wie heißt der Film nochmal?»

«Amores Perros.»

«Was soll denn das heißen? Die Liebe der Hunde?», fragte Rainer.

«Jedenfalls kommen Hunde drin vor.»

«So einen Film sehen wir uns an? Mit Hunden?»

«Jawohl, so einen Film sehen wir uns an.»

Es war schon Ritual, dass Rainer sich gegenüber den Filmen, die Alf aussuchte, skeptisch gab. Fast immer gefielen sie ihm aber ganz gut.

Sie saßen in der letzten Reihe, weil Rainer im Kino am

liebsten ganz hinten saß. Es gab ihm das Gefühl, jederzeit gehen zu können, obwohl er, solange Alf ihn kannte, noch nie vor Filmende aufgestanden war. Der Film hatte schon begonnen, als ein Mann und eine Frau in den Saal huschten. Sie nahmen ihre Plätze fast unmittelbar vor ihnen ein. Von ihnen beiden und dem Paar abgesehen, blieben die letzten vier Sitzreihen komplett leer, und es war gut möglich, dass die zwei Rainer und Alf in der Dunkelheit des Saals gar nicht bemerkt hatten.

Zuerst dachte Alf, die beiden müssten zwei ausgesprochene Filmfans sein, weil sie so still nebeneinandersaßen und gebannt auf die Leinwand starrten. Er achtete nicht weiter auf sie. Erst als einige hell ausgeleuchtete Szenen ihren Widerschein von der Leinwand in den Saal warfen, nahm er wieder ihre Silhouetten wahr und sah, dass sie sich in einem heftigen, nicht endenden Kuss befanden. In unwillkürlichem Tadel hob er die Augenbrauen, weil er es albern fand, wenn Leute über sechzehn ins Kino gingen, um zu knutschen. Es war aber etwas an diesem Kuss, dass ihn weiter hinschauen ließ, während das Paar vor ihm tiefer in die Sessel rutschte.

Die Frau verschwand fast ganz, man sah nur noch ihre Hände, die sich um den Nacken des über sie gebeugten Mannes schlossen. Die Schulter des Mannes hob sich, als er auch seinen anderen Arm um die Frau legte und sie an sich zog. Dann, langsam, senkte sich die Schulter, weil seine Hand jetzt offenbar tiefer wanderte. Die Hand ließ sich Zeit, bei allem, was sie tat. Eine lange Weile hielt die Schulter ganz still. Irgendwann bog sie sich wie in Zeitlupe zurück, verharrte wieder, und dann, unendlich langsam, schob sie sich wieder nach oben. Jetzt streift er ihr den Rock hoch, dachte Alf. Die Schulter begann, kleine

Auf-und-ab-Bewegungen zu vollführen, und Alf konnte sich ziemlich genau vorstellen, wohin die Hand sich vorarbeitete. Wahrscheinlich trägt sie eine Strumpfhose, folgerte er. Als an einer der oberen rückwärtigen Sesselkanten die Spitze eines Frauenstiefels erschien, gab es keine Zweifel mehr darüber, was die Hand trieb.

Das eigentlich Fesselnde an dieser Szene, dachte Alf, war die Intimität, die diese beiden von Anfang an umgab. Schon bevor sie mit dieser Sache begannen und reglos nebeneinandersaßen, ohne sich auch nur mit den Schultern zu berühren. Die Spannung, die von ihnen ausging und die Alf zuerst für die aufmerksame Erwartung zweier Filmenthusiasten gehalten hatte. Die Spannung richtete sich aber nicht nach vorn auf die Leinwand, sie bestand zwischen dem Mann und der Frau.

Was sie taten, taten sie langsam, in absoluter Stille. Nein, das stimmte nicht. Man hörte die Frau. Man hörte sie kaum, kein Stöhnen, kein Flüstern, nur ihr Atmen drang an ruhigen Stellen des Films an Alfs Ohr. Alf lauschte gebannt. Er starrte vor sich hin und blendete alles andere aus, die Bilder, die Musik und die Worte, die von der Leinwand kamen. In seiner Wahrnehmung existierte nichts mehr als die leisen, kaum vernehmbaren Töne aus der Reihe unmittelbar vor ihm. Verhaltene, nur mehr gehauchte Seufzer. Stille. Ein plötzliches, scharfes Einsaugen von Luft und Speichel durch die Zähne, ein Innehalten, dann ein langes, sanftes Ausatmen.

Der Mann in der Reihe vor ihm verstand es, die Sache hinauszuzögern. Alf fühlte, wie ihm das Blut in den Unterleib strömte bei der Vorstellung, wie die Frau dort in ihrem Sessel zerfloss. Er wagte kaum noch, durchzuatmen. Als es endlich so weit war, als er sie unterdrückt nach

Luft schnappen hörte und dann einen letzten erschöpften, ersterbenden Hauch, konnte er nicht anders, als einmal tief ein- und wieder auszuatmen.

An einem kurzen, kaum merklichen Rucken des Kopfes erkannte er, dass der Mann ihn gehört hatte. Das Blut schoss Alf jetzt in den Kopf. Er kam sich vor wie ein aus dem Gebüsch gezerrter Spanner und rutschte tiefer in seinen Sitz.

Die beiden vor ihm hatten sich aufgesetzt, sie schmiegten ihre Gesichter aneinander. Dann standen sie auf und verließen den Saal. Alf sah nur zwei schattenhafte Gestalten. Der Mann ging dicht hinter der Frau und entzog sie damit allen Blicken. Er legte ihr leicht die Hand um die Schulter, als er mit der anderen über sie hin griff und die Tür für sie öffnete. Die beiden Bewegungen verschmolzen zu einer in Alfs Augen unmissverständlichen Geste, die jedem, der es etwa wissen wollte, sagte, dass diese Frau ihm gehörte, dass er bereit war, sie zu beschützen und zu verteidigen, und dass er jetzt gleich mit ihr schlafen würde.

Alf wandte den Kopf zu Rainer und hoffte aufrichtig, dass er nicht genauso mitgenommen aussah wie sein Freund in diesem Moment.

«Lucky man», sagte Alf.

Rainer verzog den Mund zu einem wehmütigen kleinen Grinsen und nickte.

«Was glaubst du», fragte Alf, «ob sie warten können, bis sie zu Hause sind?»

«Vielleicht schaffen sie es wenigstens bis zum Auto.»

«Oder wenigstens bis in die Tiefgarage.»

Sie wandten ihre Aufmerksamkeit wieder dem Film zu, waren aber beide nicht ganz bei der Sache.

«Was ist eigentlich passiert bis jetzt?»

«Weiß nicht. Was mit Hunden.»

Kurz darauf murmelte Alf gedankenvoll: «Eben saß sie noch vor uns. Jetzt ist sie fort. Die begehrenswerteste Frau der Stadt.»

Rainer lachte leise.

«Du weißt doch gar nicht, wie sie aussieht.»

«Sie kann aussehen, wie sie will. Dieses – Hauchen ... das brächte mich um den Verstand.»

Sie führten darauf eine kleine Diskussion über gehauchte Frauenseufzer. Rainer merkte an, dass die Seufzer der Frau, mit der man gerade auf die eine oder andere Weise intim ist, in jedem Fall erregend klingen, weil sie Belege für die Leidenschaft sind, die man in ihr weckt, und somit ein Kompliment an die Narzissmus-Instanz. Alf wandte ein, dem sei nicht so, es gebe da durchaus Unterschiede, worauf Rainer erwiderte, der Unterschied sei eben, mit wie viel Engagement man bei der Sache involviert wäre. O nein, widersprach Alf, in dem Hauchen der Frau beim Sex enthülle sich sozusagen ihre Seele. Rainer fand es bedenklich, dass Alf zufolge die Frau beim Sex jedes Mal ihre Seele aushauchte. Das lasse auf eine geradezu monströs ausgeprägte Narzissmus-Instanz bei Alf schließen. Diese Interpretation war ein so offenkundig absichtliches Missverstehen seiner Aussage, dass Alf es nicht für nötig hielt, darauf zu antworten. Warum, fragte er stattdessen herausfordernd, warum könnten ihn denn die Haucher einer völlig fremden Frau, von der er noch nicht einmal wisse, wie sie aussehe, die überdies nicht Belege für eine von ihm, sondern von einem anderen Mann geweckte Leidenschaft waren, so bewegen, wie er sich eben jetzt in diesem Moment bewegt fühle?

«Bewegt oder einfach erregt?», fragte Rainer.

«Sowohl als auch», antwortete Alf sachlich. Der voyeuristische Aspekt, schmetterte Rainer ihm hin, spontane Identifikation mit dem ausführenden Mann, womöglich auch eine gewisse momentane sexuelle Unausgelastetheit. Woraufhin Alf nur überlegen lächelnd den Kopf schüttelte. Was Rainer seinerseits mit einem Schmunzeln quittierte und der Bemerkung: «Also, du begehrst bei einer Frau in erster Linie ihre Seele, wenn ich dich richtig verstehe.»

«Das hab ich nicht gesagt. Ich hatte auch mit seelenlosen Frauen schon sehr viel Spaß.»

Damit schloss sich die Assoziationskette, und Alf war mit seinen Gedanken wieder auf dem Sofa im Wintergarten. Er trat das Gaspedal durch.

Nach nicht ganz anderthalb Stunden hatte er den Frankfurter Flughafen hinter sich gelassen. In der Gegend von Lorsch trank er einen Kaffee auf einem Rastplatz, dann fuhr er zurück. Irgendwo im Westerwald bog er auf einen Parkplatz und schlief drei Stunden in seinem Auto. Am Sonntagmittag war er wieder in Köln.

Perdita brauchte den halben Sonntag, bis sie sich für den Anruf bereit fühlte. Sie rauchte eine um die andere schwarze Gauloise vor ihrem schweren Bakelittelefon. Als sie schließlich zum Hörer griff, fand sie in dem Gewicht etwas Beruhigendes. Sie wählte.

Sie war auf Verschiedenes gefasst gewesen, nicht aber auf die herrische Frauenstimme, die ihr ein knappes «Strelitz!» entgegenschleuderte.

«Äh, Kellermann ... ich hätte gern mit Alf Strelitz gesprochen.»

«Der kann jetzt nicht!», schnappte die Stimme, und damit, klack, war das Gespräch beendet.

Sachte wog Perdita den schweren Bakelithörer in ihrer Hand. Wie im Schlaf wählte sie die Nummer noch einmal. Der Ruf ging achtmal durch, dann: «Strelitz.»

Die Stimme klang gereizt und entnervt, aber diesmal eindeutig nach Alf.

«Alf, hallo, ich bin's. Perdita.»

Schweigen. Perdita wusste mit einem Mal nicht mehr, was sie sagen sollte. Frau Strelitz hatte sie aus dem Konzept gebracht. In ihre Konfusion hinein sagte Alf, so nüchtern und kühl, dass es sie grauste: «Tut mir leid, ich kann jetzt nicht.»

«Was –?»

«Ich kann jetzt nicht. Tut mir leid.»

«Was?!», schrie sie, aber da hatte er schon aufgelegt. Sie knallte den Hörer auf die Gabel. Wieder einmal machte sich die Anschaffung des Telefons bezahlt. Bakelit knallte ganz anders. Bakelit auf Bakelit geknallt, verschaffte Erleichterung. Sie knallte nochmal, und nochmal, dann stellte sie sich ans geöffnete Fenster. Mit fest verschränkten Armen konzentrierte sie sich eine Weile nur aufs Atmen. Hier stand sie an ihrem Fenster, und die rechtschaffenen Matronen versammelten sich auf der Straße, um ihr zu huldigen ... Glückwunsch, Frau Kellermann! Sie hatten wieder mal den richtigen Riecher! Jetzt können wir's ja sagen, wir fanden Ihre Vorsicht an dem Abend auf dem Spielplatz etwas übertrieben, und Ihre Aktion gestern Nacht, nun ja, wir fanden sie ein wenig exaltiert – Sie sehen, der Kerl hat sogar uns getäuscht, aber Ihnen, Frau Kellermann, Ihnen macht so schnell keiner was vor! Sie und Ihre Nase bei Männern! Sagenhaft! Phänomenal! Bravo! Brava!! Braa-va!! ... Perdita fand, der Applaus klang sehr hohl.

Perditas unbestimmte Befürchtungen gegenüber Alf Strelitz hatten sich somit in konkreter Form bestätigt, aber sie fand darin keine Befriedigung. Im Innersten hatte sie an ihn geglaubt, bis zu jenem Moment eben. Andernfalls hätte sie sich nicht so wohl mit ihm gefühlt. Sicher, er war sehr glanzvoll. Mit allen Wassern gewaschen. Er verstand sich aufs Reden, er hatte Charme, und er wusste um seine Wirkung. Aber das allein wäre ihr schnell langweilig geworden. Ein attraktiver, kluger, charmanter Mann und nichts weiter, das war Fräulein Kellermann nicht genug. In der Hinsicht war sie anspruchsvoll. Um sie zu fesseln, brauchte es Vorstellungskraft, Begeisterung, eine Sensibilität, die über die eigene Person hinausging und das Gegenüber einschloss, in diesem Fall das Fräulein Kellermann. Von alldem besaß Alf Strelitz ein gerüttelt Maß. Und dann – er strahlte so ein umwerfendes Selbstvertrauen aus, das fand sie sehr anziehend. Doch daneben, darunter gab es etwas anderes, das faszinierte sie womöglich noch mehr. Sie hatte es in seinem Gesicht gesehen, als sie noch nicht wusste, wer er war, und ihn von der anderen Straßenseite beobachtete. Sie hatte es am gestrigen Abend gespürt, als er sich plötzlich in diese unsinnige Wut über den harmlosen Mephisto hineinsteigerte. Zwar glaubte sie nicht, dass ihr kultivierter Begleiter wirklich vor ihren Augen eine Schlägerei angefangen hätte. Doch in diesem einen Augenblick wollte er sich prügeln, mit irgendwem. Dabei kam es ihr vor, als habe er nur nach der ersten besten Form gesucht, Haltung zu bewahren. Eine Prügelei unter Männern, das ist immerhin eine Art von Haltung, sei es auch eine schlechte. Was konnte man sonst tun, wenn man von einem Moment zum nächsten in Verzweiflung stürzte? Sich die Kleider in Fetzen reißen? Oder heulen wie ein Hund?

Ganz plötzlich zutiefst verzweifelt, so hatte Alf auf Perdita gewirkt, als sie ihm die Hand auf den Arm legte. Eine typische Kellermann-Interpretation, das gab sie selbst zu. Schon kurz darauf hielt sie es für eine Täuschung, als sie tanzten und er wieder der Alte wurde, und dann vergaß sie es einfach. Erst im Laufe des nächsten Tages dachte sie darüber nach. Es brachte sie darauf, dass er trank. Oder getrunken hatte. Unter anderen Umständen hätte sie sich gesagt, dass das Letzte, was sie brauchte, eine weitere Person mit Alkoholproblem war. Doch der Abwehrmechanismus setzte einfach aus. Sie fragte sich lediglich, was jemand wie Alf, der so mit allem gesegnet schien, an die Flasche gebracht haben mochte. Es war nun einmal so: Die gebrochenen Helden mochte das Fräulein Kellermann von jeher am liebsten.

Ja, dafür, dass sie so wenig Zeit miteinander verbrachten, hatte er viel in ihr ausgelöst. Jubel, Zärtlichkeit, Begehren. Und dann stellte sich heraus, dass er einfach nur verheiratet war. Es war entsetzlich banal.

Früher wäre Perdita in einer Situation wie dieser an ihr Bücherregal getreten. Der literarische Medizinschrank enthielt kräftigende Substanzen, wirksame Gegengifte oder auch fiebertreibende Mittel, durch die die Symptome sich zuerst verstärkten und zuletzt herausgeschwitzt wurden. Doch zu ihrem Kummer hatte Perdita ja das Lesen vor einiger Zeit aufgeben müssen, als der Fortgang einer Handlung, das Innenleben einer Figur sie zunehmend nervös machten. Anfangs klammerte sie sich beim Lesen noch an die Passagen, in denen gerade einmal nichts passierte. Wo ein Interieur beschrieben wurde oder eine kleine Randfigur auftauchte und gleich wieder verschwand, weil sie in der Geschichte keine Rolle spielte und im Grunde ebenfalls zum Interieur gehörte. Oder wo die Hauptfigur nichts anderes tat, als eine Tasse abzuspülen. Solche Passagen waren naturgemäß kurz, allzu kurz für Perditas abnorme Bedürfnisse, und aus der Not heraus las sie sie wieder und wieder. Mehr als jeder innere oder äußere Konflikt interessierte sie jetzt, wie der Nachmittag des Helden wohl ausgesehen haben würde, wenn er nicht beim Spülen seiner Kaffeetasse durch einen Anruf gestört worden wäre, der die Handlung weiter vorantrieb. Er hätte vielleicht noch den Topf mit den Resten vom Vortag ausgekratzt. Und dann den Müll rausgebracht. Anschließend wäre er in die Stadt gefahren, um ein paar Einkäufe zu machen, was hätte er wohl gekauft, was für ein Liedchen hätte er gesummt, und wie wäre das Wetter gewesen ... Perdita wünschte sich solche Bücher aus dem Geist ihrer Lieblingsautoren, in denen die Figuren außerhalb des Romans lebten, außerhalb jenes spektakulären Ausschnitts. Sie wollte gern mit ihnen zusammen sein, die gleiche Luft wie sie atmen, aber sie mochte ihnen nicht mehr wie früher einen ganzen Roman lang hinterherlaufen und durchmachen, was sie durchmachten. Sie sehnte sich nach der bloßen Atmosphäre.

Weil Perdita ohne ihre Bücher nicht leben mochte, es in ihnen aber nicht mehr aushielt, musste sie den knappen Raum, in dem die handelnden Figuren sich im Leerlauf befanden, erweitern. Sie vergrößerte auch den Raum der Randfiguren, für die im Roman von vornherein keine tragende Handlung vorgesehen war. Dabei brauchte sie nur zu ergänzen, was der Erzähler nicht weiter ausgeführt hatte. Weil sie behutsam und gewissenhaft dabei vorging, schrieb sie es auf. Sie feilte immer sehr lange an diesen atmosphärischen Stilübungen. Man durfte nicht einfach drauflos fabulieren, man musste den richtigen Ton treffen und Bilder finden, die auch der Autor vor seinem geistigen Auge gesehen haben könnte. Nur selten war Perdita mit ihren Resultaten zufrieden. Aber auch wenn es auf dem Papier nicht ganz stimmte, gelangte sie auf diese Art doch zumindest durch eine Hintertür wieder in die Außenbezirke des Romans, und nach mehr verlangte es sie nicht.

Das abgeschmackte Ende der so hoffnungsvoll begonnenen Alf-Affäre erforderte den größtmöglichen Kontrast. Die Gesellschaft von jemandem, in dessen langweiliger, reglementierter Welt Höhenflüge, wie sie Perdita noch vor kurzem erlebt hatte, von vornherein ausgeschlossen und Hoffnungen, sollten sie jemals bestanden haben, lange begraben waren.

Perdita wandte sich also Miss Bates zu, einem schlichten, harmlosen Geschöpf, einer alten Jungfer aus einem Roman von Jane Austen, und schrieb ihr einen Alltag.

Nach etwa zwei Wochen war Perdita so weit, dass sie sich wieder in ihren Supermarkt wagte, wenn auch nicht zu den üblichen Zeiten. Es kam der Tag, an dem sie den Einkaufswagen noch einmal zurück in den Gang mit den Süßigkeiten schob, aus einem Gefühl von Trotz. Die billige Schokolade hatte sie auch dieses Mal geflissentlich übersehen. Sie war zwischenzeitlich zu Minzplättchen übergegangen, eine Schachtel lag bereits in ihrem Wagen. Mit der verdammten Schokolade hatte alles begonnen. Zartbitterschokolade für 35 Cent. Damit konnte man die ganze Episode überschreiben. Trotzdem, ein gutes Preis-Leistungs-Verhältnis. Ebenso gut wie Schwarze-Herren-Schokolade, besser als Nestlé.

Perdita hockte immer noch vor dem Regal, in der Hand eine Tafel Schokolade, als neben ihr eine Kinderstimme fragte: «Schmeckt die gut?»

Sie schaute auf und fand sich etwa in Augenhöhe mit einem Jungen, er mochte vier oder auch sechs Jahre alt sein, mit Kindern kannte Perdita sich nicht recht aus.

«Also, mir schmeckt sie.»

Nachdenklich betrachtete der Kleine die Tafel in ihrer Hand.

«Vielleicht nehm ich die dann auch.»

In seiner Stimme schwang dabei so viel Zweifel, dass sie ihn fragte: «Was für eine Schokolade isst du denn am liebsten?»

«Die lilane. Mit den braunen und weißen Flecken. Aber die seh ich hier nicht.»

«Die liegt weiter oben. Soll ich dir eine runterholen?»

«Ich weiß nicht. Vielleicht möchte ich doch lieber so eine, wie du hast.»

«Das ist aber Zartbitter. Als ich so alt war wie du, da mochte ich die nicht besonders gerne.»

«Und jetzt schon?»

«Ja, jetzt schon.»

Bedächtig griff er nach der Zartbitterschokolade im untersten Fach.

«Ich kann sie ja mal probieren.»

Perdita lächelte ihn an, sie fand ihn sehr rührend.

«Carli, leg die Schokolade wieder hin, die schmeckt nicht.»

Die Stimme, die sie einmal dazu verleitet hatte, nachts auf ein Klettergerüst zu steigen. Ihre erste Regung war Melancholie. Trauer um die Stimme, der man irgendeine Gewalt angetan haben musste, durch die sie all ihre rauen, weichen, dunkel-hellen Töne verloren hatte und nur noch nüchtern und kalt klang. Doch sie hörte noch etwas anderes darin. Als sie langsam den Kopf zu ihm hob, erkannte sie, was es war: Feindseligkeit und mühsam zurückgehaltene Wut.

Ein derart unerwartetes Wiedersehen hätte Perdita in jedem Fall aus der Fassung gebracht. Aber bei allem, was an widersprüchlichen Gefühlen in ihr aufbrauste, auf Alfs Seite ausgerechnet auf Feindseligkeit zu treffen und nebenbei noch die augenscheinliche Ähnlichkeit zwischen ihm und dem Kleinen festzustellen war etwas mehr, als sie verkraften konnte. Sie hockte da wie auf den Boden genagelt.

«Die Frau sagt aber, die Schokolade ist lecker.»

«Die Frau mag's gern billig. Leg sie wieder hin. Sonst bist du nachher enttäuscht.»

Das Zeichen des Zorro, dachte Perdita, drei Hiebe mit der Peitsche, mitten auf die Stirn. Um ihre Lippen zuckte es hysterisch. Erst als der Kleine begeistert rief: «Ich auch! Ich mag's auch gern billig!», schossen ihr Tränen in die Augen, und sie löste sich aus ihrer Erstarrung. Sie rappelte sich hoch und machte eine ungelenke Kehrtwendung. Sie stieß schwer gegen ihren Einkaufswagen und konnte sich nur mit Not noch fangen. Dabei rempelte sie einen Verkäufer an, der gerade in den Gang bog und mit lautem Krach einen Karton Fruchtgummitüten fallen ließ. Sie wollte sich entschuldigen, brachte es aber nur zu einem hilflosen Aufschluchzen, und dann endlich stolperte sie blind aus dem Supermarkt. Das Letzte, was sie wahrnahm, war ein über viele Regalwände herüberschallendes, erbittertes Geschrei: «Du bist gemein! Die Frau weint! Warum bist du gemein zu der Frau?! Warum?! Warum weint die Frau?!»

Perdita hockte bereits seit einer geraumen Zeit an ihrem Küchentisch. Die Zittrigkeit hatte sich gelegt, und irgendwann ertappte sie sich bei einem müden Lächeln. Sie stellte sich vor, was für ein Spießrutenlauf es für Alf gewesen sein musste, seine Einkäufe abzuschließen. Ein Mann, der eine Frau vor den Augen eines Kindes zum Weinen bringt, das war ein Skandal. Besonders, wenn er so gut aussah. Ein unscheinbarerer Mann hätte vielleicht nur tadelnde Blicke auf sich gezogen. Aber jemand wie Alf forderte extreme Emotionen heraus. Im Guten wie im Schlechten. Wenn so ein Bilderbuchmann aus der Rolle fiel, sahen die Hausfrauen ihre Ideale verraten. Mit giftigen Zischlauten würden sie versuchen, ihn in die Knie zu zwingen, und wenn das nicht funktionierte, weil er sich längst hinter seiner Arroganz verschanzt hatte, würden sie ihre bösen Blicke in seinen Rücken bohren, in der Hoffnung, dass er wenigstens einen leichten, nässenden Ausschlag davon bekam. Sogar die Kassiererinnen würden diesmal auf ihrer Seite sein. Die Kassiererinnen schafften jeden, die konnten sogar Alf fertigmachen. Ja wirklich, ergötzliche Vorstellung. Allein die rechte Freude kam nicht auf.

Sie schrak zusammen, als es klingelte. Nach einem Moment klingelte es erneut, anhaltend. Durch den Spion sah sie, wie er dastand mit gesenktem Kopf, den Arm lang ausgestreckt und den Finger fest auf dem Klingelknopf. Sie fühlte eine unkontrollierte Wut in sich aufsteigen, am wütendsten war sie über das schrille Klingeln, das es ihr unmöglich machte, einen klaren Gedanken zu fassen. Sie riss die Tür auf und rief: «Was?!»

Er hob den Kopf, und für den Bruchteil einer Sekunde fragte sie sich, ob die Hausfrauen ihn tatsächlich in die Mangel genommen hatten. Er sah so ganz anders aus. Geschlagen, vernichtet, zerstört. Oder zumindest ganz schön verdattert.

Er hielt ihr eine Schachtel hin.

«Hier. Wenigstens deine Minzplättchen. Du hast deine ganzen Einkäufe stehenlassen.»

Sie starrte auf die Süßigkeiten, starrte in sein Gesicht, und langsam sagte sie: «Weißt du, wo du dir die hinschieben kannst, deine Minzplättchen?»

Er sah sie bloß an. Perdita spürte, wie sich unter diesem Blick ihre Wut verflüchtigte und Raum gab für ein anderes, unangebrachtes Gefühl. Sie wusste sich nicht anders zu helfen, als einfach die Tür zuzuschmeißen. Mit einer müden Handbewegung fing Alf die Türkante ab.

«Perdita –»

«Was?!»

«Ich möchte dir sagen, dass es mir leidtut. Ich würde alles tun, um das ungeschehen zu machen. Das war – aber ich – ich hab es wirklich nicht so gemeint ...»

«Doch. Hast du. Jedes Wort. Du hast noch viel Schlimmeres gemeint, aber du konntest ja vor dem Kleinen nicht so ausfallend werden. Ich hab dich trotzdem verstanden.»

Erst nach einer längeren Pause sagte er: «Das glaub ich nicht.»

«Was? Was glaubst du nicht?»

«Dass du mich verstanden hast.»

Das war wohl der Gipfel an Arroganz, fand Perdita. Froh, wieder in Rage zu kommen, rief sie: «Oh! Nein! Natürlich nicht. Ich bin zu schlicht dazu. Ich bin ja bloß eine kleine Schlampe. Ich bin kein Klasseweib, auch kein Luxusweib, nicht mal ein Eheweib, ich bin einfach nur – billig! Ich bin so was von billig, dass ich – dass –»

Sie unterbrach ihre Tirade, weil er auf einmal ganz fahl aussah. Sein Blick wurde glasig, er begann zu würgen und stieß hervor: «Wo ist deine Toilette?»

«Wie bitte?»

«Das Klo!»

«Hier, direkt hier ...»

Perdita trat einen Schritt zurück und öffnete ihm die Badezimmertür, er stürzte hinein, warf die Tür hinter sich zu, und dann hörte sie unzweifelhafte Geräusche. Sie runzelte die Stirn und ging in die Küche. Sie drehte sich eine Gauloise. Sie hatte aufgeraucht und wollte dann doch mal nach ihm sehen, als sie die Spülung hörte. Dann den Wasserhahn. Schließlich erschien er, blass und elend, in ihrer Küchentür.

«Tut mir leid.»

«Alles wieder in Ordnung?»

Er nickte.

Sie fand, dass er wirklich erbärmlich aussah.

«Möchtest du einen Kamillentee?»

Erst guckte er sie verständnislos an, dann sagte er: «Ja. Gern.»

Er kam in die Küche und nahm auf dem Stuhl Platz. Perdita ließ Wasser in den Kocher laufen und holte Kanne und Teebeutel heraus. Als sie einen Blick über die Schulter warf, sah sie ihn vornübergebeugt dasitzen, mit geschlossenen Augen. Die Arme hielt er vor den Bauch gepresst.

«Nervöser Magen?»

«Mhm.»

«Vielleicht solltest du was essen. Käsetoast, ungetoastet. Kann man immer essen.»

Er antwortete nicht. Sie stand unschlüssig da, wartete, dass das Wasser kochte, und schließlich holte sie einen Teller, Käse und Toast heraus.

Sie setzte sich hin und schmierte zwei Brote. Du bist doch nicht mehr ganz bei Trost. Im Gegenteil, wer Butterbrote schmiert, kann nicht überschnappen. Sie goss das Wasser auf, und während Alf in unveränderter Haltung am Tisch hockte, schwenkte sie langsam die Teebeutel in der Kanne hin und her.

Als sie glaubte, dass der Tee genug gezogen hatte, goss sie eine Tasse voll und stellte sie vor ihn hin.

«Dein Tee.»

Er öffnete die Augen. Nachdenklich betrachtete er die dampfende Tasse. Schließlich griff er mit beiden Händen danach. Während er in kleinen Schlucken trank, lehnte er sich zurück, schlug die Beine übereinander und wirkte alles in allem ein wenig entspannter.

Er schaute zu Perdita hinüber.

«Danke. Tut gut.»

Sie schob ihm den Teller rüber.

«Hier. Iss Toast.»

Zweifelnd besah er sich die Brote, dann stellte er die Tasse ab und griff zögernd nach einer Scheibe. Er biss einmal ab und legte sie gleich wieder hin. Während er kaute, besann er sich offenbar anders. Abermals griff er nach dem Toast und aß nach und nach die ganze Scheibe auf.

Perdita schenkte ihm noch Tee ein und nahm sich selbst auch eine Tasse. Alf schob ihr seinen Teller ein Stück weit hin.

«Willst du was von meinem Toast?»

«Nein danke.»

Alf warf einen gedankenvollen Blick auf den Teller, dann aß er die andere Scheibe auch noch auf. Er kaute langsam und konzentriert. Perdita griff nach ihrem schwarzen Tabak und begann, sich eine Zigarette zu drehen.

Alf schaute hoch, stutzte, schluckte seinen Bissen runter und stellte fest: «Du drehst.»

«Stimmt.»

«Gauloises.»

«Hm. Ich hab auch was anderes da. Hier, magst du eine?»

Sie hielt eine Schachtel Mercedes hoch.

«Ich hätt gern, dass du mir eine drehst.»

«Du kannst die hier haben.»

Sie gab ihm die fertige Zigarette.

«Danke.»

Er wartete, bis sie für sich selbst eine neue gemacht hatte, dann griff er in das Jackett, das er unter dem hellen Mantel trug, und holte sein Feuerzeug heraus. Die selbstverständliche Geste, so typisch für Alf und für Perdita inzwischen schon so vertraut, versetzte ihr einen Stich. Er beugte sich herüber und gab erst ihr, dann sich selbst Feuer.

Sie rauchten eine Weile schweigend, dann sagte Alf, wobei er nachdenklich auf seine Zigarette schaute: «Du bist großmütig.»

«Was? Oh. Tja ...»

Perdita konnte sich die Situation, in der sie sich befanden, selbst nicht erklären. Die Szene im Supermarkt, war das überhaupt passiert? Doch, war passiert, jetzt, wo sie daran dachte, wurde ihr wieder ganz schlecht.

Sie sagte: «Kränkelnde Männer. Ich kann ihnen nicht widerstehen. Hab vor meinen Augen einen Schwächeanfall, und du kannst alles von mir haben. Tee, Toast – alles.»

Er verzog leicht den Mund, aber offenbar hatte er nicht vor zu scherzen. Er sagte: «Ich hingegen bin sehr nachtragend. Ich hab keinen besonders noblen Charakter.»

Perdita fand Selbstkritik auf Alfs Seite durchaus am Platze, aber dies war eine Bemerkung, die sie nicht recht einzuordnen wusste.

«Du meinst, du trägst mir etwas nach –?»

Er wollte etwas erwidern, als sein Blick auf die Küchenuhr fiel. Sein Mund klappte auf, er verglich die Zeit mit seiner Armbanduhr und stieß hervor: «Mist! Ich hab Carli bei einer Frau auf dem Spielplatz gelassen.»

«Du hast ihn einfach bei einer fremden Frau gelassen –?»

«Nein, ich kenne sie, aber sie hat irgendwas von einem Termin um sechs gesagt, und jetzt ist es zehn nach sechs.»

Hastig stand er auf.

«Perdita, kann ich morgen nochmal vorbeikommen?»

«Also – ich wüsste nicht, was wir noch ...»

«Bitte, ich möchte nicht so – nach allem, ich glaube – ich muss jetzt wirklich los! Womöglich spaziert Carli ganz mutterseelenallein durch die Stadt ...»

Perdita war automatisch auch aufgestanden. Sie fühlte sich von der plötzlichen Hektik überfordert, und als er ihr einen beschwörenden Blick zuwarf und nochmals «Bitte!» sagte, antwortete sie: «Ich bin ab fünf zu Hause.»

«Gut. Bis morgen», und damit rannte er aus ihrer Wohnung.

Perdita blieb zurück. In ihrem Kopf war nur Konfusion, und von all seinen Worten erinnerte sie sich momentan lediglich an drei: «Zehn nach sechs». Genau. Donnerstag. Der Putzjob bei Brettschneider stand noch an. Sie hätte längst anfangen müssen. Bis spätestens zwanzig Uhr musste sie fertig sein, denn dann kam Herr Brettschneider nach Hause und wünschte keine Putzfrau mehr vorzufinden. Perdita hatte diesen Arbeitgeber noch nie zu Gesicht bekommen. Er war ein Nachbar von Frau Brandrup und ihrer Katze Palmyra, und deren Empfehlung hatte Herrn Brettschneider genügt, Perdita seinen Schlüssel aushändigen zu lassen. Perdita war es recht. Es gab keine Probleme mit Brettschneider, und sie mochte seine Wohnung. Asiatischer Stil, sehr exklusiv. Kunstvoll geschnitztes Tropenholz, das meiste davon wohl antik, Figürchen aus Jade und Porzellan, Kommoden, Tischchen und Wandschirme in rotem und schwarzem Lack, auf denen man jedes Staubkorn, jeden Fingerabdruck sah. Sie würde doppeltes Tempo vorlegen müssen, aber danach wäre sie abgehetzt und erledigt, sie würde den Abend in angenehmer Erschlaffung mit Fernsehen oder Videos verbringen ... ja, die Dokumentation über Dürrenmatt, drei Stunden lang immer nur der alte, mächtige Fleischklops Dürrenmatt, der in seinem bedächtigen Schwyzerisch erzählte, was ihm so durch den imposanten Kopf ging. Der Dürrenmatt hatte sie schon manchmal aus trüber Stimmung gerettet.

Alf klingelte am nächsten Tag pünktlich um Viertel nach fünf. Er hatte lange überlegt, ob er Perdita etwas mitbringen sollte oder ob sich das unter diesen Umständen verbot. Sie sollte nicht denken, dass er sich nach dem, was er sich geleistet hatte, mit einem Strauß Blumen billig aus der Affäre ziehen wollte. Er fand aber auch, dass er über die Art, wie sie ihn nach seinem plötzlichen Brechreiz umsorgt hatte, nicht einfach so hinweggehen konnte. Zuletzt entschied er sich für einen kleinen Strauß rotweiß gestreifter Freilandrosen und eine nicht zu große Schachtel feinster Schokoladentäfelchen. Blumen und Schokolade, sie würde das schon richtig verstehen.

«Hier, für dich. Kleine Revanche für den Tee und den Toast.»

Zu seiner Erleichterung nahm sie den Strauß und die Schachtel an.

«Danke schön. Ich stell sie eben ins Wasser. Magst du einen Tee?»

«Gerne.»

Sie dirigierte ihn ins Wohnzimmer und verschwand in der Küche. Sieh an, Blumen und Schokolade für Fräulein Kellermann. Das war so ganz nach ihrem Geschmack. Er hat den Bogen wirklich raus, dachte Perdita und spürte einen Kloß im Hals.

Der Tee war schon fertig. Sie stellte die Vase mit den Rosen, die Schokoladenschachtel, die Kanne und zwei Tassen auf ein Tablett. Nach einem kurzen Blick erschien ihr das Arrangement übertrieben hausfraulich, also nahm sie Blumen und Schokolade wieder herunter, beließ es beim Tee und trug ihn hinüber. Alf lehnte an einem der weitgeöffneten Fenster und sah sich abwesend im Zimmer um.

«Setz dich doch. Hast du deinen Sohn wiedergefunden?»

«Ja, sie waren immer noch auf dem Spielplatz. Die Frau hat ihren Termin platzenlassen, und sie war ziemlich sauer, aber Carli ging's bestens.»

Also war der Kleine tatsächlich sein Sohn. Sie hatte das nur restlos klarstellen wollen. Was hast du denn gedacht, Perdita? Es ist immer das Nächstliegende.

Alf ließ sich in den tiefen Cordsessel fallen, Perdita setzte sich ihm gegenüber aufs Sofa. Sie schenkte den Tee ein und reichte ihm seine Tasse, Alf lächelte schwach: «Kamillentee?»

«Nein, Lapsang Souchong.»

Er nippte, prustete los und verschluckte sich. Tee schwappte über seine Finger auf die Untertasse und tropfte auf den Teppich.

«A-hrrrm! 'tschuldigung! Hrrrm! Was für ein Tee ist das –?»

«Lapsang Souchong. Rauchtee. Entschuldige, ich hätte fragen sollen. Viele Leute mögen ihn nicht. Möchtest du etwas anderes haben?»

«Nein, nein danke ... ist nur etwas ungewohnt.»

Er roch unauffällig an dem Tee und entschloss sich zu einem zweiten Schluck. Gedankenvoll schüttete er die kleine Lache vom Unterteller zurück in die Tasse. Er trank noch einen Schluck und noch einen, dabei starrte er in die Tasse, als sei auf dem Grund eine Botschaft verborgen, die sich erst mit dem letzten Tropfen entschlüsseln würde. So lange mochte er dann doch nicht warten. Er hob den Blick zu Perdita und sagte: «Gestern – also ...»

Er presste die Lippen zusammen, und sein Blick schweifte wieder in die Tasse, aber nur kurz.

«Ich hab nicht gemeint, was ich gesagt habe. Wirklich nicht. Ich hab die erste beste Gemeinheit gesagt, die mir einfiel. Es war gemein und vor allem völlig absurd. Ich – ich wollte dich demütigen, damit du dich nur einen Moment lang so fühlst, wie ich mich gefühlt habe, als du klammheimlich von der Party verschwunden bist.»

«Ich wollte dich nicht demütigen ...»

«Nein, sicher nicht. Bloß, in dem Moment – also es war ein ganz schöner Schlag. Ich bin ein entsetzlich eitler Mensch. Und gestern im Supermarkt, da kam das plötzlich wieder hoch. Ich – ich hatte für einen Moment einen Aussetzer. Es tut mir fürchterlich leid ...»

«Ich hab dich am Tag nach der Party angerufen, wenn du dich erinnerst, ich hatte vor, es dir zu erklären. Aber du hast einfach aufgelegt.»

«Es war ein sehr ungünstiger Moment. Ich dachte, ich hätte das gesagt.»

«Ja, das Gleiche hat deine Frau auch gesagt.»

«Meine was?»

«Deine Frau.»

Es dauerte einen Moment, bis es ihm dämmerte.

«Ach ... hattest du kurz vorher schon mal angerufen?»

«Ja, und deine Frau war so freundlich, mir zu sagen –»

«Das war Karin. Meine unmögliche Schwester Karin. Sie kommt alle paar Monate vorbei, um mich zur Schnecke zu machen. Wir hatten gerade den üblichen Streit, als du anriefst. Du dachtest, das wär meine Frau?»

«Willst du mir jetzt sagen, du hast gar keine Frau?»

«Doch. Hab ich. Carlis Mutter. Wir leben getrennt.»

«Aber sie ist immer noch deine Frau.»

«Ja.»

«Klar. Blöde Frage.»

«Marilène und ich leben seit über zwei Jahren getrennt.» Nach einer kleinen Pause fügte er hinzu: «Ich meine, es gibt mancherlei Gründe, weshalb man eine Scheidung trotz allem erst mal hintanstellt ... vor allem, wenn ein Kind da ist.»

«Auf jeden Fall.»

Es gibt genau zwei Gründe, dachte Perdita, entweder du liebst sie noch, oder sie liebt dich immer noch. So oder so war es ein ungeklärtes Verhältnis und eine Konstellation, in die sie nicht verwickelt werden wollte. Sie stellte die Frage, die ihr plötzlich von ungeheurer Wichtigkeit schien: «Warum heißt sie Marilène?»

Alf, der sich voll Unbehagen gefragt hatte, ob sie nun von ihm erwartete, dass er ihr die Geschichte seiner gescheiterten Ehe erzählte, runzelte irritiert die Stirn: «Warum nicht? Sie ist Französin.»

«Ah.»

«Es ist eine Kurzform von Marie-Hélène.»

Perdita nickte verständnisvoll. Das Bild, das sie sich von Alfs Frau machte, setzte sich zusammen.

«Aber, du bist an dem Abend nicht gegangen, weil ich noch verheiratet bin ... denn das wusstest du da ja noch nicht ...»

«Nein», sagte sie abwesend, noch in Anspruch genommen von der Vorstellung einer ätherisch schönen Französin, verspielt und kapriziös wie aus einem Film von Chabrol, die nur mit dem Finger zu schnipsen brauchte, damit ihr Alf zu ihr zurückkam ...

Alf wartete. Er fand, jetzt wäre eine Gelegenheit für Perdita, ihr Verschwinden von damals näher zu erklären. Als sie nichts sagte, bestätigte ihm das seine eigene Theorie.

Es hatte ihn einiges gekostet, zuzugeben, dass er ein Alkoholproblem hatte. Normalerweise schob er die Tatsache, dass er nicht trank, einfach aufs Autofahren. An dem Abend mit Perdita war es ihm auf einmal wichtig gewesen, dass sie Bescheid wusste. Seine Offenheit hatte er augenblicklich bereut. Es war ihm vorgekommen, als ob sie sich vor seinen Augen in Überschallgeschwindigkeit von ihm entfernte. Er nahm es ihr nicht einmal übel, aber er fühlte plötzlich eine verzweifelte, ziellose Wut und das Bedürfnis, irgendjemanden zu Brei zu schlagen. Ihre schlichte Geste, als sie die Hand auf seinen Arm legte, hatte ihn besänftigt, dann tanzten sie, und dann waren sie in den Wintergarten gegangen ... Er hatte wirklich geglaubt, sie sei zu ihm zurückgekehrt. Aber offenbar war sie einfach nur wieder zu Verstand gekommen, und wer konnte ihr daraus einen Vorwurf machen. Er selbst hätte nicht für sich die Hand ins Feuer gelegt. Trotzdem hätte er sich eine Chance gewünscht. Denn seit dem Abend auf dem Spielplatz war sie ihm nicht aus dem Kopf gegangen.

Er dachte gern an ihr Gesicht. Er überlegte sich, welche Vorlieben und Abneigungen Perdita haben mochte, und auf eine spielerische Art dachte er darüber nach, wie er sie beeindrucken könnte. Das ein oder andere Mal auf dem Klettergerüst hatte er Eindruck auf sie gemacht, er sah es an der Art, wie sie ihn anstrahlte, und dieses Strahlen, das unvermutete Hochgefühl, in das es ihn versetzt hatte, wollte er wiederhaben. So lieh er sich eine Videokassette aus und ließ den Zigarettenhalter für sie anfertigen. Es hatte ihm Spaß gemacht, vor dem Spiegel die Posen der Filmdiva zu imitieren, weil er sich ausmalte, wie das Flamenco-Gesicht ihn dabei ansehen würde. Und er wurde nicht enttäuscht.

In der Zeit zwischen ihrer ersten und zweiten Begegnung staunte Alf manchmal darüber, dass ausgerechnet die Frau, die er für so unzugänglich gehalten hatte, ein so angenehmes, warmes Gefühl in ihm auslöste, dass er nicht anders als mit einem Lächeln an sie denken konnte. Es war ein ungewohntes Gefühl. Es breitete sich allmählich in ihm aus, durchdrang ihn, ließ ihn leichter und unbeschwerter durch seine Tage gehen. Im Laufe des zweiten Abends, den sie miteinander verbrachten, verdichtete, wandelte es sich.

Als sie verschwand, war es, als hätte man ihm einen inzwischen lebenswichtigen Stoff entzogen. Er fühlte zunächst Leere und dann einen ganz jämmerlichen Schmerz.

Zorn ertrug sich leichter als Schmerz. Weil Alf Perdita nach seinen eigenen Maßstäben nicht vorwerfen konnte, dass sie gegangen war, als ihr aufging, dass sie es mit einem psychischen Problemfall zu tun hatte, steigerte er sich in einen Zorn über die Art, wie sie gegangen war. Dass er ihr nicht einmal ein Wort, einen Abschied wert gewesen war. Dass sie es bei dem einen, halbherzigen Anruf beließ.

Sein Stolz ließ nicht zu, dass er sich lange mit der Angelegenheit befasste. Er hatte rigoros jeden weiteren Gedanken an Perdita beiseitegeschoben. Aber in seinem Innern nährte er noch nach Wochen eine dumpfe Wut, die sich plötzlich entlud, als er sie neben Carli im Supermarkt sah, in der Hand ausgerechnet die verdammte Schokolade.

Sie schien in Gedanken. Wahrscheinlich grübelte sie darüber nach, wie sie ihm möglichst taktvoll beibringen sollte, dass sie grundsätzlich nichts mit Alkoholikern anfing, auch wenn sie vorgaben, inzwischen trocken zu sein. Alf hatte nicht vor, sie beide noch mehr in Verlegenheit zu bringen.

«Bist du mir noch böse? Gott, das klingt – ich meine, nimmst du meine Entschuldigung an?»

«Was – nein, ich bin dir nicht – ich meine, ja, natürlich.»

«Heißt das, du verzeihst mir?»

Sie lächelte schwach.

«Ja. Ich verzeih dir.»

«Danke.»

Er atmete tief durch.

«Dann werd ich jetzt gehen.»

Sie standen gleichzeitig auf. Alf wartete wider besseres Wissen auf irgendetwas, ein Wort, einen Blick, eine Geste, aber sie stand einfach nur da und schaute hinunter auf seine Schuhe. Also ging er an ihr vorbei in den Flur, zur Wohnungstür. Sie folgte ihm nach, er hielt ihr die Hand hin, sie sah zu ihm auf. Das Flamenco-Gesicht. Verschlossen. Traurig? Nur ein wenig? Schwer zu sagen. Er fühlte ihre Hand in seiner und drückte sie leicht. Jetzt musste er gehen, denn es blieb weiter nichts.

Eine teerige Traurigkeit schlug über Perdita zusammen, als die Tür ins Schloss fiel. Zäh rann sie an ihr herunter, floss unter die Kleider, drang durch jede Pore ihrer Haut. Sie bewegte sich nicht. Solange sie bloß stand und sich nicht rührte, würde es zu ertragen sein. Bei der geringsten Regung musste die Substanz sich entzünden und ihr das Fleisch versengen.

Irgendwann tat sie probehalber einen tiefen Seufzer, das erleichterte. Langsam ging sie ins Wohnzimmer und setzte sich wieder aufs Sofa. Das ging doch ganz gut. Was weiter? Nichts weiter.

Perdita rauchte abwesend ein paar Zigaretten, dann nahm sie Alfs Tasse, spülte sie und stellte sie zurück in den Schrank. Es hatte sich noch mehr schmutziges Geschirr angesammelt, also machte sie gleich den ganzen Abwasch. Die praktische Perdita. Danach ging sie unter die Dusche und wechselte ihre Kleider. Und jetzt raus.

Perdita spazierte lange planlos durch den feuchten, dunklen Herbstabend. Es war nicht kalt, Lichter spiegelten sich auf dem nassen Asphalt, um sie herum die Betriebsamkeit des Feierabends. Sie fühlte ihr Haar schwerer werden im nieseligen Dunst, und sie fand es immer beruhigend, ihr Haar zu spüren. Die Bewegung tat gut, ein feiner Regen setzte ein, und die dumpfe Schwere glitt nach und nach von ihr ab. Die Gedanken wichen aus ihrem Kopf. Als sich nach geraumer Zeit vor ihrem inneren Auge wieder ein Bild zusammenzusetzen begann, war es ein ganz unerwartetes. Perdita lächelte. Sie schaute sich um, weil sie auf ihre Schritte nicht mehr geachtet hatte, und stellte fest, dass sie sich ohnehin schon auf dem Weg zu ihm befand. Vielleicht war es der falsche Zeitpunkt. Aber das würde sich rausstellen.

Als Perdita bei der Bar ankam, holte sie einmal tief Luft. Dann griff sie nach dem Türknauf und trat ein.

Drinnen war noch nicht viel los. Im Licht der Theke, seitlich gegen den Tresen gelehnt, saß Osman. Er sprach in sein Mobiltelefon.

Langsam steuerte Perdita auf ihn zu. Ein paar Meter

von ihm blieb sie stehen und bückte sich zu dem Hund hinunter, der seinen Platz unter Osmans Hocker verlassen hatte, um sie zu begrüßen.

Als sie wieder aufstand, traf sie auf Osmans Blick. Sie machte noch vier, fünf Schritte, bis sie vor ihm stand. Er verzog keine Miene, telefonierte ruhig weiter, dabei sah er sie unentwegt an. Als das Gespräch zu Ende war, schaltete er das Telefon aus und ließ es in seine Jacke gleiten.

«Hey, Perdita.»

«Hey, Osman.»

Er forschte ihr Gesicht aus, wie es seine Gewohnheit war, dann sagte er, mit einem Blick auf ihr Haar: «Du siehst aus wie ein nasser Rabe.»

Sie lächelte.

«Ich bin ein bisschen herumspaziert.»

Er nickte ernst, so als sei das eine bedauerliche Angewohnheit, die man leider in Kauf nehmen musste.

«Trinkst du was mit mir?»

«Dazu bin ich hier.»

Sie schob sich auf den Barhocker ihm gegenüber. Osman wandte sich an den Kellner: «Hey, Yossi. Mach zwei Mokka und reich mir den Osborne rüber!»

«Hier gibt's jetzt Mokka? Seit wann?»

«Hier gibt's wie eh und je bloß Espresso. Na und? Seh ich aus wie irgend so 'n Scheiß-Spagullo?»

Sie lachte.

«Du siehst aus wie irgend so 'n großer, böser Scheiß-Kanak.»

«Exakt.»

Er ließ den Blick an ihr hinuntergleiten.

«Schön, dich zu sehen.»

Sie sahen sich in die Augen, und auch Osman begann

zu lächeln. Sonst geschah nichts weiter, bis Brandy und Kaffee kamen. Osman schenkte ihnen ein.

«Cheers, Perdita!»

«Cheers, Osman.»

«Ich hab dich eigentlich schon gestern erwartet.»

«Wirklich? Wieso?»

«Irgendwie weiß ich immer, wann du kommst. Fast immer. Ich hab's einfach im Gefühl.»

«Ist das wahr?»

«Hey, Perdita, ich erzähl keinen Mist, oder?»

«Es überrascht mich bloß. Ich selber wusste bis grad eben noch nicht, dass ich herkommen würde.»

«Die Mysterien des Orients. Unsere Seelen sind älter als eure.»

«Gott, Osman. Hast du kürzlich jemanden kennengelernt?»

Er grinste: «Islamwissenschaftlerin.»

Perdita lachte: «Wie nett.»

«Ich hab sie gestern schon versetzt, weil ich, wie gesagt, mit dir gerechnet hatte.»

«Komm, das glaub ich dir nicht! Du bist sie bloß schon wieder leid.»

«Glaub, was du willst.»

Sie grinsten sich über ihre Espressotassen hinweg an. Perdita fischte sich eine von Osmans Marlboros heraus. Er gab ihr Feuer und sah ihr zu, wie sie rauchte. Sie nahmen sich ausgiebig Zeit, einander zu betrachten. Sie versicherten sich des Vertrauten und nahmen das, was neu oder anders war, zur Kenntnis.

Stumm stießen sie mit dem zweiten Brandy an, dann sagte Osman: «Seit vier Wochen muss ich daran denken, wie du in dem chinesischen Kleid ausgesehen hast ...»

Perdita lächelte und stellte das Glas weg. Mit der Hand fuhr sie langsam über seinen massigen Schädel, der jeden Morgen frisch rasiert wurde und um diese Tageszeit den gleichen rauen schwarzen Schatten aufwies wie die Wangen. Osman schmiegte den Kopf in ihre Hand. Sie umfasste seinen Nacken, da griff er mit beiden Händen nach dem Hocker, auf dem sie saß, und zog ihn mit einem kurzen, kräftigen Ruck zu sich heran. Sein dunkles Gesicht war ganz nah, sie spürte seine großen, schweren Hände auf ihrem Körper, sie schlang die Arme um seinen Hals und sog mit jedem Atemzug seinen Geruch ein. Seine Hände verwühlten sich in ihrem langen, feuchten Haar. Nicht lange darauf waren sie bereits auf dem Weg zu seiner Wohnung.

5
Perdita Passionata

Perdita hatte Osman Karacioglus Bekanntschaft während einer bitterkalten Nacht vor dreieinhalb Jahren gemacht. Nach einem nervenaufreibenden Besuch bei Tante Doris fuhr sie mit der letzten späten Straßenbahn von Bonn nach Köln. Sie war erschöpft und gereizt und schrieb es ihrer eigenen negativen Energie zu, dass auch die letzten anderen Fahrgäste spätestens in Üdorf ausstiegen. Mit einem kleinen maliziösen Lächeln malte sie sich aus, wie sie dort in einem ratlosen Grüppchen auf dem Bahnsteig herumstanden und sich fragten, wie um alles in der Welt sie jetzt nach Hause kommen sollten.

In solcher Stimmung war es nur natürlich, dass sie den neuen Fahrgast, der in Wesseling zustieg, als Provokation empfand. Er nahm seine Fellmütze ab, schaute sich kurz um und musste sich dann in dem großen, leeren Wagen ausgerechnet auf die andere Seite des Ganges ihr schräg gegenüber setzen. Der Gipfel aber war, dass er anfing, sie zu fixieren. Mit einem kurzen Blick hatte Perdita bemerkt, dass sie ihn bestürzend gutaussehend fand, und das verbitterte sie noch mehr. Er war ein massiger dunkler Mann mit einem markanten Kopf, den die rasierte Glatze noch eindrucksvoller machte. So Anfang bis Mitte dreißig, würde sie schätzen. Türke, wahrscheinlich. Der lange, gutgeschnittene Lammfellmantel mit dem hochgeschlagenen Kragen, den er trug, gab ihr den Rest. Sie selbst trug einen bordeauxfarbenen, daunengefütterten Baumwollsteppmantel von Tante Doris. Mit Stehkragen. Es war ein Modell von zeitloser Scheußlichkeit, das jeder, ausnahmslos jeder Frau nur zum Nachteil gereichen konnte. Der Mantel war nur deshalb wiederholt der Altkleidersammlung entgangen, weil er wirklich sehr warm hielt. Perdita, die schon halb erfroren bei der Tante angekommen war, hatte sich beim Abschied verleiten lassen, das bordeauxfarbene Monstrum noch über ihren eigenen, viel zu dünnen Wollmantel anzuziehen. Er war ihr immer noch zwei Nummern zu groß, aber bis zu dem Moment, in dem der Mann im Fellmantel zustieg, hatte sie die Daunen zu schätzen gewusst. Perdita wusste, wie sie in dem Mantel aussah, sie wusste auch, wie wenig anziehend sie wirkte, wenn sie so desaströs gestimmt war wie jetzt. Sie war sich ihrer Unansehnlichkeit in vollem Maße bewusst, und durch das unverhohlene Herüberschauen des türkischen Prachtkerls fühlte sie sich schlichtweg verhöhnt.

Sie grub die Hände tief in ihre Manteltaschen und starrte finster und verkniffen vor sich hin. Die ganze Zeit über spürte sie seinen Blick, und allmählich schlug ihre Gereiztheit in offene Aggression um. Sie warf den Kopf zurück und sah ihm direkt in die Augen. Er zuckte mit keiner Wimper. Er lehnte weiter lässig in seiner Ecke und hielt ihrem Blick stand. Perdita sah in ein beeindruckendes Gesicht, auf dem oberflächlich betrachtet ein düsterer Ernst zu liegen schien. Das war oft so bei Menschen mit dunklen Augen und Augenbrauen, sie wusste es aus eigener Erfahrung (Lach doch mal, Perdita! Har-har!). Bei ihm kam noch der schwarze Bartschatten dazu und die strengen, männlichen Züge. Während sie aber genauer hinsah – und was blieb ihr übrig, sie würde nicht einfach so vor dieser Rose von Stambul die Augen niederschlagen –, war ihr, als nähme sie eine zwar sorgsam zurückgehaltene, doch unleugbare Heiterkeit wahr. Ja, tatsächlich, er erheiterte sich, und über wen wohl, wenn nicht sie. Ruckartig wandte sie den Kopf ab, schlug die Beine übereinander und guckte aus dem Fenster. Zunächst sah sie gar nichts. Lichter flogen in der Dunkelheit vorbei, sie nahm sie kaum wahr. Sie erkannte ihr eigenes, verfinstertes Gesicht, das sich in der Scheibe spiegelte. Dann sah sie sein Spiegelbild, das ihr noch immer zugewandt war und auf dem die Heiterkeit jetzt ganz offen zutage trat.

Sie kniff die Augen zusammen, um aus der schmutzigen Fensterscheibe zu lesen, was für eine Art von Heiterkeit es war. Amüsiertheit, könnte man sagen. Aber, so schien es, weder spöttisch noch herablassend. Oder war das ein Fliegenschiss auf der Scheibe, das den Eindruck erweckte, dass er – ihr Blick fiel von dem fremden Gesicht wieder auf ihr eigenes, angestrengt auf Fliegendreck starrendes, und plötzlich zuckte es um ihre Mundwinkel. Perdita, du gibst hier eine reichlich komische Figur ab, als Medusa im Baumwollsteppmantel. Ihre nervöse Anspannung entlud sich in einem kurzen, schnaubenden Auflachen. Damit lehnte sie sich zurück und lächelte still und heiter vor sich hin. Sie segnete sich selbst für ihr kindlich schlichtes Gemüt, und dann erst fiel ihr wieder der Mann in dem langen Mantel ein. Sie konnte jetzt ganz unbefangen zu ihm hinübersehen. Ihr Lächeln, das sich allmählich zu einem Grinsen mauserte, wurde auf warme, offene Art erwidert. Er wartete noch einen Moment ab, dann stand er auf und setzte sich auf die Bank ihr gegenüber.

«Ich bin etwas verunsichert. Ich weiß nicht: Wie viele Mäntel trägt man dieses Jahr, um in zu sein?»

«Mindestens drei. Ich hinke ein bisschen hinterher, ich trage nur zwei.»

«Würde man nicht drauf kommen. Es sieht aus, als wären es mindestens vier.»

«Vielen Dank. Das beruhigt mich. Ich kleide mich gern nach dem neuesten Trend.»

Er lächelte und musterte dabei ihr Gesicht, auf eine gar nicht unangenehme Art. Unvermutet beugte er sich vor, streckte ihr seine Hand hin und sagte: «Ich bin Osman.»

Sie zog ihre Hand aus der Tasche, schlug ein und sagte: «Perdita.»

«Hey, Perdita.»

Sie unterhielten sich gut damit, einander anzulächeln und bloß hier und da eine Bemerkung über die Kälte oder die Kölner Verkehrsbetriebe hinzuwerfen. In Köln angekommen, schlug Osman vor, noch etwas zu trinken. Er lud sie in die Bar am Eigelstein ein, von der Perdita bis heute nicht wusste, ob sie ihm gehörte, ob er dort für jemanden nach dem Rechten sah oder einfach nur seine eigenen Geschäfte von da aus führte. Auch über die Art seiner Unternehmungen war sie sich nie ganz im Klaren. Osmans lapidare Auskunft lautete: «Import-Export», und dabei ließ sie es bewenden.

Perdita wusste nicht mehr, worüber sie an jenem ersten Abend geredet hatten. Wahrscheinlich über Kino und Hunde. Sie redeten meistens über Kino oder Hunde. Osman kannte sich aus mit Kino, wenn seine persönliche Filmgeschichte auch erst in den Sechzigern begann mit John Cassavetes und Martin Scorsese. Gut, *Shadows* von Cassavetes stammte aus dem Jahr 58, und auch den einen oder andern Film noir ließ er gelten. Doch alles andere davor interessierte ihn wenig. Perdita konnte damit leben. Sie schaffte es nicht ganz, Osman für Almodóvar zu begeistern, aber sie trafen sich bei den Coen-Brüdern und David Lynch und Tarantino. *Reservoir Dogs* war einer ihrer gemeinsamen Lieblingsfilme.

In Hunde waren sie gleichermaßen vernarrt. Perdita, die nie einen Hund besessen hatte, aber dafür lebte, dass sie eines Tages einen haben würde, wurde Osmans Geschichten über Hunde, die er mal gehabt hatte, niemals müde. Als sie sich kennenlernten, war er gerade hundelos, und er schloss Perdita in seine Überlegungen mit ein, ob er sich einen Mastino Napolitano oder eine Bordeaux-Bulldogge anschaffen sollte. Eines Tages ging er ins Tierheim und kam mit einem zernarbten, schwermütigen jungen Staffordshire-Terrier zurück. Er nannte ihn Schnitzel, weil das ein guter deutscher Name für einen Hund war.

Woran Perdita sich noch gut erinnerte, waren die überraschten Blicke, die sie sich während der ersten zwei Stunden in der Bar immer wieder zuwarfen. Keiner von ihnen verlor ein Wort deswegen. Sie wäre ohnehin nicht zu erklären gewesen, diese eigenartige Verbundenheit, die sie spürten, seit sie einander in der Bahn die Hand gereicht hatten. Das Phänomen, so erstaunlich es war, trat vorläufig in den Hintergrund, weil ab einem bestimmten Zeitpunkt beide nur noch daran dachten, wie sie am schnellsten miteinander ins Bett kämen.

Perdita erwachte am nächsten Morgen – ein gutes Zeichen, weil es bedeutete, dass sie zuvor geschlafen hatte – nach der ersten Nacht neben einem neuen Mann, das passierte ihr praktisch nie. Sie zögerten das Aufstehen so lange wie möglich hinaus, aber irgendwann musste Schluss sein, Osman traf gegen Mittag einen Geschäftspartner. Sie frühstückten noch in der Küche, und obwohl die Zeit langsam drängte, zeigte Osman sich überaus aufmerksam, was Perditas Wünsche nach Tee oder Kaffee, Orangen- oder Grapefruitsaft und den Aufstrich für ihren Toast betraf. Mit seinen Gedanken mochte er aber schon halb bei dem bevorstehenden Geschäft sein, Perdita bemerkte es wohl. Doch die Liebe machte sie nachsichtig und generös. Zuletzt hüllte sie sich leichten Herzens in ihre zwei Mäntel. An der Wohnungstür ein zärtlicher Kuss. Osmans Hand lag schon auf der Klinke, er zog sie noch einmal zurück und zupfte fürsorglich den Stehkragen von Tante Doris' Baumwollsteppmantel zurecht. Perdita, empfänglich für solche Gesten, lächelte und fragte leise: «Sehen wir uns?», was so viel hieß wie: Wie schnell sehen wir uns, in zwei, drei Stunden, wenn du deinen Termin hinter dir hast, oder erst heute Abend?

«Nicht so bald», antwortete Osman ruhig, und das brachte sie doch etwas aus der Fassung.

Sie überspielte es aber ganz gut und sagte leichthin: «Oh. Geschäfte?»

«Auch Geschäfte.»

Ach, bitte nicht, dachte Perdita.

«Bist du – anderweitig gebunden? Wie man so schön sagt?»

«Nein. Ich hab was gegen Bindungen.»

«Wieso?»

«Ist eben so. Ich bin nicht der Typ dazu. Wie man so schön sagt.»

«Ach so. Von euch Burschen hab ich schon gehört.»

«Dann weißt du ja Bescheid.»

Perdita nickte gedankenvoll.

«Was für eine Verschwendung.»

Osman schaute überrascht, vielleicht auch gekränkt: «Die letzte Nacht?»

«Nein. Die anderen Nächte.»

Er schien darüber nachzudenken. Kam vielleicht zum gleichen Schluss. Er begann zu lächeln, ganz leise, so wie auch Perdita nur ganz leise lächelte, doch auf einmal war es zwischen ihnen wieder so wie vor dem Frühstück. Perdita dachte, dass es klug sei, sich für den Moment damit zufriedenzugeben. Ein souveräner Abgang schien am Platze.

«Also dann – bis nicht so bald!», sagte sie.

Sie sahen einander tief in die Augen, eigentlich taten sie das unentwegt, wenn sie sich anschauten. Osmans Gesicht, oder vielleicht auch nur die Miene, die er sich zugelegt hatte und vorwiegend zur Schau trug, war von ernster, schwer durchschaubarer Art. Was in ihm vorging, teilte sich zuerst über seine Augen mit, die so dunkel waren, dass man tief und ruhig hineinsehen musste. Sich dann loszureißen fiel nicht so leicht. Während der knapp zwölf Stunden, die sie sich kannten, passierte es Perdita immer wieder, dass sie vergaß, was sie eben noch gedacht hatte, weil, was sie auch dachte, unwichtig erschien vor dem, was sie sah. So geschah es auch jetzt. Sie vergaß seine abgeschmackte Bemerkung. Sie sah nur, wie zärtlich sein Blick wurde. Nicht vertröstend-zärtlich, viel eher forschend, wie wenn die Zärtlichkeit, die er für sie empfand, ihn umso wacher machte, sie zu ergründen.

Schließlich sagte er: «Pass auf dich auf, Perdita.»

Sie verließ ihn in dem sicheren Gefühl, ihn wiederzusehen.

Sie täuschte sich nicht. Es vergingen vier Tage, am

Mittwoch rief er sie an. Er klang knapp und geschäftsmäßig, vereinbarte ein Treffen, ein kurzes, ausdrücklich: «Nur auf einen Sprung.» Perdita hob unwillkürlich die Augenbrauen und wartete ab.

Als er dann kam, schien er in Eile, wollte nicht ablegen, musste gleich weiter. Er gab ihr kaum Gelegenheit, ihn anzuschauen, nur ein kurzer, schwer zu deutender Blick. Schon griff er nach der riesigen Tragetasche, die er mitgebracht hatte, und ehe Perdita wusste, wie ihr geschah, legte er ihr einen herrlichen Lammfellmantel um die Schultern. Perdita starrte ihn an.

«Lamm ist das Beste gegen die Kälte», sagte Osman gelassen. «Abgesehen vielleicht von Nerz.»

«Du schenkst mir einen Mantel?»

«Ja. Du hast doch keinen, der warm genug ist.»

So, wie er es sagte, hörte es sich sehr einfach an. Der Mantel passte wie angegossen. Er reichte ihr bis zu den Waden und war leicht tailliert, mit Fellbesatz an Ärmeln und Saum und einem kleinen Fellkragen. Perdita fühlte sich wie eine Tscherkessenprinzessin. Allerdings war sie es nicht gewöhnt, kostspielige Geschenke anzunehmen. Ihre Verlegenheit schwand erst, als sie sah, wie sehr Osman sich freute, weil ihr der Mantel gefiel. Wenn er auch vorgab, mit strenger, kritischer Miene immer wieder den Sitz und die Machart zu überprüfen. Schließlich sagte er: «Doch. Steht dir wirklich gut.»

«Osman ...»

«Was?»

«Danke.»

Jetzt endlich erlaubte er sich, seiner Freude Ausdruck zu geben. Er lächelte breit: «Freut mich, wenn er dir gefällt.»

«Und willst du deinen Mantel nicht endlich ausziehen, Osman?»

Augenblicklich wurde er ernst und runzelte die Stirn: «Nein, ich sagte ja, ich muss noch –»

Er schaute auf seine Armbanduhr. Dann sah er wieder Perdita an. «Na ja», sagte er. Sein Blick war beinah grollend, als er nach einem Moment fortfuhr: «Ich kann das eigentlich auch morgen erledigen.»

«Wie wär's mit einem Tee?»

«Hmhm. Tee», murmelte er düster.

Am nächsten Morgen fuhr er sie noch zu ihrem derzeitigen Praktikantenjob. Sie küssten sich zum Abschied im Auto, dann zog Osman ihre Hand an den Mund, presste die Lippen darauf und sagte: «Ich hab viel zu tun in der nächsten Zeit.»

«Verstehe», sagte sie lächelnd und stieg aus. Sie zog die letzte Nacht in Betracht und rechnete mit höchstens vier Tagen, bis sie von ihm hören würde.

Aber sie wartete über zwei Wochen. Nun, sie hatte ja den Mantel. Zwar fand Perdita Pelze ganz furchtbar. Aber sie war zutiefst bewegt von diesem Geschenk. Von einem Mann einen Mantel geschenkt zu bekommen, das kam ihr direkt archaisch vor. Sie fand es eine besorgte, zärtliche Geste, ein Versprechen von Schutz und Geborgenheit. *So nimm denn diesen Mantel und habe forthin keine Furcht* ... Konnte man seine Gefühle auf sprechendere Art zum Ausdruck bringen? *Ich lege diesen Mantel um deine Schultern und nehme dich, Perdita, zu meinem Weib* ... es ging ganz schön mit ihr durch. Es war ja nicht nur der Mantel. In Gedanken fand sie sich ständig in Osmans Gesellschaft. Sie hatte sein tiefes Lachen im Ohr, das selten und überraschend kam, sein dunkles Flüstern. Sie glaubte, seine schweren Hände immer noch auf ihrer Haut zu spüren. Sie lächelte fortwährend, dabei spiegelte sich ein Abglanz von Osmans verhaltenem Lächeln auf ihren Lippen. Und manchmal, in bestimmten Momenten, zogen ihre Augenbrauen sich kaum merklich zusammen wie die von Osman, wenn ihn dieser rätselhafte Groll überkam, den sie nicht verstand und den Osman ihr nicht erklärte.

Doch nach Ablauf der ersten Woche kamen die Erinnerungen ausgemergelt und hohlwangig daher. Perdita sehnte sich nach Osman mit allen Symptomen einer Hungerdepression. Kraftlos schleppte sie sich dahin. Ihr Instinkt riet ihr, Osman in Ruhe zu lassen, und weil sie plötzlich das Gefühl hatte, dass nicht weniger als ihr Leben davon abhinge, entschied sie sich, dieses Mal auf ihren Instinkt zu hören. Aber der Mut begann, sie zu verlassen, und zuletzt wollte sie lieber alles verderben, als weiter im Ungewissen zu darben. Eines Abends ging sie zu dem Haus, in dem er wohnte. Hinter seinen Fenstern brannte Licht. Sie spazierte die Straße dreieinhalbmal hinauf und wieder hinunter, dann entschied sie sich, hinüberzugehen und zu klingeln. Sie hatte längst aufgehört, das für eine gute Idee zu halten. Sie wollte nur noch dem peinlichen Schauspiel, das sie sich selber bot, ein Ende machen. Sie setzte gerade den Fuß auf die Straße, da trat Osman in Begleitung eines anderen Mannes aus dem Haus. In lebhaftem Gespräch stiegen sie in ein geparktes Auto und fuhren los. Perdita war eigentlich ganz froh. Man kann niemandem souverän gegenübertreten, nachdem man seine Fenster beobachtet und vor seinem Haus herumgelungert hat. Sei ein braves Mädchen, Perdita, geh jetzt nach Hause und verbrenne diesen Mantel.

«Mach das nicht», sagte ihr alter Freund Heinzi, «ich hab mal versucht, ein Lammfell zu verbrennen, denn es gab eine Phase, da liebte ich es, in ein Lammfell zu wichsen –»

«Heinzi –»

«– das wurde dann irgendwie unhygienisch, aber deshalb wollt ich's nicht verbrennen. Ich wollt es verbrennen, weil ich mir beim Draufwichsen immer Angelika vorgestellt hab –»

«Heinzi, ich will das gar nicht –»

«– ich hab alles verbrannt, was mich an sie erinnerte. Abgesehen von dem Fell waren das hauptsächlich Briefe, die ich niemals abgeschickt hab. Und zwei Gedichte. Eins in der Tradition der Anakreontiker und eins im Stil des frühen Gottfried Benn. Und das Passbild, das ich heimlich von ihrem Seminarausweis abgerissen hab. Also all meine jämmerlichen Erinnerungen hab ich auf dieses vollgewichste Lammfell –»

«Mensch, Heinzi!»

«– jedenfalls, Lammfell brennt nicht. Es schwelt bloß und stinkt.»

«Vielleicht lag es an dem Überschuss an Eiweiß.»

«Kann sein. Oder am Amaretto. Ich hatte sonst keine brennbaren Flüssigkeiten im Haus, also hab ich 'ne Flasche Amaretto drübergekippt ...»

Heinzi war gerade dabei gewesen, auf Perditas Anrufbeantworter zu lamentieren, als sie die Wohnungstür aufschloss. Vor zwei Jahren war Heinzi nach Bremen gegangen, wegen Margot, der Frau, die er in einem Vollwert-Kochkurs kennengelernt hatte. Seitdem nährte er sich kümmerlich von den Krumen, die Margot ihm hinwarf, eine neurotische, unglücklich verheiratete Endvierzigerin, die Heinzi emotional und sexuell ausbeutete. Diese Art von Beziehung passte jedoch zu der Vorstellung, die Heinzi sich in seinem dreißigjährigen Leben von der Liebe gemacht hatte: Sie glich in etwa dem Bild «Der Schrei» von Edvard Munch. Perdita nahm an, dass Heinzi, weil er in seiner Beziehung zu Margot die Fleischwerdung eines wenn auch reichlich kranken Ideals sah, ebendaraus eine gewisse Befriedigung zog. Vielleicht war es aber auch einfach nur der Sex.

In den nächsten anderthalb Stunden erfuhr Perdita die neuesten Details über Margots Vorlieben, die Vorlieben von Margots Mann sowie das eine oder andere über spezielle Vorlieben von Heinzi, die sie noch nicht kannte. Heinzis lästerliche Zunge schonte niemanden, am wenigsten ihn selbst. Heute war er extrem boshaft und unappetitlich, und sie wusste, dass es ihm schlechtging. Das Einzige, was sie tun konnte, war, sich mit Heinzi zusammen einer hysterischen Heiterkeit zu überlassen. Eine andere Form von Teilnahme duldete er nicht. Zuletzt sagte er: «Du hast überhaupt nicht erzählt, wie's dir geht. Nein, fang gar nicht erst an, ich muss dringend aufs Klo.»

«Meine besten Wünsche dazu, und möge es dich erleichtern.»

«Ach, schnödes Schneewittchen. Ich schätze dich wert.»

«Ich liebe dich auch, mein Heinz. Gut Nacht.»

Erschöpft legte sie auf. Mit Heinzi zu telefonieren kostete Kraft. Es waren nicht seine derben Zoten, an denen sie Anstoß nahm, im Gegenteil, daran hatte sie schon in Bonn ihren Spaß gehabt. Nur, damals konnten sie noch miteinander reden. Die Witzeleien waren nur Beiwerk in einem fruchtbaren Austausch gewesen. Inzwischen fand der Austausch nicht mehr statt, weil Heinzi ihn, was seine Person betraf, schlichtweg verweigerte. Und Perdita überlegte sich jetzt sehr genau, was sie ihm erzählte. Heinzi bemühte sich zwar, ihr gerecht zu werden, aber er verbreitete dabei einen galligen Zynismus, den sie nur schwer ertrug. Schönes wurde schal, wenn man es Heinzi erzählte, und Kummer verwandelte sich in Trübsal. Sie fragte sich, wie er selbst es in seiner Welt aushielt. Nach jedem Telefonat fühlte sie ihre Hilflosigkeit und Trauer um ihren Freund. Sie war froh, dass sie ihm nichts von Osman erzählt hatte. Das mit dem Mantel war ihr so rausgerutscht: «Was machst du grad?» – «Denk drüber nach, 'nen Mantel zu verbrennen.» – «Welches Material?» – «Lammfell.» – «Mach das nicht ...» Mochten ihr auch in den letzten Tagen Zweifel an der kleinen Affäre gekommen sein, sie war noch längst nicht bereit, Osman Heinzi zum Fraß vorzuwerfen.

Das Telefon klingelte erneut. Das war so Heinzis Art. Noch einmal auftrumpfen mit einer letzten Derbheit, die ihm wahrscheinlich gerade auf dem Klo eingefallen war. Perdita griff zum Hörer und seufzte matt: «Heinzi, mein Herz ...»

Stille am anderen Ende. Dann eine dunkle Stimme: «Nein. Nicht Heinzi.»

Perditas Gesicht gefror zu einer starren Grimasse, und sie dachte: Das kann kein Zufall sein. Er hat gesehen, wie ich um sein Haus herumgeschlichen bin. Sie holte einmal Luft, dann sagte sie tapfer: «Hey, Osman ...»

«Ich hoffe, ich rufe nicht zu spät an.»

«Zu spät? Wieso zu spät –?!»

«Es ist gleich zwölf.»

«Ach was. So spät schon?»

«Ich hab früher am Abend schon mal angerufen, aber da warst du nicht zu Hause.»

«Nein, ich war, äh – aber du hast keine Nachricht hinterlassen, oder?»

«Nein, ich wollte es lieber nochmal versuchen. Aber dann war immer besetzt.»

«Ja, mein alter Kumpel Heinzi. Die alte Quasselstrippe.»

Tut mir leid, Heinzi.

«Na, jetzt hab ich ja Glück.»

Sie konnte hören, dass er jetzt lächelte, und entspannte sich. Mehr wünschte sie für den Moment nicht.

«Perdita? Bist du noch dran?»

«Ja, ja sicher bin ich noch dran.»

«Wollen wir uns sehen?»

«Jetzt gleich?», fragte sie atemlos.

Er lachte, und Perdita wurde heiß vor Scham und Ärger über sich selbst.

«Nein, ich dachte, morgen? Hast du Zeit?»

«Morgen, warte mal, morgen – is schlecht.» Hut ab, Perdita. «Wirklich ganz schlecht. Mach 'nen andern Vorschlag.»

«Wie wär's mit übermorgen? Freitag?»

«Freitag?» Na los, setz noch einen drauf! «Freitag geht.» Hast einfach keinen Stolz.

«Wir könnten was essen gehen.»

«Gute Idee.»

«Ich hol dich ab. Um acht?»

«Acht ist gut.»

«Dann ... bis Freitag.»

«Bis Freitag.»

Sie saß noch im Sessel und lauschte seinem «Dann ...» nach, diesem klingenden, singenden, verheißenden «Dann ...», als abermals das Telefon ging.

«Heinzi, nimm's mir nicht übel, aber ich kann jetzt wirklich nicht ...»

Heinzi schwieg.

«Heinzi –?»

«Armer Heinzi.»

«Osman ...!»

«Ich hab vergessen, dir gute Nacht zu sagen.»

Perditas Kopf kippte auf die Sessellehne. Still und selig lächelte sie vor sich hin.

«Also: Gute Nacht ...»

«Gute Nacht, Osman ...»

«Träum was Süßes ...»

«Hmm ... du auch ...»

Am Freitagabend wurde ihr noch während der Vorspeisenplatte beiläufig mitgeteilt, dass Osman am späten Samstagvormittag wieder einen geschäftlichen Termin habe. Sie nahm es zur Kenntnis und stellte sich drauf ein. Irgendwie verpasste Osman dann seinen Termin, und es schien weiter kein Drama. Sie verlebten ein idyllisches Wochenende mit Kino, Zoobesuch, verstanden sich prächtig im Bett und außerhalb des Betts, bis sich am späten Sonntagnachmittag Osmans Blick von einem Moment auf den anderen verschloss. Seine ausdrucksvollen Augen wurden stumpf wie abgenutztes Bakelit. Perdita bemerkte wieder den Anflug von Groll auf seiner Stirn.

«Was ist los? Liegt dir dein versäumter Termin im Magen? Wirst du deswegen Ärger haben?»

«Nein.»

«Bedrückt dich irgendwas?»

«Nein, mich bedrückt überhaupt nichts.»

Sie zuckte zurück, weil er für einen Moment fast barsch klang, als ob schon die bloße Erwägung, sein emotionales Gleichgewicht könne irgendwie gestört sein, eine Zumutung sei. Etwas gelassener fügte er hinzu: «Ich müsste bloß noch Verschiedenes ...»

Er beendete den Satz nicht, weil er sich auch in seinen Ohren fadenscheinig anhörte. Jetzt sah er wirklich finster drein. Perdita glaubte ihn mittlerweile gut genug zu kennen, um sich vorstellen zu können, was in ihm vorging. Osman hasste Ausflüchte. Er fand sie unter seiner Würde. Nach seinem eigenen Verhaltenskodex hätte er sie unumwunden bitten müssen, zu gehen, und weil er das offenbar nicht konnte, ärgerte er sich über sich selbst. Deshalb sagte sie: «Du möchtest jetzt einfach lieber allein sein?»

«Ehrlich gesagt, ja.»

«Gut. Kein Problem.»

Perdita fragte sich später noch oft, wie sie es fertiggebracht hatte, in dieser Situation die drei Worte zu sagen. Ohne dabei im Mindesten zickig oder eingeschnappt zu klingen. Oder maßlos enttäuscht und verletzt. Es kam ihr schier übermenschlich vor. Irgendeine weise, alte Frauenseele musste plötzlich in sie hineingefahren sein und aus ihr gesprochen haben. Kurz darauf hatte die Seele sie wieder verlassen, aber da befand sie sich zum Glück schon jenseits von Osmans Wohnung und auf dem Heimweg.

Ob sie nun weise handelte oder nur auf den üblichen lebensratgeberischen Leim ging, Perdita kam zu dem

Schluss, dass Osman offenbar seinen Freiraum brauchte und sie, zumindest, bis die Beziehung gewachsen war, ihre kleinmädchenhaften Ausschließlichkeitsansprüche hintanzustellen habe. Es gelang ihr, den Freiraum auf etwa zweieinhalb Wochen zu bemessen, dann redete sie sich ein, es sei angebracht, zur Abwechslung ein wenig Initiative zu zeigen. Sie wartete einen Moment ab, in dem die angenehmen Erinnerungen jene an den verblümten Rausschmiss überwogen, und rief Osman an. Er klang unverbindlich, doch immerhin erfreut genug, sodass sie nach tastendem «Wie geht es dir, was machst du grad» geradewegs fragte: «Können wir uns sehen?»

«Diese Woche ist es nicht so gut.»

«Wie wär's denn am Wochenende?»

«Ich muss mich erst noch vom letzten Wochenende mit dir erholen.»

«Oh ... ich hatte eigentlich den Eindruck, dass du in ganz guter Kondition bist.»

«Äh, ja. Das meinte ich auch nicht.»

Sondern?, dachte Perdita verwirrt, sondern? Ging es womöglich gar nicht um den Freiraum, sondern um einen ganz banalen Fehler, der ihr unterlaufen war? Hatte sie Haare in der Dusche gelassen oder die Zahnpastatube nicht zugeschraubt?

«Bin ich dir – mit irgendwas auf die Nerven gegangen?», fragte sie unsicher.

Er lachte: «Nein. Das hättest du gemerkt.»

Das fand Perdita dann doch ein wenig rüde formuliert. Ob es in seiner Absicht lag oder nicht, es klang herablassend und roh, und sie konnte es nicht dulden.

«So. Dann wüsste ich nicht, weshalb –»

Noch während sie sich zu ihrer Eins-a-Zicken-Eröffnung aufschwang, verlor alles, was sie hätte sagen können, seinen Sinn. Wenn es schon so weit war, dass sie ärgerliche kleine Telefonate miteinander führten ... Sie verstummte und zog dann ein bekümmertes kleines Resümee, mehr für sich selbst: «Es war doch eigentlich ganz schön. Oder - nicht?»

Schweigen auch am anderen Ende, sie achtete gar nicht darauf. Dann, als er sprach, ein ganz unerwarteter Ton: «Mehr als das.»

Der Ton griff ihr ans Herz. Perdita nahm noch einmal ihren ganzen Mut zusammen und fragte so heiter, wie es ihr möglich war: «Und trotzdem willst du lieber - ja, was? Ein gutes Buch lesen? Fernsehen? Geschäfte machen?»

Seine Antwort kam beinah schüchtern: «Das hört sich an, als müsste ich ziemlich bescheuert sein. Was?»

Sie musste lachen, weil das ein so ganz anderer Osman war. «Na ja ...»

Kleine Bedenkzeit, dann sagte er, wieder ganz Herr der Situation: «Also, Freitagabend kann ich nicht, da muss ich ein paar Leute treffen, das wird sehr spät werden.»

Er überlegte.

«Willst du Samstag mit mir frühstücken?»

Das klang so, als habe er mit Mühe eine Lücke in seinem Terminkalender entdeckt, und Perdita fragte geschäftsmäßig: «Von wann bis wann?»

Osman lachte.

«Mal sehen? Ich hab mir jedenfalls sonst nichts vorgenommen fürs Wochenende.»

Vom Samstagmorgen bis zum Montagmorgen trennten sie sich nicht mehr. Sie trafen sich sogar noch einmal für ein paar Stunden am Mittwoch, denn Osman wollte ihr den neuen Hund vorstellen. Perdita erblühte in neuer Zuversicht. Was auch immer mit Osman los war, sie würde ihm Zeit lassen, es zu überwinden. Osman! Zwei Tage wie diese, und sie konnte ihm ewig Zeit lassen. Also, Monate. Oder jedenfalls Wochen. Nach diesem Wochenende gab es keine Zweifel mehr. Und er hatte ihr seinen Hund gezeigt. Warum? Weil er wollte, dass sie teilhatte an seinem Leben.

Nicht Wochen, höchstens acht Tage später hatte Perdita auf einmal das tiefe, sichere Gefühl, dass Osman zu Hause in seiner Wohnung saß und sie herbeiwünschte. Es war Ende März, Frühling lag plötzlich in der Luft, kaum wahrnehmbar, aber Perdita konnte ihn riechen.

Erst beim Klingeln fiel ihr ein, dass Osman um diese Zeit selten daheim war. Als sie seine Schritte im Flur hörte, lächelte sie, weil sie für zehn Sekunden an ihrem sicheren Gefühl hatte zweifeln können.

«Da bin ich!», verkündete sie glücklich, als die Tür aufging.

Er reagierte nicht ganz so, wie sie es erwartete, und wie zur Erklärung fügte sie etwas sachlicher hinzu: «Es wird Frühling.»

«Ja. Komm rein.»

Während sie an ihm vorbei in die Wohnung trat, tauschten sie einen kurzen Blick. Verwirrt beugte Perdita sich zu dem Hund hinunter, der schüchtern herangekommen war, neugierig, aber immer noch verschreckt, er wurde seine traurige Vergangenheit so schnell nicht los. Perdita kraulte Schnitzel und erzählte ihm, alles sei gut und in Ordnung. Sie vermied es, zu Osman hochzuschauen. Er sah eine Weile zu, wie sie mit dem Hund schmuste, und ging dann voraus in die Küche. Perdita war der Aufschub auf einmal ganz lieb. Aber Schnitzel lief Herrchen hinterher, so blieb ihr nichts übrig, als den beiden zu folgen. Von der Küchentür beobachtete sie, wie Osman türkischen Mokka bereitete, weil sie den gern mochte. Wenn er allein war, trank er meist Espresso. Sie wusste im Moment nicht, ob sie sich darüber freuen sollte. Sie witterte Barmherzigkeit und fragte sich, was kommen würde.

Osman drehte sich nach ihr um und lächelte. Ein Lächeln, das sie noch nicht kannte. Ein bisschen unbestimmt, dabei ganz liebevoll, aber mit etwas darin wie – Traurigkeit? Resignation?

«Ich wollte dich wirklich nicht stören, weißt du. Ein Mokka, und dann verschwind ich wieder ...»

«Du störst nicht. Stören ist nicht das richtige Wort.»

Er suchte nach dem Wort und sagte schließlich: «Ich kann dich einfach nicht so oft sehen.»

«Du findest, wir sehen uns zu oft –?»

«Für meine Verhältnisse, ja.»

Er sagte das ganz ruhig und wandte sich dann wieder dem Mokka zu, der gerade aufkochte. Perdita stand immer noch in der Tür. Osman holte zwei kleine Gläser vom Regal, goss ein und kam damit an den Tisch. Perdita setzte sich zögernd auf einen Stuhl.

«Ich hab dir damals gesagt, dass ich mich nicht binde. Du hast das wahrscheinlich für so eine coole Mackerphrase gehalten.»

Ja, irgendwie hatte sie das.

«Es ist mir aber ernst damit. Ich will es nicht. Absolut nicht.»

«Deine Freiheit und so weiter?»

«Wenn du willst, kannst du's so nennen.»

«Ich will es nicht irgendwie nennen, ich will es nur verstehen.»

«Es reicht, wenn ich es verstehe.»

Er sah, dass seine plötzliche Barschheit sie verletzte, und lenkte ein: «Entschuldige. Aber ich hasse solche Gespräche.»

«Glaubst du, ich nicht?», fragte sie mit einem leichten Zittern in der Stimme, für das sie sich verwünschte. Unwirsch schüttelte sie den Kopf, als er ihr eine Marlboro anbot, und holte ihren Tabak heraus.

Osman sah ihr zu, wie sie eine Zigarette drehte. Er wartete, bis sie fertig war, zückte sein Feuerzeug und fuhr in sachlichem Ton fort: «Ich bin mir ziemlich im Klaren darüber, warum ich so bin, wie ich bin. Ich könnte dir jetzt lang und breit erzählen, wie ich aufgewachsen bin, was ich erlebt habe. Wodurch mein Denken geprägt ist und wie meine Gefühlswelt aussieht. Du würdest dann manches vielleicht besser verstehen. Zumindest würdest du glauben, besser zu verstehen. Aber es würde nichts ändern. Du hättest denselben Osman vor dir.»

«Und? Ich wär froh, wenn ich manches besser verstehen könnte.»

«Gut: Meine Mutter starb, als ich neun war.»

Er machte eine Pause und sah sie abwartend an.

«Siehst du, das meine ich. Deine Augen. Voll Zärtlichkeit, Mitgefühl, Verständnis. Du glaubst, jetzt ist dir alles klar. Der kleine Osman, mutterseelenallein. Kein Wunder, dass er Angst hat, sich zu binden. Dabei ist das nur ein – Detail von mir. Du glaubst, je mehr Details du hast, desto besser kannst du jemanden begreifen. Und was man begreift, kann man ändern. Darauf läuft es doch hinaus. Je mehr du von mir weißt, desto mehr glaubst du daran. Aber mal ganz abgesehen davon, ob ich mich überhaupt ändern will: Es ist ein Trugschluss. Ab einem gewissen Zeitpunkt ändern Menschen sich nicht mehr.»

Er räusperte sich.

«Deshalb führe ich diese Art von Unterhaltungen normalerweise auch nicht.»

Osman wartete, und als sie stumm blieb, zog er ihre Hände an seinen Mund. Er küsste erst die linke, dann die rechte. Dann drehte er die eine Hand um und drückte seine Lippen hinein. Mit der anderen machte er es genauso. Er schaute lange auf ihre Hände und ließ sie dabei nicht los. Langsam sagte er: «Ich hab mir mein Leben eingerichtet. Und ich kann dir nur einen begrenzten Raum darin geben. Ich kann nicht zulassen, dass du – dich ausbreitest. Nicht in meinem Leben, und auch nicht in meinen Gedanken. Ich will das nicht.»

Perdita entzog ihm eine Hand und rieb sich damit heftig über die Stirn. Umso fester umschloss Osman die andere. Als sie noch immer nichts sagte, fragte er: «Kannst du das akzeptieren?»

«Ich – ich weiß nicht. Ich kann nicht – ich versteh das alles nicht. Und sag jetzt nicht wieder –»

«Nein», sagte er schnell, und dann, ruhiger, noch einmal: «Nein.»

Nach einer Pause sagte er leise: «Komm her.»

Er zog sie zu sich herüber, und Perdita kam auf seinen Schoß. Sie schlang die Arme um seinen Nacken, und Osman, den Kopf an ihren Hals geschmiegt, hielt sie fest. Irgendwann hörte sie ihn murmeln: «Wir machen uns beide etwas vor. Du hoffst auf die Zeit, die die Dinge ändert. Ich hoffe, dass wir einen Zustand finden, mit dem wir beide klarkommen können. Es wird nicht funktionieren.»

Gott, Osman!, wollte sie aufschreien, aber es blieb ihr in der Kehle stecken. Dies alles ging über ihre Begriffe.

«Hast du schon gegessen?», fragte Osman.

«Was? Nein.»

«Dann brat ich uns jetzt zwei Steaks, in Ordnung?»

An jenem Abend bekam Perdita eine ungefähre Idee von dem, worauf sie sich eingelassen hatte. Aus dem Gefühl, gerade nochmal an der Katastrophe vorbeigeschlittert zu sein, überließ sie es von da an Osman, den Zeitpunkt zu bestimmen. Manchmal sahen sie sich zweimal im Monat, für einen Abend und eine Nacht, oder ein ganzes Wochenende, dann wieder vergingen lange Wochen, in denen sie nichts von ihm hörte. Unter Berücksichtigung des ihr zugestandenen begrenzten Raums vermied sie es, ihn zwischenzeitlich anzurufen. Ohnehin war das Telefon für Osman lediglich ein Mittel zum raschen Austausch knapper Informationen. Ein Telefongespräch mit ihm dauerte maximal sechs Minuten. Stundenlange Plaudereien am Telefon, wie Perdita sie liebte und mit ihren Freunden pflegte, waren mit Osman nicht möglich. Er hatte, das musste man leider sagen, keine Telefonkultur.

Überhaupt erzählte Osman wenig von sich selbst. Er fragte auch nur selten nach Perditas Belangen, ihrer Vergangenheit, Familie, ihren Freunden. Sie nahm an, dass er, je weniger sie voneinander wussten, umso mehr diese Vereinzelungsidee aufrechterhalten konnte, an der ihm so viel lag.

Doch wie schon das Festhalten an der Beziehung zu

Perdita, die in seinen Augen ja keine sein durfte, für Osman eine Inkonsequenz darstellen musste, verhielt er sich auch in seinem Bestreben, alles auszublenden, was über ihr unmittelbares Zusammensein hinausging, nicht immer folgerichtig. So bemerkte Perdita, wie sein Blick jedes Mal an den Ausdrucken hängenblieb, die überall in ihrer Wohnung herumlagen, weil Perdita zu der Zeit, als sie mit Osman zusammen war, besonders oft in die Welt ihrer Nebenfiguren abtauchte. Die Blätter beschäftigten ihn, gleichzeitig tat er, als seien sie nicht vorhanden. Bis er eines Tages doch fragte: «Was schreibst du da eigentlich für Sachen?»

«Och, das ist – na ja, ich – ich schreib mich in eine Atmosphäre hinein, könnte man vielleicht sagen ...»

Sie erklärte ihm kurz, was sie da machte. Osman runzelte die Stirn, und das war's.

Aber bei einem seiner nächsten Besuche, als sie gerade ein paar Papiere zusammenraffte, um Platz für Tassen und Tee zu machen, sagte er: «Ich würd gern mal eine von deinen Geschichten lesen.»

Auf seinem Gesicht malte sich dabei ein so deutliches Widerstreben, dass Perdita lachen musste. Osman zog die Brauen zusammen, und sie sagte schnell: «Also, es sind gar keine richtigen Geschichten, weißt du. Es passiert nichts.»

«Trotzdem. Ich würd's gern lesen.»

Er las mit einer beinah erbitterten Konzentration und sagte dann: «Jede ist in einem ganz anderen Stil geschrieben.»

«Na ja ... der Legationsrat a. D. ist eine Figur von Theodor Fontane, und die nette Blondine, die in einer Ecke sitzt, wo ihr niemand ein Leid zufügen kann, stammt aus

Raymond Chandlers Kopf. Also muss man versuchen, es möglichst fontanesk beziehungsweise à la Chandler zu erzählen, sonst macht es keinen Sinn. Ich meine, nur so kann man sie wirklich weiterleben lassen. Verstehst du?»

«Ja. Aber wieso machst du so was?»

«Ich fühl mich einfach wohl in ihrer Gesellschaft. In ihrer jeweiligen Welt.»

Er dachte darüber nach, dann sagte er: «Ich würd gern was in deinem eigenen Stil lesen.»

«Gott, mein eigener Stil ... der muss sich erst noch entwickeln, schätze ich.»

«Du solltest Drehbücher schreiben. Diese kleinen Dialoge sind gut. Und du hast einen Blick für die Details.»

«Drehbücher leben davon, dass etwas passiert. Bei mir passiert überhaupt nichts.»

«Dann lass was passieren.»

«Ach nein. Ich mag's eigentlich so, wie es ist.»

Auch darüber dachte er nach.

Osman, der über seine eigene Familie kein Wort verlor, ertrug ein ganzes Telefonat, das Perdita mit Tante Doris führte. Sie tranken gerade einen letzten Kaffee in Perditas Küche, danach musste er weg. Die Zeit mit Osman war also wieder einmal bis auf weiteres abgelaufen, und Perdita hatte nicht vor, die letzte Viertelstunde seines Besuchs am Telefon zu vergeuden. Sie ließ den Anrufbeantworter anspringen, hörte Tante Doris' weinselige Stimme, und natürlich musste sie drangehen. Doris hatte getrunken, der Anlass war nichtig genug: Eine Nachbarin war in der Stadt ohne Gruß an ihr vorbeigegangen. Weil dies seit längerer Zeit der erste alkoholisierte Anruf war, durfte Perdita hoffen, dass es sich um einen Ausrutscher handelte, der nicht notwendig eine längere Krise nach sich zog. Es bestand die Chance, sie durch geduldiges Zuhören und liebe, begütigende Worte zu bewegen, ins Bett zu gehen, sich vor einem Schnulzenvideo ein bisschen auszuweinen und dann zu schlafen. Doch so was war mühsam. Tante Doris' verwaschene Reden drehten sich in einem endlosen Kreis, und Perdita blieb nichts übrig, als immer wieder einzuwerfen: «Aber es hat doch niemand etwas gegen dich ... ach, Tantchen, wie kommst du bloß auf so was ... leg dich doch ein bisschen hin ... das kann man doch klären ... morgen lachst du darüber, na komm, schlaf mal drüber ...» Nach einer halben Stunde schien Doris die Nachbarin allmählich zu vergessen, sie versicherte Perdita wiederholt ihrer Liebe, Perdita tat desgleichen, und eine weitere Viertelstunde später räumte Tantchen ein, jetzt doch wirklich ein bisschen schläfrig zu sein. Perdita legte auf. Niedergeschmettert fragte sie sich, ob nach drei Monaten relativer Ruhe bei Tante Doris jetzt alles wieder von vorne anfing.

Während sie telefonierte und sich darauf konzentrierte, bei der hoffnungslosen Leier ruhig und sanft zu bleiben, war sie sich Osmans Anwesenheit nur halb bewusst gewesen. Sie hatte mitbekommen, wie er in der Küche in sein Mobiltelefon sprach. Etwas später brachte er ihr einen Kaffee und ihren Tabak ins Wohnzimmer und zog sich wieder zurück.

Perdita raffte sich aus dem Sessel und ging hinüber zu Osman. Dabei dachte sie, dass es sicher kein Vergnügen war, ein solches Telefonat mit anhören zu müssen. Er saß am Tisch und rauchte, scheinbar vertieft in ein Stadtmagazin.

«Du bist ja noch da.»

«Ich hatte Lust auf noch einen Kaffee.»

«Und die Leute, die du treffen wolltest?»

«Ich hab telefoniert. Sag mal, wusstest du, dass im Moment wieder *Mein blühendes Geheimnis* im Rex läuft?»

Er tippte mit dem Finger auf das Kinoprogramm, das aufgeschlagen vor ihm lag.

«Aber du magst doch Almodóvar nicht so besonders.»

«Aber du redest andauernd von diesem Film. Ich würd mir gern endlich ein Bild machen. Hast du Lust? Wir können's noch schaffen.»

Als Perdita mit ansehen musste, wie ein Hund überfahren wurde und starb und sie nicht mehr aufhören konnte zu weinen, rief sie Osman an. Sie redeten ein bisschen, und als sie sich verabschiedeten, konnte Perdita schon wieder scherzen. Trotzdem stand Osman eine Dreiviertelstunde später mit Schnitzel vor ihrer Tür.

Im Notfall war Osman für sie da, darauf konnte Perdita sich verlassen. Auch darauf, dass es danach umso länger dauern würde, bis er sich wieder meldete.

Immer öfter ging es ihr schlecht während des langen Leerlaufs, der zwischen all ihren Treffen lag. Sie geriet in Zustände, die alle Symptome eines Notfalls aufwiesen. Doch nie hätte sie in solchem Zustand Osman aufgesucht. Ihr Stolz mochte dabei eine Rolle spielen, wenn auch zugegebenermaßen eine untergeordnete. In erster Linie hielt der Instinkt sie davon ab. Sie ahnte, dass Osman, der schon blass wurde, wenn Perdita sich in den Finger schnitt, die Beziehung beenden würde, wenn er erkannte, wie sehr sie dabei litt. Das war es, was sie am meisten fürchtete. Davor graute ihr noch mehr als vor seiner plötzlichen Kälte und dem stumpfen Ausdruck, der in seine Augen trat, wenn sie ihn zur falschen Zeit und aus den falschen Gründen besuchte.

Wie an dem Abend, wo sie abermals das Zeitmaß brach, dem Osman ihre Treffen unterwarf, nicht, weil es ihr schlechtging, sondern weil sie so glücklich war. Sie hatten sich erst wenige Tage zuvor wieder auf unbestimmte Zeit voneinander verabschiedet. Das Zusammensein hatte Perdita aber in ein Hochgefühl versetzt, das auch am dritten Tag noch anhielt. Es wehte alle Bedenken fort und trug sie geradewegs in die Bar. Yossi, der jemenitische Barkeeper, grinste ihr fröhlich zu. Osman saß mit dem Rücken zu ihr am Tresen, in Geschäftsunterlagen vertieft. Sie wusste, dass er sie längst am Schritt erkannt hatte, aber er drehte sich erst zu ihr um, als sie den Arm um seine Schulter legte und ein leises «Hey» in sein Ohr wisperte. Augen wie schwarze Löcher absorbierten ihre Freude.

«Hey. Was ist los?», fragte Osman.

«Nichts ist los. Ich muss nur immerzu an dich denken.»

«Du kommst circa drei Wochen zu früh.»

Perdita glotzte Osman verständnislos an. Dann kam sie plötzlich die Lust an, mit Wucht gegen seinen Barhocker zu treten und ihn aus seiner unerträglichen Ruhe zu bringen. Sie unterdrückte das Verlangen, zügelte ihren Zorn und fragte kalt: «Willst du mich kleinkriegen, Osman?»

Wäre sie furchtsam gewesen, hätte sie jetzt einen Schritt zurück gemacht. Stattdessen beobachtete ein Teil von ihr fasziniert die Veränderung, die auf Osmans Gesicht vor sich ging. Perdita fiel ein, dass sie noch nie erlebt hatte, wie Osman wütend wurde. So fängt es also an, stellte sie sachlich fest.

Durch zusammengepresste Zähne zischte Osman sie an: «Du glaubst, ich will dich kleinkriegen? Wofür hältst du mich? Einen türkischen Pascha? Den Supermacker, der die Regeln diktiert?»

«Es hört sich grad verdammt danach an.»

«Dann weißt du ja, was du zu tun hast. Wenn du auf Macker stehst, geh nach Hause und komm in drei Wochen wieder. Wenn nicht, dann geh einfach nach Hause.»

Perdita konnte es nicht glauben, sie starrte ihn bloß an. Unweit von ihnen hinter dem Tresen stand Yossi mit gesenktem Kopf und polierte eifrig ein Glas. Schon die ganze Zeit. Mit einer abrupten, gereizten Bewegung drehte Osman sich nach ihm um und fuhr ihn laut an: «Könntest du dich vielleicht mal verpissen, Yossi?!»

Yossi machte, dass er wegkam. Osman holte tief Luft. Er fischte eine Marlboro aus der Schachtel, besann sich und bot Perdita auch eine an. Sie zögerte kurz, dann bediente sie sich.

Sie suchte ihre Streichhölzer, aber Osman war schneller. Sie schauten beide nur auf die Zigarette, während er ihr Feuer gab, und rauchten dann schweigend.

Perdita lehnte sich mit dem Rücken gegen die Bar, ihre Augen folgten ohne Interesse einer Gruppe Leute, die eben hereinkam und sich an einen Tisch setzte. Sie hatte keine Ahnung, was nun zu tun oder zu sagen war. Im Grunde, fand sie, war es auch völlig egal. Sie fühlte sich auf einmal ganz schlapp.

«Ich hab dir gesagt, es wird nicht funktionieren», sagte Osman leise. Mit der Zigarette schien auch sein Zorn verglommen.

Dass er plötzlich so fatalistisch klang, brachte sie wieder in Rage: «Du machst es dir verdammt einfach!»

«O nein. Glaub nicht, dass ich es mir einfach mache. Du hast keine Ahnung, wie ich mich verbiege für dich.»

Verwirrt fühlte sie, dass das, was er sagte, wahr sein musste.

«Osman, das ist doch völlig absurd!», begehrte sie auf. «Dieser – Streit ist doch völlig absurd! Ich meine, noch vor drei Tagen – ich weiß nicht, wie es dir geht, aber ich erleb so was nicht allzu oft. Ich hab es, ehrlich gesagt, noch nie erlebt. Ich war noch nie so glücklich mit jemandem ... und ich hatte verdammt nochmal selten so phantastischen Sex!»

Osman hörte mit großer Aufmerksamkeit zu und ließ dabei nicht die Augen von ihr. Als sie zu Ende war und ihn hilflos ansah, schaute er auf seine Hände. Schließlich runzelte er leicht die Stirn und fragte ernst: «Du willst damit sagen, du hattest auch vorher schon mal so phantastischen Sex?»

«Durchaus.»

Er hob den Kopf, und sie schauten sich an. Perditas Mundwinkel zuckten zuerst. Osman lachte leise, und beide begannen sie zu grinsen.

«Willst du was trinken?»

«Nein. Ich werd jetzt gehen.»

«Willst du nicht bleiben? Wo du schon da bist?»

Sie lächelte und sagte: «Ganz sicher nicht.»

Draußen wurden ihr dann vorübergehend die Knie weich. Nie hätte sie geglaubt, dass Osman ihr so brutal und kalt begegnen könnte. Zwar ging es rasch vorbei. Sie hatte Osman wieder mal rumgekriegt. Es war aber haarscharf gewesen.

Allmählich begriff Perdita, dass sie nur entweder Schluss machen oder sich fügen konnte. Sie stellte sich probehalber vor, wie es wäre, Osman aufzugeben. Es endete immer damit, dass sie den Preis, den sie zahlte, wenn sie bei ihm blieb, auf einmal gar nicht mehr so hoch fand. Sie musste nur lernen, die Zeit irgendwie zu überbrücken. Aber die Zeit, in der sie sich nicht sahen, empfand Perdita mittlerweile wie ein Vakuum. Aus der Geborgenheit seiner Nähe wurde sie hinauskatapultiert in die absolute Stille, alle Geräusche, alles Leben hört auf, eine von der Basis ins All geschossene Raumkapsel. Und nie konnte sie wissen, wie lange dieser Zustand anhalten würde, ob sie ihn in zwei Wochen oder in zwei Monaten wiedersah.

«Tu ihm doch einfach den Gefallen. Du müsstest halt versuchen, das Ganze als so eine Art Fernbeziehung zu sehen. Stell dir vor, er wär auf 'ner Bohrinsel. Oder Kriegsberichterstatter, was weiß ich.»

«Weißt du, Evelyn, wo das Problem liegt?»

«Nein, Zuckerpuppe, sag's mir, wo liegt das Problem?»

«Das Problem ist, dass er mich in dieser Zeit, in der wir uns nicht sehen, einfach vergisst. Er streicht mich einfach aus seinem Kopf, aus seinem Leben.»

«Woher weißt du das?»

«Ich weiß es eben. Er nennt es ‹sich erholen›. Ich nenn es vergessen.»

«Das ist aber nicht dasselbe.»

«Kommt aufs selbe raus.»

«Ach, Perdita, wie könnte man dich vergessen ...»

«Ich existiere dann einfach nicht für ihn. Und das Fatale daran ist, dass ich allmählich das Gefühl bekomme, tatsächlich nicht zu existieren. Als ob ich mich auflöste, in ein Nichts, wenn er weggeht und ich weiß, dass ich nun wieder wochenlang nichts von ihm sehe und höre.»

«Das ist nicht gut.»

«Nein. Das ist überhaupt nicht gut.»

«Wenn er das merkt ...»

«Wird er Schluss machen, ich weiß. Weil er es nicht erträgt, wenn ich leide. Das ist doch pervers.»

«Vielleicht solltest vorher du Schluss machen.»

«Aber wie könnte ich das? Ich meine, Evelyn, es mag ja komisch klingen, aber: Er liebt mich ...»

«Ja sicher.»

«Bitte jetzt ausnahmsweise keine Ironie, ja?»

«Ich mein das ganz ernst. Ich meine, man braucht bloß zu sehen, wie er dich anguckt. Wie er dir nachschaut, wenn du nur mal eben aufs Klo verschwindest ... na an dem Abend, als ihr zwei mich in der Espressobar besucht habt. Und die ganzen Scherereien, die er deinetwegen in Kauf nimmt ...»

«Was denn für Scherereien bitte?»

«Du bringst ihn dazu, ständig gegen seine eigenen Prinzipien zu verstoßen. Ob sie nun gut oder schlecht sind, es sind nun mal seine Prinzipien. Und du bringst ihn dazu, dich zu verletzen. Er weiß, dass es dir schlechtgeht, und er weiß, es ist seine Schuld. Früher oder später wird er sich für all das hassen. Oder dich. Nein, so wie ich ihn einschätze, wird er sich selber hassen.»

Es war nicht nur so, dass Perdita nie wusste, wann sie Osman wiedersah. Im Grunde konnte sie nicht sicher sein, ob sie ihn überhaupt wiedersehen würde. Das wurde ihr an einem anderen Abend in der Bar klar. Diesmal waren sie verabredet.

Osman saß am Tresen. Er lächelte, als sie neben ihn trat, und sie küssten sich zur Begrüßung. Dann schob er die Papiere zusammen, die vor ihm ausgebreitet lagen, und verstaute sie in seiner Aktentasche. Yossi, der sich immer freute, Perdita zu sehen, brachte ihr ungefragt einen Espresso. Er grinste von einem Ohr zum andern, nickte ihr beifällig zu und sagte: «Guck mal, Osman, noch etwas, was es in Ankara nicht gibt.»

Perdita lächelte fragend: «Ankara? Wieso Ankara?»

«Ja, stell dir vor, Perdita, unser Osman wollte uns verl–»

Ein gewaltiger Knall schnitt Yossi das Wort ab. Erschrocken starrten Yossi und Perdita erst auf die große Hand, die mit Wucht auf den Tresen niedergedonnert war, dann auf Osman. Der fixierte Yossi mit bedrohlicher Miene.

«Ihr Araber seid allesamt klatschsüchtig wie alte Weiber», zischte er.

Yossi grinste unsicher, murmelte: «Hey, Osman. Nichts für ungut», und verzog sich geflissentlich in einen anderen Bereich der Bar.

«Was ist denn los?», fragte Perdita.

«Nichts ist los. Ich hab mit dem Gedanken gespielt, nach Ankara zu gehen, das ist alles.»

«Wie, nach Ankara gehen?»

«Mein Onkel Seyhan hat mir eine Partnerschaft angeboten. Das war verlockend.»

«Du hast ernsthaft überlegt, in die Türkei zu gehen?»

«Ich denk ab und zu dran.»

«Wieso?»

«Weil ich Türke bin, zum Beispiel.»

Ihr Verstand weigerte sich vorläufig, das Gehörte in seinem ganzen Ausmaß zu begreifen, und zog es vor, sich zuerst mit den Details zu befassen.

«Und warum hast du's nicht gemacht? Ankara?»

«Weil, wenn ich Seyhans Angebot annehme, ich es mir mit Onkel Kemal in Istanbul verscherze. Und Kemal und Istanbul reizen mich mehr.»

«Das heißt, dein Onkel Kemal hat dir ebenfalls die Partnerschaft angeboten?»

«Bis jetzt noch nicht.»

«Aber er wird es tun?»

«Das ist möglich.»

«Und dann gehst du nach Istanbul?»

«Dann werde ich darüber nachdenken.»

«Das heißt, ich muss jederzeit damit rechnen, dass du in die Türkei verschwindest?»

«Man sollte jederzeit mit allem rechnen.»

«Alte ostanatolische Bauernweisheit, was?»

Sie konnte sehen, wie sein Ärger, der bis dahin nur dem schwatzhaften Yossi galt, jetzt auch auf sie übersprang. Auf Anspielungen über anatolische Bauernvölker reagierte er empfindlich. Deshalb hatte sie es gesagt.

«Ich bin hier, oder nicht? Wenn wir noch ins Kino wollen –»

«Heißt das, du hast während der letzten zwei Monate ernsthaft erwogen, nach Ankara zu gehen? Oder womöglich noch länger?»

Vor etwa zwei Monaten war Osman für einige Tage in Ankara gewesen, Perdita wusste es zufällig, weil er ihr von dort traumhaft schöne dunkelgrüne Lederstiefeletten mitgebracht hatte.

Osman verschanzte sich hinter seinem Ärger und schwieg.

«Und du erwähnst das mit keinem Wort vor mir?»

«Du meinst, ich hätte es dir sagen müssen?», brauste er

auf. «Wir haben keine diesbezügliche Vereinbarung, oder? Ich treffe meine Entscheidungen allein. Ich bin niemandem Rechenschaft schuldig über das, was ich tue. Oder zu tun vorhabe.»

«Rechenschaft!», stieß sie hervor.

«Oder wie du es sonst nennst.»

«Das ist doch nicht dein Ernst!»

«Das ist mein voller Ernst.»

«Hör auf mit dieser lächerlichen Machonummer!»

Das waren gleich drei Wörter, auf die Osman empfindlich reagierte.

«Hör auf, mich zu beleidigen.»

«Du bist furchtbar leicht zu beleidigen für so einen großen, harten Kerl!»

Erbittert starrten sie sich an. Doch es war ein auf beiden Seiten nur vordergründiger Zorn. Perdita fühlte sich wie jemand, der bei Nacht unverdrossen den Weg über eine Brücke angetreten hat und dabei weiß, dass es unter ihm tief hinabgeht. Dann bricht plötzlich der Tag an, und er kann keinen Fuß mehr vor den anderen setzen. Es macht einen Unterschied, ob man bloß weiß oder mit eigenen Augen sieht, wie bodenlos der Abgrund ist.

Sie suchte Halt in Osmans Augen. Seiner Wut oder Kälte hätte sie etwas entgegensetzen können. Aber sie fand nur Kummer und Sorge um sie. Als Osman die Arme ausbreitete, stürzte sie ihm entgegen.

Es war an einem Samstagnachmittag. Perdita wartete auf Osman. Das letzte Treffen lag gar nicht mal weit zurück, nur dreieinhalb Wochen. Sie saß in der Küche und rauchte. Es ging ihr längst nicht mehr wie früher, als schon das Warten auf Osman zum Fest wurde. Sie konnte froh sein, wenn es ihr während des Wartens gelang, einen halbwegs neutralen Zustand zu erreichen. Sie war noch nicht so weit, als es klingelte. Trotzdem – alles, was sie in diesem Moment empfand, war heiße Freude. Noch ein schneller Blick in den Spiegel, na bitte, sie sah doch ganz gut aus. Osman aber, als sie ihm die Tür öffnete, erkannte gleich, was mit ihr vorgegangen war, sah die Spuren des Wartens, der letzten Stunden und der letzten Wochen, sie las es auf seinem Gesicht.

Er kam herein, sie schloss die Tür, eine Umarmung. Und auf einmal wusste sie, dass er ein Ende machen würde. Dass er sich in dem Moment dazu entschlossen hatte, als sie ihm öffnete.

Später konnte sie nicht mehr sagen, wie alles kam. Ihre Erinnerung an diese Stunde blieb rein vegetativ. In ihrer Erinnerung gab es keinen Ablauf, keinen Anfang, keine Steigerung. Nur Krallen, Zerren und Klammern, sein Geruch, der Geschmack von Speichel und Schweiß. Seine Haut, die unter ihren Nägeln aufriss. Das Gefühl der Ohnmacht, weil Osman sich immer noch zügelte, weil er das konnte, während sie ihm solche Gewalt antat. Bis ihre Zunge Blut schmeckte und er aufschrie und sie packte.

Sie fühlte sich halb tot danach, der Körper geschunden, betäubt. Neben sich hörte sie seinen Atem, der sich mühsam beruhigte.

Sein Schweiß auf ihrer Haut begann allmählich zu trocknen. Als unter ihr die Matratze in Bewegung geriet, wusste sie, dass er aufstand. Sie wusste, dass er jetzt seine Kleider vom Boden suchte und sich anzog. Sie hörte das kurze, trockene Ratschen des Reißverschlusses. Das leise Klirren der Gürtelschnalle. Die Matratze senkte sich unter seinem Gewicht, als er sich schwer niederfallen ließ, um die Schuhe zu binden. Jetzt musste er damit fertig sein. Zeit verging. Perdita hob die trockenen, verklebten Lider. Sie schaute in Osmans Gesicht und dachte an einen zerborstenen Spiegel.

Die ersten Wochen ging sie zittrig umher und begann bei jeder Gelegenheit zu weinen. Sie kauerte sich auf dem kleinen, seidenen Teppich zusammen, der alt und kostbar war und den sein Großvater als junger Mann von einer Reise mitgebracht hatte. Osman hatte ihn ihr geschenkt, nachdem er sie ein paarmal überrascht hatte, wie sie versonnen über die ausgeblichenen Farben strich. Sie vermisste ihn mit jeder Faser. Es bereitete ihr körperliche Schmerzen. Die Glieder taten ihr weh, der Kopf war dumpf und schwer. Sie ließ ihr Blut untersuchen, aber außer Osman fehlte ihr nichts.

Knapp zehn Monate, bis zum November, hatten sie durchgehalten. Ein neues Jahr begann, dass ihr nichts bieten oder verheißen konnte. Anfang Januar wurde Perdita schwach und ging in die Bar. Hinter der verwaisten Theke stand Yossi und polierte Gläser. Er schaute hoch, als er die Tür hörte, erkannte Perdita und lächelte. Es war fast wie früher. Perdita hielt sich an Yossis Lächeln fest und hangelte sich daran durch den Raum, ohne nach links oder rechts zu schauen. Wie sie näher kam, fiel ihr in Yossis Gesicht etwas auf, das nicht passte. Perdita blieb stehen. Wie im Schlaf drehte sie den Kopf zur Seite. An einem der Tische links von der Theke, dort, wo die Beleuchtung schummriger war, entdeckte sie ein Paar, das sich küsste. Zuerst erkannte sie Osmans Hände, die sich in kurzes, hennarotes Haar vergruben. Eine schmale Hand mit vielen Ringen strich über seinen rasierten Kopf. Perdita nahm eine Bewegung auf dem Fußboden wahr, seitlich vom Tisch, und wusste, dass Schnitzel sie erkannt hatte und herankam, um sie zu begrüßen. Auf dem Absatz drehte sie sich um. Den Reflex, zu rennen, konnte sie gerade noch unterdrücken. Nur kein Aufsehen. Bloß schleunigst verschwinden, so unbemerkt, wie sie gekommen war. Falls Yossi ausnahmsweise schwieg, würde Osman nie erfahren, dass sie da gewesen war.

Osman wurde aufmerksam, als er bemerkte, wie der Hund tapsig seinen Platz verließ. Er schaute auf, doch wer immer eben noch da gewesen war, wurde von einer Gruppe Männer verdeckt, die gerade das Lokal betreten hatten und sich unschlüssig umschauten. Einen Augenblick später ging die Tür. Die neuen Gäste setzten sich, und Osman sah nichts als die langsam zufallende Tür. Davor stand Schnitzel und wedelte immer noch erwartungsfroh mit dem Schwanz. Osman guckte zu Yossi, und dessen bedeutsam hochgezogene Augenbrauen gaben ihm Gewissheit. Sein erster Impuls war, ihr hinterherzulaufen. Doch die Erfahrung hatte ihn gelehrt, seine Impulse sorgfältig zu überdenken.

Osman mit einer anderen Frau. Das Nächstliegende, und dennoch das Letzte, was sie erwartet hatte. Es gab durchaus eine Zeit, zu Anfang ihrer Beziehung, da hatte sie sich gefragt, ob Osman neben ihr noch andere Frauen hatte. Schließlich fragte sie Osman, der sagte schlicht «Nein». Sie glaubte ihm. Sie wusste schon damals, dass er zum Lügen zu stolz war.

Die Szene in der Bar vergällte Perdita ihren Schmerz. Sie sah sich der letzten Zuflucht beraubt, der völligen

Hingabe an ihren Schmerz. Es hatte ein Trost darin gelegen, zuzulassen, dass das Leid zum einzigen, alles bestimmenden Gefühl wurde. Sich einfach ergeben, still liegen bleiben und verbluten. Man hatte ihr alles genommen bis auf ihren Kummer, der aber war erhaben und groß. Doch lächerlich und entwürdigend war es, um jemanden zu leiden, der sich längst mit der ersten besten Hennazicke getröstet hatte. Es hatte etwas von diesen Slapsticknummern, wo jemand sich umbringen will und den Strick am Kronleuchter festmacht, woraufhin der ganze Kronleuchter klirrend herunterkracht und die Familie, die ein Stockwerk höher beim Abendbrot sitzt, gleich mit. Oder wo jemand mit todernster Miene Rattengift schluckt, aber Dick und Doof haben aus Versehen die Packungen vertauscht, und er erwischt die Schachtel mit dem Seifenpulver. Große Seifenblasen blubbern dem Unglücklichen bei jedem Seufzer aus dem Mund, und alle lachen sich kaputt.

Perdita rappelte sich auf. Reizbar, übellaunig und einsam schleppte sie sich durch den kältestarren Januar, dem Februar entgegen, unter dessen Last sie fast zusammenbrach, weil in diesem Monat die Begegnung mit Osman sich jährte. Im Mai immerhin konnte sie schon wieder lächeln, melancholisch zwar, über einen Verehrer, der sich um sie bemühte. Sie behandelte ihn freundlich, weil er sich so ins Zeug legte. Er konnte ja nicht wissen, dass niemand Osman gleichkam. Zu ihrer eigenen Überraschung wurde eine kleine, harmlose Affäre daraus, die im Sommer sanft ausklang.

Etwa um diese Zeit begegnete sie Yossi auf dem Flohmarkt.

«Hallo, Perdita.»

«Mensch, Yossi! Was machst du denn hier?»

Er nickte zu einem Mädchen mit flauschigem, hellbraunem Lockenkopf, das zwei Stände weiter vor einer Bücherkiste hockte.

«Sie steht auf Trödel.»

Perdita grinste.

«Frisch verliebt, Yossi?»

«Hm», machte er beiläufig, aber der Stolz stand ihm ins Gesicht geschrieben.

Verlegen lächelten sie sich an. Sie mochten sich, wussten aber nichts Rechtes zu sagen, weil beide automatisch an Osman dachten.

«Schon was gefunden?»

«Nö, ich guck bloß.»

«Tja», sagte Yossi schließlich, grinste und fügte hinzu: «War schön, dich mal wiederzusehen.»

«Fand ich auch, Yossi.»

Er nickte, wandte sich zum Gehen, drehte sich noch einmal um: «Perdita, was ich dir noch sagen wollte: Damals, das mit der Blonden, das war nichts.»

Perdita fühlte sich so überrumpelt, dass sie automatisch fragte: «Blond? War sie nicht henna?»

«Äh, ja. Mein ich ja.»

Der schwatzhafte Yossi. War ihm wieder mal was entschlüpft.

«Ich meine nur, ob blond oder henna, Osman hatte nie –»

«Yossi, ich weiß nicht, ich glaube nicht, dass ich –»

Aber Yossi fiel ihr ins Wort, er wollte jetzt unbedingt zu Ende kommen: «Weißt du, Perdita, ich kenn Osman seit, warte mal, sechs, sieben Jahren, und ich kenn ihn ganz gut. In der ganzen Zeit hatte er nie was Festes, also, das ist schon extrem bei Osman. Er trifft sie einmal, höchstens zweimal, dann ist Schluss. Du warst und bist die einzige Ausnahme. Ich dachte nur, das solltest du wissen.»

«Äh, ja, das ist sicher nett gemeint, Yossi, aber das interessiert mich wirklich nicht.»

«Klar, sicher, ich wollte damit auch nicht sagen –»

Er wusste nicht, wo er hingucken sollte.

«Mann, ich glaube, die liest die Bücher erst, bevor sie sie kauft.»

Er nickte zu seiner Freundin, die, vertieft in ein Buch, immer noch vor derselben Kiste hockte.

«Na, ich glaube, ich muss mal wieder. Mach's gut, Perdita.»

«Du auch, Yossi.»

Nein, wirklich, dachte Perdita, das interessiert mich nicht. Trotzdem danke, gute Fee. Das war genau das, was ich gern hören wollte.

Der Sommer verging, der Herbstwind wehte die Blätter über die Straßen und direkt aus Madrid den spanischen Kameramann herüber. Widerspenstige schwarze Locken, der Mund eines Engels in einem herben, dunklen Raubvogelgesicht. Er war verlottert, launisch und zügellos, aber wenn es ihm gefiel, sein Lächeln leuchten zu lassen, fühlte man sich auf einmal zum Mittelpunkt eines wilden Zigeunerfestes erhoben. Perdita hütete sich vor diesem Lächeln und ging dem Spanier nach Möglichkeit aus dem Weg. Das ganze Redaktionsbüro war ihm bereits geschlechtsübergreifend verfallen. Dann geschah es, dass er in exhibitionistischer Leidenschaft auf einen Tisch sprang und einen Flamenco stampfte und raue, kehlige Laute ausstieß. Unter halbgeschlossenen Lidern blitzte er Perdita an, und das genügte ihr. Zwei Abende darauf besuchte sie ihn unter einem durchsichtigen Vorwand. Nur eine knappe Stunde später taumelte sie in Evelyns Espressobar.

«Ich bin so dermaßen froh, dich zu sehen ...»

Evelyn goss ihr zuerst mal einen Ramazotti ein.

«Hier, trink das. Was ist passiert?»

«Der Spanier, du weißt doch, der Kameramann ... ich komm grad von ihm. Ich meine, ich komm direkt aus seinem Bett ...»

«Glückwunsch!»

«Gratulier nicht mir, gratulier Adriana.»

«Wer ist das denn?»

«Das ist die Frau, mit der er geschlafen hat.»

«Du warst in seinem Bett, während er mit einer anderen Frau geschlafen hat? Das ist extravagant. Oder – warst du unter dem Bett?»

«Nein, ich war die Frau, mit der er geschlafen hat. Aber er wusste das nicht. Er dachte, er schläft mit Adriana.»

Perdita leerte ihr Glas auf einen Zug. Evelyn schenkte nach.

«Jetzt bitte en détail.»

«Er hat mich neulich so angeguckt, die reinste Einladung. Heut Abend ging ich zu ihm, und er nicht die Spur überrascht. Er ließ mich rein, es war ziemlich dunkel, nur ein Zimmer, und überall Teelichter auf dem Boden. Ein Stuhl, ein Futon. CD-Spieler. Sonst nichts. Ach doch, Aschenbecher. Johnny Walker, Black Label. Es ging alles ziemlich schnell, und es war – es war toll. Und dann, danach, wir liegen matt auf dem Futon – Gott, ich dachte zuerst, es wär etwas von García Lorca ...»

Evelyn hob die Augenbrauen und wartete geduldig.

«Er murmelt diesen Namen: Adriana, Adriana ... und dann zieht er mich an sich, hält mich ganz fest und flüstert mir ins Ohr, auf Spanisch: Du bist zurückgekommen, ich wusste es, Adriana, mi amor ... immer das Gleiche ...»

«Du kannst doch gar kein Spanisch.»

«Ich hab Lorcas Gedichte, zweisprachig. Wegen Lorca hab ich mir ein Spanischbuch gekauft, und ich bin immerhin bis Lektion sechzehn gekommen. Ich kann genug Spanisch, um zu wissen, dass mit Adriana, mi amor nicht ich gemeint bin.»

Nachdenklich zog Evelyn an ihrer Zigarette.

«Hast du seine Augen gesehen?»

«Ja, kurz, im Schein eines Teelichts. Pupillen wie Stecknadelköpfe.»

«Und das kam dir nicht komisch vor?»

«Das kam mir zwar komisch vor, aber, wie soll ich sagen, ich fühlte mich in dem Moment selber ein wenig berauscht.»

«Mann. Ich wüsste gerne, was für ein Trip das war.»

«Ich tippe auf Koks.»

Evelyn legte skeptisch den Kopf schief.

«Möglich», gab sie immerhin zu.

Schweigend hingen sie ihren Gedanken nach. Unvermittelt donnerte Perdita ihr leeres Glas auf den Tresen: «O Gott! Wie tief muss man eigentlich sinken, wie ausgehungert und sexverblendet muss man draufkommen, wie dämlich kann man denn eigentlich sein!»

Evelyn legte ihr begütigend die Hand auf den Arm und goss die Gläser nochmal voll: «Komm, komm. Du hast eben auch so 'ne Art Trip erlebt. Denk an die Schnepfen und Schwuchteln in deiner Redaktion. Die würden ihr halbes Rolodex mit Promiadressen dafür geben, diesen Typen flachzulegen. Egal, wie er sie hinterher nennt.»

«Sag mir, gibt es eine größere Demütigung als das: Du liegst verschwitzt und verklärt neben einem Mann, und er murmelt den Namen einer anderen Frau?!»

«Hmmm ...»

Perdita trank auf ex und verfiel in hysterisches Kichern: «Und ich denke, ich – ich inspirier ihn zu Gedichten – Perdita Kellermann, hab Sex mit ihr, und sie weckt den Dichter in dir ...»

«Ja, Herzchen, sieht dir irgendwie ähnlich ...»

«Oh, tut mir leid ...»

Sie hatte Evelyns Glas umgestoßen. Evelyn wischte einmal drüber und füllte die Gläser auf.

«Sag, Evelyn: Gibt es eine größere Demütigung?»

«Weißt du ... ich weiß nicht. Ist es nicht eigentlich beinah immer so, beim Sex, dass man in seiner Vorstellung mit einem ganz anderen schläft als in Wirklichkeit?»

Perdita starrte ihre Freundin an. Dann brach sie in Tränen aus. Evelyn hob ihr Glas, stieß damit gegen das von Perdita, und beide tranken auf ex. Im Laufe der Nacht gelangten sie zu tiefen, doch flüchtigen Einblicken in das Wesen von Liebe, Vorstellung und Illusion. Dauerhaft zurück blieb nur Perditas Widerwille gegen Ramazotti.

Die Episode mit dem Spanier bildete den Schlusspunkt in der Reihe dramatischer Ereignisse jenes Novembermonats, in dem auch Perditas Eltern aus Afrika zurückkehrten und Tante Doris in die Rheinische Landesklinik eingewiesen wurde. Perdita hatte endlich alldem nichts mehr entgegenzusetzen und nahm Zuflucht in ihr inneres Sanatorium. Sie stellte in ihrem Leben die Ereignislosigkeit her, nach der es sie verlangte. Nach einigen Monaten begann sie, sich zu erholen. Aus der inneren Ermattung glitt sie in einen schwerelosen Gemütszustand, der es ihr erlaubte, mit freundlich distanziertem Interesse die Dinge des Lebens zu beobachten.

Es war im April und noch nicht allzu spät am Abend, als Perdita mit der Bahn aus Bonn zurückkam. Diesmal bemerkte sie ihn erst, als die Straßenbahn schon am Rhein entlangzuckelte. Die beiden Frauen, die ihr gegenübersaßen, stiegen aus, und plötzlich sah sie in der gläsernen Trennscheibe bei der Tür Osmans Gesicht. Zuerst hielt sie es für eine Einbildung, eine Spiegelung ihres Unterbewusstseins. Ein paar Augenblicke vergingen, bis sie realisierte, dass er leibhaftig vor ihr saß, wie sie in Fahrtrichtung und nur durch eine Bank von ihr getrennt. Sie schaute von dem unwirklichen Spiegelbild auf den greifbar realen Rücken, die breiten Schultern in der Lederjacke, den Rollkragen, den schwarzen Schatten auf dem schön geformten, geschorenen Schädel. Ein leichter, nervöser Schauer ließ ihre Magenwände sacht vibrieren. Davon abgesehen blieb sie ganz ruhig. Sie dachte nichts als: Da sitzt Osman. Sie schaute wieder auf die Glasscheibe. Sie war so versunken, dass sie es nicht gleich bemerkte, als die Augen sie ansahen. Nach einer Minute oder so drehte er den Kopf weg und sah aus dem Fenster. Nicht lange. Dann stand er auf. Die Bahn hielt gerade, und auch seine Sitznachbarn standen auf, es gab ein kleines Gedränge. Sie dachte, er würde aussteigen, aber er schwang sich um die Haltestange herum, blieb da schräg vor ihr stehen und schaute sie an. Die Bahn fuhr wieder an. Als jemand dem

Platz Perdita gegenüber zustrebte, kam Osman ihm zuvor und setzte sich. Er hörte nicht auf, sie anzusehen, und sie wunderte sich, dass sein respektgebietendes Gesicht so schutzlos aussehen konnte.

«Bist du wieder in Wesseling eingestiegen?», fragte sie.

«Ja.»

Er schaute auf ihre Hände, dann wieder in ihre Augen: «Weißt du, dass ich seit zwei Jahren nicht mehr mit dieser Straßenbahn gefahren bin? Seit – dem letzten Mal nicht mehr?»

Sie lächelte.

«Das ist – verrückt», sagte er. «Oder?»

«Ja. Das ist wirklich verrückt.»

Osman sah ganz verwirrt aus. Perdita hingegen befand sich in dem während der letzten Wochen schon vertrauten Zustand, in dem man, ähnlich dem Traum, auch Unwahrscheinlichstes gelassen hinnimmt.

«Wohin fährst du?», fragte Osman.

«Friesenplatz. Und du?»

«Ebertplatz.»

«Die Bar?»

«Ja.»

Sie waren schon am Barbarossaplatz vorbei. Noch eine Haltestelle, und Perdita musste aussteigen. Durch den Tunnel sah man bereits die Lichter der Station Friesenplatz, als Osman, ohne ein Wort, sich vorbeugte und nach ihren Händen griff. Er schien ihr dabei genauso bar jedes klaren Gedankens wie sie selbst, folgte nur einer Empfindung, wohl der gleichen, die Perdita sitzen bleiben und erst mit Osman zusammen am Ebertplatz aussteigen ließ. Langsam gingen sie nebeneinander über den dunklen, windigen Platz, Richtung Eigelstein.

«Ich muss heute nicht unbedingt in die Bar», sagte Osman und blieb stehen.

Er drehte sich zu ihr hin und wirkte ganz ratlos.

«Ah, Perdita ...», brachte er hervor. «Was machen wir denn jetzt?»

Sie wusste es auch nicht.

«*Amores Perros* läuft gerade wieder ...»

Perdita wunderte sich, dass sie das Kinoprogramm im Kopf hatte, wo Filme doch bis auf weiteres tabu für sie waren.

«Um wie viel Uhr?»

«Ich glaube, Viertel vor zehn.»

«Das schaffen wir locker.»

Unvermittelt zog er sie an sich und hielt sie fest. Perdita schlang die Arme um Osman und fand, dass es guttat. Abrupt ließ er sie wieder los und fragte: «Wollen wir zu Fuß gehen? Wir haben genug Zeit.»

«Ja. Gern.»

Nebeneinander spazierten sie den Ring hinunter, zurück bis zum Friesenplatz. Sie wechselten bloß ein paar Worte über Schnitzel, und Osman fragte, was für einen Job sie momentan ausübe.

«Ich putze.»

«Oh. Gut.»

Perdita musste lächeln, weil er so ganz offensichtlich anderen Gedanken nachhing. Tatsächlich wandte er ihr erst bei der nächsten Ampel sein irritiertes Gesicht zu und fragte, als glaube er, sich verhört zu haben: «Putzen?»

Sie lächelte nur und nickte. Osman runzelte die Stirn, gab sich aber damit zufrieden.

Sie spürte, dass er nervös und befangen war, und während sie auch darüber anfangs noch lächelte, merkte sie, wie ihre absonderliche, abgeklärte Gelassenheit sie verließ. Sie ging mit Osman ins Kino. Es hatte gedauert, aber jetzt begriff sie es.

Sie kamen doch etwas zu spät, der Film hatte schon begonnen. Sie huschten in den dunklen Saal und setzten sich in die vorletzte Reihe. Reglos, ohne sich zu berühren, saßen sie nebeneinander, die Augen starr auf die Leinwand gerichtet. Osman zuckte zusammen, als Perdita zufällig mit dem Knie gegen seines stieß. Vorne flackerten Bilder vorbei. Auch die beiden Reihen vor ihnen waren komplett leer, alles in allem verfolgte höchstens ein verstreutes Dutzend Leute das Geschehen auf der Leinwand.

Ein halbleeres Kino ist ein perfekter Ort für die Entstörung irritierender Situationen. Die gebündelte, auf den einen Punkt gerichtete Konzentration der anderen zieht die eigene Aufmerksamkeit mit sich auf die Leinwand, der Verstand ist vordergründig beschäftigt, ruhiggestellt. Die Dunkelheit gewährt Intimität, bleibt aber neutral (im Unterschied zu der Dunkelheit in einem leeren Kino, deren Intimität bedrückend bis zwanghaft wirken kann). Die Dunkelheit und Stille eines halbleeren, altmodischen Kinos bietet gute Möglichkeiten für den ungestörten Empfang von Signalen, für eine reine, unverfälschte Frequenz.

Das Signal, das Perdita von Osman empfing, von keinem Störfaktor verzerrt, glich täuschend dem ansteigend hohen Sirren eines überhitzten Hochdrucktanks kurz vor dem Punkt der Explosion. Sie selbst sandte Impulse wie die metallischen Pling!s einer zum Zerreißen gespannten Saite. Als sie es nicht mehr ertrug, wandte sie ihm ihr Gesicht zu. Im gleichen Augenblick warf er sich über sie. Sie küssten sich heftig und fast schon verzweifelt, ohne dass die Anspannung sich löste.

Auf einmal fühlte sie Osmans Hand unter ihrem Rock. Sie hielt die Luft an, bewegte sich nicht, während er an ihrem Schenkel hinaufstrich, verharrte, langsam hinunterglitt. Sie spürte den Druck seiner Hand an ihrem Schoß. Ihr Kopf fiel zurück, sie atmete durch, atmete ruhiger, die Spannung wich aus ihrem Kopf, ihren Gliedern, konzentrierte sich um ihren Schoß. Osmans Hand glitt nach oben, schob sich unter Strumpfhose und Höschen, unendlich langsam. Perdita sog die Luft durch den Mund. Feuchte Hitze schoss ihr zwischen die Beine, als seine Finger sich vortasteten. Ihre Erregung wuchs, während sie sie für sich behielt, nichts davon drang nach außen als der wechselnde, kaum hörbare Rhythmus ihres Atems und ihrer Finger, die Osmans Kopf umschlossen hielten und sich abwechselnd lösten und spannten. Dann, endlich, die Erlösung.

Später, in Osmans Wohnung, als Osman den Arm hob, um am Kopfende des Bettes nach den Zigaretten zu tasten, entdeckte Perdita eine Narbe an seiner Seite, zwischen Achsel und Brust.

«Wo hast du denn die Narbe her?»

Osman legte den Arm um sie, zog sie an sich, brummte und schwieg.

«Sag schon, wie ist das passiert?»

«Der Mann trägt stolz und stumm die Narben seiner Schlachten», wurde sie von Osman belehrt.

«Und ich dachte, es wär genau das Gegenteil.»

Sie machte sich von ihm los und fuhr langsam mit dem Finger über die Linien der Narbe. Zwei kurze, durchbrochene Parallellinien. Leicht zueinander gebogen, fast wie ein Biss ... Tränen schossen ihr in die Augen. Ihre Zunge erinnerte sich an den warmen, metallisch-süßen Geschmack.

Osman legte die Hand um ihren Nacken und drehte sie sanft weg von der Narbe: «Es war nicht der Rede wert, wirklich. Es wäre längst nicht mehr zu sehen. Aber das wollte ich nicht.»

«Du hast eine Narbe! Von mir! Das ist –»

«Du verstehst nicht. Ich hab selbst dafür gesorgt, dass es eine Narbe gibt.»

«Was?»

«Ich hab Salz reingerieben», erklärte er lapidar.

Sie sah ihn ungläubig an, dann sagte sie leise: «Das ist doch krank, Osman.»

«Ja», sagte er schlicht.

Am nächsten Morgen erwachte Perdita zeitig. Vom Fußende aus beobachtete der Hund mit schläfrigen Augen, wie sie sich anzog. Jedes Mal, wenn sie zu ihm herüberschaute, wedelte er andeutungsweise mit dem Schwanz. Osman lag auf dem Rücken, einen Arm über den Kopf gewinkelt, die nackte Brust unbedeckt. Perdita setzte sich vorsichtig auf die äußerste Bettkante. Sie neigte den Kopf über seine Achsel. Ohne ihn zu berühren, sog sie seinen Geruch ein. Mit geschlossenen Augen folgte sie dem Geruch über die Brust bis dort hinunter, wo die Bettdecke begann, wanderte langsam wieder hinauf bis zu seiner Halsbeuge. Auf einmal fühlte sie seine Arme, er zog sie an sich, Perdita hörte ein tiefes, wohliges «Mmmm ...». Osmans Hände ertasteten ihre Kleider, und schlaftrunken murmelte er: «Bist du schon angezogen?»

«Ja, ich geh jetzt.»

«Hmm. Bring Brötchen mit, ja?»

Sie löste sich etwas aus seiner Umarmung, damit sie ihn ansehen konnte, und sagte sanft: «Ich geh nach Hause.»

Er schlug die Augen auf. Sie konnte sehen, wie der Schlaf aus seinem Blick wich. Nach einem Moment fragte er: «Willst du nicht bleiben?», und fügte hinzu: «Zum Frühstück?»

«Nein, ganz sicher nicht», lächelte sie und setzte sich auf.

Langer, dunkler Blick. Schließlich zog Osman ihre Hand an seinen Mund und presste einen Kuss hinein.

«Pass auf dich auf.»

Sie lächelte und nickte. Dann stand sie auf und verließ seine Wohnung.

Perdita ging nach Hause und traf ihre Vorrichtungen, denn sie erwartete das Schlimmste. Sie konzentrierte sich auf die Putzerei, rangierte alten Kram aus, schaute harmlose Fernsehserien und schrieb an einer Geschichte im Stil von Fontane über eine Figur namens Duquede. Rigoros verdrängte sie alle Gedanken an Osman und verschob sie auf später. So ließ sie einige Tage verstreichen. Dann setzte sie sich hin und dachte an das, was sie erlebt hatte. Leichte Dünung im Meer der Gefühle, aber der Sturm brach nicht los. Perdita band sich am Mast fest und dachte an das, was sie im vorletzten Jahr mit Osman erlebt hatte. Es war alles noch da, sanft bewegte See, doch kein Unwetter zog auf. Kap Hoorn glücklich umschifft. Hell in der Nacht das leuchtende Kreuz des Südens. La Paloma flattert vorbei, kleine weiße Taube, im Schnabel ein Zweiglein, gewachsen auf Osman Island, dem mächtigen Fels in der Brandung, der immer schon da war und immer da sein wird, dem Tosen der Elemente zum Trotz. Wahrscheinlich, dachte Perdita, hab ich jetzt endgültig einen an der Klatsche.

Falls dem so war, ward ihr jedenfalls damit auch die unverbildete Hellsicht der Verrückten zuteil. Nichts war verloren gegangen. Nichts würde je verloren gehen. Sie konnte morgen wieder zu Osman gehen, und es würde entweder ein guter oder ein schlechter Zeitpunkt sein. Die Liebe aber, die sie verband, blieb wahr und unwandelbar, ob sie morgen zu ihm ging oder erst in zwanzig Jahren wieder. Auch in zwanzig Jahren konnte sie den falschen Zeitpunkt erwischen, oder eben den richtigen. Doch an dem Gefühl, das Osman für sie hatte, würde sich auch in zwei Jahren oder Jahrzehnten nichts ändern, ebenso wenig wie an dem ihren, denn es war ein starkes Band.

Tatsächlich vergingen einige Monate, bis sie wieder an ihn dachte. Oder jedenfalls in der konkreten Form an ihn dachte, die dazu führte, dass sie Osman in der Bar besuchte. Die Gewissheit hielt stand. Sie verfestigte sich mit jedem Mal, wo sie ihn sah, das geschah so alle paar Monate. Es war jetzt immer Perdita, die diese Treffen bestimmte und die Zeiträume festsetzte, die dazwischenlagen. Es gab keine Absprachen. Perdita entschied sich spontan. Dabei gab sie gut auf sich acht. Sie kam nur zu Osman, wenn sie sicher glaubte, danach wieder gehen zu können. Manchmal fürchtete sie, ihn zum falschen Zeitpunkt zu erwischen. Doch das war nie mehr der Fall …

… Perdita, an Osmans mächtige Brust geschmiegt, schickte sich gerade an, die Grenze zu überschreiten zwischen absoluter Entspanntheit und Auflösung, da hörte sie Osman in den Dunst seiner Zigarette hinein fragen: «Dieser Mann, mit dem ich dich letztens gesehen habe, im Frack – was macht der beruflich?»

«Hm? Webdesign. Freischaffender Webdesigner, oder so. Warum fragst du?»

«Bloß so.»

Es war das erste Mal im Verlauf dieser Nacht, dass Perdita an Alf erinnert wurde. Gleich darauf vergaß sie ihn wieder. Sie wunderte sich nur über Osman. Sie nach anderen Männern zu fragen war nicht seine Art.

Während Perdita endgültig wegschlummerte, dachte Osman noch einmal kurz an eine Zeit vor zehn Jahren. Damals hatte er Alf Strelitz in München gesehen, an der Filmhochschule. Unter den anderen Studenten war er ihm wie eine Lichtgestalt erschienen, und Osman empfand ehrliche Bewunderung. Er hatte immer erwartet, den Namen Strelitz auf einem Filmplakat oder im Programm eines Festivals zu finden. Dass er jetzt für Webdesign stand, stimmte ihn irgendwie traurig.

Osman hielt es nicht für nötig, Perdita davon zu erzählen. Dann hätte er auch erwähnen müssen, dass er sich eine Zeitlang selbst an der Filmhochschule herumgetrieben hatte.

6
Lose Enden

Die Nähe, die Perdita mit Osman geteilt hatte und die so stark, so greifbar und ausschließlich gewesen war, wirkte auch dieses Mal nach. Sie ging ohne Wehmut, denn sie hatte aufhören können, die Unmöglichkeit einer normalen Zweierbeziehung mit Osman zu betrauern. Das Gefühl von Vergeblichkeit, oder die sachliche Feststellung derselben, ließ sich dabei nicht immer ganz ausblenden, und so, wie die Dinge augenblicklich lagen, übertrug Perdita die Vergeblichkeit automatisch auf diffuse Vorstellungen im Zusammenhang mit Alf.

So kam es, dass Alf Strelitz im Laufe der Zeit zu einer mehr und mehr schemenhaften Figur wurde. Alles, was Perdita mit Alf erlebt hatte, verlor an Konkretheit und verkapselte sich zu einer bizarren, langsam ins Vergessen herabsinkenden Traumsequenz. Perdita hütete sich, daran zu rühren, solange dieser Transformationsprozess nicht abgeschlossen war. Behutsam, auf Zehenspitzen, schlich sie durch das Haus ihrer Gedanken, wo sich auf kleinen Kanapees die Erinnerungen an Alf in leichtem, unruhigem Schlaf herumwarfen. Es geschah etwa drei Wochen nach der Szene im Supermarkt und Alfs folgendem Anstandsbesuch, dass Perditas ganze Vorsicht durch das Klingeln des Telefons zunichte gemacht wurde: «Hallo ... Ich bin's.»

Erschreckt fuhren die Erinnerungen aus ihrem Schlummer. Sie rieben sich die schlaftrunkenen Augen und sahen Perdita groß an.

«Hallo ... äh, Alf.»

«Also, ich rufe bloß an, weil, ich hab heute ein Päckchen mit einem Video gekriegt. *A Woman of Affairs.* Gilbert und Garbo, 1928.»

Die muntere Stimme bewirkte, dass Perditas Gedanken wie aufgescheuchtes Federvieh hin und her flatterten.

«*A Woman of Affairs* ... ähm, ja, der ist gut ... *Die Geschichte einer tapferen Frau – die vielleicht töricht und leichtsinnig – immer aber eine Lady war* ... ja, am Schluss fährt Garbo, töricht und leichtsinnig, mit Karacho gegen einen Baum. Was irgendwie auch tapfer ist. So eine Art noble Geste ... ach, tut mir leid, jetzt hab ich das Ende verraten.»

«Auf das Ende kommt's ja nicht unbedingt an. Also ich dachte, vielleicht hast du Lust, den Film mit mir anzuschauen.»

Die Worte waren ganz unverbindlich und heiter dahingesagt, doch in Perditas Ohren hallten sie wie ein dröhnender Gongschlag. In Windeseile formierten sich die Gedanken in Reih und Glied, und allesamt erhoben sie in rigoroser Abwehr die Hand.

«Ach, also, den hab ich schon so oft gesehen ... Kam irgendwann mal im Fernsehen, da hab ich's aufgenommen. Aber, schöner Film. Die Szene mit dem losen Ring ... wird dir bestimmt gefallen. Ja, ich wünsch dir viel Spaß damit!»

«Danke. Ich freu mich schon drauf.»

«Ja, dann ...»

«Mach's gut!»

«Äh, ja. Du auch.»

Perdita hatte kaum aufgelegt, da war es mit der soldatischen Disziplin in ihrem Kopf auch schon wieder vorbei. Stattdessen: offener Aufruhr, Rebellion, Meuterei ...

Alf musste leise lachen, als er am Abend den Film einlegte und erkannte, dass das mit der tapferen, törichten Lady der genaue Wortlaut des ersten Zwischentitels war, mit dem *A Woman of Affairs* begann. Perdita Dark Star Kellermann zitierte aus dem Gedächtnis Stummfilmtitel. Warum überraschte ihn das nicht? Spät in der Nacht ging er ins Internet und gab eine neue Videobestellung auf.

Als Alf drei Wochen zuvor Perditas Wohnung verlassen hatte, hielt er die Angelegenheit für erledigt. Er wusste, dass er sie nicht wiedersehen würde, höchstens ganz zufällig auf der Straße. Man würde sich zunicken, leicht betreten, in Erinnerung an die peinlichen Vorfälle, und weiter seines Weges gehen. Oder einfach wegschauen. Er selbst war ein Meister darin, wie in Gedanken durch andere hindurchzusehen, so als seien sie aus Luft. Er fand es die ehrlichste und höflichste Art, jemandem zu begegnen, mit dem ihn nichts mehr verband. Vorbei war eben vorbei. Was war denn schon geschehen? Ein reizvoller, doch harmloser Flirt, der zu weiter nichts führte. So was passierte. Alf begriff nicht, wie nach so kurzer Bekanntschaft seine Gefühle so schnell außer Kontrolle geraten konnten. Glück, Schmerz, Wut, Traurigkeit, und von allem ein Übermaß.

Als das Päckchen von dem amerikanischen Videovertrieb ankam, wusste er zunächst gar nichts damit anzufangen. Es war ihm entfallen, dass er einmal einen Stummfilm bestellt hatte, um die Frau vom Klettergerüst zu umwerben. Er riss die Verpackung auf, sah den typischen Hollywoodkuss von Greta Garbo und John Gilbert, und sein erstes Gefühl war heiße Scham. Er holte tief Luft, zog die unterste Schublade seines Schreibtisches auf und ließ die Kassette hineinfallen.

Im Laufe des Tages unterbrach er mehrfach seine Arbeit, um die Kassette hervorzuholen. Er ließ sie jedes Mal wieder in der Schublade verschwinden. Doch die Gefühle, die das in Plastik geschweißte Band bei ihm hervorrief, veränderten sich. Sie wurden – angenehm, recht angenehm. Irgendwann ertappte er sich bei einer gewagten kleinen Idee. Was wäre denn, wenn? Wenn er sie anriefe, bloß so? Würde sie schroff sein? Freundliche Überraschung heucheln? «Ach, der Alf, na so was!» Blöde Idee. Andererseits, er konnte sich mancherlei vorwerfen, aber feige war er nicht. Nicht sehr. Einfach mal wieder ihre Stimme hören. Vielleicht würde ihn das entkrampfen. Dieses angestrengte Nicht-an-sie-Denken erwies sich auf Dauer als recht strapaziös.

7
Der phantastische Alf

Oberflächlich betrachtet war Alf Strelitz ein typisches Glückskind. Als Junge war er aufgeweckt, draufgängerisch und liebenswürdig. Seine Mutter vergötterte ihn, weil er von ihren drei Kindern das sonnigste Gemüt zu haben schien. Der kleine Alf war weder kompliziert und introvertiert wie sein älterer Bruder Roland, noch bockig und herrschsüchtig wie die mittlere Schwester Karin. Auch dem Herzen seines Vaters stand Alf am nächsten, doch anders als seine Frau tat Edzard Strelitz alles, das niemanden merken zu lassen.

Edzard Strelitz hatte von jedem seiner Kinder ein festumrissenes Bild. Roland war ein Spätentwickler, aber nicht unbegabt. Bei Roland durfte man die Latte nicht zu schnell zu hoch anlegen, sonst verlor er den Mut. Karin hatte ein unbeherrschtes Temperament, aber sie war intelligent und ehrgeizig. Nur ihrer Geltungssucht musste man beizeiten entgegenwirken. Alf besaß von allen dreien zweifellos das größte Potential. Alf war wie er.

Alle drei Strelitz-Kinder wuchsen in dem Bewusstsein auf, sich mit jedem Gedanken, jeder Tat entweder für oder gegen den Vater entscheiden zu müssen. Der Vater ließ ihnen die Wahl, für oder gegen ihn zu sein. Die Freiheit, unabhängig von seinen Maximen zu leben, gestand er ihnen nicht zu.

Roland, der Älteste, wurde in dem Gefühl groß, dass er seinem Vater, den er sich in jeder Hinsicht zum Vorbild nahm, nicht ebenbürtig war. Die Nachsicht, die der Vater ihm entgegenbrachte, verstärkte seinen Minderwertigkeitskomplex. Als Edzard Strelitz ihm nahelegte, Naturwissenschaften zu studieren, weil er wusste, dass auf diesem Gebiet Rolands Interesse und Begabung lagen, entschied er sich in einem seltenen Akt des Aufbegehrens für Jura. Roland machte keinen glänzenden, aber durchaus anständigen Abschluss. Nach angemessener Zeit wurde er Partner in seines Vaters Kanzlei.

Karin verbrachte den größten Teil ihrer Jugend im wütenden Kampf um Edzard Strelitz' Beachtung. Sie versuchte, seine Aufmerksamkeit zu erzwingen, indem sie ihr Haar schwarz färbte, was sie schaurig und krank aussehen ließ, in schwarzer Schlabberkluft herumlief und Anschluss an satanische Sekten suchte. Sie gewöhnte sich an, ständig zu schniefen und mit dem Finger an der Nase herumzureiben, um den Anschein zu erwecken, dass sie kokste. Achselzuckend ging der Vater darüber hinweg. Karin besaß zu viel Intelligenz und zu wenig Phantasie, um sich auf obskuren Pfaden zu verirren. Die vorgebliche Abtreibung, mit der sie ihre Familie schockierte, flog auf. Dann, eines Abends, wurde Karin auf dem Straßenstrich aufgegriffen. Edzard Strelitz sah schließlich Handlungsbedarf und fuhr mit Karin für ein paar Tage auf die Insel Borkum. Vom Tag ihrer Rückkehr an war sie eine vorbildliche Tochter. Sie studierte Pharmazie, promovierte und brachte es zu einer hochdotierten Stellung in der Pharmaforschung. Der Mutter und dem älteren Bruder gegenüber legte sie eine neue Herzlichkeit an den Tag, in der sich gute Absicht, aber auch eine gewisse Herablassung ausdrückten. Nur mit Alf, der dem Vater in vieler Hinsicht so ähnlich war, lag Karin in Fehde.

Alf entwickelte dank der väterlichen Erziehung einen sicheren Sinn für Anstand und Verantwortung. Darüber hinaus schaute er dem Vater ab, wie man Menschen mit Charme manipulierte. Alf verstand es schon früh, sich hinter der Fassade des unkomplizierten Goldjungen zu verschanzen. Er bediente sich seines entwaffnenden, selbstsicheren Lächelns, das jeden über alles beruhigte. So entging es dem Vater, dass sein Jüngster sich zunehmend für «modernen Mist» und «kranken Quatsch» interessierte. Er verließ sich blind auf Alf. Andeutungen über exzentrische Berufswünsche nahm er nicht ernst. Bis Alf ihm die Aufnahmebestätigung der Münchner Filmhochschule auf den Schreibtisch legte. Da konnte Edzard Strelitz sich der bitteren Erkenntnis nicht länger verschließen, dass sein vielversprechendster Sohn ein Spinner geworden war. Er drehte ihm den Geldhahn zu und brach den Kontakt ab.

Es machte Alf nicht viel aus, dass er sich den Unterhalt für sein Studium auf dem Großmarkt oder beim Objektschutz verdienen musste. An der Hochschule wurde man auf den mitreißenden Neuling bald aufmerksam. Er kam in den Ruf, «einfach begnadet» zu sein. Seine Seminararbeiten wurden herumgereicht, er war der Mittelpunkt ausgelassener Partys. Alf durchlebte die Zeit in München in einem fast vier Jahre andauernden Hochgefühl.

Im letzten Semester kam von Bretzdorf als Gastdozent nach München. Die Meinungen über ihn teilten sich, für Alf aber war von Bretzdorf ein Gott. Als von Bretzdorf durch schadhafte Zähne eine süffisante Bemerkung über Alfs Abschlussfilm zischelte, fühlte Alf sich vernichtet. Die wahre und umfassende Bedeutung von «Vernichtung» sollte ihm vier Tage später aufgehen, als er mit ansah, wie seine Liebste ihn betrog. Alf ließ alles zurück, an das zu glauben nicht mehr lohnte, und ging nach Frankreich.

Rainer versuchte Alf später weiszumachen, dass er den unbewältigten Konflikt mit seinem Vater auf von Bretzdorf übertragen hätte und dass er, weil von Bretzdorf ihm seine Anerkennung verweigerte, wieder zum kleinen Alf geworden sei, für den ohne Vaters Bestätigung nichts einen Wert besaß.

«Ich glaube, im Innersten warst du sogar erleichtert, einen Vorwand zu haben, mit der Filmerei Schluss zu machen. Gut, das hat dich deinen Lebenstraum gekostet. Aber es hat dich auch vom väterlichen Fluch erlöst. Wahrscheinlich war dir das die Sache wert.»

«Rainer, ehrlich, du redest einen Scheiß.»

«Warum hast du denn sonst, als dir quasi die Welt offen stand, den Schwanz eingekniffen?»

«Weil mich, als mir quasi die Welt offen stand, die Frau, die ich liebte, verlassen hat. Weil ich eine kleine Luftveränderung brauchte.»

«Das erklärt höchstens, warum du so fluchtartig aus München verschwunden bist. Es erklärt nicht, warum du nie wieder eine Filmkamera angefasst hast.»

«Erklärt es nicht?»

«Nein.»

«Hast du schon mal erlebt, wie alles, was dir wichtig war, auf einmal seinen Wert verliert?»

«Ja.»

«Und?»

«Man hat erst mal einen Schock. Man steht vor einem

Trümmerhaufen und sieht bloß Schutt und Staub. Aber wenn die Staubwolken sich gelegt haben, findet man immer irgendwas, was noch zu gebrauchen ist.»

«Ein schönes Beispiel. Und du willst mir vorwerfen, dass ich, statt in staubigen Trümmern zu wühlen, lieber alles hinter mir gelassen und neu angefangen hab?»

«Du hast den Safe vergessen.»

«Safe? Ich hatte keinen Safe.»

«Jeder Mensch hat einen Safe. Einen Tresor. Wo das drin ist, was dir keiner nehmen kann. Dein Talent, deine Leidenschaft. Der Tresor hat das ganze Erdbeben unbeschadet überstanden. Aber du bist weggegangen und hast deinen kostbarsten Besitz unterm Schutt zurückgelassen.»

«Wenn du so weitermachst, hast du bald deine eigene Fernsehsendung. Du solltest dich mal reden hören. ‹Jeder Mensch hat einen Safe.› Ehrlich, Rainer – nein, komm, halt jetzt einfach den Mund, ja?»

In Frankreich ließ Alf sich ein ganzes Jahr lang treiben. Er fand immer schnell Kontakt und schlug sich mit den unterschiedlichsten Jobs durch. Das einfache Leben gefiel ihm. Doch nach elf Monaten begann es in seinem Kopf zu ticken. Ein Unbehagen breitete sich aus, als würde er die Schule schwänzen. Die Bekanntschaft mit dem Kölner PR-Manager kam zur rechten Zeit. Alf half dem Mann, der sich mit erbarmungswürdigem Französisch in eine peinliche Lage gebracht hatte, und zwei Tage später erhielt er einen Job in der Kölner PR-Agentur. Nach anderthalb Jahren wechselte er zu einer größeren Firma. Es war nicht das, was er für den Rest seines Lebens tun wollte. Aber das Geschäft machte ihm Spaß. Es ersparte ihm bis auf weiteres die Frage, was Alf Strelitz mit sich anfangen sollte, nachdem der große Traum vom Filmen geplatzt war. Drei Jahre darauf gründete Alf mit einem Freund zusammen eine eigene Agentur. Zwischen ihm und seinem Vater herrschte immer noch Funkstille.

Im vollen Rausch seines Erfolgs begegnete Alf Marilène.

Sie schneite herein aus Paris, eine feingliedrige Französin mit durchscheinendem Teint und rotblonden Locken, die immer nur spielen wollten. Sie fotografierte hübsche Dinge: Mode, Möbel, Vier-Sterne-Menüs.

Rainer merkte an, Alf sei auf eine seiner eigenen Werbekampagnen hereingefallen. Marilène war die Hochglanztraumfrau eines jeden Yuppies. Alf lachte. Da mochte was dran sein. Es war ihm egal.

Ihre Affäre war ein loderndes Strohfeuer, das bereits herunterbrannte, als aus Wuppertal die dringende Bitte seiner Mutter kam, endlich wieder einmal vorbeizuschauen.

Der Weg fiel Alf nicht leicht. Zuletzt beschloss er, Marilène mitzunehmen. Sozusagen als unüberbietbares Symbol seines Erfolgs.

Das Resultat übertraf seine Erwartungen. Edzard Strelitz zeigte sich tief beeindruckt von der schönen Französin. Er fand sie erstklassig. Er gab den charmanten Grandseigneur und vergaß darüber beinahe seinen Groll. Marilène, mit feinem Gespür für das, was die Atmosphäre trübte und die ihr gezollte Bewunderung schmälerte, schwärmte von Alf. Und wirklich wollte es scheinen, als sähe der Vater den Sohn in einem neuen Licht. Er begann, Fragen über die Agentur zu stellen, die Lage der Werbebranche, wollte wissen, wie sich ihre Klientel zusammensetzte. Es wurde ein ausgesprochen harmonischer Nachmittag. Alfs Mutter ging mit einem seligen Lächeln umher. Beim Abschied drückte der Vater ihm die Hand mit einer Wärme, die Alf lange entbehrt hatte.

Alf umwarb Marilène mit neuerwachtem Enthusiasmus, und zwei Wochen später machte er ihr einen Antrag. Es traf sich ganz gut, denn bei dieser Gelegenheit rückte Marilène damit heraus, dass sie schwanger war.

Sie heirateten auf einem Schloss in Frankreich, im Frühling, als die Apfelbäume blühten. Marilène trug Apfelblüten im Haar, und das Versprechen, das sie einander gaben, lautete, dass ihr ganzes Leben fortan ein einziges Fest sein sollte.

Am meisten fühlten sich die beiden einander verbunden, wenn sie sich mit den Augen der anderen sahen. Sie waren ein auffallendes, strahlendes Paar, und sie wussten es. In Gesellschaft liefen sie zu Hochform auf. Zwei, die sich gegenseitig die Bälle zuspielten, die sich unverhohlen daran berauschten, wie fabelhaft sie waren. Weil sie dabei liebenswürdig und geistreich waren, riss man sich um ihre Bekanntschaft. Sie weckten Bewunderung und Neid und fanden beides gleichermaßen erotisierend.

Für Alf war diese extensive Art der Selbstdarstellung ein neues Spiel. Nach einer Weile verlor es seinen Reiz. Für Marilène hingegen war dies ihre natürliche Lebensform.

Sie besaß ein heftiges, doch leichtfertiges Temperament. Sie konnte in stürmische Begeisterung ausbrechen oder vor Rührung weinen, über ein Nichts. Wenn sie in Zorn geriet, war sie schrecklich und schön. Doch ihre Stimmungen waren wie Wetter, das vorbeizog wie ein im Zeitraffer gefilmter Himmel. In ihrem Leben war sie nur selten auf echten Widerstand getroffen. Es hatte sich immer jemand gefunden, Marilène den ihr angemessenen Rahmen zu schaffen, und der entsprach in etwa dem Spiegelsaal von Versailles.

Es lag nicht in Marilènes Naturell, den Alf, den sie heiratete, ergründen zu wollen, sie gab sich zufrieden mit dem, was er sie sehen ließ. Für Alf wurden alle Zweifel gegenstandslos durch das Kind, das sie haben würden. Und Marilène passte perfekt zu seinem neuen Hochglanzleben. Weil sie ahnten, wie wenig sie in Wahrheit verband, gingen sie beinahe jeden Abend aus. Zu dieser Zeit hörte Alf auf, ausschließlich zu seinem Vergnügen zu trinken. Er brauchte jetzt zwei, drei Gläser, um nach Hause zu gehen und Marilène mit der Haltung zu begegnen, die sie von ihm erwartete. Ein paar weitere Drinks waren nötig, in die richtige Stimmung zu kommen, bevor er mit Marilène irgendwohin ging. Im Laufe des Abends kippte er gehörig. Tat er es nicht, kam unweigerlich ein Tiefpunkt. Er trank inzwischen auch tagsüber in der Agentur. Ein Gleitschutz für seine strapazierten Nerven. Als Alf klar wurde, dass er zu viel trank, konnte er es sich nicht mehr leisten, damit aufzuhören. Den Alkohol merkte man ihm nicht an. Aber man merkte ihm an, wenn er nicht getrunken hatte. Er machte kleine Fehler, begann, Mitarbeiter und Kunden zu brüskieren. Sein Konsum stieg. Das Resultat wurde von Mal zu Mal dürftiger.

Durch Carlis Geburt schien sich alles zum Besseren zu wenden. Beide konnten nicht aufhören, über ihr Kind zu staunen und dass sie nun Eltern waren, eine richtige Familie. Mit eiserner Disziplin schaffte es Alf, seinen Konsum auf ein paar Bier und zwei Flaschen Rotwein am Tag einzuschränken.

Doch bald stellte sich heraus, dass sie unterschiedliche Ansichten über Elternpflichten hatten. Marilène wollte so schnell wie möglich wieder als Fotografin arbeiten. Sie selbst hatte als Kind weitaus mehr Zeit mit ihrem Kindermädchen verbracht als mit ihren Eltern, und sie fand nicht, dass es ihr geschadet hatte: «Au contraire!» Wenn möglich, blieb Alf zu Hause bei Carli. Er genoss die stillen Abende mit seinem Sohn. Aber die Agentur musste den Platz, den sie sich eben erobert hatte, behaupten. Alf reagierte gereizt, wenn er spät in der Nacht heimkam und Carli wieder allein mit dem Babysitter vorfand. Marilène protestierte erbittert gegen die Rolle, in die sie sich gedrängt sah.

Zweieinhalb Jahre hielten sie durch. Schon damals verbrachte Carli immer wieder längere Zeiträume bei den deutschen Großeltern, wenn Marilène in Aufträgen unterwegs war und Alf sich nicht von der Agentur freimachen konnte. Oder wenn es wieder einmal zum Eklat gekommen war und Marilène mit dem Kind zu ihren Schwiegereltern ausriss. Denn Alfs Frau hing sehr an seinem Vater und seiner Mutter. Bei ihnen wurde sie auf eine Art umhegt, die sie aus ihrer eigenen Familie nicht kannte.

An einem frühen, sonnigen Morgen erwachte Alf auf den spiegelblanken Fliesen im Badezimmer. Er trug noch seine Kleider, die Hose durchtränkt von seinem eigenen Urin. Mit der Hand folgte er zögernd dem pochenden Schmerz an einer Stelle am Hinterkopf und tastete geronnenes Blut. Nackte kleine Füße patschten über die Fliesen. Alf sah Carlis große, erstaunte Augen und den Ekel im Gesicht von Marilène. An diesem Tag zog er aus.

Zu dem Zeitpunkt, als er Perdita begegnete, hatte Alf seit über einem Jahr keinen Alkohol mehr angerührt. Nachdem er den Entzug überstanden hatte, kam ihm die Welt sonderbar leer vor. Dabei war alles noch da: Paris war zum Beispiel immer noch da, die Filme, die er liebte, die Frauen, die flirteten – alles noch da. Er hatte immer noch Freunde, wenn auch weniger als früher, und vor allem hatte er Carli.

Aber es schien, als habe der Alkohol, in dem sein Hirn so lange geschwappt hatte, die Farben aus seiner Welt gespült. Er fand keine Kontraste mehr, keine starken Eindrücke, nur fade Flecken, verwaschene Übergänge. Sein Verstand erlangte schon bald wieder die frühere Wachheit, aber seine Sinne blieben betäubt. Es schmeckte alles gleich.

Alf gestaltete seine Tage nach einem Zeitplan, an den er sich strikt hielt. Er kramte seine verstaubten Hanteln aus dem Keller und fing an, wieder zu joggen, achtete gewissenhaft darauf, wie die Luft nach einem Regen roch oder im frühmorgendlichen Dunst. Er kaufte Kochbücher und begann, jeden Tag aufwändige kleine Mahlzeiten zu bereiten, auf die er keinen Appetit hatte. Er ließ sich Zeit bei dem, was er tat, zuerst nur, um die lange Leere bis zur Nacht zu füllen. Irgendwann merkte er, dass ihm das Kochen Spaß machte und das Essen schmeckte, dass er sich darauf freute, seinen Körper beim Laufen zu spüren. Und dass sein Herz wieder pochte, wenn er Carli im Arm hielt. Er war noch lange nicht wieder der alte Alf. Aber langsam wurde er wieder lebendig.

Carli lebte seit der Trennung seiner Eltern bei den deutschen Großeltern. Marilène besuchte ihn oft, sie liebte und vermisste ihren Sohn, aber das Gefühl, die alleinige

Verantwortung für jemanden zu tragen, verursachte ihr Panik. Die stillschweigende Übereinkunft lautete, dass Carli, sobald Alf wieder Boden unter den Füßen hätte, bei seinem Vater leben sollte.

Unterdessen mietete Alf das Büro in der Körnerstraße und baute an seiner neuen Existenz. Er bezog nach wie vor Einkünfte aus seinen Anteilen an der Agentur. Beim Webdesign beschränkte er sich zuerst auf kleinere, wenig ehrgeizige Projekte.

Alfs Leben war jetzt geradlinig und einfach, ausgerichtet auf ein einziges, konkretes Ziel: innerlich so weit zu erstarken, dass er guten Gewissens Carli zu sich nach Köln holen konnte.

Er hatte gelernt, sich zu bescheiden. Dann begegnete er Perdita, und das Temperament, von dem er glaubte, es irgendwo im Suff verloren zu haben, ging mit ihm durch. Plötzlich wollte er alles haben, nicht nur Carli, auch Perdita und sein glückliches altes Selbst.

Doch so weit war er offenbar noch längst nicht. Er hatte sich noch nie einer Frau, überhaupt keinem Menschen gegenüber so weit gehenlassen wie bei dieser Szene im Supermarkt. Der Schock darüber steckte ihm noch in den Knochen.

Dieses Telefonat mit Perdita, fand Alf, war durchaus nicht schlecht verlaufen. Sie war überrascht, natürlich, wollte ihn nicht treffen, das wusste er ja schon. Aber sie hatte auch nicht aufgelegt. Sie trieb freundlich ein bisschen Konversation mit ihm, und das war mehr, als er erwarten durfte. Das veränderte alles. Es bedeutete für Alf, dass er sich wieder erlauben konnte, an Perdita zu denken. Das Ende der Tristesse, die ihn seit drei Wochen erneut umgab. Und es hieß, dass er sie wieder mal anrufen konnte. Nicht gleich morgen oder in drei Tagen, aber vielleicht doch demnächst. Das war Alf, der sich zu bescheiden übte, Aussicht genug.

8
Der dritte Zwerg

Perdita ging unterdessen mit dem Charme eines indianischen Totempfahls durch die Tage. Niemand wagte sie mehr zu grüßen. Die Mütter auf dem Spielplatz rissen hastig ihre Kinder auf den Arm, wenn sie vorbeikam. Die Sinti oder Roma vor der Neumarkt-Passage bekreuzigten sich heimlich bei ihrem Anblick.

Perdita schämte sich. Sie schämte sich, dass sie, die allem so tapfer widerstanden, alles so glasklar durchschaut hatte, auf einen einzigen halbherzigen Anruf hin schwach wurde, der keine vier Minuten dauerte. Perdita Kellermann, man kocht sie genau so schnell weich wie ein Frühstücksei. Ja, weichgekocht, er hatte sie endlich weichgekocht, mit dieser Stimme, die noch nicht mal seine beste war – nicht die atemlose, aufgeregte, die leise, heisere, sondern eine eigentlich ganz belanglose, unverbindliche Stimme, die ihr nichts als lauwarme Worte zu sagen hatte: Ein banales «Hallo!», ein seichtes «Mach's gut!» hatten alles wieder heraufbeschworen, sein Gesicht im Mondlicht, die Küsse im Wintergarten, den Blick beim Abschied, an ihrer Wohnungstür, als er sie angesehen hatte wie Burt Lancaster Deborah Kerr ansah in *Verdammt in alle Ewigkeit*, und sie wurde es nicht mehr los. Was war das in ihr, dass sie –

– ein leises Seufzen unterbrach Perdita in ihrer bitteren Selbstbezichtigung. Sieh an, da saß sie ja. Summte mit ihrem dünnen

Stimmchen eine kleine, sentimentale Melodie. Brutal packte Perdita das Fräulein Kellermann an den Haaren und schleifte es vor den Professor.

«Hier, sperren Sie sie weg, schläfern Sie sie ein meinetwegen, aber befreien Sie mich von diesem Fräulein Kellermann!»

Mit lautem Aufschrei floh das aufgelöste Fräulein hinter den Schreibtisch des Professors, jammernd verbarg es den Kopf in seinem Schoß. Der Professor drückte einen Knopf, eine Schwester kam und führte das zitternde, schluchzende Fräulein Kellermann hinaus.

«Also, liebe Perdita, so geht's ja nun auch nicht», sprach der Professor mit mildem Tadel, «Zigarette?»

Schwer atmend ließ Perdita sich in den Patientensessel fallen.

«Ich muss sie loswerden.»

«Aber Sie können sie nicht loswerden, Perdita. Das Fräulein Kellermann ist ein Teil Ihrer selbst.»

«Warum, nein, ich habe mich entwickelt, ich kenne diese Person gar nicht mehr.»

«Sie müssen Ihr Fräulein Kellermann annehmen.»

«Muss ich nicht.»

«Doch.»

«Nein.»

«Doch.»

Perdita stutzte: «Sie waren auch schon mal eloquenter. Was ist los mit Ihnen, Professor? Haben Sie einen interessanteren Fall?»

Der Professor winkte müde ab.

«Sie wollen mich doch nicht abgeben? An irgendeinen Kollegen?» Sie schickte ein unsicheres Lächeln über den Schreibtisch: «Wissen Sie, wir Null-acht-fuffzehn-Neurotiker leben in der ständigen Angst, dass uns irgendein Soziopath oder Blutsadist aus der Gunst unseres Therapeuten verdrängt.»

Der Professor lächelte auch, müde und etwas zerquält. Michel Piccoli in Das Mädchen und der Kommissar.

«Hören Sie, Perdita: befreunden Sie sich mit Ihrem Fräulein Kellermann. Mehr ist nicht nötig.»

«Ja aber –»

«Liebe Perdita, für heute ist unsere Zeit leider um.»

«Aber Professor! Befreunden?!»

«Denken Sie darüber nach. Und nun –»

«BEFREUNDEN?!»

«– Schluss für heute, Perdita.»

«Hinterfotzig!»

«Pardon?»

«Die Art, wie das Fräulein Kellermann mich ständig –»

«Darüber reden wir dann in der nächsten Sitzung.»

«Sie schmeißen mich raus?!»

«Ich schmeiße Sie raus.»

Jetzt haben wir den Salat, dachte Perdita.

In den nächsten Tagen konzentrierte Perdita sich mit ganzem Eifer auf die Putzerei. Fast bereute sie, dass die skandophile Kardiologensippe für vier Wochen nach Dänemark gereist war und sie Montagmorgen und den halben Freitag zur freien Verfügung hatte. Gut, putzte sie zur Abwechslung mal ihre eigene Wohnung, das war bitter nötig, weiß Gott. Dazwischen kümmerte sie sich gewissenhaft um die übriggebliebenen Zwerge. Herr Simmering hatte sich eine hochmoderne Dampfbügelstation angeschafft, Perdita geriet darob in solche Euphorie, dass sie anschließend Simmerings nikotinverklebte Jalousien Lamelle für Lamelle reinigte. Sie nutzte einen Zahnarzttermin von Herrn Klebe, um sämtliches Besteck und Geschirr des alten Herrn zu spülen. Man musste das diskret tun, denn Herr Klebe war sich nicht darüber im Klaren, dass die meisten der ordentlich im Schrank stehenden Gläser, Teller und Tassen einen schmierigen Film aufwiesen. Es lag an seinen schwachen Augen und der Angewohnheit, alles, was ihm nicht stark verschmutzt vorkam, bloß kurz unter warmes Wasser zu halten. Warum sollte man Spülmittel verschwenden. Sie wusste, dass Herr Klebe später eine gründliche Inspektion seines Hausstands vornehmen würde, um rauszubekommen, was die Aufwartefrau die ganze Zeit getrieben hatte. Dann würde er vermutlich seine Nichte anrufen und ihr schadenfroh mitteilen, dass die Person, die sie bezahlte, ihr Geld fürs Nichtstun bekam.

Perdita zuckte die Achseln. Schließlich hatte sie ihre jeweiligen Arbeitgeber bewusst so ausgesucht, dass jeder private Kontakt ausgeschlossen blieb. Die Berufstätigen wie Herrn Simmering, Frau Brandrup, Herrn Brettschneider und den Steuerberater bekam sie praktisch nie zu Gesicht. Die semmelblonden, hyperaktiven Wagenbachs gehörten einer fremden Rasse an, man sprach nicht einmal die gleiche Sprache, und ihre Zudringlichkeit prallte einfach an Perdita ab. Frau Trautvetters Gezwitscher ließ sich mühelos ignorieren. Dass Herr Klebe Perdita von sich aus ignorierte, konnte ihr somit nur recht sein. Und doch hatte sie sich gefreut, als Herr Klebe in den letzten Monaten begann, ein bisschen aufzutauen. Der alte Mann war der einzige von Schneewittchens Zwergen, der ihr manchmal auch zwischen den wöchentlichen Putzterminen in den Sinn kam. Der Dritte in der Woche. Zwerg Numero drei. So wie vor ein paar Wochen auf dem Flohmarkt. Da hatte sie für Herrn Klebe eine Schallplatte gekauft, ohne viel darüber nachzudenken. So was war unprofessionell, zugegeben, deshalb hatte sie ihm die Platte bislang auch noch nicht geschenkt. Nun also würde der Herr Klebe sich wieder hinter neu erwachtem Argwohn verkapseln. Es tat ihr leid um ihn.

Als Perdita das nächste Mal zu Herrn Klebes Wohnung hinaufstieg, schepperte ihr schon im Treppenhaus der Radetzky-Marsch entgegen. Während sie ihren Mantel aufhängte, durchquerte Herr Klebe die Diele und maß sie mit grußlosem Blick. Er schien immer noch überzeugt, die Aufwartefrau habe in der vergangenen Woche irgendwie sein Vertrauen missbraucht, nur konnte er es leider nicht beweisen.

Perdita stellte zunächst im Wohnzimmer den Plattenspieler ab. Dann ging sie in die Küche und setzte sich zu dem alten Herrn an den Tisch. Überrascht blickte er von seiner Zeitung auf: Das war ja noch nie da! Was wollte die Person?

Mit einer Geste erinnerte ihn Perdita daran, sein Hörgerät einzuschalten, und sagte, was sie sich zurechtgelegt hatte: «Herr Klebe, ich glaube, Sie fragen sich immer noch, was ich letzten Mittwoch, während Sie beim Zahnarzt waren, so lange in Ihrer Wohnung gemacht habe ...»

Herr Klebe nahm augenblicklich eine straffe Haltung an und runzelte streng die Stirn. O ja!, schien das zu sagen, o ja, da bin ich aber mal gespannt.

«Nun, also, wie soll ich das jetzt sagen ...»

Das mädchenhafte Herumgedruckse gehörte zu Perditas Taktik. Sie tat es nicht gern, aber die Situation erforderte ein gewisses Maß an Verschlagenheit.

«Ich hab mich einfach nicht ganz wohl gefühlt. Ich

meine, ich kam leider nicht so gut voran wie sonst. Wie soll ich sagen ... Frauenleiden. Sie verstehen?»

Volltreffer. Herr Klebe schrak zurück: «Oh! Oh, natürlich, ich verstehe schon. Ich – ich hatte Schwestern, wissen Sie.»

Vor lauter Verlegenheit begann er, die Zeitung auf dem Tisch glatt zu streichen. Es gefiel Perdita nicht, ihn anlügen zu müssen, aber sie konnte ihm unmöglich sagen, dass er sein Geschirr nicht richtig abspülte.

«Ich hatte ja keine Ahnung ...», murmelte er. Perdita machte sich nun wirklich Vorwürfe, denn Herr Klebe sah ganz mitgenommen aus.

«Aber jetzt befinden Sie sich wieder wohl? Hoffe ich?»

«Oh, jaja, es war nicht weiter tragisch. Es – es kommt und geht, nicht wahr.»

Herr Klebe räusperte sich anhaltend.

«Ja. So ist das wohl», konstatierte er tapfer.

Und jetzt das Geschenk, dachte Perdita. Wann, wenn nicht jetzt.

«Übrigens, Herr Klebe, ich hab Ihnen was mitgebracht. Es kam mir zufällig in die Hände, und ich dachte, vielleicht haben Sie Spaß dran.»

Sie reichte ihm die in Papier verpackte Platte: «Hier. Bitte schön.»

Herr Klebe, der sich gerade wieder gefangen hatte, geriet in neue Konfusion: «Ein Geschenk? Warum denn das?»

«Bloß so, wie gesagt, Zufall, packen Sie's einfach aus.»

Widerstrebend griff er nach der Schallplatte, hielt sie verständnislos in den Händen, entfernte dann langsam das Papier. Unversehens hellte seine Miene sich auf.

«Oh! Die Mireille Mathieu! Die hör ich gern.»

Das hatte Perdita sich schon gedacht. In Herrn Klebes Musikschrank standen neben dem alten Dual-Plattenspieler fünf Schallplatten: Marschmusik, Weihnachtslieder, Kölsche Karnevalslieder, die Regensburger Domspatzen und «Meine Träume» von Mireille Mathieu.

Herr Klebe freute sich wirklich, das konnte man sehen. Trotzdem fügte er hinzu: «Aber von der hab ich ja schon eine Schallplatte.»

Irgendwie hatte Perdita diesen Einwand vorausgesehen. Verschwendung war Herrn Klebe einfach ein Gräuel.

«Ja, aber auf dieser singt sie französisch. Ich dachte, das wär vielleicht eine nette Abwechslung.»

Er drehte die Platte um und bewegte die Lippen, als er stumm die Titel las.

«Richtig. Das ist Französisch. Wissen Sie, ich war in Frankreich im Kriege. Keine schöne Zeit.»

Herr Klebe runzelte wieder die Stirn und sah jetzt traurig aus.

«Aber ein schönes Land. Wunderbare Kathedralen. Chartres. Reims. Amiens. Notre-Dame de Paris ... Damals konnte ich sogar ein paar Brocken Französisch. Warten Sie mal ...»

Er kramte in seinem Gedächtnis, verstieg sich aber letztlich nur zu einem halbherzigen «Oh, là, là!».

Er lächelte, ein bisschen verschämt und unerwartet charmant.

«Na ja. Ist lange her.»

Perdita hatte ihre helle Freude.

«Vielleicht frischen die Lieder ja Ihre Französischkenntnisse ein bisschen auf.»

Der Gedanke gefiel ihm.

«Das kann schon sein. Das kann schon sein. Chansons. Was?»

Er lächelte wieder, nun beinah schon keck. Bis ihm ein neuer Einwand kam: «Aber Sie können doch nicht einfach so Geld für mich ausgeben. Das kann ich doch nicht von Ihnen annehmen. Sie müssen doch auch arbeiten für Ihren Lebensunterhalt.»

«O bitte, Herr Klebe, ich hab sie vom Flohmarkt. Es wäre mir peinlich zu sagen, wie wenig diese Platte gekostet hat.»

«Eine Schallplatte wie diese?», fragte er skeptisch.

«Spottbillig, glauben Sie mir. Ich – ich hab zwei Platten für mich selbst gekauft, und indem ich noch eine dritte dazunahm, wurden sie billiger.»

Dass man sich für diesen Menschen auch immer irgendwelche Geschichten ausdenken musste!

«Drei Schallplatten sollen weniger kosten als zwei?»

«Im Verhältnis gesehen auf jeden Fall.»

Missbilligend schüttelte er den Kopf. «Also das ist wirklich typisch weiblich gedacht.»

Herr Klebe konnte mit Geschenken offensichtlich nicht umgehen. Perdita seufzte.

«Lieber Herr Klebe. Es liegt sicher nicht in Ihrer Absicht, aber es ist nicht besonders höflich, bei Geschenken über den Preis zu reden. Noch weniger höflich ist es, ein Geschenk womöglich abzulehnen. In China zum Beispiel gilt das als tödliche Beleidigung.»

Herr Klebe wurde unsicher: «Ist das so? In China?»

Er hatte wohl das Gefühl, dass sie ihn ein bisschen auf den Arm nahm. Unschlüssig, wie er darauf reagieren sollte, entschied er sich zuletzt zu einem spitzbübischen kleinen Schmunzeln.

«Nun, ja. Ich bin zwar nicht sicher, wie die Herren Chinesen darüber denken, von Damen so mir nichts, dir nichts Geschenke anzunehmen. Aber ich kann nicht leugnen, dass ich mich darauf freue, diese Schallplatte anzuhören. Sie haben da wirklich – meinen Geschmack getroffen. Ich danke Ihnen sehr.»

Perdita lächelte: «Ist mir ein Vergnügen, Herr Klebe.»

«Glückwunsch, Perdita! Das ist seit zwei Jahren die erste von Ihnen bewusst initiierte Kontaktaufnahme zu einem menschlichen Individuum.»

«Ach, na ja ...»

«Seien Sie nicht so bescheiden. Das ist ein Meilenstein.»

«Meinen Sie, Professor?»

«Wir sind auf einem guten Weg.»

9
Zwischentitel

So lebte Perdita zwei oder drei Wochen nach ihrem Zwist mit Fräulein Kellermann endlich wieder in stiller Zufriedenheit. Von keiner Vorahnung behelligt, nahm sie eines Abends nach viermaligem Klingeln den Telefonhörer ab, meldete sich artig mit ihrem Namen und hörte die bestrickende Stimme von Alf, die einfach nur sagte: *«Love.»*

«Äh ... wie bitte?»

«Gilbert und Garbo, 1927. Der Film heißt *Love*, aber eigentlich ist es die Geschichte von Anna Karenina. Ich hab wieder ein Päckchen bekommen.»

Sie musste sich erst fassen, einmal tief durchatmen, die Hand auf der Muschel, damit er es nicht hörte, dann fragte sie: «Bist du vielleicht gerade dabei, dir eine Sammlung der größten Stummfilm-Melodramen anzulegen?»

«Hmm ... warum nicht? Die einen sammeln Zigarettenschachteln, die andern Melodramen ... Kennst du den Film?»

«Ich habe nur mal die Abschiedsszene gesehen, in irgendeiner Dokumentation. Die ist wundervoll. John Gilbert hat übrigens Regie geführt, bei der Abschiedsszene, Garbo hat drauf bestanden ...»

«Ja?»

«Ja, weil – na ja.»

Weil niemand Garbo so gut führen konnte wie John Gilbert, vor allem in Liebesszenen, wollte sie sagen, aber:

Jetzt keine Monologe halten, Perdita. Lieber noch ein bisschen dieser Stimme lauschen.

«Wie, äh ... wie hat dir *Woman of Affairs* gefallen?», fragte sie.

«Toll.»

«Ja, nicht?»

«Die Rosen haben mir gefallen.»

«Du meinst, im Krankenhaus, in Paris? Wo die Nonnen ihr John Gilberts Rosen ans Bett stellen?»

«Ja, aber der Arzt ordnet an, die Rosen zu entfernen, weil sie sie zu sehr aufregen. Und weil er eifersüchtig ist, nehme ich an ... und dann wankt sie aus dem Zimmer, auf den Flur, ganz aufgelöst, im Nachthemd, und sucht ihre Rosen ...»

Anscheinend hatte er den Film wirklich gesehen.

«Das hat dir gefallen?», lächelte sie.

«Ach, meine Rosen ... wo sind meine Rosen ... ach, bitte, gebt mir doch meine Rosen zurück ...», hauchte Alf kummervoll. Perdita fand ihn wieder einmal hinreißend. Nach einer kleinen Pause fügte er hinzu: «Aber *Flesh and the Devil* mag ich, glaub ich, noch lieber.»

«Ja. Ich auch.»

«Ja? Du auch?»

Das war die Stimme vom Spielplatz, die Stimme aus dem Wintergarten, dunkel-heiser, zärtlich und werbend. Perdita musste sich räuspern, bevor sie ein knappes «Ja» herausbrachte.

«Wie wär es, Love ...»

WAS?!, dachte Perdita. Was?!

«... ich meine, wie wär es mit *Love*? Mit Gilbert und Garbo, frei nach Tolstoi? Magst du's dir nicht zusammen mit mir anschauen, dieses hübsche, kleine Melodram ...?»

«Ich … ich denke, wohl eher nicht. Nein, ich denke, nicht.»

«Ja, dann …»

«Mach's gut!», sagte sie sehr schnell und forsch und legte auf.

Perdita ließ die Hand noch eine Weile auf dem Bakelithörer liegen. Sie atmete noch einmal langsam und tief durch. Irgendwann merkte sie, dass sie lächelte.

Sie nahm die Hand erst vom Telefon, als sie vom Schlafzimmer her ein leises Rascheln hörte. Hinter dem Türrahmen kam der Zipfel eines weißen Gewandes zum Vorschein und wurde gleich darauf eilig weggerafft.

«Komm ruhig raus», sagte Perdita.

Zaghaft lugte das Fräulein Kellermann um die Tür.

«Hast du gelauscht?»

Das Fräulein Kellermann nickte schuldbewusst.

«Und? Wie finden wir das?»

«Weiß nicht», antwortete Fräulein Kellermann unsicher, «vielleicht – ganz schön …?»

«Hmhm», nickte Perdita langsam, «ganz schön.»

«Hallo, Dark Star …»

Er konnte hören, wie sie am anderen Ende lächelte, als sie sagte: «Das klingt ein bisschen wie der Name für ein Pony, findest du nicht?»

«So wie Black Beauty?»

«Ja, irgendwie schon …»

«Stimmt. Ist aber nicht mehr zu ändern. Hör mal, Dark Beauty … schon mal John Gilbert beim Kaugummikauen zugeguckt?»

«Oh! Warte … *The Big Parade*?»

«Kam heute mit UPS.»

«Das soll sein größter Triumph gewesen sein ... Kriegsfilm, oder Antikriegsfilm ... oh, er stirbt doch nicht etwa am Schluss?»

«Ich weiß nicht. Ich hab's ja noch nicht gesehen. Ich hab bloß irgendwo gelesen, dass er da als amerikanischer GI einer niedlichen kleinen Französin beibringt, wie man –»

«Warte mal – Renée Adorée! Sie ist wunderhübsch!»

«Moment, ich guck grad ... ja, stimmt, hier steht's. Mon Dieu, Namen hatten die damals ... also jedenfalls bringt er Renée Adorée, die, wie jeder weiß, wunderhübsch ist, bei, wie man Kaugummi kaut. Muss eine berühmte Szene sein.»

«Ach, sie starb an Tuberkulose, die Arme. Sie starb noch vor John Gilbert», sagte Perdita traurig.

«Oh. Das, äh, das wusste ich nicht», murmelte Alf, über ihren plötzlichen Stimmungswechsel ein wenig betroffen.

Aber schon im nächsten Moment nahm sie den Faden begeistert wieder auf: «Ja, es muss überhaupt ein toller Film sein. King Vidor wollte Gilbert erst gar nicht für die Rolle haben, weil er dieses Etikett vom großen Leinwand-Lover hatte. Keiner traute ihm zu, dass er auch einen ganz normalen, netten Burschen spielen könnte. Aber dann hat er sie alle umgehauen.»

«Mann. Du liebst diesen Typen wirklich, was?»

Sie lachte: «Ja. Bei Gott, das tu ich.»

«Ich find ihn auch nicht schlecht.»

«Ach?»

«Ja, irgendwie mag ich ihn.»

Nach einer kleinen Pause fragte er: «Und? Willst du dich nicht selbst überzeugen? Sehen, wie er alle umhaut?

Und falls er am Ende stirbt ... aber nein, das glaub ich nicht.»

«Aber wenn doch, was wäre – ich meine, was wolltest du sagen?»

«Nichts. Er stirbt schon nicht. Also, Perdita ... hättest du Lust?»

«Nun, das – die Frage stellt sich im Moment gar nicht. Ich hab einfach zu viel um die Ohren. Ich – kann wirklich nicht.»

«Schade.»

Sie zögerte.

«Du – du kannst mir bei Gelegenheit ja mal erzählen, was noch so passiert. Und wie's ausgeht.»

«Ja?»

«Ja. Würd mich freuen.»

«Das haben Sie ganz richtig gemacht, Perdita.»

Widerstrebend löste Perdita ihren Blick vom Telefon und schaute hinüber zum Professor.

«Finden Sie? War es nicht vielleicht doch ein bisschen albern? Ich meine, was wär schon dabei, sich zusammen einen Film anzusehen ...»

Der Professor griff sich eine Zigarette und tastete in dem Durcheinander auf seinem Schreibtisch nach Feuer.

«Ich meine», fuhr Perdita unsicher fort, «es geht mir doch eigentlich schon viel besser. Oder? Vielleicht wär es ja eine ganz nette Abwechslung.»

Der Professor unterbrach sich beim Anzünden seiner Zigarette und sah sie, das flammende Streichholz in der schon erhobenen Hand, forschend an: «Glauben Sie das wirklich?»

«Sie nicht?»

Er setzte zuerst die Gitane in Brand, inhalierte tief und sagte:

«Offen gesagt, nein. Verstehen Sie mich nicht falsch, Perdita, ich bin durchaus der Meinung, dass wir Fortschritte gemacht haben. Erhebliche Fortschritte. Aber Abwechslung halte ich zu diesem Zeitpunkt der Therapie für verfrüht. Ich bin vielmehr der Auffassung, dass wir weiterhin unbedingt und in erster Linie das Gleichmaß aufrechterhalten müssen. Das Gleichmaß Ihrer Tage ist in dieser Woche bereits zweimal empfindlich gestört worden. Diese beiden Telefonate mit Ihrer Familie, von denen Sie mir eben erzählten, als wir von Herrn Strelitz unterbrochen wurden ...»

Der eine Anruf kam von Tante Doris, und wenigstens für den Moment gab Doris keinerlei Grund zur Sorge. Die Therapeutin, die sie immer noch regelmäßig aufsuchte, hatte sich als Glücksfall entpuppt, und ein neuer, verständnisvoller Hausarzt war gefunden worden. Onkel Gunther hatte zuletzt das Ausmaß seiner häuslichen Krisis wenigstens im Ansatz begriffen und sich neuerdings zu gelegentlichen Theater- und Kinobesuchen aufgerafft. Nessi hatte mittlerweile ein anderthalbjähriges Töchterchen, Vicki erwartete Zwillinge, und als Großmutter erfreute sich Doris bei ihren Töchtern einer ganz neuen Beliebtheit. Sie verbrachte lange Wochen bei den beiden, die inzwischen in Frankreich lebten, und ihr Zustand wirkte einigermaßen stabil.

Trotz dieser erfreulichen Besserung empfand Perdita jeden Tag, an dem sie nichts von ihrer Tante hörte, als eine Wohltat. Die Beziehung, dachte Perdita, war wohl in den letzten Jahren ein bisschen überstrapaziert worden.

Der andere Anruf kam von ihrer Mutter. Perdita hatte sich mit ihren Eltern sechzehn Jahre lang nicht näher befasst, und die Distanz zwischen ihnen verringerte sich nicht, bloß weil die beiden nun im Bergischen Land wohnten. Aber seit dem befremdlichen Wiedersehen in der Flughafenhalle fiel es Perdita zusehends schwerer, Vater und Mutter aus ihren Gedanken auszuschließen. Kindheitserinnerungen stiegen auf, mischten sich in die Eindrücke, die sie von den gelegentlichen Besuchen im neuen Zuhause der Eltern mitnahm. Zu erleben, dass der Vater sie nicht erkannte oder in ihrem Beisein von seiner Tochter Perdita sprach, die in seiner Vorstellung immer noch zwölf Jahre alt war, traf sie jedes Mal hart. Und doch konnte es passieren, dass sie sich ihm ausgerechnet bei solchen Gelegenheiten so nah fühlte wie in den besten Momenten ihrer Kindheit. Er sprach mit so viel Liebe von seiner kleinen Tochter. Er mochte nicht wissen, wer die große Perdita war, aber er fand sie sympathisch. Und manchmal, wenn sie sich ansahen, spürte sie, dass er sie erkannte. Vielleicht nicht als seine Tochter, aber, so kam es ihr vor, als der Mensch, der sie war.

Wenn Perdita die Eltern nicht öfter besuchte, lag das an ihrer Mutter. Sie glaubte die Mutter jetzt in manchem besser zu verstehen, sie konnte sich vorstellen, wie schwer es mit dem Vater gewesen sein musste und wie sehr sie unter seiner Krankheit litt. Doch Petra Kellermann ließ keine Anteilnahme, keine Annäherung zu. Oft genug fragte sich Perdita, ob sie der Mutter überhaupt willkommen war. Das hagere, zerfurchte Gesicht begegnete ihr immer mit dem gleichen, angestrengten Ausdruck, als verlange sie der Mutter etwas Ungeheures ab, sei es auch durch nichts anderes als ihre bloße Existenz. Man ging in die Küche, und das zähe, nichtssagende Frage-und-Antwort-Spiel begann. Petra Kellermann tat, was gerade so anfiel, Perdita blieb nichts übrig, als mit den Fingern lautlos auf der Tischplatte herumzutrommeln. Die Mutter duldete nicht, dass die Tochter ihr zur Hand ging. Sie konnte direkt unwirsch werden, wenn Perdita sich einen Spüllappen oder ein Gemüsemesser griff.

«Sag mal, Mama, was hast du eigentlich gegen mich?», fragte Perdita bei einer dieser Gelegenheiten, es rutschte ihr so heraus.

«Aber Kind, ich hab doch nichts gegen dich!»

Petra Kellermann schaute ehrlich überrascht. Perdita fand, dass sie in diesem Moment beinah aussah wie ein normaler Mensch. Doch das hielt nicht lange an.

«Ich wünschte, du würdest das lassen.»

«Was denn lassen?», fragte Perdita, nicht ganz bei der Sache. Fasziniert starrte sie ihrer Mutter auf die Augenbrauen. Irgendwann in Afrika musste Petra Kellermann aufgehört haben, sie à la Audrey Hepburn zu zupfen. Sie wuchsen nun ungehindert dicht und störrisch, und eben jetzt zogen sie sich zu einer dunkel drohenden Front zusammen.

«Dieses dauernde Bestreben, uns ein schlechtes Gewissen zu verursachen. Das hast du schon als Kind gemacht.»

«Wie bitte? Ich hab mich nie beklagt, oder?»

«Nein. Du warst ein wandelnder stummer Vorwurf. Später hast du uns bestraft, indem du den Kontakt verweigertest. Glaubst du, das hat deinen Vater nicht getroffen?»

Zielsicher traf die Mutter einen von Perditas wundesten Punkten.

«Was? Ich hätte den Kontakt verweigert?! Wer hat mich denn in Godesberg sitzengelassen und sich dann jahrelang nicht mehr blicken lassen?»

«Genau das meine ich. Du argumentierst immer noch wie eine Zwölfjährige.»

«Ich war ein Kind, verdammt nochmal! Ich – ich war bloß ein Kind!»

«Man kann sich seine Eltern nicht aussuchen, Perdita. Ebenso wenig, wie Eltern sich ihre Kinder aussuchen können.»

Perdita ruckte nur einmal kurz und unkontrolliert mit dem Kopf, als habe die Mutter ihr gerade einen nassen Aufnehmer ins Gesicht geklatscht.

Petra Kellermann hatte ihre Stimme auch diesmal nicht erhoben, nur Perdita war ein bisschen laut geworden. Der Vater draußen musste wohl etwas gehört haben. Er steckte den Kopf durch die Küchentür, schaute sich suchend um und lächelte entschuldigend: «Ich dachte, ich hätte gehört, wie du mit Perdita sprichst. Aber sie ist ja wohl noch in der Schule. Dann geh ich noch etwas in den Garten.»

Freundlich nickte er Perdita zu, wie einem netten Besuch, und zog die Tür hinter sich zu. Ohne ein weiteres Wort verließ sie das Haus.

Anderthalb Wochen später, Perdita befand sich wieder im Status einer reifen Erwachsenen und hatte zumindest ihre äußere Gelassenheit wiedergefunden, rief Petra Kellermann an und fragte, ob sie nicht vorbeikommen und die Hühner anschauen wolle.

«Die was, bitte?»

«Die Hühner. Es sind Rodeländer.»

«Ihr habt euch Hühner angeschafft?»

«Ich dachte, es könnte deinem Vater guttun. Er braucht eine Aufgabe.»

«Gute Idee.»

«Also, wenn du Lust hast, komm vorbei. Ich geb dir ein paar Eier mit!»

Perdita legte auf und fragte sich den Rest des Tages über irritiert, ob da in der Stimme ihrer Mutter nicht etwas wie Heiterkeit, ja, eine Spur von Übermut geklungen hatte.

Ein paar Tage später lieh sie sich Evelyns Auto und fuhr ins Bergische. Weil niemand öffnete, ging sie ums Haus herum, und dort sah sie ihre Eltern, die sich auf der kleinen Wiese zwischen einer Schar Hühner bewegten und auf unterschiedliche Weise mit ihnen kommunizierten. Der Vater stakste auf seinen langen Beinen vorsichtig umher und gab leise, gluckernde Laute von sich. Die Tiere antworteten ihm in der gleichen Sprache, sie schienen ihn für eines von ihnen zu halten. Die Mutter ging mit einem großen Korb herum und verstreute energisch Futter, dabei stieß sie hohe, enthusiastische Putt!-Putt!-Putt!s aus. Perdita konnte nicht sagen, wer von den Eltern sie in diesem Moment mehr rührte.

Durch die Hühner entschärfte sich das Verhältnis zwischen Perdita und ihrer Mutter. Wenn das Schweigen zu drückend wurde, brachte eine von beiden das Gespräch instinktiv auf die Vögel. Zum ersten Mal hatten sie ein Thema, für das sie sich gleichermaßen erwärmten. Perdita konnte sich für so ziemlich jede Tierart begeistern. Und die Hühner fand sie umso interessanter, als sie ganz neue Seiten an ihrer Mutter zum Vorschein brachten. Denn Petra Kellermann hing zärtlich an ihrem Geflügel. Der Gockel Attila durfte sogar in die Küche kommen. Ihr Gesicht hellte sich auf, wenn der Hahn ihr über die Wiese entgegenlief. Perdita konnte sich nur wundern.

Trotzdem blieb die Mutter-Tochter-Beziehung weiterhin heikel. Wie sich erst an diesem Tag, bloß eine gute Stunde vor Alfs Stummfilm-Anruf, wieder einmal gezeigt hatte: «Ich wollte dir nur sagen, Papa geht's wieder gut.»

«Wieso, was – was war denn? Ging's ihm schlecht?»

«Er konnte plötzlich seine Sätze nicht mehr zu Ende sprechen. Ich dachte, es wär ein neuer Schlaganfall. Tatsächlich hatte er ein blutendes Magengeschwür. Starke, aber vorübergehende Anämie. Das Gehirn war dadurch unterversorgt. Er lag eine Woche im Krankenhaus, jetzt ist er wieder so weit in Ordnung.»

«Wieso hast du mir denn nicht Bescheid gesagt?!»

«Kind, ich hatte genug um die Ohren, das kannst du mir glauben.»

«Ich hätte ihn gerne besucht, im Krankenhaus.»

«Glaub mir, ihr hättet beide nicht viel davon gehabt.»

«Ach, und das entscheidest du?»

«Wie bitte? Was soll denn das jetzt wieder?»

«Kann ich ihn sprechen?»

«Er sitzt grad bei den Hühnern.»

«Dann sag ihm liebe Grüße von mir.»

«Ja. Also dann. Mach's gut.»

Damit gab die Mutter ihr einmal mehr zu verstehen, dass sie an allen Belangen des Vaters die Exklusivrechte hatte. Perdita war nur eine Außenstehende.

«Sie waren eben dabei, mir den Zustand zu beschreiben, in den Sie sich durch diese beiden Telefonate, das mit Ihrer Tante und das andere mit Ihrer Mutter, versetzt fühlten.»

«Psycho. *Hitchcock. Nach einem Anruf von Tante Doris fühle ich mich etwa so wie die Blondine in der Dusche. Als ob hinter der harmlosen Plauderei schon die nächste Katastrophe lauert. Während das letzte kleine Intermezzo mit meiner Mutter zu einer spontanen Identifizierung mit Anthony Perkins führte, nur äußerlich, wohl gemerkt, nur was die Lust zu töten angeht und die mumifizierte Mutter im Sessel. Na ja. Vielleicht hab ich mal wieder ein bisschen dramatisiert.»*

«Tatsache ist jedenfalls, dass derartige Anrufe Sie immer noch aus dem emotionalen Gleichgewicht bringen. Ihre Familie ist nach wie vor ein unwägbarer Faktor in Ihrem Leben. Ich halte es daher für klug, dem keinen weiteren hinzuzufügen.»

«Keinen Strelitz-Faktor, meinen Sie?»

Der Professor nickte: «Das Telefonieren scheint mir so weit in Ordnung. Offenbar tut es Ihnen ganz gut. Aber alles darüber hinaus, fürchte ich, birgt zum jetzigen Zeitpunkt ein zu hohes Risiko.»

Wo er recht hat, hat er recht, dachte Perdita.

10
Alte Geschichten

Die Angelegenheit zwischen Perdita und Alf zog aber bereits ihre Kreise.

Es mochte ungefähr um die Zeit von Alfs drittem Stummfilm-Anruf bei Perdita sein, dass Rainer und Rotraut nach einem überraschend geglückten Madeira-Hühnchen ihre Gläser und die angebrochene Flasche Sauternes nahmen und sich vom großen Esstisch zu den weichen, moosgrünen Fauteuils in Rainers Salon begaben.

«Ich muss schon sagen, Rainer, das war wirklich lecker.»

«Ist mir auch noch nie so gut gelungen wie heute. Das Rezept ist von Alf.»

«Ach. Ja, kochen kann er. Sag mal ... hat man eigentlich nochmal was von diesem Aschenputtel gehört, das Alf auf deiner Party hat sitzenlassen?»

«Du meinst Perdita? Alf hat mir nichts erzählt.»

Rotrauts kurzes, abfälliges Schnauben veranlasste Rainer zu der Bemerkung: «Also ich fand sie sympathisch. Charmant. Und hübsch.»

«Charmant und hübsch, na, was will man mehr.»

«Mir gefiel sie. Und ich habe einen Blick für Frauen.»

Dies war eine für Rainers Verhältnisse ausgesprochen kesse Bemerkung. Rotraut warf ihm einen verdutzten Blick zu, und lachte kurz auf.

«Ach, Rainer, du bist süß.»

Rainer grinste vergnügt. Ihm war an diesem Abend so froh zumute, ja, er war beinah schon ausgelassen.

«Auch das, möglicherweise. In jedem Fall habe ich einen Blick für Frauen.»

«Du bist ja richtig aufgekratzt, was ist denn los mit dir?»

«Ich freu mich einfach. Ich find's schön, dass wir zwei mal wieder in Ruhe einen Abend miteinander verbringen. Das haben wir schon lange nicht mehr gemacht.»

Lächelnd hielt er ihr sein Glas entgegen. Geistesabwesend prostete Rotraut zurück.

«Das war mal wieder typisch für Alf. Eine neue Tussi anschleppen und sich gleich mit ihr in ein Liebesnest verziehen.»

«Liebesnest?»

«Dein Wintergarten ist das ideale Liebesnest, ich fürchte nur, du hast es noch gar nicht bemerkt. Was glaubst du, was das kleine Ding bewogen hat, so fluchtartig das Haus zu verlassen?»

«Vielleicht hat Alf ihr von seinem Problem erzählt. Vielleicht fühlte sie sich überfordert.»

«Da kennst du Alf aber schlecht.»

«Ich glaub, ich kenn ihn ganz gut.»

«Hach, 'tschuldige, ich vergaß, Alf ist dein Lieblingsprojekt.»

«Alf ist nicht mein Projekt, er ist mein Freund.»

«Jaja, Alf ist doch unser aller Freund. Wir haben ihn alle beide herzlich lieb, stimmt's? Deshalb darf man sich aber doch so seine Gedanken über ihn machen, oder nicht?»

Rainer zuckte resigniert mit den Schultern. Er hatte sich den Verlauf des Abends anders vorgestellt. Harmonischer irgendwie.

«Gut, meinetwegen. Reden wir über Alf.»

«Wieso, ich muss nicht über Alf reden.»

Rainer trank einen Schluck Wein und wartete einfach. Es dauerte nicht lange, bis Rotraut auf ihr Thema zurückkam: «Ich frage mich, ob es stimmt. Dass Alf so ein begnadeter Liebhaber sein soll.»

Leicht irritiert hob Rainer die Augenbrauen.

«Also, mich darfst du das nicht fragen ... Wie kommst du übrigens darauf?»

«Ach, man schnappt so einiges auf.»

«Tja», sagte Rainer etwas hilflos. Sie achtete nicht darauf.

«Nehmen wir mal an, dass es stimmt. Woran liegt's?»

Rainer lachte laut auf.

«Die Frage kann ich dir nicht beantworten.»

«Heißt das, er respektiert die Frauen? Oder heißt es genau das Gegenteil?»

«Was ist das denn für eine Frage? Natürlich respektiert Alf die Frauen.»

«Woher weißt du das? So was stellt sich immer erst im Bett heraus.»

Rainer verlor jetzt doch ein bisschen die Geduld: «Ich kenne ihn. Er ist mein –»

«Dein Freund, ja natürlich! Weißt du, Rainer, deine Nibelungentreue für Alf, die geht mir so was von auf den Geist!»

Energisch schüttelte sie ihr kurzes braunes Haar zurück, trank ihr Glas aus und schenkte sich nach. Rainer schaute sie verständnislos an.

«Ist irgendwas vorgefallen zwischen dir und Alf?»

«Vorgefallen? Nein, nichts ist vorgefallen. Alf ist eben Alf.»

«Er ist doch auch dein Freund.»

«Ja, aber ich bewahre mir meinen kritischen Blick. Ich himmle ihn nicht an mit offenem Mund wie eine seiner Miezen. Oder wie du.»

Rainer fühlte sich verletzt, weniger von ihren Worten als von der Absicht, die dahinterstand. Warum wollte sie ihn herabsetzen? Er beobachtete, wie der Sauternes im Glas seine ruhigen Kreise zog, und sagte: «Du hast da offensichtlich einen Groll, den du austoben musst, und wenn das geschehen ist, dann können wir jetzt meinetwegen über die Ursache reden. Falls du weiterwüten willst, dann bitte ich dich, such dir jemand anders.»

Rotraut wollte lachen, weil ihr Freund plötzlich von so einer ernsten, erhabenen Würde durchdrungen schien. Sie verkniff es sich aber doch. Rainer hob den Kopf und schaute sie an. Sie lächelte: «Mein Lieber. Verzeih mir. Du hast so schön gekocht. Aber ich kann mir nicht helfen, seit ich weiß, dass das Rezept von Alf ist, liegt mir die Speise im Magen.»

«Ich hab neulich schon zu Alf gesagt, dass ich den Eindruck hab, ihr beiden habt irgendeinen Konflikt miteinander.»

Rotraut setzte sich auf.

«Ach. Ihr redet über mich?»

«Nein, nein ...»

Rainer wurde klar, dass er sich da einen dicken Lapsus geleistet hatte.

«Los, raus damit! Was hat er gesagt?»

«Nichts, gar nichts ...»

«Irgendwas muss er wohl gesagt haben, was dich auf die Idee brachte, es gäb einen Konflikt.»

«Gibt es einen?»

«Hör mal, red nicht, als wär ich ein Patient von dir. Was hat er gesagt?»

«Er sagte, dass du für seinen Geschmack zu viele Rüschen trägst.»

«Ach so?»

Das brachte Rotraut ein bisschen aus dem Konzept. Unsicher zupfte sie an ihrem tiefen, mit Volants aus schwarzer Spitze eingefassten Ausschnitt.

«Findest du das auch –?»

«Ich finde, es steht dir.»

«Hm. Er hat sicher noch mehr gesagt. Sonst hättest du nicht von dem Konflikt angefangen.»

«Ehrlich gesagt, ich erinnere mich nicht mehr. Ist auch egal. Offenbar gibt's ja einen.»

«Nicht dass ich wüsste.»

«Dann eben nicht.» Rainer war das Thema jetzt leid.

Rotraut noch nicht: «Abgesehen davon, dass mir jedes Mal die Galle hochkommt, wenn ich sehe, wie Alf seine Schau abzieht. Wie unlängst auf deiner Party.»

Rainer seufzte.

«Und ich finde es eine Frechheit, irgend so eine von seinen kleinen Schlampen –»

«Jetzt mäßige dich mal! Perdita ist doch keine –»

«– mitzubringen und sie dann praktisch vor aller Augen ohne jede Scham in deinem Wintergarten flachzulegen. Was mich wieder auf die Frage bringt, warum, wenn unser Prince Charming wirklich so ein Bedroom-Berserker sein sollte –»

«Rotraut, jetzt reicht's aber! Ich finde das allmählich etwas geschmacklos.»

«Geschmacklos? Ich dachte, dem Seelenklempner ist nichts fremd.»

«Aber wir sind ja hier unter Freunden. Als Seelenklempner würd ich sagen, deine Fixierung auf Alfs Geschlechtsleben scheint mir ein wenig obsessiv.»

Einen Moment starrte sie ihn an, dann sagte sie: «Pardautz! Das war wohlgezielt.»

«Lassen wir's gut sein für heute. Ja? Wie wär's mit einem Espresso? Nein? Ja? Ich mach mal zwei.»

Er verschwand in die Küche, und man hörte das satte Summen der Segafredo-Maschine. Als er zurückkam, saß Rotraut in unveränderter Haltung in ihrem Sessel, die schwarzbestrumpften Beine elegant übereinandergeschlagen, den Kopf gegen das weiche Polster gelehnt.

«Das ist abessinischer. Bin gespannt, wie er dir schmeckt.»

Rotraut achtete nicht auf den Kaffee. Sie schaute knapp an Rainer vorbei. Ihre Stimme klang ruhig, fast schleppend: «Obsessiv, hm?»

«Rotraut, ich wollte dir nicht – ich hab mich ein bisschen geärgert. Tut mir leid.»

«Weil ich deinem geliebten Freund ans Bein gepinkelt hab, hm?»

«Ach, Rotraut.»

Langsam, mit Bedacht, sagte sie: «Na ja. Eigentlich ist ja gar nichts passiert. Warum daran rühren?»

«Ja, genau, es ist gar nichts passiert.»

«Der Akt ist ja erst vollzogen, wenn die Penetration stattgefunden hat. Oder nicht?»

«Wovon redest du jetzt eigentlich?»

«Und die Penetration fand nicht statt.»

«Probier doch mal den Kaffee, Rotraut.»

«Dennoch möchte ich beinah geneigt sein, zu sagen: Berserker? O ja.»

«Wovon redest du?!»

Jetzt schaute sie ihn an, und ihre Augenbrauen hoben sich in leichter Verwunderung.

«Von Alf. Von wem sonst?»

Als er nicht reagierte, schlug sie den geduldigen Ton an, in dem man begriffsstutzigen Kindern etwas erklärt: «Er hat keinen hochgekriegt. Deshalb kann ich es nicht mit letzter Sicherheit sagen. Wie gut er ist. Aber soweit ich sehen durfte – ist er schon ziemlich gut. Doch.»

Rainer brauchte einen Moment, bevor er hervorbrachte: «Du und Alf? Du willst sagen – du und Alf –?»

«Hmhm», nickte sie eifrig und wirkte plötzlich ganz vergnügt.

«Wann?»

«Damals, vor zwei Jahren, nachdem Marilène sich endgültig von ihm getrennt hatte.»

«War Alf betrunken?»

In scherzhafter Drohgebärde hob sie den Finger. Alles in allem bot ihr ganzes Benehmen ein unheimliches Schauspiel, aber Rainer hatte im Moment nicht den rechten Blick dafür.

«Oooh, das ist nicht sehr charmant, dass du das fragst. Aber ich will aufrichtig sein: Ja, wir waren beide betrunken. Und ebenso ehrlich versichere ich dir: Er versagte erst im letzten Moment. Aber ansonsten war alles, was er machte –» Sie suchte nach einem Wort: «– tipptopp.» Sie lachte kurz auf, verfiel dann in leises Kichern und flüsterte vor sich hin: «Tipptopp ... tipptopp ...»

Als das Wort seinen Reiz verlor, guckte sie aufgekratzt zu Rainer hinüber. Sie bemerkte sein fassungsloses Gesicht, legte den Kopf schief und tat wieder, als spräche sie zu einem Neunjährigen: «Oooch, Rainer. Du solltest es ja nie erfahren. Hm? Für dich waren wir doch die Drei Musketiere. Aber siehst du, du hättest nicht mit der obsessiven Fixierung anfangen dürfen. Du hättest nicht gar so sehr auf deinem hohen Ross der Männerfreundschaft herumgaloppieren sollen. Jetzt hast du's», fügte sie noch in kindlichem Trotz hinzu.

Damit war die befremdliche Vorstellung zu Ende. Rotraut sackte in sich zusammen. Ihre vollen Wangen, die Mundwinkel, die Unterlippe, das ganze Gesicht erschlafften von einem Moment zum anderen. Nur die Augen schweiften unstet über den Teppich.

«Ich muss morgen früh raus. Sei so gut, Lieber, ruf mir ein Taxi.»

Alf fand, dass Rainer ungewöhnlich abgespannt aussah, als er gegen Mittag bei ihm im Büro vorbeischaute. Sogar seine Fliege sah merkwürdig abgespannt aus. Rainer begrüßte ihn einsilbig. Den Espresso lehnte er ab. Er ließ sich halb auf Alfs Schreibtisch nieder und griff aufs Geratewohl nach einem Kugelschreiber. Er drückte ein paarmal die Mine raus und wieder rein, und nach dieser geringfügigen Verzögerung kam er gleich auf den Punkt: «Ich hab mich mit Rotraut gestritten.»

«Ach du jemine. Das war ja noch nie da.»

«Und ich bin eigentlich hergekommen, um mich mit dir zu streiten. Aber irgendwie hab ich keine Lust mehr.»

«Das freut mich. Ich hab auch keine Lust.»

Alf guckte zu, wie Rainer weiter den Kuli traktierte.

«Weswegen wolltest du mit mir streiten?»

Rainer legte den Kugelschreiber ordentlich zurück auf den Tisch und schaute seinen Freund an.

«Du warst mit Rotraut im Bett.»

«Quatsch.»

«Sie hat's mir erzählt.»

«Dann hat sie Quatsch erzählt. Ich hab sie seit deiner Geburtstagsparty nicht mehr gesehen. Und ich käme auch überhaupt nicht auf die Idee, ausgerechnet mit Rotraut –»

«Damals.»

Die Endgültigkeit, die in dem Wort mitschwang, zwang Alf, das sorgsam verdrängte Erlebnis aus seiner Erinnerung hervorzukramen. Er tat es nicht gern.

«Ach. Das.»

«Ich versteh das überhaupt nicht.»

«Ich versteh's eigentlich auch nicht.»

Das genügte Rainer offenbar nicht. Alf erinnerte sich plötzlich an ein seiner Meinung nach nicht unwesentliches Detail: «Übrigens haben wir nicht richtig, ich meine, ich war betrunken, ich war ja damals eigentlich immer betrunken ...»

«Ich weiß. Hat sie erzählt.»

«Ach? Ja klar. Rotraut lässt nichts aus. Wieso hat sie's dir überhaupt erzählt?»

«Wieso hast du's mir nicht erzählt?»

«Weil es nichts bedeutet hat. Weil ich nicht besonders stolz drauf bin.»

Rainer sah ihn an, als erwarte er etwas zu hören, das mehr ins Gewicht fiele.

«Also, ich will mich jetzt wirklich nicht hinter meiner Sauferei verkriechen, aber ohne die Sauferei wäre es nie dazu gekommen. Ich war kurz vor Schluss damals. Und dann Rotraut ... ich meine, du kennst sie doch! Legt alle fünf Finger in die Wunde und pult genüsslich darin rum.

Ich hatte ihr schlicht nichts anderes mehr entgegenzusetzen. Es war ein Akt der Selbstverteidigung.»

Alf nickte noch einmal, zur Bestätigung. Genau, Selbstverteidigung. Erleichtert, die Sache analysiert zu haben, schaute er hoch zu Rainer, und da war er auf einmal gar nicht mehr sicher, ob sein düster dreinblickender Freund überhaupt zugehört hatte.

«Rotraut ist so bitter geworden in den letzten Jahren … weißt du, dass ich manchmal dachte, sie ist eifersüchtig auf unsere Freundschaft? Natürlich dachte ich das nicht wirklich, aber – ihre zunehmenden Attacken auf dich, ich konnte mir das einfach nicht erklären … wenn ich gewusst hätte, dass ihr beide –»

«Rainer, du machst dir zu viele Gedanken. Ich war ein rotes Tuch für sie von dem Moment an, wo du uns miteinander bekannt gemacht hast. Ich bin ihr Feindbild. Der smarte Chauvi. Am Anfang hat's ja noch Spaß gemacht. Mit Rotraut die Klingen zu kreuzen. Aber es stimmt schon, in den letzten Jahren …»

In den letzten Jahren waren ihm Rotrauts Ausfälle zunehmend auf die Nerven gegangen. Ihre Kommunikation bestand inzwischen nur noch im Erproben verbaler Kampftechniken, und sie setzte ihren Ehrgeiz darein, seine wunden Punkte aufzuspüren. Aber sie begegneten sich nicht allzu häufig, das war nie der Fall gewesen, und Alf fand es überflüssig, ein Problem daraus zu machen. Erst bei ihrem letzten Auftritt im Zigeunerkostüm stellte er plötzlich fest, dass Rotraut zu einer Person geworden war, mit der er im Grunde nichts mehr zu tun haben wollte.

«Nein, wirklich. Mir reicht's mit Rotraut.»

Rainers Zorn traf ihn völlig unvorbereitet. Er zuckte zusammen, als sein Freund den schweren Locher aus

Gusseisen auf die Tischplatte knallte: «Wie kannst du so selbstgefällig sein!»

«Bitte was?! Selbstgefällig? Sag mal – du hörst dich ja schon an wie Rotraut!»

Aufgebracht starrten sie sich an, beide zornig, beide verletzt. Rainer lenkte ein: «Entschuldige. Ich hab's nicht so gemeint. Aber ich kann einfach nicht glauben, mit welcher Leichtigkeit du dich über jemandes Gefühle hinwegsetzt.»

«Rainer, du darfst dem nicht – natürlich hätte es nie passieren dürfen, denn wenn wir auch nie drüber gesprochen haben, ich meine, ich weiß natürlich, was du für Rotraut –»

«Es geht hier nicht um meine Gefühle! Es geht um Rotraut!»

So laut und unbeherrscht wie heute hatte Alf seinen Freund überhaupt noch nie erlebt.

«Ich versteh jetzt nicht ganz, worauf du hinauswillst ...»

«Du verstehst nicht? Das nehm ich dir nicht ab. Denn dann müsstest du schon ein verdammt eitler, ignoranter Idiot sein – ach, nein, tut mir leid, aber wirklich, Alf: Rotraut ist verliebt in dich, offenbar seit Jahren. Das muss dir doch spätestens seit diesem – diesem Vorfall klar sein.»

«Jetzt hör mir mal zu: Ich weiß nicht, was das ist, dass du in Rotraut partout die verkappte Romantikerin sehen willst. Sie ist eine herrische Person, was sie will, ist beherrschen, und wer sich ihr widersetzt, dem schlägt sie die Zähne ins Fleisch. Das ist Rotraut. Meine Schwester Karin ist genauso.»

Sie beäugten sich skeptisch, keiner nahm dem anderen

seine Version von Rotraut ab. Alf setzte hinzu: «Frag dich lieber mal, warum sie ausgerechnet jetzt diese alte Geschichte rauskramt. Was bezweckt sie damit?»

«Man könnte fast glauben, dass du sie hasst.»

«Ich hasse sie nicht. Ich hab sie nur satt.»

«Ihr wart doch mal Freunde ...»

«Genau genommen waren wir immer nur Freunde von dir.»

«Nein. Das ist doch nicht wahr.»

In Rainers Stimme schwang jetzt keine Wut mehr, nur ein kläglicher, jammervoller Ton, der Alf ins Herz schnitt. Rainer war traurig, schon als er zur Tür hereinkam, war er vor allem traurig, und allmählich fühlte Alf sich davon angesteckt.

Beide hingen sie traurigen Gedanken nach. Rainer griff wieder nach dem Kugelschreiber. Nach einer trostlosen Ewigkeit raffte er sich zu einem zerquetschten kleinen Lächeln auf: «Jetzt haben wir doch einen Streit miteinander, was?», sagte er bedrückt. Alf lachte kurz und freudlos auf. Dann stand er auf und warf die Espressomaschine an.

«Und? Was ist mit Perdita?», fragte Rainer, als er seinen Cappuccino entgegennahm. Alf ging langsam mit seiner Tasse um den Schreibtisch herum und setzte sich wieder.

«Perdita ... wir telefonieren manchmal.»

«Ah ja?»

«Das heißt, ich ruf sie an, und sie legt nicht auf.»

«Das ist ja schon mal 'ne Basis.»

«Aber sie will sich nicht mit mir verabreden.»

«Warum nicht?»

«Wie ich bereits sagte: Sie ist ein scheues Geschöpf ...»

«Wirst du sie weiter anrufen?»

«Auf jeden Fall.»

«Wann hast du das zuletzt gemacht?»

«Was?»

«Dich so ins Zeug gelegt?»

«Gott, ich ruf sie bloß hin und wieder an ... es macht irgendwie Spaß.»

«Was war los mit ihr auf der Party?»

«Was soll schon los gewesen sein ... sie musste eben weg.»

«Ich fand sie nett. Ich würd sie gern mal wiedersehen.»

«Tja-haa ... und ich erst.»

Rainer ging. Niedergeschlagen versuchte Alf, sich Aufschluss zu geben über das, was eigentlich passiert war.

Rotraut hatte die alte Geschichte ausgepackt. Alf war mit der Frau ins Bett gegangen, in die sein bester Freund heimlich verliebt war. Die zudem, nach Rainers fixer Idee, heimlich in Alf verliebt sein sollte. Die Freundschaft zwischen Rainer, Rotraut und Alf, die für Rainer so viel bedeutete, hatte einen hässlichen Fleck bekommen, umso hässlicher, als Rainer darüber zwei Jahre im Unklaren gelassen worden war.

Schwer zu sagen, was in Rainers Augen am meisten ins Gewicht fiel. In jedem Fall fühlte er sich an seiner empfindlichsten Stelle getroffen. Denn die Freundschaft war Rainers Himmelsmacht. So, wie viele Menschen auf der Suche nach einer großen, wahren Liebe sind, sehnte Rainer sich nach wahrhaftiger Freundschaft. Der in amourösen Angelegenheiten so beherrschte Rainer war als Freund ein Romantiker.

Alf hielt es für fraglich, ob er damals ohne Rainer den Entzug geschafft hätte. Rainer war es, der ihn in die Klinik gebracht hatte und ihn, als Alf dort nahe daran war, durchzudrehen, wieder herausholte. Rainer schloss seine Praxis, packte Alf ins Auto und zog sich mit ihm für mehrere Wochen in ein Bergdorf im Tessin zurück. Als es Alf langsam besserging, ließ er ihn dort in der Obhut einer italienischen Tischlerfamilie. Er verbrachte noch viele Wochenenden im Tessin, bis er glaubte, Alf wieder mit zurück nach Köln nehmen zu können. Das Wichtigste für Alf aber war, dass in einer Zeit, in der er sich selbst nur hassen konnte, sein Freund Rainer an ihm festhielt. Obwohl Alf ihn zwischenzeitlich seine ganze Verachtung spüren ließ, weil Rainer trotz allem nicht aufhören wollte, sein Freund zu sein. Obwohl er oft genug seine Aggressionen gegen Rainer richtete, weil der ihn an der Selbstzerstörung hinderte. Solange jemand da war, der an ihn glaubte und ihn liebte, konnte er nicht den letzten erlösenden Schritt tun und sich ins Koma saufen. Er wollte es gern, er versuchte es immer wieder, es gelang ihm, sich über den Selbsterhaltungstrieb hinwegzusetzen und über die Existenz seines Sohnes, dem er nicht mehr von Nutzen sein konnte und den er nicht verdiente. Nur den kleinen Kerl mit der Fliege konnte er nicht ausschalten. Der kleine Kerl tanzte durch seine Delirien und schlug ihm vielzackige Widerhaken ins betäubte, in Auflösung befindliche Bewusstsein. Er hasste ihn dafür. Aber das ging vorbei. Rainer Erbs alias John Sinclair, der Geisterjäger, hatte die Dämonen gebannt.

Und nun hatte Rotraut das Tabu gebrochen und einen Keil zwischen ihn und Rainer getrieben. Sie meinte es todernst. Jetzt, wo er Bescheid wusste, fühlte er Rotrauts Feindseligkeit auf sich gerichtet wie einen gebündelten, vernichtenden Strahl. Alf begann, sich ernsthaft zu beunruhigen.

11
Väter und Söhne

Ob es nun die negativen auratischen Schwingungen eines von Hass zerfressenen Herzens waren oder einfach nur fehlgeleitete Magnetströme imponderabler kosmischer Energie, Alf ging insofern nicht fehl, als sich tatsächlich etwas über ihm zusammenbraute.

Der Tag, an dem es losbrach, deutete durch keinerlei Vorzeichen darauf hin. Im Gegenteil.

Carli war für eine Woche zu Besuch gewesen. Die letzten Stunden, bevor die Großeltern kamen, um ihn abzuholen, verbrachten Vater und Sohn auf dem Spielplatz. Sie hatten Flummi-Fußball gespielt und tüchtig geschaukelt, waren in die großen, feuchten Haufen Novemberlaub gesprungen und saßen nun auf dem Schwingreifen, vertieft in die Frage der Wahrscheinlichkeit, dass im Garten der Großeltern ein Piratenschatz vergraben sein könnte. Sie diskutierten gerade die Umstände, unter denen es vor langer Zeit einmal Piraten nach Wuppertal verschlagen haben könnte, da kletterte Carli plötzlich vom Reifen und rief aus vollem Hals: «Pedrita! Da ist ja Pedrita! Pedrita! Pedriiii-taaa!!»

Carli kannte Perditas Namen, jedenfalls so ungefähr, denn nach dem Zwischenfall mit der Schokolade im Supermarkt bei seinem vorletzten Besuch hatte er Alf über sie ausgequetscht. Viel erfuhr er damals nicht, aber zumindest glaubte er nun zu wissen, wie sie hieß.

Perdita kam gerade mit eiligen Schritten vom Markt.

Sie trug einen großen, geblümten, bis oben hin vollgestopften Henkelbeutel, aus dem eine Ciabatta und die roten Köpfe von Radieschen herauslugten. Grüne Porreeblätter wippten zum raschen Takt ihrer Absätze. Über die Schulter hing ihr eine prallgefüllte Stofftasche, ausgebeult von Äpfeln und Orangen. Ein noch in Plastik geschweißter Strauß feuerfarbener Gladiolen, wie sie preiswert der Blumen-Holländer verkaufte, klemmte unter ihrem Arm.

Langsam stieg Alf von dem Reifen. Dann stand er einfach nur da und schaute das Bild an, das sich ihm bot. Frauen, die vom Markt kamen. Sie durften auch aus dem Supermarkt kommen. Frauen, die Blumen und Brot und Obst und Gemüse nach Hause trugen. Keine behäbigen, plumpen Matronen, anmutige Frauen, deren Gang leichtfüßig blieb, obwohl sie schwer schleppten. Die gleich darauf in ihrer Küche die Einkäufe auspacken würden, mit flinken, selbstverständlichen Gesten, um sie zu waschen und zuzubereiten, während ihre kühlen, reinen Hände den Geruch von Kräutern annahmen, von Salbei, Schnittlauch und Liebstöckel, und den Duft von Paprika und Orangen. Frauen, die vom Markt kamen, lösten in Alf etwa das aus, was Perdita beim Anblick von Männern in schweren, langen Pelzmänteln empfand.

Perdita blieb stehen und entdeckte Carli, der ihr schon entgegenrannte. Sie zögerte kurz, dann trat sie durch das kleine Gittertor, legte ihre Sachen auf den Boden und beugte sich zu Carli hinunter.

«Mensch, Carli, wo kommst du denn her!»

«Ich bin hier bei Papa!»

Alf riss sich los von dieser neuen, reizvollen Variante seines Lieblingsbildes: Perdita, vom Markt kommend, zwischen Blumen und Gemüse anmutig vor einem Kind hockend, seinem Kind. Er trat zu den beiden heran. Perdita sah auf und lächelte.

«Hallo Alf.»

«Hallo, Perdita.»

Carli fing an, fröhlich auf und ab zu hüpfen: «Dann gehen wir jetzt alle zusammen Eis essen! Ja? Wir gehen Eis essen!»

«Carli, das geht leider nicht. Du weißt doch, Gromi kommt gleich und holt dich ab.»

Aus war's mit der lustigen Hüpferei.

«Ach, stimmt ja. Ich fahr nach Wuppertal», erklärte er Perdita.

«Klingt doch gut», meinte Perdita.

«Ja, schon ...»

Trotzdem sah er nicht glücklich aus. Bis ihm eine andere Idee kam: «Darf ich mal deine Haare anfassen?»

«Ja klar.»

«So richtig?»

Perdita verstand. Mit einer raschen Bewegung streifte sie das Gummiband ab und schüttelte für Carli ihr Haar, dass es offen über die Schultern fiel. Vorsichtig fuhr Carli mit den Fingerspitzen darüber.

«Die sind schön. Wie Lakritze.»

«Danke schön.»

Carli wandte sich an seinen Vater: «Ich würde aber lieber erst später nach Wuppertal fahren.»

Alf war in Gedanken noch bei Perditas Haar. Ratlos schaute er auf seinen Sohn hinunter. Perdita kam ihm zu Hilfe: «Weißt du, ich könnte gar nicht mitkommen. Ich hab heut überhaupt keine Zeit. Ich muss nämlich für eine Freundin einspringen, die arbeitet in einem Café.»

«In einem Eiscafé?», fragte Carli hoffnungsvoll.

«Nein, in einem ganz normalen Café. Ja, ich fürchte, ich muss mich beeilen. Sonst komm ich zu spät, und dann gibt's Ärger, weil die Gäste auf ihren Kaffee warten. Mach's gut, Carli. Viel Spaß in Wuppertal!»

«Aber nächstes Mal? Wenn ich Papa wieder besuche, dann gehen wir alle Eis essen?»

«Gut. Nächstes Mal.»

Sie stand auf, aber so leicht kam sie nicht davon.

«Versprochen?»

«Versprochen.»

«Okay. Dann tschüs.»

Carli hielt ihr feierlich die Hand hin. Perdita schlug ein.

«Tschüs, Carli. Tschüs Alf ...»

«Tschüs ... Bis nächstes Mal.»

Sie lächelte, raffte ihre Sachen zusammen und lief eilig die Straße hinunter.

Zur gleichen Zeit passierten Gromi und Gropi schon das Portal des Kölner Hauptbahnhofs. Gromi, das war Gerti Strelitz, die Mutter von Alf. Als sie mit knapp sechzig Jahren erfuhr, sie bekäme einen Enkel, war sie überglücklich. Doch wie alles im Leben von Gerti Strelitz sollte auch das Großmuttersein stilvoll zugehen. Auf keinen Fall würde sie eine Oma sein. Denn aus der «Oma» wurde regional bedingt ganz schnell eine «Omma», und das klang in Gertis Ohren nach billiger Dauerwelle, Mottenkugeln und Inkontinenz. Gar nicht auszudenken, wenn das Kind anfing, sie «Omma Wuppertal» zu nennen, um sie von der französischen Grandmère zu unterscheiden. Großmutter war annehmbar, nur schrecklich verstaubt, man dachte gleich an den bösen Wolf und die Brüder Grimm. Nein, Gerti zog es vor, sich Großmama nennen zu lassen, mit Betonung auf der letzten Silbe. Sie achtete darauf, dass niemandem in Carlis Gegenwart das Wort Oma entschlüpfte. Sie begann, von sich selbst nur in der dritten Person zu sprechen, und wenn sie zu Besuch kam, führte sie sich mit den Worten ein: «Hier ist die Großmama!» Carli gab sein Bestes. Doch das lange Wort war einfach zu schwer. Frau Strelitz wusste zuerst gar nicht, was Carli wollte, wenn er fröhlich «Gromi!» krähte. Als sie merkte, dass der scheußliche Name ihr galt, war sie entsetzt. Gromi, das hörte sich so – grobschlächtig an. Schlimmer noch, man dachte an etwas, das schmutzig und zottelig war. Sie sah ein hässliches, grunzendes kleines Monstrum vor sich: das Gromi. Der Rest der Familie, von ähnlichen Assoziationen nicht frei, amüsierte sich köstlich. Die allgemeine Heiterkeit steckte zuletzt auch die unglückliche Großmama an. Und wenn sie sich fortan selbst als Gromi bezeichnete, klang ein gewisser Stolz darüber mit, dass ihr aufgeweckter kleiner Enkel sie durch den originellen Kosenamen vor allen anderen Großmüttern auszeichnete.

Logischerweise wurde der liebe Großpapa zum Gropi. Aber Alfs Vater war es ohnehin egal, wie sein vergöttertes Carlchen ihn nannte. Solange er nicht «Du alter Sack!» zu ihm sagte, wie es einem Bekannten im Golfclub mit dessen Enkel ergangen war.

Auf dem Weg zum Taxistand sagte Frau Strelitz zu ihrem Mann:

«Ich freu mich richtig auf Alf. Ich hab ihn so lange nicht gesehen.»

«Ich freu mich auf den Kleinen.»

«Ich bin auch so gespannt auf sein neues Büro.»

Edzard Strelitz öffnete mit Schwung die Tür eines Taxis, half seiner Frau hinein und nahm neben ihr Platz. Gerti nannte dem Fahrer die Adresse, dann wandte sie sich wieder an ihren Mann: «Du nicht?»

«Wie bitte?»

«Bist du nicht auch neugierig auf Alfs neues Büro?»

«Irgend 'ne Klitsche mit 'ner teuren Espressomaschine.»

«Ich stell es mir sehr chic vor. Minimalistisch, vermutlich, aber chic. Alf hat Geschmack. Ich wünschte, Karin hätte nur halb so viel Geschmack. Manchmal komm ich mir vor wie die Queen, und Karin ist Prinzessin Anne.»

«Gerti, ich sagte es dir bereits eben in der Bahn: Ich habe keinesfalls vor, dieses sogenannte Büro für sogenanntes Webdesign zu betreten.»

Frau Strelitz gestattete sich einen kleinen Seufzer.

«Aber Edzel. Wir waren uns doch einig. Du kannst ihm die Sache besser auseinandersetzen als ich.»

«Aber nicht in diesem sogenannten –»

«Ja wo denn dann, du lieber Gott?!»

In letzter Zeit riss Frau Strelitz öfter mal der Geduldsfaden.

«Werd bitte nicht gleich hysterisch. Ich setze mich in irgendein Lokal, und da kann er mich treffen. Du kannst so lange mit Carlchen auf den Spielplatz gehen oder ein Eis essen.»

Herr Strelitz beugte sich zum Taxifahrer vor: «Sagen Sie, sind wir bald da?»

«Im Prinzip ja.»

«Was heißt: im Prinzip?»

«Sehn Se doch. Rushhour.»

Den Rest der Fahrt verbrachten sie in Schweigen, unterbrochen nur von Herrn Strelitz' nüchterner Frage: «Mit der Sauferei ist doch Schluss, oder?»

«Gott, sicher, Edzel, das ist längst passé.»

Der Wagen stoppte, und Herr Strelitz wandte sich an den Fahrer: «Wie heißt das Café, an dem wir gerade vorbeigekommen sind?»

«Café Sehnsucht.»

Herr Strelitz schnaubte kurz und wandte sich an seine Frau: «Also, machen wir es so: Du gehst jetzt zu Alf in sein Büro, trinkst mit ihm einen Kaffee und gehst dann mit Carlchen irgendwohin. Sag Alf, falls er Sehnsucht nach seinem Vater hat, findet er ihn im gleichnamigen Café.»

«Ich werde es ihm genau so übermitteln», antwortete seine Gattin ein wenig spitz.

«So witzig ist es nun auch wieder nicht. Sag ihm – sag ihm meinetwegen, ich würde mich freuen, wenn er kommt.»

Herr und Frau Strelitz verließen das Taxi und setzten sich in entgegengesetzten Richtungen in Bewegung. Edzard Strelitz wollte gerade die Schwelle zu dem Café betreten, als ihm eine junge Frau in den Weg stolperte. Beide aus tiefen Gedanken gerissen, starrten sie sich eine Sekunde lang an, jeder für sich murmelte ein «Pardon». Selbstverständlich ließ Herr Strelitz der Dame den Vortritt.

Während er hinter ihr in das Lokal schlenderte und sich nach einem passablen Platz umsah, registrierte er, wie sie noch im Gehen ihren Mantel auszog und eilig in einer Tür hinter der Theke verschwand. Kellnerin, dachte

Edzard Strelitz, zu spät zur Schicht. Schlampige Arbeitsauffassung. Aber interessanter Typ.

Einen Augenblick später stand sie an seinem Tisch und fragte nach seinen Wünschen. Er sah ihr in die dunklen Augen und ließ den Anflug eines Lächelns um seine Lippen spielen, dann bestellte er Kaffee und einen Rémy Martin.

Edzard Strelitz hätte es für schlechte Schule gehalten, nicht mit einer Frau, mit der er in irgendeiner Weise zu tun hatte, zu flirten. Es wunderte ihn nicht, dass die Kellnerin ihm durch die Spiegelwand hinter der Bar einen unauffälligen Blick zuwarf. Er war das gewöhnt. Er wusste, wie er auf Frauen wirkte, auch in seinem fortgeschrittenen Alter.

Als sie den Kaffee und den Cognac brachte, dankte er schlicht und lächelte ein wenig mehr, als die bloße Höflichkeit gebot. Sie hielt seinen Blick, was ihm gefiel, und erwiderte sein Lächeln, was eine ungeheure Veränderung in ihr Gesicht brachte. Wirklich apart, dachte Edzard.

Alter Fuchs, dachte Perdita. Sie hatte sich von Evelyn überreden lassen, sie im Café zu vertreten, weil ein akuter Personalnotstand in der Espressobar ausgebrochen war. Mister Davidoff, Mister The-more-you-know. Charismatischer Typ. Sie gestattete sich selbst einen Cappuccino. Dabei lächelte sie zu ihm hinüber, weil er ihr gefiel und weil sonst nichts los war. Er deutete einen Gruß mit seiner Zigarre an, nur ganz leicht, und versonnen, in aller Ruhe, betrachtete er sie. Perdita fühlte, dass sie tatsächlich ein bisschen rot wurde. Vielleicht sollte sie jetzt doch mal, na, zum Beispiel die Theke abwischen.

Sie riskierte gerade wieder ein Auge auf Mister Davidoff auf dem Umweg über den Spiegel, als das Windspiel über der Eingangstür zu klimpern begann. Davidoff schaute zur Tür, und Perdita erkannte Alf, der eben das Café betrat. Mit einem kurzen, angespannten Blick nahm er von allen Anwesenden einzig den Herrn mit der Zigarre wahr und steuerte geradewegs auf dessen Tisch zu.

Erst jetzt, wo sie die beiden nebeneinander sah, fiel Perdita die Ähnlichkeit zwischen ihnen auf. Die gleichen klaren, ebenmäßigen Züge. Die Konturen der Nase und der Lippen des Älteren fingen bereits an, schwerer zu werden und sich leicht zu verwischen. In sein Gesicht hatten sich Linien gegraben, die es bei Alf nicht gab. Abgesehen von dem helleren Blau seiner Augen und dem graumelierten, blassbraunen Haar sah er aus wie Alf in dreißig Jahren.

«Vater.»

«Alf.»

Sie reichten sich die Hände. Alf setzte sich übers Eck neben seinen Vater, den Mantel behielt er an. Vor allem sehnte er sich nach einer Zigarette, aber gleich vor Ablauf der ersten fünf Minuten zu rauchen würde ihm unweigerlich als Schwäche ausgelegt werden. Sein Vater selbst hatte ihm beigebracht, dass es Nervosität und mangelnde Selbstkontrolle verriet, wenn man seine Zigaretten herauszog, bevor die Bestellung auf dem Tisch stand.

Alf ließ den Blick durchs Lokal schweifen, ohne etwas zu sehen, dann wandte er sich zu seinem Vater und sagte: «Ich freue mich, dich zu sehen.»

Herr Strelitz nickte, was so viel hieß wie: Dito. Sie erforschten jeder kurz die Miene des anderen, dann schauten sie wieder woandershin. Perdita hielt den Zeitpunkt für angebracht und ging an den Tisch.

«Was darf's sein?»

Abwesend schaute Alf zu ihr hoch, stutzte, und während sich Überraschung und Freude auf seinem Gesicht malten, sagte er: «Einen Kaffee, bitte.»

Der Ausdruck in seinem Gesicht brachte ein Leuchten in Perditas Augen, und auch sein Vater bekam einen Abglanz davon, als sie ihn fragte: «Für Sie noch etwas?»

Edzard Strelitz, unbeeinträchtigt davon, die Gunst der Kellnerin nun teilen zu müssen, hob amüsiert die Augenbrauen und bestellte ebenfalls noch einen Kaffee. Perdita bedachte jeden der Herren Strelitz mit einem Extrastrahlen, drehte sich um und verschwand hinter ihrem Tresen.

«Charmante Kellnerinnen hier in Köln.»

Alf beschränkte sich darauf, zu schmunzeln.

«Bist du oft hier?»

Das, dachte Alf, war vermutlich eine Falle.

«Nicht allzu oft. Ich hab eine gute Espressomaschine im Büro. Manchmal esse ich hier eine Kleinigkeit.»

«Und die Sache mit dem Webdesign? Läuft gut?»

«Ja, hat sich gut angelassen. Ich kann mir inzwischen aussuchen, was ich mache.»

«Schön.»

Alf schaute sich unauffällig nach Perdita um. Ihre unvermutete Gegenwart war ihm angenehm. Sie machte dieses heikle Treffen ein wenig erträglicher.

«Wie geht's Roland?»

«Gut, sehr gut. Hat sich verlobt.»

«Hat Mutter mir schon erzählt. Sie sagt, sie wäre reizend.»

«Rolands Verlobte? Hm, ja. Liebes Mädchen.»

Das hieß so viel wie: graue Maus.

«Sie haben die Verlobung ganz klein gefeiert, nur die

beiden, in Venedig. Aber die Hochzeit wird ein großes Fest. Im Sommer.»

Perdita stellte die Kaffeetassen auf den Tisch. Die Herren Strelitz dankten es ihr mit einem verwirrenden Synchronlächeln. Beide sahen ihr nach, wie sie einem anderen Tisch zustrebte. Alf trank einen Schluck, dann holte er seine Zigaretten heraus und drehte wie beiläufig den Kopf. In dem großen Spiegel, der an der Wand hinter seinem Vater hing, sahen er und Perdita sich einen Moment lang an.

«Du kommst doch?»

«Wie bitte?»

«Zu Rolands Hochzeit. Am 25. Juni nächsten Jahres.»

«Ja, ich denk schon.»

Der ältere Strelitz kam jetzt zur Sache: «Hör mal, Alf, ich bin mir nicht sicher, ob du den neuen Sachverhalt kennst. Betreffend Marilène.»

«Was meinst du?»

«Sie ist drauf und dran, mit dem Kleinen nach Kanada zu gehen.»

Alf war perplex.

«Das kann sie nicht.»

«Glaub mir, sie kann, und du weißt das.»

Alf wollte etwas einwenden, aber sein Vater winkte ab.

«Du kannst es höchstens etwas hinauszögern, aber verhindern kannst du es nicht. Verweigerst du deine Zustimmung, wird sie die Scheidung einreichen, und es ist sehr wahrscheinlich, dass sie zum jetzigen Zeitpunkt das alleinige Sorgerecht bekommt. Nach allem, was vorgefallen ist. Du weißt, wovon ich rede, oder? Gut. Natürlich hast du einen Entzug gemacht und so weiter, aber wenn es dazu käme, dass ein Richter entscheiden müsste, stünden deine Chancen ziemlich schlecht. Abgesehen davon, Marilène kann morgen mit dem Kleinen das Land verlassen, Gesetz hin oder her, und wenn sie erst weg ist, dann versuch mal, deinen Sohn aus Kanada zurückzukriegen.»

Herr Strelitz gab Alf einen Moment Zeit, die Lage zu überblicken.

«Ich versteh das überhaupt nicht. Mutter und du, ihr habt doch mit ihr darüber gesprochen Dass Carli bei mir leben soll. Mutter sagte, Marilène fände die Idee offenbar gut.»

«Du kennst sie ja. Man unterbreitet ihr einen Plan, sie legt das Köpfchen schief und lauscht mit diesem reizenden, verlorenen Lächeln, signalisiert erst einmal stillschweigende Zustimmung, aber hinterher, falls sie es sich anders überlegt, kann sie jederzeit sagen: Ach, tut mir leid, da hab ich wohl nicht richtig zugehört.»

Er machte eine Pause, dann legte er nach.

«Offenbar gibt es auch einen anderen Mann. Dirigent. Scheint ein alter Verehrer zu sein.»

Alf schnaubte kurz und verächtlich.

«Maurice.»

«So. Du weißt also, um wen es sich handelt. Glaubst du, er wäre ein guter Vater für Carl?»

Alf antwortete nicht, die Frage war rhetorisch. Die nächste erforderte eine Antwort: «Was willst du tun?»

Alf starrte auf die niedergebrannte Zigarette zwischen seinen Fingern. Er drückte sie aus und zündete sich eine neue an. Sein Vater beobachtete ihn.

«Soll ich dir sagen, was ich davon halte? Mein Sohn?»

Schöne Geste, fand Alf, den «Sohn» dranzuhängen. Vielleicht kam es in diesem Moment sogar von Herzen.

«Ich glaube nicht, dass die Sache schon endgültig entschieden ist. Sonst hätte sie es dir direkt mitgeteilt. Sie hat es aber uns gesagt. Damit wir es dir sagen. Damit du nicht durch eine unüberlegte Reaktion dir und ihr alles verbaust. Sie will dir Zeit geben, darüber nachzudenken, und dann – das Richtige zu tun.»

«Das Richtige? Und was ist das Richtige?»

«Eine Familie ist das Richtige.»

«Ich verstehe nicht, worauf du hinauswillst.»

«Sie will dich zurück.»

Alf lachte unwillkürlich auf. Er dachte an ihr Gesicht, damals, als sie ihn auf den Badezimmerfliesen vorfand, in einer Lache aus Kotze und Urin.

«Nein, wohl kaum.»

Aber seinem Vater war es ernst: «Denk an den Geburtstag deiner Mutter, als ihr beide zu Besuch wart. Da habt ihr euch ganz gut verstanden.»

Er machte eine kleine, bedeutungsvolle Pause: «Deine Mutter meint sogar, es habe zwischen euch geknistert.»

«Geknistert?»

Alf dachte an den Nachmittag im Juli zurück. Nach anderthalb Jahren sahen sie sich zum ersten Mal wieder. Marilène war genauso nervös gewesen wie er. Alf machte einen kleinen privaten Witz, die beiderseitige Anspannung löste sich in vertraulichem Gekicher, und erleichtert behielten sie diesen heiteren Ton für den Rest des Tages bei. Vielleicht hatten sie sogar ein bisschen geflirtet, das gehörte eben zu ihrer speziellen Art der Kommunikation. Es funktionierte aber nur, weil sie für diesen einen Nachmittag die Vergangenheit ausblendeten.

«Das war im Juli. Seither haben wir uns nicht mehr gesehen.»

«Na ja. Mutter schickt ihr immer Kopien von den Videos, die sie dreht. Von Carlchen. Auf einigen bist du auch drauf. Du bist ziemlich überzeugend als glücklicher junger Vater. Und, äh, attraktiv. Ich nehme an, es hat Erinnerungen in ihr geweckt.»

«So ignorant ist selbst Marilène nicht, dass sie wegen eines Videos unsere ganze unrühmliche Ehe vergisst.»

«Ich will dir was sagen, Alf: Sie ist in den letzten zwei Jahren reifer geworden, ruhiger. Sie wünscht sich eine geordnete Existenz, eine Familie. Sie liebt ihren Sohn, aber sie braucht einen Mann an ihrer Seite, der sie unterstützt. Das ist mehr als nachvollziehbar. Ich finde, du darfst dich glücklich schätzen, dass sie dir als ihrem Noch-Ehemann und Carls Vater dabei Priorität einräumt. Aber du kennst sie. Sie wird nicht kommen und betteln. Sie wird auch nicht mehr lange warten. Und sie hat bereits einen Ersatz für dich.»

Alf schaute seinen Vater ungläubig an.

«Du glaubst, sie will allen Ernstes einen zweiten Versuch, mit Tisch und Bett und allem, was dazugehört? Die glückliche kleine Familie, Teil zwei?»

«Genau.»

Alf dachte an den langen Blick, den sie ihm damals im Juli beim Abschied zugeworfen hatte. Eine Aufforderung mochte darin gelegen haben, die er geflissentlich übersah.

«Nein. Auf keinen Fall.»

Edzard Strelitz runzelte missbilligend die Stirn, aber Alf fuhr fort: «Was uns verbindet, reicht gerade aus, um einen einzigen Nachmittag zu überstehen. Es wäre von vorne bis hinten eine einzige Lüge.»

«Jetzt hör mir mal zu, Alf: Komm mir nicht mit Gefühlskram. Du warst Manns genug, die Frau zu heiraten und ihr ein Kind zu machen. Nun steh das auch durch. Das hättest du von vornherein müssen. Stattdessen – nun, du hast dein Problem hinter dich gebracht, du hast dir weiß Gott genug Zeit damit gelassen. Inzwischen hast du dir eine neue Existenz aufgebaut, du sagst, der Laden läuft gut, Hut ab. Jetzt stell dich auch endlich der vollen Verantwortung. In allererster Linie hast du an deinen Sohn zu denken. Deine Mutter und ich, wir lieben Carlchen über alles, aber was er braucht, ist doch zuerst eine richtige Familie mit Vater und Mutter.»

Er lehnte sich in seinem Stuhl zurück: «Es muss ja nicht für ewig sein. Lass Carl erst einmal hier zur Schule gehen. Bau eine feste, beständige Bindung zu ihm auf. Leb mit ihm. Wenn es dann doch eines Tages zur Scheidung kommt, hast du erheblich bessere Chancen auf ein gemeinsames oder gar alleiniges Sorgerecht.»

Alf lachte bitter.

«Du willst Marilène ausbooten? Du, der beau-père, der geliebte Schwiegerpapa?»

«Ich will das Beste für meinen Enkel. Sie ist eine bezaubernde Person, aber ob sie ganz allein Carlchens Erziehung gewachsen ist, bezweifle ich. Ebenso wenig bin ich davon überzeugt, dass ein Dirigent oder ein Sonstwas der geeignete Ersatzvater für ihn wäre.»

Alf fuhr sich hilflos durchs Haar. Er zündete eine neue Zigarette an. Sein Vater beobachtete ihn eine Weile, dann bemerkte er, gar nicht mal spöttisch, sondern durchaus verständnisvoll: «Jetzt würdest du wohl gerne etwas trinken.»

«Ja, allerdings.»

«Cognac?», fragte Herr Strelitz und sah sich nach der Kellnerin um.

«Nein, lass mal», sagte Alf.

«Na komm, ein Glas mit deinem Vater wird dir nicht schaden. Du brauchst mir nichts zu beweisen.»

Er hat es immer noch nicht begriffen, dachte Alf. Er hält es für so eine Art postpubertäre Marotte. Mein Sohn spielt den Alkoholiker, er will sich damit interessant machen.

Auf Herrn Strelitz' Nicken kam Perdita heran. Weil Alf auf ihren fragenden Blick nur kurz den Kopf schüttelte, sagte sein Vater knapp: «Zahlen, bitte.»

Bis Perdita mit dem Bon zurückkam, hatte er wieder von gekränktem Vater auf Charmeur geschaltet. Perdita spürte trotzdem, dass die Stimmung umgeschlagen war, und zog sich zurück.

«Also, Alf – es ist ernst. Bring das in Ordnung. Die Zeit drängt.»

Sie verloren kein Wort mehr, während Alf seinen Vater zum Spielplatz begleitete, wo sie Carli und Gromi trafen. Der Gropi wurde stürmisch begrüßt. Carlis Köfferchen stand schon auf einer Bank bereit. Alf zückte das Mobiltelefon und rief ein Taxi. Zwei kleine Arme unschlangen sein Bein, und er fühlte, wie Carli sich an ihn schmiegte. Alf ging in die Hocke und fragte ernst: «Na? Hast du auch nichts vergessen?»

Carli schüttelte den Kopf.

«Hast du den räudigen alten Wolfi eingepackt?»

Carli grinste und nickte. Er liebte seinen abgenutzten, schmuddeligen Plüschwolf.

«Und den stinkenden, fauligen Glupschfisch?»

Carli nickte eifrig. Der Glupschfisch war die neueste Errungenschaft. Gromi stand dabei und blinzelte irritiert.

«Und meine verwarzte-verquarzte-verlauste-verlotterte Zahnbürste?»

Carli nickte grinsend weiter, dann unterbrach er sich und schüttelte heftig den Kopf.

«Die brauchst du doch selber!»

«Ach, stimmt ja. Rufst du mich an, wenn du angekommen bist?»

«Ja, mach ich.»

«Und morgen rufst du mich auch an?»

«Ja!»

«Und übermorgen auch?»

Carli grinste, nickte enthusiastisch und fragte: «Soll ich dich überübermorgen auch anrufen?»

«Na klar, und überüberübermorgen auch.»

«Und überüberüberübermorgen?»

«Auf jeden Fall.»

«Und überüberüberüberüber-»

«Ihr Lieben, das Taxi ist da!»

Alf drückte Carli fest an sich. Er hielt seinen Sohn noch einen Moment, dann schob er ihn ein kleines Stück von sich und lächelte ihm zu. Carli sagte: «Ich komm ja bald wieder.»

Alf wollte etwas antworten, doch dann lächelte er nur um einiges angestrengter und nickte. Schließlich sagte er: «Ich hab dich lieb, mein Carli.»

«Ich hab dich auch lieb.»

Alf küsste Carli, nahm ihn an die Hand, und sie folgten den Großeltern zum Taxi.

Als das Taxi verschwunden war, ließ Alf den Arm sinken und ging langsam zurück auf den Spielplatz. Er setzte sich auf den Schwingreifen. Sein Magen beunruhigte sich immer mehr. Er steckte trotzdem eine Zigarette an. Obschon er besser einen Tee trinken sollte. Perdita fiel ihm ein. Er hatte sich gar nicht von ihr verabschiedet. Er könnte ins Café zurückgehen und einen Kamillentee bei ihr bestellen. Er könnte einfach dasitzen, Tee schlürfen und ihr zugucken, wie sie von einem Tisch zum anderen ging, und zwischendurch würde sie zu ihm rüberlächeln ... Aber auf die Art kam er nicht weiter.

Alf rauchte eine um die andere Zigarette auf dem Reifen. Unter ihm häuften sich die Kippen. Jemand ging vorbei und sagte vorwurfsvoll: «Das ist hier ein Kinderspielplatz!» Alf nahm es nicht wahr. Er stand erst auf, als er zu frieren begann. Das Grübeln half ja nichts. Er musste nach Berlin und herausfinden, was mit einem Mal in Marilène gefahren war.

12
Kaprice und Kalkül

Noch am selben Abend um kurz nach elf klingelte er an ihrem Haus. Er war seinen Gedanken zügig davongefahren, aber wie er jetzt auf das Summen des Türöffners wartete, kam er sich vor wie einer von Marilènes Hampelmännern. Alles stehen- und liegenzulassen und wie ein Idiot nach Berlin zu rasen, auf nichts als eine Laune von Marilène hin. Der Summer ertönte, donnernd flog die Haustür gegen die Flurwand. Mit jedem Treppenabsatz wuchs sein Grimm.

Sie stand in der Tür, fertig zum Ausgehen. Offensichtlich rechnete sie mit jemand anderem. Ein schimmerndes Abendkleid aus knapp bemessenem, algengrünem Satin schien jeden Moment an ihrer zarten Figur herunterfließen zu wollen. Zwei lächerlich schmale Träger, nicht mehr als ein Vorwand, betonten den Eindruck von Flüchtigkeit. Die lose aufgesteckten Locken flimmerten im Lampenlicht bernsteinfarben.

Er hatte vorher nicht angerufen. Röte überflog ihr Gesicht und ihren Hals, als sie ihn erkannte. Ihre Augen leuchteten auf, verwirrt schlug sie mit den Wimpern, öffnete die Lippen in ungläubigem Lächeln. Er übertraf alle ihre Erwartungen. Der Anblick besänftigte Alf.

«Alf!»

«Marilène.»

«O Alf, wie kommst du – Alf! Du bist wirklich da!»

«Kann ich reinkommen?»

«Natürlich, ja, bitte komm rein!»

In der Diele blieb sie stehen, konnte nicht aufhören zu staunen, sodass Alf schließlich sagte: «Komm ich ungelegen? Wolltest du gerade ausgehen?»

«Was? Ach nein, das ist doch völlig unwichtig. Gib mir deinen Mantel.»

Sie nahm ihm den Mantel von den Schultern. Bevor sie ihn aufhängte, strich sie wie zufällig mit der Nase am Kragen entlang. Sehnsucht, Hingabe. Alf kannte diese Finessen. Er ging ihr voran ins Wohnzimmer, stand einen Moment unschlüssig, bevor er sich in einen der ausladenden Sessel sinken ließ. Er drehte den Kopf und sah, wie sie ihn vom Durchgang aus betrachtete, für einen Moment ganz versunken. Ein kleines Lächeln lag auf ihrem Gesicht, wurde groß und strahlend, als er sich ihr zuwandte. Sei's drum, dachte er, sie freut sich wirklich, und das ließ ihn nicht kalt.

Auf hohen, filigranen Pantoletten machte sie ein paar Schritte auf ihn zu.

«Whisky?», fragte sie.

«Irgendeine Limonade, wenn du hast.»

Sie lächelte nachsichtig, wie über einen mit der Zeit abgenutzten Witz, und verschwand in der Küche. Mit einem Glas in jeder Hand kam sie zurück, ließ sich graziös auf der Armlehne seines Sessels nieder und reichte ihm ein Ginger Ale.

«Hier, mein Liebling, ist deine Limonade.»

Sie stieß leicht ihr Glas gegen seines, und sie tranken jeder einen Schluck. Marilène zog die langen Beine unter sich auf die Lehne, gab die scheue Nymphe, die verlegen ihr Spiegelbild im Whisky sucht. Marilène war gut in anmutigen Posen. Nur die zarte Röte auf ihren Wangen und über dem Dekolleté deutete auf echte Verunsicherung.

Alf merkte, worauf das alles hinauslaufen sollte, und so sagte er: «Also. Ich höre da ganz erstaunliche Geschichten ...»

«So?»

«Ich hatte eine Unterredung mit meinem Vater. Und ich kann kaum glauben, was er mir erzählte. Noch weniger kann ich es ernst nehmen. Er muss da was nicht richtig mitbekommen haben. Deshalb würd ich gern deine Version hören.»

Mit einer versonnenen Bewegung strich sie den Satin über ihrem Schenkel glatt.

«Dein Vater ist ein kluger Mann. Er wird alles viel klarer und verständlicher ausgedrückt haben, als ich das könnte. Ich glaube nicht, dass ich etwas dazu sagen möchte.»

Erst jetzt schaute sie ihn an. Sie nippte an ihrem Glas, dann hob sie, wie zur Herausforderung, leicht das Kinn. Alf spürte wieder den Zorn in sich hochsteigen, er ließ es ruhig geschehen, und mit grimmiger Genugtuung beobachtete er, wie Marilène unter seinem Blick Zweifel an ihrer Taktik kamen.

Ein wohlklingendes, französisch-nasales Ding-dong an der Tür unterbrach ihr Kräftemessen. Marilène glitt vom Sessel und verschwand in der Diele. Für die Dauer von vier Treppenabsätzen war es still, dann hörte Alf, wie sie jemanden begrüßte. Sie kam zurück in Begleitung eines hochgewachsenen Mannes im Abendanzug, nun wieder ganz die gewandte, charmante Marilène.

Liebevoll legte sie dem Mann die Hand auf den Arm und sagte mit Blick auf Alf: «Maurice, du kennst ja, glaube ich, Alf, meinen Mann.»

Sie hielt kurz inne und neigte schnuppernd den Kopf über den großen Strauß champagnerfarbener Rosen, die sie im Arm hielt, jede einzelne ein Artefakt.

«Alf, du erinnerst dich sicher an den begnadeten Maurice. Er kommt gerade erst aus dem Studio, der Arme, er musste eine Aufnahme mit den Philharmonikern einspielen.»

Der Dirigent, an der Wohnungstür offenbar nur unzulänglich auf den Besucher vorbereitet, wirkte verspannt. Alfs saloppen Gruß beantwortete er mit zusammengepressten Lippen und einem knappen Nicken.

Mit sorglosem Lächeln schaute Marilène zu, wie die Männer einander taxierten, dann hob sie den Kopf zu dem Dirigenten und fragte: «Wie ist es gelaufen, mein Lieber?»

«Pas mal, mon cœur.»

Strahlend sah sie zu Alf herüber, mit einem Blick, der halb ironisch, halb stolz fragte: Ist er nicht süß? Mein Dirigent? Alf hob den Mundwinkel zu einem angedeuteten, gerade noch höflichen Grinsen. Marilène ließ ihr Strahlen im Raum stehen, bis die Spannung zwischen den beiden Männern schwer erträglich wurde, dann schmiegte sie sich an Maurice, strich ihm zärtlich übers Revers und sagte: «Ah, mon cher, nun muss ich dich doch enttäuschen, es tut mir so leid ... aber du siehst ja, mein Mann ist gekommen. Ganz überraschend ... du wirst wohl ohne mich gehen müssen. Wir haben furchtbar viel zu besprechen, weißt du. Wegen Carl.»

Interessiert beobachtete Alf, wie Maurice' Kiefermuskulatur zu arbeiten begann. Wie bei zweitrangigen Schauspielern, wenn sie mühsam beherrschte Emotion darstellen. Maurice aber war kein Schauspieler, und tatsächlich stand er kurz davor, die Fassung zu verlieren. Plötzlich, unvermutet, löste er sich aus seiner Erstarrung, fasste Marilène um die Schultern und küsste sie. Ohne ihre Ermutigung hätte er das in diesem Moment kaum gewagt. Nun legte er seine ganze Erbitterung in diesen einen langen Kuss. Als Marilène Maurice zur Tür begleitete, merkte Alf, dass er die ganze Zeit die Luft angehalten hatte.

Er hörte, wie die Tür ins Schloss fiel. Nun würde sie wohl immerhin so taktvoll sein, zuerst ihren Lippenstift zu erneuern. Er machte sich darauf gefasst, dass die Schau jetzt weitergehen würde, doch als sie endlich zurückkam, wirkte sie ganz flügellahm. Ihre Selbstsicherheit schien sich mit Maurice verabschiedet zu haben. Ohne Alf anzusehen, ging sie an seinem Sessel vorbei ans Fenster, griff nach der Sprühflasche und befeuchtete gewissenhaft jede der drei weißblühenden Topfpflanzen. Dann erst drehte sie sich um, stützte die Hände auf die Fensterbank und schaute zu ihm hinüber, nichts Gutes von ihm erwartend.

Ihre plötzliche Niedergeschlagenheit weckte kein Mitgefühl. Langsam und boshaft sagte Alf: «Wie äußerst boulevardesk. Echtes französisches Theater. Gestatten, mein Ehemann, mein Liebhaber, aha, sehr erfreut, sehr erfreut. Meine Liebe, das zeugt von einem ganz schlechten Geschmack.»

Das genügte, um ihre Stimmung umschlagen zu lassen. In einer schnellen, heftigen Bewegung riss sie sich die Pantolette vom Fuß und schleuderte sie voller Wucht auf Alf.

«Du bist so ein Arschloch, Strélìtz!», stieß sie hervor.

Alf wehrte den Schuh reflexartig mit dem Arm ab. Den zweiten fing er mit der Hand. Marilènes Atem ging heftig, und in ihren Augen glitzerte jetzt die pure Mordlust.

«Und nun?», fragte er sehr ruhig. «Was willst du als Nächstes werfen? Dein niedliches kleines Kleid?»

Aufgebracht warf sie den Kopf zurück und verschränkte die Arme vor der Brust. Im nächsten Moment musste sie lachen.

«Marilène. Lass uns mal vernünftig über alles reden.»

«Ah, jetzt geht das wieder los, du willst argumentieren, analysieren, über Grundsätzliches dozieren! Das ist ja so deutsch!»

Kokett verschränkte sie die Arme vor der Brust und ahmte ihn in blasiertem Ton nach: «Marilène, ich höre ganz Erstaunliches, ich kann es kaum glauben, noch weniger kann ich es ernst nehmen!»

Befriedigt stellte sie fest, dass ihre Strelitz-Imitation ihm ein Schmunzeln abrang.

«Aber, mon Alf, bevor du wieder einmal anfängst, alles –»

Geschickte kleine Pause, dann das Wort, über das sie sich in der Vergangenheit jedes Mal erheitert hatten: «–oossenonderssüklamüsern ...»

«Auseinanderklamüsern» war Marilènes deutsche Lieblingsvokabel und die Neigung dazu ihr Hauptvorwurf an Alf. Sie sprach sie stets mit einem übertriebenen französischen Akzent aus, den sie normalerweise nicht hatte. Wie erwartet, schmunzelte Alf noch ein wenig mehr. Marilène ließ den kleinen Privatwitz noch etwas in der Luft hängen, dann stieß sie unvermutet zu: «Hat es dich kaltgelassen, als Maurice mich küsste?»

Alf hatte wieder das Bild von vorhin vor Augen. Marilène nickte befriedigt: «Ja, ich weiß. Ich hab dein Gesicht gesehen. Brrrruuuh! Strélìtz, du kannst so schrecklich und gefährlich gucken.»

Sie zog eine possierliche Grimasse und schüttelte sich, als schaudere sie noch im Nachhinein vor Entsetzen. Alf musste lächeln. Sie stieß sich von der Fensterbank ab, und während sie Schritt für Schritt auf ihn zukam, verwandelte sich die Schüttelbewegung in einen langsamen, verführerischen Tanzgang, einen stummen Bolero, der verschiedene Partien ihres Körpers auf das schönste zur Geltung brachte. Die schmalen Träger des Kleides spielten mit und taten so, als rutschten sie nur widerstrebend von ihren Schultern. Alf konnte die Augen nicht von ihr lassen.

Dicht vor seinem Sessel blieb sie stehen: «Es gibt bei allem ein Dafür und Dagegen. Lass uns nicht argumentieren bei einer Sache, die so wichtig ist ...» Mit leichter Hand strich sie ihm das Haar aus der Stirn. «Ich kann mich nicht auf Argumente einlassen bei etwas, das ich so tief empfinde ...» Ihre Finger verwühlten sich in seinem Haar. »Ich will dich und Carli zurück.»

«Wann ist dir das in den Sinn gekommen?», fragte Alf leise.

«Aber das war doch immer so. Nein, das glaubst du mir ja nicht, und es stimmt auch nicht ganz. Eine Weile lang hatte ich wirklich genug von dir. Aber seit ich dich wiedergesehen habe, im Juli, auf dem Geburtstag deiner Mutter ...»

«Und wie kommt dann Maurice ins Spiel?»

Sie ließ sich vor ihm auf den Knien nieder, mit den Händen zog sie seinen Kopf nah zu sich herunter: «Glaub mir, Alf, es ist mir ganz ernst mit Maurice. Er ist ein fabelhafter Mann, er betet mich an, er vergöttert Carli. Er macht sich schon jetzt mehr Gedanken als ich darüber, auf welche Schule Carli später in Montréal gehen soll.

Weißt du, ich bin nicht dazu gemacht, ganz allein ein Kind großzuziehen. Ich hab's versucht, aber ... ach, ich würde werden wie diese schrecklichen Frauen auf dem Spielplatz, verhärmt und verkniffen und – verbiestert, und der arme Carli bekäme ein Trauma davon. Aber ich will endlich mit Carli leben. Und wenn du nicht mit uns zusammenleben willst, dann gehe ich nach Kanada. Mit Carli und Maurice.»

«Marilène –»

«Schsch ...»

«Das ist doch Erpressung.»

«Ich erpresse dich nicht. Du hast die Wahl.»

Wie sie ihn dabei ansah, mit so viel Ernst und ehrlicher Hoffnung, glaubte er es beinah selbst. In seinem Kopf kam alles durcheinander. Er fasste sie bei den Schultern.

«Komm, knie da nicht so vor mir auf dem Boden ...»

Ganz von selbst landete sie auf seinem Schoß. Er legte die Arme um ihre Taille. Sie schmiegte sich an ihn und kraulte sanft seinen Nacken. Unter dem Parfum roch er den vertrauten Duft ihrer Haut.

«Also Maurice ist begnadet, ja?»

«Oh, ja.»

«Als was?»

Sie lachte leise: «Ich weiß nicht ... als Dirigent, möglicherweise –?»

Sie neigte ihren Kopf zu ihm herunter. Sie spürte, dass sie ihn beinah hatte, und ihre Augen leuchteten in dem Marilène eigenen, sich über alles hinwegsetzenden Selbstvertrauen und einer Zärtlichkeit, die ihn in dieses Vertrauen mit einschloss. Es lockte ihn, einfach nachzugeben. Den letzten Impuls gab die winzige Falte zwischen ihren Augenbrauen, einziges Zeichen für die Angst, mit der sie seiner Antwort entgegensah. Das machte ihn machtlos.

«Du bist komplett verrückt, ma filette.»

Da wusste sie, dass sie gewonnen hatte. Marilène mochte es gern, wenn Alf sie, ganz altmodisch und konventionell, «ma fillette» nannte, «mein Mädel». Noch lieber aber hörte sie den anderen Kosenamen, der sich irgendwann im Geplänkel ergeben hatte. «Filette» würde, wenn es den Begriff im Französischen gäbe, so etwas wie «weibliches Filetstück» bedeuten, und dies war ein Wortspiel ganz nach Marilènes Geschmack. «Ma filette» kam ihm nur in Momenten inniger Zärtlichkeit über die Lippen. Alf hatte immer vorgehabt, eine Eingabe bei der Académie française zu machen, damit das Wort ins französische Vocabulaire aufgenommen würde.

Auf ihrer Zunge schmeckte er noch das flüchtige Aroma von Whisky. Die Gedanken griffen nicht mehr, verloren Kontur. Alfs Hirn lief im Weichspülgang.

Sie blieben noch dreieinhalb Tage in Berlin. Alf wurde mehrfach Zeuge, wie Marilène den unglücklichen Maurice am Telefon vertröstete. Marilène richtete es so ein, dass er alles mithörte, und obwohl er sich dabei billig vorkam, empfand Alf Genugtuung. Er musste zugeben, dass Marilène bei der Wahl seines Rivalen ein sicheres Gespür bewies. Der bekannte Dirigent stellte nach außen hin genug dar, um Marilène ein exzellentes Leben bieten zu können. Und Alf kannte sonst kaum einen Menschen, der ihm so im Innersten zuwider war. Der Dirigent brachte in Alf die niedrigsten Instinkte zum Vorschein, die Lust, gemein und gewalttätig zu werden. Wieder einmal stand er vor dem Phänomen, dass alles, was Marilène tat, so leicht durchschaubar war und trotzdem die gewünschte Wirkung erzielte.

Am dritten Tag trank Alf sein erstes Glas Whisky. Er dachte, es könne ihm guttun, und so war es auch. Die vertraute, wohlige Wärme breitete sich aus und verhalf ihm zu der Entspanntheit, die er jetzt dringend brauchte. Ohnehin kam er sich nach den drei Tagen mit Marilène bei seiner fortwährenden Weigerung, Alkohol zu trinken, allmählich selbst etwas albern vor.

Für Marilène gehörte der Genuss alkoholischer Getränke untrennbar zu einem bestimmten Lebensstil, ebenso wie gutes Essen und gute Umgangsformen. Es gab Situationen, die nach Champagner verlangten, und andere, in denen es Prosecco sein musste. Es verletzte ihren Sinn für Etikette, vor dem Essen keinen Aperitif zu trinken und auf einer Party keine Cocktails. Marilène trank in Maßen, hatte aber auch hin und wieder nichts gegen einen kleinen Schwips. Dem Alkoholismus als solchem stand sie verständnislos gegenüber. Er befiel Menschen, die erblich belastet waren, von schwachem Willen oder labilem Charakter. Schon deshalb hielt sie Alfs angebliche Sucht für eine exzentrische Attitüde, die er sich in einem Anfall von Geschmacksverirrung zugelegt hatte. Sie nahm das Problem ebenso wenig ernst wie sein Vater.

Alf trank den ersten Schluck Whisky und dann den zweiten, er leerte langsam das ganze Glas und anschließend noch ein zweites. Die Katastrophe blieb aus. Abgesehen von dem bekannten Wohlgefühl passierte nichts weiter. Offenbar maß man der unbedingten Abstinenz wirklich zu viel Bedeutung bei.

Marilène wollte in ihrem Überschwang auf dem Weg nach Köln gleich in Wuppertal vorbeifahren und Carli abholen. Alf wandte vorsichtig ein, es sei vielleicht besser, erst noch eine Zeit zu zweit zu verbringen und zu sehen, wie es mit ihnen liefe.

Sie wandte den Kopf ab und sah auf die Fahrbahn, dann fragte sie zögernd: «So eine Art zweite Flitterwochen meinst du?»

Er fand es dreist, wie sie ihn absichtlich missverstand und das, was er sagte, zu beschönigen suchte, hielt es aber für klüger, sie nicht zu reizen.

«Ähm, ja, warum nicht. So könnte man es sehen.»

Doch sein Ärger verflog, als er zu ihr hinübersah. Wie so oft in den letzten Tagen war er betroffen über das glückliche Lächeln, das seine Worte auf ihr Gesicht zauberten. Das kleinste Zugeständnis von seiner Seite machte sie selig. Sie war bereit, ihm jedes Wort zu glauben. Vielleicht hatte sie sich wirklich verändert, die stolze, selbstherrliche Marilène, die sonst rückhaltlose Bekenntnisse und blinde Gefolgschaft gefordert hatte. In solchen Momenten löste sie eine Zärtlichkeit in ihm aus, die er früher nicht für sie empfunden hatte. Er wollte gern glauben, dass dieses Gefühl eine größere Chance barg als die kurzzeitig erwachte Leidenschaft, die nach wenigen Tagen bereits wieder sanft entschlief. Vielleicht könnten sie es sogar schaffen.

Sie bemühten sich beide so aufrichtig um einen guten Start, dass die Wohnung in Nippes in der ersten Zeit einem Porzellanladen glich, in dem Alf und Marilène auf Zehenspitzen herumtappten, ängstlich bemüht, keinen Konflikt aufkommen zu lassen. Sie behandelten einander mit derart ausgesuchter Höflichkeit, dass sie manchmal beide laut herauslachten. Die Heiterkeit ließ sie für Augenblicke vergessen, wie angespannt ihre Lage war. Denn obwohl Alf versuchte, der neuen Marilène Gerechtigkeit widerfahren zu lassen, blieb er misstrauisch. Es gelang ihm auch nicht immer, auszublenden, in welcher Weise dieses Zusammenleben eingefädelt und ihm aufgezwungen worden war. Er suchte Entschuldigungen für Marilène und fand sie in ihrem Naturell, ihrer Erziehung, ihrer Umgebung, aber im Grunde seines Herzens konnte er ihr nicht verzeihen, dass sie ihn manipulierte und erpresste. Dass er selbst es zuließ, manipuliert und erpresst zu werden, stimmte ihn nicht eben milder.

Marilène spürte Alfs innere Distanz und bemühte sich umso mehr, ihm entgegenzukommen. Weil Alf zum Großteil der früheren Bekannten den Kontakt verloren hatte und auch wenig Lust verspürte, wieder in den alten Partytrott zu geraten, schlug sie die Einladungen aus, die eingingen, sobald sich herumsprach, dass die fabelhafte Marilène wieder in der Stadt war, und kuschelte sich daheim mit einem Buch aufs Sofa. Sie verzichtete auf die Eröffnungshäppchen beim neuen Nobel-Italiener und ging stattdessen mit Alf ins Kino. Alf aber schien sich mit jedem Tag mehr zu verkrampfen. Am schlimmsten waren die gemütlichen Abende zu Hause, wenn er alle paar Minuten sein Buch hinwarf, aufstand, im Zimmer herumspazierte, sich wieder setzte, nur um als Nächstes in die Küche zu gehen, ins Bad, ins Schlafzimmer, eine Zigarette am Nordfenster rauchte und eine am Westfenster. Bis er schließlich selbst vorschlug, noch irgendwohin zu gehen und etwas zu trinken. Seine Nervosität übertrug sich auf sie, sein offensichtliches Unvermögen, die Zeit mit ihr zu genießen, machte sie gereizt, doch sie nahm sich fest vor, keinen Anlass zu Schuldzuweisungen zu geben. Hin und wieder hatte einer von ihnen einen glücklichen Einfall, und das schob die Eskalation vorläufig hinaus: «Alf, was sollen wir bloß tun, es ist gar nichts los an diesem Wochenende!»

Abgesehen von den drei Partys, zu denen sie eingeladen war. Weil sie sich neuerdings in Opfermut übte, erwähnte sie davon nichts.

«Wie wär's mal wieder mit Kino?»

«Baaah, Kino. Ich brauche Menschen! Vielleicht sollten wir doch zu dieser Lesung von diesem erbärmlichen Dichter gehen ... hinterher wird es was zu trinken geben, und vielleicht ist ja irgendjemand da ...»

Marilènes Opferbereitschaft hatte ihre Grenzen.

«Wir könnten ja mal bei Kopitzky vorbeischauen.»

Sie wurde hellhörig.

«Kopitzky, was ist das? Ein neues Lokal?»

«Ein alter Kumpel von mir. Goldschmied. Kopitzky wiegt einen erbärmlichen Dichter allemal auf.»

«Ist er interessant?»

«Doch, das könnte man sagen.»

«Und macht er schöne Sachen?»

«Ja, manche Sachen sind ganz gut.»

«Dann lass uns gleich gehen! Vielleicht find ich etwas Hübsches für mein armes kleines Kleid von Prada.»

Sie machten sich auf den Weg ins Eigelsteinviertel. Ein Leuchtschild in einem stockfinsteren Hinterhof zeigte an, dass sie sich unmittelbar vor dem «Salon Kopitzky» befanden. Hinter den großen Fensterscheiben brannte Licht, aber mehrlagige Schmutzschichten wirkten wie ein

Sichtschutz. Alf drückte die Klinke und schob Marilène durch die Tür. Der «Salon Kopitzky» entpuppte sich als Universalwerkstatt. Die abenteuerlichsten Werkzeuge und Instrumente lagen herum, die meisten davon eher zur Bearbeitung von Granit oder Eisen geeignet als zur Verarbeitung von Edelmetallen. Kopitzky war ein Liebhaber und Sammler alter, massiver Werkzeuge, insbesondere solcher, die zum Behau gemacht waren.

«Schätze, er kommt gleich», sagte Alf mit Blick auf die dampfende, von einer rissigen braunen Patina überzogene Kaffetasse. Im Ascher verglomm langsam eine Zigarette.

Wie zur Antwort wurde in einem angrenzenden Raum Schleim geräuschvoll hochgezogen und ausgespuckt. Marilène blickte zu Alf auf und verzog das Gesicht in einer Mischung aus Ekel und Belustigung. Kurz darauf hörten sie ein tiefes, wohliges Ächzen, danach eine Toilettenspülung. Eine rissige Holztür ging auf, und heraus kam Kopitzky in seiner ganzen schmierigen Pracht. Er war noch damit beschäftigt, seine Hose über dem Hüftspeck zurechtzurücken. Auf Alfs Räuspern schaute er überrascht auf, und sein großer Mund verzog sich zu einem herzlichen Grinsen. Er breitete die Arme aus und rief, jedes Wort ein markiger Schrei: «Ey! Strelitzky! Du Sack!»

Grinsend ging Alf Kopitzky entgegen, und Marilène musste mit ansehen, wie dieser Kerl mit seinen schmutzigen Pranken auf Alfs schönem cognacfarbenem Boss-Mantel herumpatschte. Ihr fiel ein, dass sie die Toilettenspülung, aber keinen Wasserhahn plätschern gehört hatte. Sie verscheuchte den unerfreulichen Gedanken und nahm Kopitzky in Augenschein. Er wirkte eher wie ein

Schwertschmied als wie ein Hersteller feiner, filigraner Schmuckstücke. Er mochte irgendwo in den Vierzigern sein, ein großer, kräftiger Mann, der mit den Jahren über den Muskeln einiges Fett angesetzt hatte. Das dichte, strähnige schwarze Haar trug er zu einem kurzen Pferdeschwanz zusammengebunden. Die festen Lippen umrahmte der typische Musketierbart, ein kleiner Schnurrbart unter der breiten, leicht gebogenen Nase und ein schwarzes, unten spitz zulaufendes Dreieck am Kinn.

Kopitzkys lebhafte kleine Augen wanderten von Alf zu Marilène.

«Das ist Marilène. Meine Frau.»

«Sacre cœur! Bonjour, Madame.»

Er grinste breit, umschloss fest ihre Hand und sagte genießerisch: «Eijeijeii ...»

Alf sah belustigt, wie Marilène lächelte und wahrhaftig errötete. Sie schien plötzlich von Schüchternheit befallen, ein seltener Anblick. Er beschloss, sie zu erlösen, und gab dem Goldschmied einen kräftigen Klaps auf den Rücken: «Ey, Kopitzky. Zeig Marilène doch mal, was du in der letzten Zeit so fabriziert hast.»

«Avec plaisir. Ach, apropos, wie hat Madame der Zigarettenhalter gefallen?»

Mit fragendem Lächeln sah Marilène vom Schmied zu Alf: «Pardon?»

«Der war nicht für Madame.»

Auf ihre unausgesprochene Frage antwortete er: «Erklär ich dir später.»

Kopitzky klatschte in die Hände.

«Vorab, mes amis, was wollt ihr trinken? Bier, Schnaps, Kaffee?»

Alf winkte ab. Marilène hätte gern einen Kaffee gehabt,

aber die schmuddelige Tasse, aus der Kopitzky trank, ließ sie Abstand nehmen.

«Wenn ich vielleicht ein Glas Wasser haben könnte?»

«Ein Gläschen Evian für Madame? Mais oui!»

Er schlug sich gegen die Stirn.

«Parbleu, das Evian ist mir ausgegangen! Madame müsste sich mit Leitungswasser begnügen. Aber ich versichere, das Kölner Leitungswasser ist einwandfrei.»

«Du musst wissen, Kopitzky, Marilène spült sogar das Geschirr mit Evian.»

«Das ist ja überhaupt nicht wahr! Du lügst, mon Alf!»

«Außerdem gießt sie die Blumen mit Evian.»

«Ja, weil ihnen das guttut.»

Alf warf Kopitzky einen vielsagenden Blick zu.

«Das ist eben Kultur, Strelitzky. Vive la France!»

«Vive la France!», jubelte Marilène.

«Les jours de gloire sont arrivés», stellte Alf sachlich fest.

Kopitzky zwinkerte Marilène zu und forderte sie mit einem Rucken des Kopfes auf, ihm zu folgen. Er begann, von Frankreich zu sprechen. Sein fließendes Französisch überraschte sie, und sie lachte jedes Mal perlend, wenn er, um sie zu amüsieren, in den breiten Akzent von Marseille verfiel. Marseille war nur eine der vielen Stationen auf Kopitzkys Lehr- und Wanderjahren gewesen. Dort hatte er Freundschaft mit Alf geschlossen.

Seine Arbeiten überraschten Marilène noch mehr. Sie stieß kleine Laute des Entzückens aus, während er eine um die andere samtausgeschlagene Schublade vor ihr aufzog. Als er gerade die letzte Lade wieder schließen wollte, legte sie ihre Hand auf seine Pranke und sagte: «Non! Dieses Collier, ich muss es einfach haben!»

Sie drehte den Kopf über die Schulter und rief mit flehendem Blick: «Alf!»

Alf kam heran. Was er sah, ließ ihn die Stirn runzeln. Er konnte sich ungefähr vorstellen, was Kopitzky für so ein Stück nehmen würde. Der grinste und sagte: «Madame hat einen exklusiven Geschmack. Das Beste, was ich in letzter Zeit gemacht habe. Alter, ich würde dir ja mit dem Preis entgegenkommen, aber bei so einer Frau, da darf man nicht feilschen. Das wäre schäbig.»

«O Alf, es ist wie für mich gemacht!»

«Es ist für Sie gemacht, Madame. Ich hatte eine Vision, als ich es schuf ...»

«Kopitzky, spar dir dein Geschwafel. Was willst du dafür haben?»

«Drei-drei.»

«Ist es aus Weltraumtitan, oder was?»

«Ich könnte auf drei-zwei runtergehen, das wäre meine kleine Hommage an Madame.»

«Oh mon Alf, das ist wirklich nicht zu teuer!»

«Weißt du, ich kann mir solche Extravaganzen im Moment eigentlich nicht – sag mal, hast du nicht schon was ganz Ähnliches?»

«Mais non! So was hab ich mir immer gewünscht, aber noch nie hab ich so was besessen, so was – Herrliches! Kopitzky! Darf ich es bitte einmal anlegen?»

«Jetzt warte doch mal –»

Aber Kopitzky hatte das Collier schon in den Händen und legte es Marilène behutsam um ihren nackten Hals. Alf seufzte. Damit war die Sache entschieden. Er musste zugeben, es sah toll aus. Kopitzky, ganz seiner Meinung, fuhr sich mit der Zunge über die Lippen und flüsterte: «Superb.»

Marilène strahlte. Instinktiv legte sie die Hand an den Hals, um ihr Collier zu beschützen. Alf sagte: «Also, jetzt hätte ich dann doch gerne ein Bier.»

Es wurde ein entspannter, heiterer Abend. Wenn auch, dachte Alf im Stillen, etwas teuer bezahlt. Die Unterhaltung konnte man getrost Kopitzky überlassen, der vor der Frau seines Freundes zu Hochform auflief. Alf gab nur hier und da ein Stichwort. Marilène lauschte gebannt Kopitzkys Geschichten, in denen Messerstechereien unter rivalisierenden Obstpflückern, eifersüchtige Huren und flintenbewehrte Bäuerinnen vorkamen. Den Hintergrund boten Sonnenaufgänge im Rif-Gebirge oder Eisregen auf den Hebriden.

Auf dem Heimweg sagte sie: «Dieser Kopitzky. Er ist irgendwie hemingwayesk, findest du nicht?»

Alf lachte. «Da is was dran.»

«War er nun eigentlich in der Legion oder nicht?»

«Wundern würd's mich nicht. Aber er macht ein Geheimnis darum. Nimm dich in Acht vor ihm, er wirkt so gemütlich, aber er ist ein ganz schönes Schlitzohr.»

«Das hab ich wohl bemerkt. Aber mir kann er nichts tun, ich bin eine verheiratete Frau. Ach, übrigens, was ist das für eine Sache mit diesem Zigarettending?»

«Hm?»

«Du weißt schon, was ich meine. Kopitzky hat sich verplappert, stimmt's?»

«Ach, das. Nichts.»

«Du lügst, mon Alf.»

«Und du bist eine kluge Frau. Sei so klug und frag nicht weiter. Glaub mir, es ist nicht wichtig.»

«Wenn es nicht wichtig ist, interessiert's mich auch nicht.»

«Bon.»

«Du bist so ein Schatz, mir das wunderhübsche Collier zu kaufen! Weißt du, ich glaube, wir sollten doch morgen Abend zu Professor Rohrbachs gehen. Es wird stinklangweilig sein, aber alle werden mich bewundern mit diesem Prachtstück von Collier!»

«So was in der Art hab ich befürchtet.»

Gute Momente wie der Abend mit Kopitzky halfen Marilène, sich weiter über die Widrigkeiten hinwegzutäuschen. Alf hingegen bekam massive Schuldgefühle. Solange eine wenn auch vorübergehende Harmonie möglich war, musste er sich vorwerfen, seinerseits nicht genug getan zu haben, um sie zu bewahren. Ein Trugschluss, natürlich. Aber seine Gedanken drehten mittlerweile hochtourig auf der Stelle wie die Reifen eines in den Graben gesetzten japanischen Kleinwagens.

13
Pfadfinders Requiem

Manchmal sehnte Alf sich danach, sein Dilemma irgendeinem Außenstehenden zu unterbreiten. Doch der Einzige, dem er sich anvertraut hätte, war Rainer. Und Rainer kam leider nicht mehr in Frage.

Alf hatte die Notwendigkeit, seinen besten Freund von den veränderten Verhältnissen in Kenntnis zu setzen, immer wieder hinausgeschoben, aus leicht verständlichen Gründen. Er schämte sich ganz einfach, diese Riesendummheit zu beichten, gerade vor Rainer, der sich so viel Mühe mit ihm gegeben hatte. Es widerstrebte ihm, aus Rainers Mund die Wahrheiten zu hören, die er selbst geflissentlich beiseiteschob. Und auch wenn er es sich nur schwer eingestand: Durch den Streit über Rotraut hatte ihre Freundschaft gelitten. Alf wusste nicht mehr, wie Rainer zu ihm stand.

Doch als dann Rainer an einem frühen Sonntagnachmittag ganz unvermutet in sein Büro hereinspaziert war, war Alf einfach nur heilfroh gewesen.

Vor lauter Freude schlug er mit beiden Händen auf die Tischplatte. Das von Carli gebastelte Kastanienmännchen machte einen lustigen kleinen Hüpfer.

«Rainer, Menschenskind, das is ja 'ne Überraschung!»

Alf sprang vom Schreibtisch auf und lief seinem Freund entgegen. Erst kurz vor der guten alten Pfadfinderbegrüßung besann er sich. Etwas warnte ihn, die Umarmung könne dieses Mal kläglich ausfallen. Rainer rührte sich nicht. Ungeschickt patschte Alf ihm auf die Schulter und wies weit ausholend aufs Sofa: «Setz dich doch!»

Rainer knöpfte den Mantel auf, hängte ihn an die Garderobe, darüber den Schal, und nahm Platz.

«Ich hab bei dir zu Hause angerufen. Marilène war am Apparat.»

«Ja, wir versuchen es nochmal. Verrückt, was?»

«Was hat dich bloß auf die Idee gebracht?»

«Also, es war nicht meine Idee ...»

«Die Idee deines Vaters?»

«Wieso, nein. Ich meine, er findet die Idee natürlich gut, aber ausgedacht hat sich's Marilène.»

«Bist du sicher?»

«Was willst du denn damit sagen?»

«Vergiss es. Ich bin schließlich nicht dein Therapeut.»

«Stimmt.»

Nach einer kleinen Pause fragte Alf: «Kaffee?»

«Nein danke.»

«Du bist gekränkt, weil ich es dir nicht erzählt habe. Aber weißt du, das ist nicht so leicht ...»

«Vor allem bin ich müde.»

«Müde?»

«Wir kennen uns so lange. Und jetzt bin ich müde.»

«Ich versteh nicht ...»

«Ich bin jetzt vierzig. Vielleicht liegt's daran. Ich hab einen anstrengenden Beruf. Von meinen Klienten darf ich nicht enttäuscht sein. Von meinen Freunden schon.»

«Ich versteh, dass du enttäuscht bist. Aber ich versteh nicht, was du ... ich meine, was wird das? Willst du mir die Freundschaft kündigen?»

«Ich hab in den letzten zwei Wochen viel Zeit mit Rotraut verbracht. Es geht ihr nicht gut.»

«Ach, da liegt der Hund begraben.»

Rainer winkte ab: «Du bist direkt paranoid, wenn's um Rotraut geht. Wir haben kaum über dich gesprochen. Aber, weißt du, ich hab viel nachgedacht über das, was du beim letzten Mal gesagt hast ...»

«Ja?»

«Hm. Diese schöne Freundschaft zwischen uns dreien, die war ja wohl eine Illusion. Ich muss der reinste Idiot gewesen sein.»

«Nicht doch, Rainer, ich meine ...»

Rainer schaute ihn aufmerksam an, doch Alf wusste nicht mehr weiter und flüchtete sich in eine hilflose Geste. Rainer nahm es als Bestätigung und nickte: «Ich kann nicht mit euch beiden so eng befreundet sein. Ich kann nicht euch beiden gerecht werden. Das zu glauben war Quatsch.»

«Mensch, das hört sich an, als wollten Rotraut und ich bei dir eine Paartherapie machen. Du – du redest einen Scheiß, Rainer, ehrlich!»

«Kann sein. Die Wahrheit ist, ich hab das Gefühl, ich werde aufgerieben zwischen dir und Rotraut. Von einem von euch brauch ich Abstand.»

«Von mir, mit andern Worten?»

«Na ja, du machst es mir leicht. Du bringst selber eine Kluft zwischen uns, wenn du mir so was wie mit Marilène verschweigst.»

«Ich kenn dich nicht mehr wieder ...»

«Siehst du. Mir geht's ganz ähnlich.»

Alf fühlte sich so überfahren, dass er nur dasaß und ein paarmal stumm den Kopf schüttelte. Rainer schaute kurz hoch, aber vor Alfs verständnislosem Blick schlug er gleich wieder die Augen nieder.

«Du verstehst mich nicht?»

«Nein, beim besten Willen, ich versteh dich nicht.»

«Dann geh ich jetzt besser.»

Des ungeachtet blieb er sitzen. Ein unschlüssiges Weilchen lang. Zuletzt schlug er sich leicht auf die Schenkel, stand auf, ging zur Garderobe und zog langsam seinen Mantel an. Er zog ihn nochmal aus, weil er vergessen hatte, den breiten Schal ordentlich darunterzulegen. Beim letzten seiner Knöpfe hielt er inne, hob den Kopf und fragte: «Jetzt, wo Marilène wieder bei dir lebt, was ist da mit Perdita?»

Alf, mit seinen Gedanken ganz woanders, wurde von der Frage überrumpelt: «Wie, was, was hat Perdita damit zu tun?»

«Ich dachte nur. Ich dachte, du wärst verliebt in sie.»

«Also – davon war nie die Rede, oder?»

«Ach so.»

Alf verstand selbst nicht, warum er sich überhaupt noch für irgendetwas rechtfertigte, vor diesem Rainer, der seit neuestem alles nur zu seinen Ungunsten auslegte. Es musste wohl eine liebe, alte Gewohnheit sein.

«Ich meine, die paar Mal, wo ich sie gesehen hab, kannst du an einer Hand abzählen. Ich weiß ja im Grunde nichts von ihr. Wenn wir telefonieren, dann unterhalten wir uns ausschließlich über Stummfilme.»

«Ja dann. Und, wirst du sie weiter anrufen?»

«Also – ich denke, wohl besser nicht.»

«Aber du sagst ihr wenigstens, dass du sie nicht mehr anrufen wirst und weshalb?»

Da war sie wieder, diese moralinsaure Überheblichkeit, die ihm etwas unterstellte und aus der er Rotrauts Einfluss herauszuhören glaubte. Mit plötzlicher Schärfe antwortete Alf: «Warum sollte ich? Du und ich und Rotraut, wir wissen doch, dass ich ein Arschloch bin.»

Rainer nickte noch einmal kurz, das konnte Zustimmung bedeuten oder auch einen letzten Gruß an das Kastanienmännchen auf dem Schreibtisch. Dann ging er wortlos aus der Tür.

14
Die Abenteuer des spanischen Gesandten

Sooft es ging, täuschte Alf jetzt Arbeit vor und verzog sich ins Büro, aber Marilène tolerierte das nur bis zu einem gewissen Grad. Sie erhob Anspruch auf seine Gesellschaft und ließ durchblicken, dass sie nach wie vor mit dem ergebenen Maurice in Verbindung stand. Sie las die Briefe des Dirigenten beim Frühstück, mit nachdenklicher Miene, mitunter entfuhr ihr ein Ausruf des Entzückens oder der Rührung. So durchsichtig das alles auch war, Maurice blieb ein Druckmittel, und Alf durfte sich nicht gehenlassen.

Es fiel ihm zusehends schwerer, sie anzufassen. Ihr Taktieren stieß ihn ab, die Ignoranz, mit der sie sich über seine Gefühle hinwegsetzte und auf ihrer inzwischen schon fixen Idee beharrte, machte ihn aggressiv. Einmal, als er tief in Gedanken war, strich sie ihm mit der Hand über die Wange. Unwillkürlich verzog er das Gesicht und drehte unwillig den Kopf weg. Er erschrak selbst über seine unbedachte Regung, Marilène aber war entsetzt. Sie starrte ihn fassungslos an, dann schlug sie ihn mit aller Kraft ins Gesicht. Sie begann hysterisch zu schluchzen, und es war nicht leicht, sie zu beruhigen.

Alf erkannte, wie sehr sie an ihm hing, oder an dem Mann, für den sie ihn hielt, das war für Marilène ein und dasselbe. Diesen Mann wollte sie zurückhaben, kostete es sie auch ihren Stolz, ihren Charme, ihre Selbstbeherrschung. Wenn Alf sie nicht mehr wollte, hieß das für Marilène, dass sie in ihrer Weiblichkeit, über die sie sich in erster Linie definierte, gescheitert war, es bedeutete außerdem ihr gesellschaftliches Versagen, denn in den konservativen Kreisen, denen ihre Familie angehörte, war eine Scheidung noch immer ein Makel, besonders für die Frau.

Alf wollte nicht gern erleben, wie Marilène an ihre Grenzen stieß und womöglich daran zerbrach. Weil er ihr nicht helfen konnte, weil ihm zur klärenden Aussprache die Kraft und der Glaube fehlten, biss er die Zähne zusammen und begann, sie trotz seines Widerwillens auf Partys zu begleiten. Unter den gewohnten gesellschaftlichen Ritualen, der Anerkennung, die ihr zuteil wurde, lebte sie auf und fand ein Stück weit zu ihrer alten Sicherheit zurück. Alf hingegen fand es in seiner Verfassung noch furchtbarer, als er es sich vorgestellt hatte. Er kam nicht in Schwung, er konnte keinen Bezug mehr herstellen zu diesen Leuten und ihrem Geschwätz. Er hielt es nur aus, wenn er trank. Ihm war inzwischen klar, dass er wieder an der Flasche hing. Spätestens gegen Mittag trank er sein erstes Glas, weil seine Nerven zu flattern begannen. Er brauchte den Alkohol auch an den Tagen, die relativ friedlich verliefen, Tagen, an denen er Marilène kaum sah, weil er im Büro arbeitete und sie den Abend mit Bekannten verbrachte. An den anderen Tagen brauchte er mehr.

Weil Alf keinen Gedanken darauf verwandte, wie Marilène sich die Zeit vertrieb, war er einigermaßen überrascht, als eines Tages Kopitzky mit einem besonderen Anliegen in sein Büro hereinschneite.

«Ey, Kopitzky! Welche Freude. Magst 'n Bier?»

«Immer, Alter, weißt du doch.»

Die beiden klonkten ihre Flaschen gegeneinander, und während Alf sich noch wunderte, was Kopitzky veranlasste, sich jenseits des Eigelsteins herumzutreiben, rückte der auch schon damit heraus.

«Also, zum Anlass meines Besuches: Ich traf neulich deine Gattin auf einer Party, und –»

«Du gehst auf die gleichen Parties wie Marilène? Im Ernst? Auf solche Partys gehst du?»

«Hey, Mann, ich hatte eine vielbeachtete Ausstellung vor zweieinhalb Monaten. Seitdem bin ich gesellschaftsfähig.»

«Oha! Glückwunsch, Mann!»

«Danke. Also, ich traf Madame Strelitz, wir kamen ins Gespräch –»

«Hat sie mir gar nicht erzählt.»

«Wir kamen aber wirklich ins Gespräch, und –»

«Oh, ich wollte das nicht anzweifeln!»

«Seit wann bist du so geschwätzig, Strelitzky?»

«Pardon.»

«Kurz und gut, ich wollte dich fragen, ob du was dagegen hast, wenn ich mit der kleinen Madame mal was unternehme.»

«Aber nicht die Spur!»

«Will ihr das Atelier von dem Russen zeigen. Glaub, das könnte ihr Spaß machen.»

«Klar. So was mag sie gern.»

«Danach würd ich sie vielleicht noch zum Essen ausführen.»

«Ja, mach das.»

«Also, du hast kein Problem damit?»

«Warum sollte ich?»

«Gut. Dann nehm ich noch ’n Bier.»

Das, fand Alf, war wirklich eine köstliche Kombination. Marilène und Kopitzky. Er musste sie nächstens unbedingt fragen, wie der Abend verlaufen war. Aber er vergaß es.

Das Büro wurde seine Zuflucht. Im Büro trank er anders. Er genehmigte sich nur das Maß, das er brauchte, um sich auf die Arbeit zu konzentrieren oder friedlich seinen Gedanken nachzuhängen. Manchmal erlaubte er sich die Vorstellung, wie er mit dem Wagen gegen einen Betonpfeiler raste. Er überlegte, wo das am besten zu bewerkstelligen sei, und fand Zerstreuung darin, sich seine Beerdigung auszumalen. Seine Mutter, still schluchzend in ihrem kleidsamen schwarzen Chanel, einen hauchzarten schwarzen Chiffonschleier über der Frisur. Sein Vater, gramvoll und aufrecht. Die ernsten Gesichter seiner Geschwister. Hinter einer riesigen Sonnenbrille seine Witwe in einem strengen schwarzen Kleid, das Haar unter einem großen schwarzen Kopftuch verborgen, wie eine stolze Sizilianerin aus einem Mafiafilm. Sie klammerte sich an einen Strauß weißer Gladiolen, die unpassenderweise noch in Plastik eingeschweißt waren. Alf stutzte, sah nochmal genauer hin und stellte fest, dass den Platz seiner Witwe Perdita eingenommen hatte, das Gesicht eine bleiche, marmorne Maske des Schmerzes. Er hing der sentimentalen Frage nach, ob sie wohl auch in Wirklichkeit um ihn trauern würde. Sein Blick schweifte weiter zu der winzigen, verlorenen Gestalt, die man in einen schwarzen Anzug gesteckt hatte, und an dem Punkt war es dann jedes Mal mit seinem Bad im Selbstmitleid vorbei.

Mit der Zeit bemerkte Alf, dass noch jemand anders sich in seinem Büro niedergelassen hatte. Sie beide pflegten die gleichen Trinkgewohnheiten, sie schätzten es nicht, dabei viele Worte zu machen. Stumm prosteten sie einander zu und sinnierten weiter, jeder für sich.

Cheers, John Gilbert, Great Lover of the Silver Screen!

Perdita nahm den Hörer ab und meldete sich mit ihrem Namen. Eine fremde, klingende, warme Männerstimme antwortete ihr: «*... they warmed and ripened in the Spanish sun, my hazienda is overrun with them ...*»

Sie presste den Hörer fest ans Ohr und wartete einfach ab.

«*At the season of the great harvest, even the air smells purple. Purple grapes ...*»

Die fremde Stimme entfernte sich. Ganz nah an ihrem Ohr, doch so leise und versonnen, als teilten sie beide die gleiche, vertrauliche Träumerei, fragte Alf: «Na, Dark Star? Hast du Lust? Purple grapes ...»

Sein «purple grapes» war nur noch ein Flüstern. Unwillkürlich legte Perdita eine kühlende Hand an ihre Wange.

«Purpurrote Pampelmusen?», fragte sie verwirrt.

«Trauben, Baby, grapes sind Trauben. Sie wuchern nur so auf meiner Hazienda.»

«Deiner Hazienda?»

«Seiner. Unserer. Meines Freundes, des spanischen Gesandten seiner. Er pflegt zu sagen: mi casa es tu casa. Ich darf mir einladen, wen ich will.»

Die purpurduftende Luft, mit der das Telefonat begann, hatte in Perdita eine unbestimmte Erinnerung geweckt. Sie wäre wohl schneller von Begriff gewesen, wenn nicht Alfs Ton sie so gefesselt hätte. Der spanische Gesandte brachte sie auf die Spur.

«Du redest von dem spanischen Gesandten in Schweden, an Königin Christines Hof? War das – war das John Gilbert, der da gesprochen hat?»

«Yes, Gilbert talks ... du hast ihn wohl noch nie gehört?»

«Nein.»

Sie wollte, dass Alf weitersprach, sie war ganz fasziniert von diesem Ton in seiner Stimme. Er schwieg aber, und so fügte sie hinzu: «Nein, ich kenne nur diese Gerüchte, er sei am Tonfilm gescheitert, weil seine Stimme zu hoch war. Aber ich wusste, dass das nicht wahr sein konnte ... seine Stimme ist wunderbar!»

«Ja, sie verfügt über Nuancierungen, Schattierungen, Phrasierungen ... eine wunder-, wunderbare Stimme ...»

Was mag nur mit ihm los sein, dachte Perdita. Alf klang entrückt, elegisch, und darunter mischte sich noch etwas anderes, wie eine eigenartig träumerische Rotzigkeit.

«Hast du die Originalversion?»

«Ja.»

«Und, wie ist Garbos Stimme so?»

«Hm, sie ist dunkel. Ein bisschen wie deine, wenn du aufgeregt bist.»

«Wenn ich, äh, was bin?»

«Aufgeregt. So wie jetzt grad. Dann klingt deine Stimme dunkler als normalerweise.»

Ihr fiel nichts Besseres ein, als sich zu räuspern.

«Ich mag's, wenn deine Stimme so dunkel klingt. Ich mag sie überhaupt. Aber besonders mag ich sie, wenn du dich ein bisschen aufregst.»

«So. Ich, also, ich bin eigentlich gar nicht aufgeregt.»

Er lachte leise. Dann kam nichts mehr.

«Bist du noch dran?»

«Ja, Dark Star, ich bin noch dran.»

«Ist alles in Ordnung mit dir?»

«Ja, warum?»

«Ich weiß nicht. Du klingst ... irgendwie anders?»

Er sprach auch um ein weniges leiser als sonst, langsamer. Nicht stockend, aber nach jedem Satz gab es ein winziges Innehalten. Das verlieh allem, was er sagte, einen besonderen Nachdruck, als sei darin ein Sinn verborgen, der einem, wenn man nicht aufpasste, allzu leicht entging.

«Möchtest du lieber auflegen?», fragte er gerade.

«Nein. Möcht ich nicht.»

«Ich auch nicht.»

Es entstand eine kleine Pause. Perdita sagte, was ihr gerade einfiel: «Weißt du, komisch, aber jemand hat mir mal gesagt, meine Stimme würde schrill, wenn ich mich aufrege.»

«Vielleicht hängt's davon ab, worüber du dich aufregst.»

«Hm. Ja, mag sein.»

«Wer war das?»

«Wer?»

«Wer hat gesagt, deine Stimme würde schrill?»

«Oh. Ein Typ.»

«Mieser Typ?»

«Nein, nicht eigentlich mies, aber – puuh.»

«Oh, là, là.»

«Nein, auch nicht oh, là, là, ganz bestimmt nicht oh, là, là.»

«Schreckliche Vorstellung, du mit Oh, là, là, und er treibt dich so weit, dass deine Stimme schrill wird.»

Sie lachte: «Furchtbare Vorstellung, aber du kannst dich beruhigen.»

«Du weißt gar nicht, was du da sagst.»

«Wie meinst du das?»

Statt einer Antwort folgte eine neuerliche Pause, dann sagte er: «Hör mal, Dark Star, es tut mir leid, aber meine Sinne schwinden, meine Augen klappen zu ... ich hatte einen durchaus anstrengenden Tag. Ich fürchte, ich muss nun doch auflegen.»

«Ach ...»

«Sag mir, Perdita ...»

«Ja?», fragte sie nach einer gewissen Zeit.

«Sag mir, wie das wäre, nur du und ich und Jack Gilbert, im Original?»

«Das wäre – das wäre schön ...»

«Aber?»

«Aber –»

Sie holte tief Luft. Diese Elegie von Alf hatte sie schon ganz angesteckt.

«Aber ich vertrag im Moment kein Melodrama. Ich weiß nicht, ob du das verstehst, aber ich – vertrag's eben grad nicht.»

«Ich versteh das sehr gut.»

«Ja?»

Doch er hatte bereits aufgelegt. Perplex hielt Perdita den Hörer in der Hand, dann legte sie ihn behutsam zurück auf die Gabel.

Sie war bereits im Badezimmer beim Zähneputzen, als es erneut klingelte.

«Entschuldige, ich hab einfach aufgelegt.»

«Äh, ja ...»

«Ich bin hundemüde.»

«Willst du damit sagen, du bist einfach eingeschlafen?»

«Nein, ich hab weiter mit dir geredet. Aber der Hörer hat mich wohl gestört. Ich hab weiter mit dir geredet, und erst nach einer Weile hab ich gemerkt, dass es nur in Gedanken war.»

«Oh ...»

«Ich bin ein bisschen neben der Spur, glaub ich.»

«Armer Alf.»

Wieder entstand eine seltsame Pause.

«Dann gute Nacht», sagte Perdita, «schlaf schön.»

«Ja. Du auch.»

15
Die Loge der Schwärmer

Perdita, die noch immer alles daransetzte, jegliche Dramatik aus ihrem Leben zu bannen, machte sich unterdessen ein Gewissen aus der Frage, ob sie diese Anrufe, die ihr viel bedeuteten und mancherlei in ihr auslösten, überhaupt zulassen durfte. Sie sagte sich, dass es in Ordnung sei, solange Alf in ihren Gedanken nur einen kleinen Platz einnahm, wenn auch einen Platz, von dem aus er ein warmes, sanftes Licht warf auf alles, was sie sonst so dachte und tat. So verhält es sich ja eben mit der Schwärmerei, sie ist eine warme Lichtquelle, die unauffällig, kaum merklich, die Tage erhellt und zum Leuchten bringt. Und also war auch Alf nicht mehr als eine kostbare, köstliche Schwärmerei.

Perdita hütete sich, zu irgendwem davon zu reden. Zwar durfte der Schwärmer von seinem Schwarm schwärmen, auch laut und in Worten, doch nur vor anderen zarten, schwärmerischen Ohren. Undenkbar, sich etwa Evelyn anzuvertrauen. Evelyn legte mitunter einen Pragmatismus an den Tag, der dem Geist der Schwärmerei völlig zuwiderlief. Perdita wusste genau, was Evelyn sagen würde: «Schön und gut, aber willst du ihn jetzt vögeln oder nicht? Wenn ja, dann mach endlich. Wenn nicht, dann hör mit diesen Telefonaten auf, du steigerst dich bloß in was rein und bist für alles andere blockiert.»

Perdita bereute bitter, dass ihr einmal Heinzi gegenüber ein, zwei Worte entschlüpft waren. Den Rest hatte

Heinzi mit sicherem Gespür zusammengereimt und sich dann harpyiengleich darüber hergemacht: «Also das ist so 'ne Art Telefonsex, was ihr da macht?»

«Nein, Heinzi, das ist es ganz sicher nicht.»

«Natürlich nicht dieser ‹ich nehm jetzt meinen Finger, und guck mal, uups, komisch, ich bin ja ganz feucht da unten, hmm, das riecht aber komisch –›»

«Heinzi –»

«Eher so 'n Telefonsex à la Courths-Mahler, oder, ja genau, Telefonsex à la Walt Disney, mit Blümchen und Vogelgezwitscher und lustigen Schmetterlingen ... ja, irgendwie passt das zu dir. Ihr sprecht bestimmt auch mit niedlichen Quietschstimmen?»

«Nein, tun wir nicht.»

«Du hast aber vorhin irgendwas über seine Stimme gesagt. Das hörte sich an, als spräche er wie Bambis Vater.»

«Du hast so dermaßen keine Ahnung, Heinzi, aber auch so was von dermaßen nicht die geringste –»

«Weißt du denn, wo dein Alf seine Hand hat, wenn er mit dir telefoniert?»

«Heinzi, du tust mir herzlich leid.»

«Ich raub dir nur ungern deine Illusionen, aber wir Männer, weißt du, wir sind in erster Linie –»

«Heinzi: Auf Wiederhören.»

Doch eines Tages fand Perdita einen ebenbürtigen Gesprächspartner.

Sie war gerade mit ihrem Donnerstagsjob fertig geworden und schickte sich an, das asiatische Refugium des immer noch gesichtslosen Herrn Brettschneider zu verlassen. Sie trug schon ihren Mantel und steckte eben den Umschlag mit ihrem Lohn ein, da hörte sie den Schlüssel in der Wohnungstür. Bestürzt schaute sie auf ihre Armbanduhr. Der Herr Brettschneider hatte schriftliche Anweisungen hinterlassen, dass er sie keinesfalls nach zwanzig Uhr in seiner Wohnung anzutreffen wünschte. Die Uhr zeigte aber erst neunzehn Uhr dreiundfünfzig, folglich lag der Fehler nicht bei ihr, sondern bei Herrn Brettschneider. Augenblicke später sah Perdita sich einem sehnigen, glatzköpfigen Mann um die fünfzig gegenüber, dessen feingezeichnete Brauen sich bei ihrem Anblick in grenzenloser Überraschung hoben. Er erinnerte sie an irgendwen.

«Suzanne Wong! Was tun Sie denn hier?»

«Also – falls Sie Herr Brettschneider sind, dann habe ich gerade Ihre Wohnung geputzt.»

«Das ist ja reizend von Ihnen, aber wie kommen Sie dazu?»

«Na, Sie bezahlen mich schließlich dafür.»

«Nein, sagen Sie bloß. Sind Sie am Ende meine neue Putzfrau?»

«Ich bin schon seit gut zwei Jahren Ihre Putzfrau.»

«Nein! Sie sind diese Frau Kellermann? Ich hab Sie mir ganz anders vorgestellt.»

Immer noch bass erstaunt, machte er zwei Schritte auf sie zu und reichte ihr die Hand: «Gestatten Sie – Brettschneider.»

Perdita lächelte.

«Mephisto Brettschneider, wenn ich mich recht entsinne.»

Sie hatte inzwischen ihren stummen Kavalier von Rainers Geburtstagsfest wiedererkannt, denn dieser Herr Brettschneider sah auch ohne weiße Schminke und Hahnenfeder aus wie ein Mephisto. Unterhalb der ausufernden Glatze war ihm nur ein schwarzer, kurzgehaltener Haarkranz geblieben. Umso mehr fiel die Aufmerksamkeit auf sein scharfgeschnittenes Gesicht, in dem alles Lineare, die Augenbrauen, der leicht gewölbte Nasenrücken, die dünnen, eigenwilligen Lippen, wirkte, als sei es mit feinem Pinsel hingetuscht. Es wunderte Perdita nicht mehr, warum er sich bei einer Operettenparty als Opernfigur verkleidete. Er besaß einfach die Physiognomie dazu.

«Suzanne Wong ... Wissen Sie, ich habe hin und wieder an Sie gedacht. Sie wirkten so geheimnisvoll inmitten all dieser verkleideten Bourgois. Allerdings stellte ich Sie mir immer in einer kleinen goldenen Pagode vor, oder einer verrufenen Teestube im Hafen von Schanghai. Ganz sicher nicht in meiner Küche beim Wienern meiner Resopalplatten.»

«Tja, der Ball ging zu Ende, und Aschenputtel ist zurückgekehrt zu seinem Abwasch. Ihrem Abwasch, in diesem Fall.»

Einen Augenblick lang sah Herr Brettschneider sie sinnend an, dann gab er sich einen Ruck und klatschte laut in die Hände.

«Der Traum ist ausgeträumt! Gut! Jetzt müssen Sie endlich ein Glas mit mir trinken. Nachdem Sie den Champagner, den ich Ihnen darbot, so schnöde in den Blumentopf gekippt haben.»

«Oh ... Nun, sehen Sie, zum einen sind Sie nicht lang genug geblieben, um mit mir anzustoßen, zum anderen, da war ja schon das nächste Glas ...»

«Ja, auch das habe ich bemerkt.»

«Ach ...»

Der Ton, in dem er das sagte, ließ darauf schließen,

dass ihm auch manches andere nicht entgangen sein mochte, und unbehaglich fragte sich Perdita, ob dieser Herr Brettschneider auf Rainers Party wirklich nichts Besseres zu tun gehabt hatte, als sie den ganzen Abend zu beobachten. Er schien ihre Gedanken zu erraten: «Ja, wie gesagt, Sie stachen mir ins Auge an jenem Abend. Niemals hätte ich gewagt, Sie anzusprechen. Damals waren Sie – eine exotische Erscheinung, ein Traumgebilde, wenn Sie so wollen, dem ich mich nicht anders als in stummer Verehrung nähern konnte.»

Er senkte den Kopf, schürzte leicht die Lippen und warf ihr unter diabolischen Brauen einen durchdringenden Blick zu. Damit überließ er es ihr, seine Erklärung ironisch aufzufassen oder als etwas pompöse Galanterie. Perdita nahm es für eine Mischung aus beidem und lächelte gelassen. Brettschneider nickte kurz, zufrieden, so als beglückwünsche er sie beide zu dieser perfekten Art der Kommunikation. Er fuhr fort: «Wie Sie jetzt so vor mir stehen, muss ich mich von dem Traum verabschieden. Oh, bitte, das soll Sie nicht kränken! Nur, seien Sie ehrlich: Sie haben gar keine goldene Pagode.»

«Offen gestanden: nein. Und, ehrlich gesagt: Ich heiße auch nicht Suzanne.»

«Ich sehe, wir verstehen uns. Kommen Sie. Trinken wir was. Jetzt, wo Sie sich gewissermaßen materialisiert haben.»

Nach diesen Andeutungen über Traumgebilde und Materialisierungen gab es für Perdita keinen Zweifel: Vor ihr stand ein Schwärmer. Als sie ihm in sein japanisches Kabinett an die dank ihrer Bemühungen makellos schimmernde, schwarzgelackte Hausbar folgte, empfand sie eine vage Aufregung, so als wären Brettschneider und sie

Mitglieder einer geheimen Loge, die in der großen Menge der Uneingeweihten einander erkannt hatten.

Sie täuschte sich nicht. Eine Viertelstunde lang konversierten sie ganz allgemein über Herrn Brettschneiders erlesene Möbel und seine Bonsaibäumchen, dann fragte Perdita unvermittelt: «Warum eigentlich Suzanne?»

«Sie meinen, warum ich Sie Suzanne und nicht Suzie Wong nannte? Nun, Suzie Wong, die Roman- und die Filmfigur, ist natürlich ein Klischee. Klischees sind langweilig. Man darf sich ihrer bedienen, um die Phantasie in eine bestimmte Richtung fliegen zu lassen, aber man sollte sie niemals eins zu eins übernehmen, dann wird man von ihnen reglementiert. Suzie Wong, das war ja nur Ihr Kleid, Ihr Haar, Ihr Teint. Ihr Kleid, Ihr Haar und Ihr Teint riefen natürlich Assoziationen von exotischen Orten und verruchten Amüsements in mir hervor, aber der eigentliche Reiz Ihrer Erscheinung an jenem Abend lag für mich in der Mischung dieser Assoziationen mit anderen, zarteren, die weniger fassbar waren, weil sie sich nicht in etwas so Greifbarem manifestierten wie der Machart Ihres Kleides oder der Farbe Ihres Haars. Um dem Latenten ebenso wie dem Offensichtlichen Gerechtigkeit widerfahren zu lassen, nannte ich das Phänomen Suzanne Wong.»

«Verstehe. Und einem solchen – Phänomen, wie Sie es nennen, nähern Sie sich niemals anders als stumm?»

«Nun, es mag vorkommen, dass ich etwas sage, aber niemals etwas, woraus sich ein weiterführender Kontakt ergeben könnte. In diesem Moment würde das Phänomen aufhören, zu existieren.»

Perdita nickte gedankenvoll. Brettschneider sprach vom ersten und wichtigsten Gesetz der Schwärmerei.

«Und Sie verstoßen niemals dagegen?»

«Niemals und unter keinen Umständen.»

«Aber die Umstände können einen doch überrumpeln, und eh man sichs versieht, befindet man sich im Kontakt mit dem Schw–, äh, dem Phänomen.»

«Stimmt. Das kann passieren. Trotz aller Vorsicht kann das passieren.»

Herr Brettschneider betrachtete sie sinnend und schwieg.

«Was tun Sie in so einem Fall?»

«In so einem Fall brauche ich gar nichts zu tun, denn wie gesagt, in dem Moment hört das Phänomen auf, zu existieren.»

«Es hört einfach auf?»

«Sagen wir, es wird zu einer Erinnerung, die ich zu anderen Erinnerungen in die Vitrine stelle, wie meine Jadefigürchen.»

Perdita beneidete Herrn Brettschneider um diese Gabe.

Beim Abschied reichte Herr Brettschneider Perdita die Hand, sagte: «Frau Kellermann –», und unterbrach sich: «Nein, so kann ich Sie nicht nennen. Frau Kellermann, das ist diese Putzfrau mit den fleischigen Unterarmen, die ja gar nicht existiert, sich aber hartnäckig in meiner Vorstellung hält.»

Er überlegte.

«Ich würde Sie, nach diesem so anregend verbrachten Abend, vielleicht um Erlaubnis bitten, Sie mit Ihrem Vornamen ansprechen zu dürfen – wie ist übrigens Ihr Vorname?»

«Perdita.»

«Perdita ... Perdita ... das geht gar nicht. Ihren Vornamen werde ich ganz schnell wieder vergessen. Ich bin leider meinen Assoziationen hilflos ausgeliefert. Ein Charakterfehler. Das mag ein Grund sein, warum mir mein eigener Vorname so verhasst ist. Sie haben es sicher schon geahnt: Ich heiße gar nicht Mephisto.»

«Wie heißen Sie denn, wenn die Frage erlaubt ist?»

«Ich heiße – Jürgen. Schluss, Punktum, Schwamm drüber. Also. Es wäre mir willkommen, nach dieser ungewöhnlich angenehm verbrachten Stunde und der überraschenden, ja wirklich überraschenden und weitreichenden Übereinstimmung bezüglich gewisser Phänomene, zu einem etwas weniger förmlichen Umgangston überzugehen.»

Er räusperte sich kurz.

«Ich möchte Sie daher bitten, falls es Ihnen nicht zu intim ist, mich einfach Brettschneider zu nennen.»

«Und im Gegenzug würden Sie mich dann nennen –?»

«Kellermann, wenn es Ihnen recht ist.»

«Ist mir angenehm, Brettschneider.»

«Kommen Sie gut nach Hause, Kellermann.»

Von da an kam Brettschneider an den Donnerstagen, an denen Perdita seine Wohnung putzte, manchmal früher nach Hause. Manchmal rief er auch an, und weil Perdita selbstverständlich nicht an sein Telefon ging, sprach er auf seinen eigenen Anrufbeantworter: «Kellermann, falls Sie heute Abend nichts weiter vorhaben, dann würde ich mich freuen, Sie noch bei mir vorzufinden auf ein Glas oder zwei. Ich müsste gegen zwanzig Uhr fünfzehn eintreffen können. Machen Sie sich's gemütlich, lernen Sie so lange Japanisch, wenn Sie wollen. Sprachkurs finden Sie im roten Bücherregal.»

In solchen Fällen rief er meistens zweimal an: «Kellermann, für den Fall, dass Sie vorhin staubsaugten: Ich komme so gegen Viertel nach acht nach Hause, und es wäre mir eine Freude, mit Ihnen zu plaudern. Sofern Sie nicht anderweitig vergeben sind. Bedienen Sie sich einstweilen an der Bar.»

«Sagen Sie, Brettschneider: Haben Sie schon mal mit einem Schwarm telefoniert?»

«Ja, wie das so ist, man hat plötzlich eine Stimme am anderen Ende, die einen zum Schwärmen bringt. Meinen Sie das?»

«Ich meine, telefoniert mit jemand, für den Sie schon lange schwärmen.»

«Nein. Das würde ich nie tun.»

«Aber wenn es ganz klar ist, dass man nur telefoniert. Genau so, wie man sich auf der anderen Straßenseite sieht und es ganz klar ist, dass man niemals rübergehen und sagen wird: Hallo, wollen wir nicht einen Kaffee trinken?»

«Aha ...»

«Ich meine, man gerät ins Schwärmen über die Stimme, die man hört, so wie man vorher über die Erscheinung ins Schwärmen kam. Die Stimme und das, was sie sagt, ist genauso inspirierend wie das Gesicht, der Ausdruck der Augen. Aber in stillschweigender Vereinbarung redet man nur über ein ganz bestimmtes Thema. Nicht über so was wie Lebensumstände, Befindlichkeiten, Erfahrungen. Mit anderen Worten: Man geht keinen Kaffee trinken.»

«Kein weiterführender Kontakt?»

«Auf keinen Fall.»

«Das ist interessant.»

«Würden Sie das als eine Form der Schwärmerei gelten lassen?»

«Schwierige Frage, Kellermann.»

«Ja, nicht?»

Brettschneider blieb misstrauisch: «Also wirklich keine Befindlichkeiten?»

«Ähm, nein.»

«Aha, also doch!»

«Na ja, natürlich spürt man auch am Telefon immer etwas von der Befindlichkeit. Man schwärmt ja eben auch für die Befindlichkeiten, oder vielmehr die Art, in der sie sich ausdrücken. Oder nicht?»

«Doch. Aber die Befindlichkeiten zu thematisieren wäre ein Verstoß gegen die Regeln, das wissen Sie doch?»

«Natürlich. Kein Was-machst-du-grad, Wie-fühlst-du-dich.»

«Oho, man duzt sich schon?»

«Ja, aber das bedeutet doch heutzutage nicht viel.»

«Auch wieder wahr. Trotzdem, Kellermann, ich hoffe, Sie mogeln nicht. In Ihrem Interesse. Gut. Nun, so, wie Sie das schildern, könnte es vielleicht funktionieren. Als Schwärmerei. Allerdings ist das wirklich was für Fortgeschrittene. Ich muss schon sagen ... ich weiß nicht, ob ich mir so was zutrauen würde. Obwohl ich mich länger in dieser Kunst übe, als Sie auf der Welt sind.»

Perdita merkte, dass sie Brettschneider da eine harte Nuss zu knacken gegeben hatte. Er schien die Frage, die sie aufwarf, weiter von allen Seiten zu erwägen wie ein Schachproblem. Er wurde ausgesprochen schweigsam, und sie verabschiedete sich bald.

Sie traf bereits Vorbereitungen, ins Bett zu gehen, als ihr Telefon klingelte.

«Kellermann, ich bin's nochmal.»

«Brettschneider. Was gibt's?»

«Wo haben Sie eigentlich den Wiener Kalk hingeräumt?»

«Der ist alle. Ich hab's auf den Zettel geschrieben.»

«Ach. Ärgerlich.»

«Wozu brauchen Sie denn heute Nacht noch Wiener –»

«Unwichtig. Hören Sie, Kellermann, Fußnote: Dieser Telefonschwarm, über den wir sprachen. Das ist nicht zufällig dieser Rotschopf mit dem Bärtchen?»

«Wie kommen Sie jetzt darauf?»

«Ist er's oder nicht?»

«Also, das Bärtchen ist inzwischen wieder ab.»

«Der, mit dem Sie auf dieser Operettenparty tanzten?»

«Hmhm.»

«Dieses kleine Detail haben Sie vergessen, mir mitzuteilen?»

«Äh, ja, hab ich wohl vergessen.»

«Das macht es aber wohl doch um einiges komplizierter, finden Sie nicht?»

«Ich weiß nicht recht ...»

«Ach, Kellermann. Sie kommen noch in Teufels Küche.»

Perdita schwieg betroffen.

«Schlafen Sie gut.»

«Danke, Brettschneider. Sie auch.»

«Ich glaube kaum, dass Ihr verzwicktes kleines Problem mir so schnell Ruhe gönnt. Wie dem auch sei. Gute Nacht.»

16
Ein ganz banales Gefühl

Als Alf das nächste Mal bei Perdita anrief, trank er vorher zwei Tassen starke Fleischbrühe.

«Hallo, Dunkler Stern ...»

«Alf ...»

Ihre Stimme klang diesmal müde, womöglich enerviert, und so fragte er: «Alf, angenehm, oder Alf, leg bloß wieder auf?»

«Sehr angenehm. Ich hab nur grad – ich bin ein bisschen erledigt.»

«Aber, Dark Star, sag, was hast du getrieben?»

«Ich hab mit meiner Tante telefoniert. Das war – anstrengend.»

«Lästige Tante?»

«Lieblingstante. Aber sie hat – ach!»

Perdita schaffte sich Erleichterung mit einem tiefen Seufzer und sagte dann, ohne groß zu überlegen: «Sie hat wieder zu trinken angefangen.»

«Oh.»

«Ja, und ich – ach verdammt, das andere Telefon, wenn sie das wieder – entschuldige, aber ich muss mal eben rangehen ...»

Sie legte den Bakelithörer neben sich auf den Tisch und griff nach ihrem Mobiltelefon. Sie runzelte die Stirn, als sie die Nummer auf dem Display sah.

«Mama?»

«Perdita?»

«Papa! Was – wie schön, dass du anrufst!»

In den letzten Jahren war es selten vorgekommen, dass ihr Vater sie bei ihrem Namen nannte, weil es ihm nur selten gelang, die fremde Frau mit dem Bild seiner zwölfjährigen Tochter zusammenzubringen. Dass er sie anrief, nicht aus einem Versehen heraus, sondern ganz bewusst, passierte zum ersten Mal.

«Deine Mutter liegt tot in der Küche ... was meinst du, was soll ich tun?»

In der Stimme ihres Vaters klang nichts als tiefe Ratlosigkeit. Perdita fühlte, wie sich ihr ein enger Ring um die Kehle legte. Langsam holte sie Luft.

«Wie meinst du das – tot?»

«Das bedeutet, der Körper hat die Lebensfunktionen eingestellt.»

«Hast du – hast du ihren Puls gefühlt?»

«Sie rührt sich nicht. Sie liegt ganz friedlich da.»

«Papa ... würdest du bitte nochmal hingehen und ihren Puls fühlen?»

«Das möchte ich lieber nicht. Nein. Das möchte ich lieber nicht. Es wird sich kalt anfühlen, weißt du, und ich – oh! Nanu! Wie kann das sein?»

Der Hörer wurde offenbar beiseitegelegt.

«Papa? Hallo? Papa!»

«Hallo? Wer spricht?»

Die Stimme ihrer Mutter. Perdita atmete tief durch. Obschon sie sich die ganze Zeit wiederholt hatte, dass der Tod ihrer Mutter einfach ein Unding sei, war sie unendlich erleichtert. Das Gefühl hielt etwa acht Sekunden an, dann wurde es von einem irrationalen Ärger verdrängt, weil ihre Mutter, statt froh zu sein, dass sie noch lebte, so streng und abweisend wie immer klang.

«Ich bin's. Papa dachte, du wärst tot.»

«Ich war bloß eingeschlafen. Ich hatte den Walkman auf.»

«Du bist auf dem Küchenboden eingeschlafen?»

«Ich hab meine Entspannungübungen gemacht. Wenn du meinen kaputten Rücken hättest, wüsstest du, was ein harter Boden wert ist.»

«Ach so.»

«Ich muss mich jetzt um deinen Vater kümmern. Gute Nacht, Kind.»

«Gute Nacht.»

Perdita drückte die Taste und ließ den Kopf in das Kissen sinken. Ein Geräusch schreckte sie auf, ein sehr entferntes Räuspern, und sie bemerkte den Bakelithörer neben sich auf dem Tisch.

«Alf. Bist du noch da?»

«Ja.»

«Entschuldige. Meine Eltern.»

Als sie weiter nichts sagte, fragte er: «Dein Vater dachte, jemand wäre tot?»

«Ja, anscheinend. Aber es hat sich aufgeklärt.»

«Was ist mit deinem Vater?»

«Ach ... er ist ein bisschen wunderlich.»

«Alzheimer?»

«Nein, er ...» Er hat sich das Hirn weggesoffen, wenn du's genau wissen willst. «Nimm's mir nicht übel, aber ich mag jetzt nicht über meinen Vater reden.»

«Klar.»

«Versteh das nicht falsch, ich rede eigentlich überhaupt nie über meine Eltern.»

«Das ist doch völlig in Ordnung.»

«Also, um es kurz zu machen, mein Vater hat auch ein

Alkoholproblem, wie meine Tante. Das heißt hatte. Inzwischen hat er's einfach vergessen. Wie das meiste andere auch. Es nennt sich Korsakov-Syndrom.»

«Das tut mir wirklich leid.»

«Ja. Ach, ich bin heut keine gute Telefoniererin, fürchte ich.»

«Du, meine Lieblingstelefoniererin?»

Bambis Vater! Geh und wasch dir den Mund mit Seife aus, Heinzi.

Perdita lächelte und kuschelte sich tiefer in ihren Sessel.

«Was machst du denn grad? Musst du noch arbeiten?»

«Nein, hab Feierabend.»

«Dann bist du jetzt zu Hause, in Nippes?»

«Nein, ich bin noch im Büro. Guck bloß so auf die Straße. Stell mir immer vor, du könntest irgendwann mal zufällig da vorbeigehen.»

«Ich geh manchmal zufällig vorbei.»

«Wirklich? Aber ich seh dich zufällig nie.»

«Das ist Zufall. Ich seh dich oft. Aber du kramst dann zufällig immer gerade in deinen Schubladen oder stehst an deiner Espressomaschine. Oder du starrst auf den Bildschirm.»

«Stimmt. Das hab ich bei verschiedenen Gelegenheiten getan. Und das waren also zufällig immer genau die Momente, in denen du zufällig vorbeigegangen bist?»

«Ich schätze, ja.»

«Ich fürchte, für heute Abend besteht keine Chance mehr, dass du zufällig vorbeispazieren könntest?»

«Nein, kaum. Meine Haare sind nass, ich hab ein Handtuch um den Kopf, und ich bin schon im Schlafanzug.»

«Klingt niedlich.»

Sie lachte.

«Sag, was ist das für 'n Schlafanzug?»

«Er ist sehr schön. Er ist blaßrosa und hat breite schwarze und schmale silberne und weiße Streifen. Es ist der Schlafanzug von Herrn Schmitz.»

«Wie bitte? Was machst du in Herrn Schmitzens Schlafanzug, und wer ist das überhaupt?»

«Ich nehme an, er war recht feinsinnig, denn nur feinsinnige Männer tragen rosagrundige Schlafanzüge.»

«Pardon, aber was ich eigentlich meinte, ist, in welcher Beziehung stehst du zu Herrn Schmitz, dass man dich in einem seiner Schlafanzüge antrifft?»

«Oh. Der Schlafanzug ist noch aus Bonn. In Bonn hab ich meine Klamotten gerne bei der Heilsarmee gekauft. Am Kragen ist so ein Namensetikett eingenäht, wie man's in Altersheimen macht, damit die Wäsche nicht durcheinanderkommt. Demnach gehörte er dem Herrn Schmitz. Ich nehme an, er wird wohl nicht mehr unter uns weilen.»

Alf klang entsetzt: «Du trägst den Schlafanzug eines Toten?»

«Mein Lieblingsschlafanzug.»

«Mir läuft es kalt den Rücken runter ...»

«Er ist wirklich schön. Nur allmählich wird er an den Nähten etwas morsch. Er zerfällt. Wie die Gebeine des seligen Herrn Schmitz ...»

«Bitte, lass den Herrn Schmitz in Frieden ruhen. Huuh! Brrrr. Erzähl mir lieber, was du in Bonn gemacht hast. Das heißt, wenn es nicht zu schaurig ist. Ich bin nämlich auch feinsinnig, weißt du, ich bin ein richtiges Seelchen ...»

«Kellermann, Sie kommen mir so flattrig vor.»

«Ja, ich – ich hab's wohl verbockt.»

«Sagen Sie bloß! Die Salzsäure, die Sie in meine Toilette gekippt haben? Hat also doch das Rohr in Mitleidenschaft gezogen?»

«Nein, Salzsäure funktioniert immer. Man braucht nur die richtige Mischung.»

«Kellermann, Sie haben doch wohl nicht Ihre Schwärmerei verbockt?»

«Ich fürchte doch. Wissen Sie, wir sprachen – wir sprachen wohl zwei Stunden lang. Über Dinge, die wir erlebt haben … über Erfahrungen, Empfindungen, Vorstellungen … mein Gott, Brettschneider, wir sprachen sogar über unsere Eltern.»

«Und jetzt, Kellermann?»

«Jetzt ist es mir nicht mehr möglich, zu schwärmen.»

«Aha. Wünsche, was? Konkrete Sehnsucht? Banal ausgedrückt: Sie haben sich verliebt.»

«Finden Sie das wirklich so banal?»

«Ich will Ihnen was sagen, Kellermann: Eine Liebe wiegt nur selten eine Schwärmerei auf.»

«Gott, Brettschneider, Sie klingen ja fatal …»

«Glück auf den Weg.»

Brettschneider versah seine Feststellung mit einem düsteren, definitiven Punkt. Noch zwei Tage zuvor hätte Perdita eigenhändig drei Ausrufezeichen dahintergesetzt. Kleinlaut und verdattert ging sie aus Brettschneiders Wohnung. Seine Worte begleiteten sie auf dem Heimweg, sie sah sie vor sich in riesigen Buchstaben, jeder einzelne aus Granit gehauen. Perdita war wie hypnotisiert davon. Sie achtete nicht auf ihre Schritte. Beim Überqueren des Cinedom-Platzes stolperte sie in die lange Ausziehleine eines Pekinesen. Perdita verfing, verhedderte sich, strauchelte und fiel, erregte Aufsehen, Ärgernis und setzte ihren Weg in noch größerer Konfusion fort. Eine Liebe, dachte sie, eine Liebe wiegt nur selten eine Schwärmerei auf. Auf einmal las sich das wie ein Kalenderspruch. Die ehernen Lettern waren verschwunden, in einer harmlos runden Schulmädchenschrift stand der Satz jetzt da. Präsentierten sich so etwa Worte, vor denen wir zittern müssen? Perdita nahm sich die Freiheit heraus, ihrerseits noch ein großes, schwungvolles Fragezeichen hinzuzufügen. Das konnte doch nicht die Essenz sein. Was hatte Brettschneider außerdem konstatiert, so wegwerfend und lapidar? Perdita Kellermann hatte sich verliebt. Dies war die Essenz.

Es vergingen ein paar Tage, bis ihr auffiel, dass Alf nicht wieder anrief. Seine Anrufe kamen ja nie öfter als höchstens einmal die Woche, häufig dauerte es auch länger. Doch nach diesem einen langen Telefonat hatte sich alles verändert, das hatte sie gespürt, und Alf musste es auch gespürt haben. Oder nicht? In Gedanken spulte sie wieder das letzte lange Gespräch ab, auf der Suche nach einer Ungeschicktheit, die ihr entschlüpft sein könnte, nach einem falschen Ton. Aber sie konnte nichts finden.

Einmal rief sie ihn an, doch sie hatte dabei kein gutes Gefühl, und war erleichtert, als der Anrufbeantworter ansprang. Sie hinterließ keine Nachricht. Ein paarmal ging sie am Büro vorbei, es brannte Licht, aber die Vorhänge waren neuerdings immer zugezogen. Das empfand sie, nach dem, was er über zufälliges Vorbeispazieren gesagt hatte, als deutliche Zurückweisung.

«Hallo, Schwester Anneliese ...»

«Fräulein Kellermann! Wie geht's uns denn heut?»

«Ach ... Der Professor ist wohl gerade ziemlich beschäftigt?»

«Ach wo, der sitzt in seinem Sprechzimmer und raucht. Gehen Sie ruhig rein.»

«Na, ich möchte ihn nicht stören ...»

«Aber Sie stören doch nie, Fräulein Kellermann!»

«Sie sind sehr lieb, Schwester Anneliese. Wissen Sie, was? Ich denke, ich setze mich noch ein wenig auf die Veranda.»

«Machen Sie das, Fräulein Kellermann, das wird Ihnen guttun. Ich glaube, wir bekommen heute noch Schnee.»

«Herr Professor, ich weiß nicht, ist das gut, dass das Fräulein Kellermann den ganzen Tag auf der Veranda liegt und in die Schneeflocken guckt? Das geht jetzt schon seit über zwei Wochen so.»

«Lassen Sie sie, Schwester Anneliese. Sorgen Sie immer dafür, dass sie warm eingepackt ist. Mehr können wir im Moment für sie nicht tun.»

17
Do not forsake me, oh my darling

«Hallo, Dark Star ...»

«Hallo!», rief Perdita, aber es klang wie ein «Endlich!», der befreite Atemzug des Tauchers, der aus großer Tiefe nach oben kommt.

«Hast du mich vermisst?», fragte er zögernd.

«Ja», sagte sie einfach.

Es entstand eine kleine Pause.

«Was ich dich fragen wollte, Perdita ... *The Parades's Gone By*, schon mal gehört?»

«O ja.»

Das war ein Buch über die Pioniere des Stummfilms. Wo bist du gewesen, wollte sie fragen, was hast du gemacht? Stattdessen sagte sie: «Ich hab's hier in meinem Bücherregal.»

«Hmhm. Ich hab die Video-Dokumentation. Dreizehn Kassetten, wenn ich mich nicht verzählt habe. Sind wohl ausschließlich Ausschnitte aus Originalfilmen und Interviews mit Zeitzeugen.»

«Oh ... ich dachte, die ist längst vergriffen ...»

«Ich hab noch eine aufgetrieben. Kam heute an, aus den USA.»

Der leichte Ton gelang ihm nicht recht, seine Stimme klang eine Spur flach und gepresst.

«Ach ja, ein Band ist dabei, das dreht sich zur Hälfte ausschließlich um John Gilbert.»

«Hast du es schon gesehen?»

«Nein. Ich dachte, es wär ... nett, wenn wir es uns gemeinsam anschauen könnten.»

Sie schwieg.

«Wirst du endlich schwach, Dark Star?», fragte er leise. Es kam ihr vor, als ob er dabei den Atem anhielt.

Sie verstand gar nicht, warum sie noch zögerte, je länger sie zögerte, desto mehr verhedderte sich alles, das war ja höchst lächerlich, dieses Zieren und Zaudern, Zauren und Ziedern, Zieraun und Zerden –

«Gut.»

«Was –?»

«Schaun wir's uns an.»

Diesmal kam das Schweigen von Alfs Ende der Leitung.

«Oder hast du's dir grad anders überlegt?»

«Nein. Nein, ich bin nur ... ich freu mich. Wann?»

«Ich weiß nicht ... wann dachtest du?»

«Warum nicht morgen?»

«Ja, warum nicht.»

«So um acht? In meinem Büro?»

«In deinem Büro?»

«Ist gemütlicher. Meine Wohnung ist momentan ein Chaos.»

«Gut.»

«Dann – bis morgen?»

«Ja, bis morgen.»

Es traf sich gut, dass Perdita für den nächsten Vormittag versprochen hatte, Frau Trautvetters sämtliche Übergardinen abzunehmen, zu waschen und wieder aufzuhängen. Der innere Aufruhr flaute ab, während sie sich einmal mehr all die harmlosen Streiche der lustigen Hauswirtschaftsschülerinnen von 1931 erzählen ließ. Erst als Frau Trautvetter unruhig immer wieder zur Uhr schaute, weil sich die Stunde ihrer Lieblings-Seifenoper näherte, sah Perdita ein, dass es Zeit war, zu gehen.

Draußen auf der Straße freute sie sich plötzlich auf den Abend mit Alf. Beschwingt lief sie nach Hause, machte Tee und ließ eine amerikanische Serie laufen. Als die zweite Serie in die dritte Werbepause ging, fand sie es an der Zeit, sich umzuziehen. Vor dem Kleiderschrank ging es los. Was sie auch anzog, es sah irgendwie falsch aus. Als der Großteil ihrer Garderobe auf dem Bett verstreut lag, verließ sie in Unterwäsche das Schlafzimmer, setzte sich auf das Sofa und rauchte betont ruhig eine weitere Zigarette. Die letzte Serie vor den Acht-Uhr-Nachrichten lief bereits. Auf jeden Fall würde sie Stiefel tragen. Stiefel waren schon die halbe Miete.

Sie fühlte sich besser, als sie in die Kälte hinaustrat und ihre eigenen Schritte über das Pflaster klappern hörte. Im Büro waren die Vorhänge vorgezogen.

Perdita klopfte leicht gegen die Scheibe. Einen Augenblick später wurde die Tür aufgerissen.

«Komm rein ...»

Perdita fühlte sich mit einem Mal furchtbar gehemmt, sie schaute kaum auf. Alf trat beiseite, um sie hineinzulassen, sie huschte schnell an ihm vorbei. Er schloss hinter ihr die Tür. Als sie sich umdrehte und ihn im vollen Lichtschein sah, bekam sie einen Schreck. Im ersten Moment glaubte sie, ihre eigene Befangenheit müsse so deutlich zu spüren sein, dass sie sich auf seinem Gesicht widerspiegelte. So hatte sie ihn noch nie gesehen. Oder doch, damals, nach der Szene im Supermarkt, als er vor ihrer Wohnung stand und sich kurz darauf übergab. Er lächelte zu ihr herüber, aber wenn sie auf das frohe, mitreißende Lächeln von Alf gehofft hatte, das einem über alle Verlegenheit hinweghalf, so fand sie sich jetzt auf sich allein gestellt. Der Ausdruck auf seinem Gesicht wirkte wie ein eilig gefertigter Behelf für jemanden, dem durch tragische Umstände sein natürliches Lächeln abhanden gekommen ist. Unwillkürlich schlug sie die Augen nieder, aus dem diffusen Gefühl, es sei taktlos, ihn weiter so anzustarren.

«Ich freu mich», sagte er, immer noch an der Tür. Perdita sah wieder auf, nickte und lächelte tapfer zurück.

«Ja», sagte sie, «ich mich auch.»

Sie machte ein paar Schritte in den Raum und schaute sich um.

«Also das ist dein Büro.»

Perdita Kellermann, niemals um ein Wort verlegen.

«Ja. Komm, gib mir deinen Mantel.»

Er trat auf sie zu und nahm ihr den Mantel ab. Er sah blass aus. Über dem ganzen Gesicht lag ein angestrengter Zug, so als sei die Haut straffer über die Knochen gespannt.

Mit dem Mantel in der Hand stand er vor ihr und schien nicht weiterzuwissen. Er kam ihr auf einmal so verloren vor, verzagt irgendwie, ein ganz anderer Mensch.

Vorsichtig fragte sie: «Ist – ist irgendwas passiert –?»

Er gab sich einen Ruck, brachte ein ungelenkes Grinsen zustande und sagte: «Du bist hier. Das ist passiert. Ich bin bloß ein bisschen von den Socken.»

Sie lächelte unsicher.

«Setz dich doch.»

Alf ging mit dem Mantel zum Garderobenständer und

hängte ihn auf. Als er sich umdrehte, stand sie noch immer am selben Fleck, scheinbar versunken in den Anblick der großen Espressomaschine.

«Tolle Espressomaschine.»

«Möchtest du einen? Cappuccino? Macchiato? Oder lieber was anderes?»

«Gerne.»

«Gerne was?»

«Gerne einen Macchiato.»

«Setz dich doch.»

Ein wenig steif nahm sie auf dem kleinen roten Kunstledersofa Platz.

«Dahinten gibt's noch ein Zimmer?»

«Ja. Da schlaf ich manchmal, wenn's spät wird.»

Aha, dachte Perdita, schlafen kann man hier auch. Alf machte sich an der Maschine zu schaffen. Mit geübten Bewegungen bereitete er die Getränke, doch es nahm seine Zeit in Anspruch. Schließlich kam er zu ihr ans Sofa, reichte ihr das Glas und ließ sich neben ihr aufs Polster fallen. Er lehnte sich mit dem Rücken gegen die Armstütze, sodass er sie ansehen konnte, und erleichtert stellte sie fest, dass sein Lächeln inzwischen weniger entstellt wirkte, nur noch ein bisschen beschädigt.

Er hob leicht sein Glas und sagte: «Schön, dich zu sehen.»

Sie lächelte, nickte und prostete ihm zu.

«Was hast du so gemacht, die letzte Zeit?», fragte Alf.

«Ach ... nichts Besonderes, wirklich.»

«Keine Anrufe von Tantchen?»

«Nein, im Moment verhält sie sich ruhig.»

Sie nippten jeder an seinem Glas.

«Und du? Wie ist es dir ergangen?», fragte Perdita.

Er bot ihr eine Zigarette an, gab ihr Feuer und nahm sich auch eine.

«Ach. Ich war ein bisschen krank.»

«Oh. Was Schlimmes?»

«Irgendein Virus, schätze ich.»

«Das tut mir leid.»

«Halb so schlimm. Ich lag bloß zwei Wochen richtig flach.»

Na, das hörte sich doch ganz plausibel an. Oder nicht?

«Wie geht's Carli?»

«Carli geht's gut.»

Schon wieder ein Thema erschöpft.

«Und was macht dein Freund, der Rainer?»

«Keine Ahnung. Ich seh ihn nicht so oft in letzter Zeit.»

Perdita dachte an die innige Kosakenumarmung und wunderte sich.

«Habt ihr Krach?»

Alf zuckte die Schultern, zog an seiner Zigarette und hüllte sich in Rauch. Allmählich ging ihr der Gesprächsstoff aus.

«Der Macchiato ist toll. Noch besser als in Henry's Coffee World.»

«Freut mich. Gehst du oft in Henry's Coffee World?»

«Nein, nicht sehr oft.»

Sie drückte die Zigarette im Ascher aus. Nachdenklich schwenkte sie ihr Glas. Sie sah zu, wie das hellbraune Gemisch träge im Kreis schwappte und fragte ins Glas hinein: «Und du? Gehst du manchmal in Henry's Coffee World?»

Weil er nicht antwortete, sah sie zu ihm rüber. Er lehnte bequem in seiner Couchecke, schaute sie an, und in seinen müden Augen blitzte ein Rest von dem alten, belustigten Funkeln. Perdita musste lachen. Alf grinste.

Perdita lehnte sich zurück und ließ den Kopf auf die Lehne sinken, er rollte in Richtung Alf. Alf beugte sich vor, stützte den Kopf in die Hand, und sie sahen sich bloß an. Die Anspannung wich, wenn auch nicht von seinen Zügen, so doch aus seinen Augen. Perdita dachte, dass sie, obwohl dies alles so eigenartig verlief, es ganz schön fand, mit Alf auf einem Sofa zu sitzen.

Sie runzelte die Stirn, als sie den feuchten Film auf seiner Stirn bemerkte. Auch das Haar an den Schläfen glänzte feucht. Sie setzte sich hoch und fragte besorgt: «Hast du vielleicht Fieber?»

«Was? Nein. Mir ist bloß etwas warm.»

Er wich ein Stück zurück, doch sie hatte schon die Hand auf seine Stirn gelegt: «Kalter Schweiß ...», stellte sie fest.

«Ich hab zu wenig geschlafen. Dann krieg ich das manchmal. Am besten, ich klatsch mir mal ein bisschen Wasser ins Gesicht.»

Alf stand auf und verschwand in dem hinteren Zimmer. Perdita hörte Wasser plätschern. Er sah nicht unbedingt erfrischt aus, als er zurückkam. Seine Züge, seine ganze Haltung kamen ihr verspannt vor. Unschlüssig blieb er hinter dem Schreibtisch stehen und betrachtete mit zusammengezogenen Brauen den Fußboden.

«Soll ich vielleicht lieber gehen? Alf?»

«Was, nein! Ich überlege bloß – wie wär's? Wollen wir den Film reinschieben?»

«Gute Idee.»

«Wenn ich nur wüsste, wo ich das Band hingetan –»

Er ging noch einmal zurück in das andere Zimmer. Es

vergingen wohl fünf Minuten, in denen Perdita kein Geräusch vernahm. Während sie sich fragte, was er da drin eigentlich machte, fiel ihr Blick auf eine Videokassette, die auf dem Schreibtisch lag.

«Alf? Ich glaube, das Band ist hier!»

Sie fand es irritierend, dass er nicht antwortete, denn er konnte sie unmöglich nicht gehört haben.

«Alf?»

Endlich kam er heraus.

«Was, na so was.»

Er beugte sich über den Schreibtisch und griff nach der Kassette.

«Richtig, das ist es.»

Er warf ihr das Band zu und schob einen kleinen Rollwagen heran, auf dem ein Fernseher und ein Recorder standen.

«Vorab noch einen Macchiato?»

«Sehr gern.»

Geschäftig hantierte er an der Espressomaschine, schaltete das Lämpchen neben der Couch und ein anderes in Nähe des großen Fensters an, knipste die Deckenbeleuchtung aus, legte die Kassette ein und ließ sich dann mit der Fernbedienung neben Perdita auf das Kunstleder plumpsen.

«Bist du bereit?»

«Ja, ich bin bereit.»

Perdita vergaß die ganze seltsame Atmosphäre, die über diesem Treffen lag, schon beim Vorspann. Was für ein Vorspann. Eine herrliche, mitreißende Orchestermusik, und sie sah Babylon, Babylon!, die gigantomanische Kulisse aus *Intolerance* von 1915, David Wark Griffiths Vision ... das übermütige Augenzwinkern von Clara Bow, näher, noch näher, Großaufnahme ... Douglas Fairbanks, der Herr der Meere, breitbeinig auf der Reling, die Arme herausfordernd in die Hüften gestützt, Perditas Lippen öffneten sich breit, als sie sein Grinsen erwiderte ... Mary Pickford, Charlie Chaplin, Buster Keaton, Harold Lloyd an den Zeigern der großen Uhr, Valentinos Tango aus *The Four Horsemen of the Apocalypse*, dann John Gilbert und Greta Garbo bei ihrem Walzer, *Flesh and the Devil*, ah, und diese Musik ... Perdita war wirklich bewegt.

Der erste Teil der Dokumentation drehte sich um Clara Bow, die tragisch gescheiterte Diva aus Brooklyn. Clara Bow, das It-Girl, «Amerikas heißestes Jazz-Baby». Alf lehnte sich zurück und sah zu, wie Perdita, leicht vorgebeugt und atemlos, von den Bildern absorbiert wurde.

Er zündete eine Zigarette an und steckte sie ihr zwischen die Lippen. Sie lächelte, ohne den Blick vom Bildschirm zu wenden. Etwas später ließ sie sich gegen die Lehne fallen, ihre Schultern berührten sich jetzt, und die Augen immer noch auf dem Gesicht von Clara Bow, flüsterte Perdita: «Sie ist so wunderbar ... findest du nicht?»

«Hmhmm ...»

Ganz von ungefähr legte er seinen Arm um sie. Sie schien es kaum zu bemerken, aber einen Augenblick später sank ihr Kopf gegen seine Schulter. Das ist, dachte Alf, seit ewigen Zeiten das erste gute Gefühl.

Sie zuckten beide zusammen, als von irgendwoher aus dem Dunkeln Alfs Stimme erklang. Alf stand auf, blickte sich verwirrt um, und Perdita begriff, dass er offenbar das Telefon ausgestöpselt oder stumm geschaltet hatte, nicht aber den Anrufbeantworter. Der Anrufbeantworter stand auf voller Lautstärke. Es gab einen Piepton, und dann ließ eine aufgebrachte Frauenstimme über sie beide ein Stakkato französischer Worte prasseln. Alf hechtete los, blieb am Rollwägelchen hängen, warf seinen Schreibtischstuhl um, stieß Papiere und Ordner beiseite und riss endlich ein Kabel aus der Wand. Es war wieder still, bis auf die ruhige Stimme von James Mason, der ungerührt fortfuhr in seiner traurigen Geschichte vom Aufstieg und Fall Clara Bows.

Perdita holte tief Luft und drückte am Recorder die Stopptaste. Alf stand reglos hinter seinem Schreibtisch, sie sah nur seinen Rücken. Je länger er so verharrte, desto mehr wuchs ihre Beklommenheit, die Vorstellung von Unheil.

«War das deine Frau?»

Widerstrebend drehte er sich zu ihr um. Er verzog den Mund, und sagte: «Was hast du bloß immer mit meiner Frau.»

«Also nicht deine Frau?»

Er antwortete nicht. Dass er nichts sagte, seine Panik bei dem Anruf, sein befremdliches Verhalten den ganzen Abend über sagte Perdita, dass da zwischen Alf und seiner Frau etwas lief, das ihre schalsten Mutmaßungen übertraf.

Sie stand vom Sofa auf und nahm ihren Mantel.

«Nein. Bitte ...»

Er streckte die Hand nach ihr aus. Er rührte sich nicht vom Fleck. Er sah furchtbar aus.

«Was ist das mit dir und deiner Frau?»

Seine Hand sackte herunter, er sagte kein Wort.

Sein Schweigen machte alles nur schlimmer, das ist ja die Büchse der Pandora, dachte Perdita, was sich da abspielt, zwischen Alf und seiner Frau. Nimm die Beine in die Hand, Perdita, wenn du da hineingerätst, wirst du zermalmt. Doch sie konnte sich nicht rühren unter seinem flackernden, flehenden Blick. Sie musste etwas tun oder sagen, um sich ihm zu entziehen, oder sie würde eines Tages selbst so dastehen, furchtbar anzusehen, mit flehendem, flackernden Blick.

«Sieh zu, wie du da rauskommst», sagte Perdita laut zu sich selbst. Dabei wunderte sie sich selbst über die Stimme, die sie kaum als ihre eigene erkannte. Sie hätte nicht geglaubt, dass sie so geringschätzig und kalt klingen könnte. Es lag auch gar nicht in ihrer Absicht. Trotzdem klang ihr der Tonfall von irgendwoher vertraut. Und dann, während sie dastand und horchte, wie die Worte sich klirrend im Raum verloren, wurde ihr klar, dass sie mit der Stimme ihrer Mutter gesprochen hatte. Entsetzt drehte sie sich um und hastete aus dem Büro.

Alf stand noch eine Weile so da. Dann bückte er sich langsam und hob den Schreibtischstuhl auf. Er ließ sich schwer hineinfallen, griff nach dem alten, gusseisernen Locher, zielte und traf mit einem wohlplatzierten Wurf die kleine Lampe neben der Couch. Die Lampe kippte um, die Glühbirne zerplatzte, und bis auf den schwachen Schein des Lämpchens in seinem Rücken, am Fenster, war es jetzt praktisch dunkel. Er zog eine Schublade am Schreibtisch auf, nahm die angebrochene Flasche Wodka heraus, hielt inne und runzelte nachdenklich die Stirn. Der französische Redeschwall ging ihm durch den Sinn, der über den Anrufbeantworter gekommen war. Nachdenklich stellte er die Flasche zurück. Dann kramte er sein Mobiltelefon hervor und wählte die Nummer seiner Eltern. Gerti Strelitz ging an den Apparat.

«Mutter, hallo. Hier ist Alf.»

«Alf! Wie schön!»

«Ich wollte nur sagen, ihr müsst in den nächsten Tagen gut auf Carli aufpassen. Marilène ist ein bisschen aufgebracht. Vielleicht kommt sie auf irgendeine verrückte Idee, entführen, auswandern, was weiß ich.»

«Oh. Ihr habt nicht –?»

«Nein. Hat nicht funktioniert.»

«Ach ...»

Im Hintergrund hörte er jetzt die erregte Stimme seines Vaters: «Ist das Alf? Gib ihn mir mal! Was hat er jetzt wieder verbockt?»

Alf drückte die Aus-Taste. Er legte die Füße auf die Tischplatte, griff nach der Flasche und begann, ruhig, mit System, den Wodka zu leeren.

Alf hatte sich während der letzten Telefonate mit Perdita niemals Gedanken darüber gemacht, was er tun würde, wenn sie unter den gegenwärtigen Umständen seine jedes Mal erfolgende Einladung annehmen sollte. Oder wenn sie durch irgendeinen Zufall herausfände, dass er wieder mit seiner Frau zusammenlebte und soff wie ein Loch. Es war nicht so gewesen, dass er die Frage nur noch pro forma stellte, weil sie ja sowieso nein sagen würde. Im Gegenteil. Es kam ihm vor, als ob ihr die Absage von Mal zu Mal schwererfiel. Jedes Mal fragte er sie mit neuer, gespannter Erwartung.

Marilène und er befanden sich mittlerweile in offenem Krieg. Das hing nicht zuletzt auch mit diesem einen langen Gespräch mit Perdita zusammen, in dem sie sich zum ersten Mal wirklich miteinander unterhalten hatten. Im Laufe dieser beiden vertelefonierten Stunden trat sie aus dem Paralleluniversum, in dem er sie hin und wieder besuchte und von dem er nicht wusste, ob es tatsächlich existierte, heraus in seine reale Welt. Sie waren sich ja nicht gerade oft begegnet. Die Vorstellung, die er sich von ihr gemacht hatte, beruhte auf einigen wenigen, starken Eindrücken und auf der Klangfarbe der Stummfilm-Anrufe. Eine Vorstellung, die sich mehr aus Stimmungen als aus Gewissheiten zusammensetzte. Sie hatten einander schon so lange nicht mehr gesehen. Manchmal fürchtete Alf, dass die Perdita, an die er dachte, nur schillernde Gaukelei sein könne, eine flirrende Luftspiegelung, die ihm seine Sehnsüchte entgegenwarf. Wie sie dachte oder erlebte, konkretisierte sich erst in diesem einen langen Telefonat. Was sich ihm enthüllte, überraschte ihn nicht. Und auf einmal spürte er eine unsinnige Zuversicht, endlich alles in Ordnung bringen zu können.

«Freundschaft?! Du wagst es, zu mir von Freundschaft zu sprechen? Bin ich so jämmerlich in deinen Augen, dass du glaubst, mir deine Freundschaft anbieten zu müssen?»

«Marilène –»

«Was hab ich dir getan? Was hab ich getan, dass du mich so demütigen musst?»

«Bitte, Marilène –»

«O Gott! O Gott! O Gott!»

«Was willst du mit dem Telefon?»

«Ich ruf den Flughafen an! Ich ruf Maurice an! Ich ruf deine Eltern an! Ich –»

«Hey, hey, hey. Calme, ma fillette ...»

In der hilflosen, traurigen Umarmung, mit der er sie an sich zog und vorübergehend beruhigte, verbrauchte sich die letzte Hoffnung auf einen Ausweg und sein Rest von Zuneigung für Marilène. Alf überblickte das ganze wüste

Schlachtfeld seines Versagens. Er fühlte sich mürbe und am Ende seiner Kraft und gab die Verantwortung und die Kontrolle aus der Hand. Er machte keine weiteren Versuche mehr, Marilène zu überzeugen, zu beschwichtigen oder zu trösten. Er überließ sie ihrem Zorn, ihrer Hysterie, ließ sie toben und schluchzen und wunderte sich nur, dass sie immer noch blieb. Beim Trinken verlor er jedes Maß.

Alf gab Perdita verloren. Dann brachte der Bote das Paket mit der Video-Dokumentation. Alf öffnete den Karton, nahm die dreizehn Kassetten heraus und legte sie vor sich aufgereiht auf den Schreibtisch. In seinem Ohr begannen die sanften, stürmischen, erregenden Versprechen zu klingen, die er herausgehört hatte, wenn Perdita mit ihm sprach. Und es gab nur noch das. Er wählte ihre Nummer. Erst nachdem die Verabredung feststand, machte er sich klar, wie schwer es sein würde, seinen Zustand vor ihr zu verbergen, das Zittern, die Fahrigkeit, die Schweißausbrüche. Inzwischen konnte er ohne Alkohol keine Stunde überstehen.

Er fühlte, dass dieses Treffen scheitern musste, und klammerte sich nur umso verzweifelter daran. Er zwang sich, ein wenig Suppe und Weißbrot zu essen, die einzige Nahrung, die sein überreizter Magen mit Glück bei sich behalten konnte. Mit eiserner Disziplin reduzierte er seinen Konsum an diesem Tag auf das Minimum, trank vorwiegend Bier, obwohl das inzwischen kaum mehr als ein Surrogat war, mit dem Resultat, dass sein ganzer Körper schmerzte und der Kopf sich anfühlte wie kurz vor dem Zerplatzen. Nach jeder Flasche gurgelte er mit Salbeitee und kaute Kaffeebohnen. Pfefferminzbonbons vermied er, die würden ihn gleich verraten.

Weil die Wodkaflasche nichts mehr hergab, hievte Alf sich aus seinem Stuhl und tappte in das hintere Zimmer. Mit einem Stöhnen ließ er sich auf die Matratze fallen und tastete nach der Flasche, die auf dem Boden stand. Er setzte an, trank und begann, leise zu kichern. Er fand es auf einmal wahnsinnig lustig, dass er sich so in die Hosen gemacht und Perdita dann von der ganzen Sauferei gar nichts mitbekommen hatte. Die Geschichte mit dem Virus war gut gewesen. Sie hatte auch nichts gemerkt, als er im Hinterzimmer verschwand und ein paar kräftige Schlucke zur Brust nahm, aus ebendieser guten, braven Flasche. Ein Hoch auf die Kaffeeböhnchen und den Macchiato. Das Kichern strengte ihn an, und er seufzte. Hach ja. Um ein Haar wäre alles gut geworden. Als sie auf dem Sofa saßen und sie sich an ihn kuschelte, wusste er, dass alles gut werden konnte. Ach, dieses Wohlgefühl. Rettung und Erlösung, er hielt sie schon in den Armen. Es war alles nur schiefgelaufen, weil er nicht daran gedacht hatte, den Anrufbeantworter auszustellen. Marilène ex machina. Französisches Temperament. Was mochte wohl diesmal wieder zu Bruch gegangen sein, in der Wohnung. Hier im Büro war nichts weiter zerbrochen als eine Glühbirne und sein armes, versoffenes kleines Herz.

18
Flaschengeister

Hinter vorgezogenen Vorhängen verschanzte Alf sich in seinem Büro. Er verließ es nur noch, um Nachschub zu kaufen, Zigaretten und hin und wieder eine Pizza, von der er nicht mehr als ein paar Bissen hinunterbrachte. Den Rest warf er zu den anderen Kartons mit angeknabberten Pizzen, die unter dem Schreibtisch vergammelten. Ab und zu klopfte jemand gegen die Glastür oder ans Fenster, er nahm es kaum wahr.

Weil ihm das Zeitgefühl abhanden gekommen war, wusste er nicht, wie viele Tage vergangen waren, als sich die Tür öffnete und Kopitzky seine massige Gestalt hereinschob. Alf runzelte die Stirn und sprach sich einen Tadel aus, weil er vergessen hatte, nach seinem Gang zum Kiosk die Tür abzuschließen.

«Ey, Strelitzky, altes Haus. Gibt's hier bloß Schnappes, oder hast du auch ein anständiges Bier?»

Alf schwenkte generös mit der Hand Richtung Kühlschrank.

«Bedien dich.»

Kopitzky öffnete zwei Bierflaschen, stellte eine vor Alf auf den Schreibtisch, machte es sich mit der anderen auf dem Kunstledersofa bequem und prostete ihm zu.

«Alsdann!»

Alf nahm die Flasche und prostete zurück. Um diese Tageszeit, früher Mittag, kurz nach dem Aufstehen, hatte er meist erst ein paar Bier intus. Mit dem Hochprozentigen begann er, einer abstrusen Disziplin folgend, nicht vor vierzehn Uhr. Entsprechend befand er sich in einem Zustand abgeklärter Gelassenheit, konnte einfacheren Gedankengängen ohne Schwierigkeit folgen und sah seine Artikulationsfähigkeit kaum eingeschränkt.

Kopitzky war also gekommen. Warum nochmal? Weil er die Tür aufgelassen hatte. Mehr brauchte er für den Moment nicht zu wissen.

«Also, Strelitz, ich will nicht groß drum rum reden. Ich hab dir deine Frau ausgespannt.»

Alf legte den Kopf schief in höflichem Desinteresse.

«Ich würd kein großes Geschrei drum machen, wenn's nicht was Ernstes wär. Is aber wohl ernst.»

Weil Kopitzky eine Reaktion zu erwarten schien, machte Alf eine unbestimmte Handbewegung, die andeuten sollte, dass er gerade den Faden verloren hatte.

«Ich rede von Madame Strelitz, deiner Frau. Von mir und deiner Frau.»

«Du kennst Marilène? Ach ja.»

«Mann, Strelitz, du bist echt hinüber.»

Kopitzky schabte mit dem Nagel über seine schwarzen Bartstoppeln.

«Verstehst du, was ich sage? Marilène und ich, wir gehen zusammen weg.»

Alf schüttelte bedächtig den Kopf.

«Nich mit Carli.»

«Nein, nicht mit Carli.»

Alf nickte.

«Gut.»

Kopitzky betrachtete Alf mit gerunzelter Stirn. Er schüttelte den Kopf.

«Also, ich weiß nicht, ob es dich interessiert oder wie

weit du mir folgen kannst, aber ich hab das Bedürfnis, es mir von der Seele zu reden. Wir waren in dem Atelier von dem Russen, du erinnerst dich? Danach was essen. Formidabler Abend. Sie kam dann öfter. Zum Plaudern. Hat meine Arbeiten fotografiert. Hat den schmierigen Prachtmenschen Kopitzky fotografiert. Hat sich bei mir ausgeheult, über ihren Hurensohn von einem Ehemann. Nicht dass du glaubst, ich hätt's ausgenutzt. Nicht bei der Frau von 'nem Kerl, der mir geholfen hat, drei boshafte Basken zu verkloppen. Aber sie ist schon 'ne Nummer, die kleine Marilène. Und Kopitzky auch bloß 'n Kerl. Irgendwann ging's mit mir durch. Hast du mich verstanden?»

«Denk oft und gern an die Basken zurück. Salud, Kopitzky, alter Keiler!»

Leutselig hob er die Flasche und trank Kopitzky zu.

«Ob du mich verstanden hast?»

«Ging mit dir durch.»

Kopitzky nickte.

«Du weißt wahrscheinlich nicht, dass deine kleine Frau vor drei Tagen einen Nervenzusammenbruch hatte?»

Alf hob die Brauen.

«Nervenzusammenbruch», wiederholte Kopitzky.

«Oh. Tut mir leid.»

Als er weiter nichts sagte, meinte Kopitzky: «Nett, dass du fragst, ja, es geht ihr wieder besser. Kopitzky hat ihr die Welt erklärt. Sie hatte sich da in was reingesteigert, sie hätte als Frau versagt und als Mutter, versagt auf der ganzen Linie, na ja, die Franzosen. Hang zum Extremen. Hab's ihr, glaube ich, ausreden können. Überzeugte sie davon, dass, pardon, ihr Alf nicht das Maß aller Dinge ist.»

«Würd nie sagen, Marilène wär 'ne schlechte Mutter.»

«Aber sie hat's sich eingeredet. In diesem ganzen verkappten zweiten Versuch mit dir, auf den du, soweit ich das überblicken kann, niemals hättest eingehen dürfen, nichts für ungut, sah sie ihre letzte Chance, sich als Mutter zu beweisen.»

«Das Problem war nur, dass sie sich auch bei dem Dirigenten beweisen wollte. Glaubte. Zu können. Als Mutter. Du weißt schon.»

«Du hast doch diese Idee mit dem Dirigenten nicht etwa ernst genommen?»

«Ich hatte Anlass zu der Vermutung, es ernst nehmen zu können.»

«Pfffft! Ich hab den Dirigenten gesehen. Kam angetanzt, als sie im Krankenhaus lag.»

«Krankenhaus?»

«Bloß für eine Nacht, zur Sicherheit. Hab das Bürschchen rausgeschmissen.»

«Ach, Kopitzky. Du machst mir Spaß.»

«Also. Wir ziehen jetzt los, Madame und ich. Marrakesch. Dann durch die Wüste. Sie will Tuaregs fotografieren, und ich plane schon lange, Nomadenschmuck zu studieren. Mach den Laden 'ne Weile zu. In aller Ruhe. Vielleicht runter ans Kap. Ach ja: Und sie will die Scheidung.»

Alf schwieg.

«Geht das okay?»

«Dings.»

«Was?»

«Sorgerecht.»

«Kriegst du.»

«Einfach so?»

«Wenn du geschickt ihr Schuldgefühl ausnutzt, sollte dir das nicht schwerfallen. Ich denke aber, das wirst du nicht tun. Du bist, sofern bei Verstand, ein vernünftiger Mann. Ein nobler obendrein. Also einigt euch auf ein gemeinsames Sorgerecht und dass Carli bei dir lebt, und alles ist geritzt.»

«Denk drüber nach.»

Sie tranken und schwiegen.

«Du nimmst es sehr gefasst, mein Strelitz.»

«Hab den Pegel noch nich. Erst gegen sechzehn Uhr werd ich gewöhnlich feindselig.»

«Mensch, Strelitzky. Hör auf mit der Sauferei. Es ist jetzt vorbei. Du musst fit sein für dein Söhnchen.»

Alf nickte bedächtig und trank Kopitzky nochmal zu. Kopitzky seufzte schwer und stand auf.

«Kann ich was für dich tun? Soll ich dich nach Hause schaffen? Marilène ist nicht mehr da.»

«Bei Gott, Kopitzky, du hast schon genug getan.»

Unschlüssig schaute Kopitzky sich um.

«Du bist schließlich erwachsen, Mann.»

Alf winkte ihm freundlich zum Abschied. Kopitzky wandte sich zum Gehen. In der Tür blieb er noch einmal stehen: «Danke fürs Bier.»

«Und für die Frau!», rief Alf munter.

Kopitzky nickte ernst: «Pass auf dich auf, Kerl.»

Der Mann im Overall hatte sein Werkzeug ausgepackt, machte aber keine Anstalten, es zu benutzen. Nachdenklich rieb er sich das Kinn. Die Angelegenheit bereitete ihm immer noch Kopfzerbrechen.

«Nee, ehrlich. Sie wissen doch, eigentlich darf ich das gar nicht. Bin schließlich nicht in der Einbrecherbranche.»

Rainer wurde ungeduldig.

«Nochmal: Sie haben meine Personalien, und ich übernehme die volle Verantwortung. Außerdem hab ich Sie schon bezahlt. Jetzt machen Sie endlich! Gefahr im Verzug.»

«Soso. Gefahr im Verzug», murmelte der Mann vom Schlüsseldienst und machte sich widerwillig daran, die Tür zu Alfs Büro zu öffnen. Es dauerte nur wenige Minuten. Eilig betrat Rainer das Büro, der Handwerker blieb in der Tür stehen. Er rümpfte die Nase über den Geruch, der ihm entgegenschlug, erfasste die Lage mit einem Blick und sagte: «Ach du Scheiße.»

Er sah zu, wie Rainer sich über Alf beugte, der reglos vor dem Sofa lag, und fragte: «Soll ich 'n Krankenwagen rufen?»

«Ich mach das schon, vielen Dank. Sie können jetzt gehen.»

«Na, dann fröhliche Weihnachten», sagte der Mann noch, denn unter seiner abgebrühten Schale schlug ein dotterweiches Herz, und es war der Morgen des 24. Dezember.

Rainer befürchtete das Schlimmste, aber als er Alf herumdrehte, stellte er erleichtert fest, dass dessen Atem normal ging. Er holte ein nasses Handtuch, und allmählich kam Alf wieder zu sich. Es gelang Rainer, ihn aufs Sofa zu hieven. Alf öffnete ein paarmal die Augen, die gleich wieder zufielen, begann, etwas zu murmeln, was sich anhörte wie «Mnschnsnn ... Mnschnsknn ... Mnschnskinna ...», und so durfte Rainer annehmen, dass sein Freund ihn erkannte.

19
Zwischen den Jahren und danach

Perdita, nachdem sie an jenem verwünschten Abend aus Alfs Büro gestolpert war, hatte sich zunächst damit unterhalten, die unterschiedlichsten Szenarien auszuspinnen: Alfs Frau wollte ihn zurückhaben und hatte von seiner Neigung für sie, Perdita, Wind bekommen. Oder: Alf wollte seine Frau zurück und benutzte sie, Perdita, um sie eifersüchtig zu machen. Oder: Etwas Schreckliches war passiert, ein Schicksalsschlag, der Alfs Frau oder die Familie betraf, in ihrer Verzweiflung rief sie Alf an, und wie das so war mit Schicksalsschlägen, würden sie darüber wieder zueinanderfinden. Oder aber: Alf wollte Perdita und seine Frau gleichzeitig haben, und während sie, Perdita, zu dämlich war, das zu bemerken, hatte die Frau es durchschaut und blies ihm den Marsch. Alfs merkwürdiges Verhalten konnte auf ein schlechtes Gewissen, Unentschiedenheit, auf alles Mögliche zurückzuführen sein. Keine dieser Hypothesen schien wirklich befriedigend, und einmal mehr bedauerte Perdita ihre rudimentären Französischkenntnisse.

Sie wartete darauf, dass sie in Wut geriet, damit die Wut abgelöst werden konnte von Traurigkeit und anschließender Leere, denn so verlief nun einmal der korrekte Loslösungsprozess, und sie wollte nur, es hätte schon begonnen und sie könnte endlich die ganze Affäre Strelitz für immer hinter sich lassen. Doch Wut flog sie nur an, um gleich darauf davonzustieben. Traurigkeit flatterte um sie herum, ohne sich zur Landung zu entschließen. Leere ließ sich gar nicht erst blicken, solange Verwirrtheit Blinde Kuh spielte in Perditas Kopf. Sie staunte, als sie nach ziellosem Tasten etwas zu packen bekam, festhielt, die Binde abriss und aus dem konfusen Schwarm sich ausgerechnet dem Gefühl der Scham gegenübersah. Aus den vielerlei Eindrücken jenes unglückseligen Abends drängte sich der letzte nach vorne, Alf, verloren und hilflos hinter seinem umgekippten Stuhl, und sie, Perdita, die ihn stehenlässt. Sie rief sich die anderen Bilder des Abends zurück, die Bilder von Alf, ließ sie abspulen wie einen Film ohne Ton. An jenem Abend hatte sich ihre eigene Unsicherheit mit den Eindrücken, die sie empfing, vermischt. Erst jetzt, losgelöst von Perditas unbewusstem Kommentar, wirkten die Bilder unmittelbar und pur. Erst jetzt begann sie, sich ernsthaft um Alf zu sorgen.

Am nächsten Abend ging sie zu seinem Büro. Die Vorhänge waren zugezogen, aber irgendwo dahinter brannte ein kleines Licht. Sie klopfte an, mehrfach, doch niemand öffnete. Das mit dem Licht musste nichts heißen. Trotzdem rief sie ihn an. Kein Anrufbeantworter. In seiner Wohnung schon, aber was für eine Nachricht hätte sie hinterlassen sollen?

Auch am nächsten und übernächsten Tag klopfte sie am Büro. Sie rüttelte sogar an der verschlossenen Tür. Die Vorhänge warfen dieselben ungeordneten Falten auf der Fensterbank, unverändert brannte zu jeder Tageszeit die kleine Lampe. Einmal fuhr sie nach Nippes und klingelte bei ihm zu Hause. Einige endlose Minuten zog sie die Möglichkeit in Betracht, seine Frau könne ihr öffnen. Anschließend fühlte sie sich allein von der Vorstellung so gerädert, dass sie es nie wieder tat. Wahrscheinlich, so sagte sie sich, ist er einfach nur verreist, allein oder mit seiner Frau. Oder er ist zu seinen Eltern gefahren, um Weihnachten mit Carli zu feiern. Das war sogar das Nächstliegende. Trotzdem ging sie auch in den folgenden Tagen immer wieder am Büro vorbei. Sie wurde das Gefühl der Beunruhigung nicht los. Im Telefonbuch schlug sie die Nummer von Rainer nach. «Rainer Erbs» hatte auf dem Messingschild gestanden, unter dem Alf damals klingelte, aber, so teilten ihr zwei Anrufbeantworter übereinstimmend mit, sowohl der Privatmann wie auch der Diplompsychologe Erbs befanden sich momentan im Urlaub. Schwankend zwischen der Vorstellung, sich lächerlich zu machen, und einer Ahnung, Alf sei irgendwie in Not, blieb Perdita nichts anderes übrig, als zu verschiedenen Zeiten die Körnerstraße entlangzuschlendern. Gelegentlich unternahm sie auch einen Abendspaziergang nach Nippes und sah hoch zu den Fenstern, die wohl seine sein mussten und hinter denen es stets dunkel blieb.

Dann, am Tag vor Silvester, führte ihr Weg sie wieder an seinem Büro vorbei, und sie stutzte. Die langen Vorhänge waren immer noch zugezogen, aber der Stoff hing jetzt ordentlich in gleichmäßigen Falten herunter. Zögernd überquerte Perdita die Straße. Am rechten Ende des großen Fensters ließ der Vorhang einen Spalt offen, dort, wo die kleine Lampe stand, die jetzt nicht mehr brannte. Perdita konnte einen Blick auf ein Stück vorbildlich aufgeräumten Schreibtisch werfen. Der Stuhl befand sich wieder an seinem Platz, der große Aschenbecher war geleert, Papiere und Zeitschriften lagen in ordentlichen Stapeln. Keine Umzugskartons oder sonstigen Anzeichen für eine Geschäftsaufgabe. Nur ein vorübergehend geschlossenes Büro, wie man es hinterließ, wenn man vorhatte, eine Weile zu verreisen.

Perdita wusste nicht, was sie nun denken sollte. Sie hatte in der letzten Zeit so viele abenteuerliche Hypothesen aufgestellt und wieder verworfen, dass sie sich nichts mehr davon versprach. Jedenfalls konnte sie nun aufhören, sich Sorgen zu machen. Wenn das Büro in Ordnung war, würde wohl auch mit Alf alles in Ordnung sein. Früher oder später musste er zurückkommen.

An einem Nachmittag im frühen Januar trat Perdita aus ihrem Haus, um ein bisschen spazieren zu gehen. Die Luft roch nach Ölöfen und Schnee, der nicht liegen bleiben würde. Sie stutzte, als sie auf der gegenüberliegenden Straßenseite Osman in seinem schwarzen Audi A6 sitzen sah. Seit September, als sie zu ihm ging, nachdem Alf sich für die Szene im Supermarkt entschuldigt hatte, waren sie sich nicht mehr begegnet.

Sie öffnete die Beifahrertür, steckte lächelnd den Kopf hinein und fragte: «Hey, Osman, observierst du meine Wohnung?»

«Nein. Ich hab auf dich gewartet.»

Von hinten guckte der Hund freudig zwischen den Sitzen hindurch. Perdita kniete sich auf den Beifahrersitz und nahm sich Zeit, Schnitzel zu begrüßen.

«Wieso bist du nicht raufgekommen?», fragte sie beiläufig.

«Ich wusste nicht, ob ich störe.»

«Wieso solltest du stören?»

«Ich bin noch nie einfach so bei dir vorbeigekommen, also kann ich nicht wissen, ob ich vielleicht störe.»

«Gibt's was Besonderes?»

«Nein. Ich wollte dich gern sehen.»

«Ich wollte grad spazieren gehen. Hast du Lust?»

«Wir könnten in den Wald fahren.»

«Dann los.»

Sie machte es sich auf dem Sitz bequem und zog die Wagentür zu.

«Wie hast du diesen Parkplatz bekommen? Die Leute müssen um fünf Uhr früh aufstehen, um hier einen Parkplatz zu finden. Du stehst nicht seit fünf Uhr früh vor meinem Haus, oder doch?»

Osman schnalzte und schüttelte den Kopf, als sei diese Neigung, ihn mit kindischen Unterstellungen hochzunehmen, eine bedauerliche Angewohnheit, die man leider in Kauf nehmen musste.

Perdita lachte: «Ich freu mich!»

Er warf einen Blick über die Schulter, weil er gerade aus der Lücke steuerte. Dann glitten sie über die Straße. Osman wandte sich zu ihr um und lächelte breit: «Frohes neues Jahr!»

Sie marschierten durch den Königsforst, bis es dunkel wurde. In einem Ausflugslokal bestellten sie Jägerschnitzel und Rumpsteak. Zu Hause bei Osman aßen sie noch Bratäpfel, dazu legten sie einen Film ein, verpassten aber das Ende. Perdita blieb über Nacht.

Von da an kam es öfter vor, dass Osman anrief, um sich zu verabreden. Sie sahen sich noch einmal im Januar, verbrachten ein Wochenende im Februar miteinander, trafen sich zweimal im März. Perdita genoss es, aber alle etwaigen Schlüsse, die sich daraus ziehen ließen oder eben nicht, blendete sie aus.

Sie hatte angefangen, an einer neuen Geschichte zu

schreiben, deren Figuren dieses Mal sämtlich ihrem eigenen Kopf entsprangen und die im Stil keiner der bisherigen glich.

Alfs Büro blieb unterdessen geschlossen. In perfekt arrangierten Falten hingen die Vorhänge über der ganzen Angelegenheit.

Rainer hatte Alf noch am Heiligen Abend auf einen Bauernhof im Harz gebracht, wo Suchtkranke in den verschiedenen Stadien ihres Entzugs therapiert wurden. Die Behandlung überließ er diesmal dem befreundeten Kollegen, der das Projekt leitete. Er selbst mietete sich für zwei Wochen in der Nachbarschaft ein, um in Alfs Nähe zu sein. Später kam er an den meisten Wochenenden aus Köln herüber.

Nachdem die erste, akute Phase überstanden war, verkomplizierte sich ihr Umgang in dem Maße, in dem Alf sich langsam erholte. Was zwischen ihnen vorgefallen war, machte sie unsicher und gehemmt.

«Rainer, wirklich, du musst nicht so oft kommen. Die weite Fahrt. Du solltest lieber selber mal ein bisschen ausspannen. Ich bin hier gut aufgehoben, wirklich.»

«Möchtest du nicht, dass ich komme?»

«Nein, Quatsch, ich freu mich. Aber du hast schon so viel getan. Ich kann dir ja kaum noch ins Gesicht sehen ...»

«Alf! Ich kann dir kaum noch ins Gesicht sehen! Ich hab so grässliche Sachen gesagt, ich hab dich im Stich gelassen, das eine Mal, wo du mich wirklich gebraucht hättest ...»

«Jetzt hör aber auf! Ich hab mich wie ein kompletter Idiot benommen, ich hab jeden Rat und jede Hilfe von vornherein ausgeschlagen, ich hab bockig und beleidigt reagiert und völlig egozentrisch ...»

«Unsinn! Das ist doch Unsinn! Ich hab dir ja gar keine Chance gegeben! Ich hab mich da in was reingesteigert, hab meine kleine persönliche Krise gepflegt auf Kosten meines besten, liebsten Freundes! Ich hab dir bitter Unrecht getan ...»

«Ach, Rainer, das ist doch –»

«Das ist so schäbig.»

«Nein! Ich fühl mich schäbig, weil ich –»

«Du und schäbig! Du bist der beste, aufrichtigste, anständigste –»

«Rainer! Jetzt aber –»

«Alf, ich bin so –»

«Ich weiß nicht, ich muss dir –»

«Ach!»

«Mensch ...»

«Alf ...»

Zuletzt lagen sie sich in den Armen. Damit war die Sache aus der Welt.

Anfang April drängte es Alf, den Bauernhof zu verlassen.

«Willst du nicht lieber noch zwei, drei Wochen dranhängen?», fragte Rainer am Telefon.

«Ich kann mich hier nicht ewig verkriechen. Ich muss Carli endlich zu mir holen, sonst kommen meine Eltern noch auf die Idee, ihn zu adoptieren. Keine Angst, ich geh es langsam an. Aber es ist jetzt der Punkt erreicht, wo ich mit jedem Tag, den ich hierbleibe, rappeliger werde. Ich muss endlich was unternehmen.»

«Was willst du als Erstes machen?»

«Na ja. Mich der Realität gestellt und mit meinen nunmehr Exkunden telefoniert hab ich ja schon. Ein wesentlicher Therapieerfolg. Die meisten haben einfach aufgelegt. Mein Ruf ist ruiniert, ich muss mich nach was Neuem umsehen.»

«Hast du schon eine Idee?»

«Hm. Hab mal mit Lars gesprochen. Könnte wieder für die Agentur arbeiten, auf freier Basis.»

«Und? Würd dir das Spaß machen?»

«Ja, inzwischen glaub ich sogar, das könnte mir Spaß machen. Ich hab auch dran gedacht, also, vielleicht nehm ich demnächst mal wieder die Kamera in die Hand.»

«Filmen?»

«Na ja, Spots. Warum nicht. Ist schließlich das Einzige, was ich richtig gelernt hab.»

«Gute Idee. Und mit dem Geld kommst du vorläufig noch aus?»

«Na, 'ne Weile langt's noch. Ich rechne damit, dass ich ab nächstem Monat schon ein paar kleinere Sachen für Lars machen kann. Also: Es sieht eigentlich alles gar nicht so übel aus, oder?»

«Alles andere als übel. Also, dann hol ich dich Samstag ab?»

«Brauchst du aber nicht.»

«Ich weiß.»

Die ersten Tage in Köln verliefen glimpflich für Alf. Er verfolgte seine alte Strategie aus Kochen, Essen und Sport. Er bereitete sich auf seine neue Tätigkeit vor. Jeden Vormittag ging er in das Büro in Ehrenfeld, allerdings nie länger als für zwei Stunden. Der Schauplatz seiner Alkoholexzesse weckte alte Reflexe und unschöne Erinnerungen, denen er sich vorläufig nur in Maßen aussetzen wollte.

Dann kam auch schon Carli, und die paar Tage mit ihm vergingen wie im Fluge. Noch vier Wochen mit den Großeltern auf den Kanarischen Inseln, und Carli sollte endgültig zu Alf nach Köln übersiedeln.

20
Paar in Balkanlandschaft

Alf und Carli trieben sich auf ihrer Lieblingsmeile herum, der Venloer Straße, wo es herrliche bunte Billigläden mit aberwitzigem Spielzeug und exotischen Süßigkeiten gab und zwei ganz sagenhafte Geschäfte, in denen alle Sachen entweder nur fünfundfünfzig Cent oder einen Euro kosteten. Carli war begeistert. Er trug bereits eine Tüte voller Geschenke für Gromi und Gropi, die allesamt nicht nur praktisch, sondern auch geschmackvoll waren. Guter Geschmack war wichtig, das wusste er von Gromi. Alf wollte um nichts auf der Welt Gromis Gesicht verpassen, wenn sie den debil glotzenden Keramikbären in Rosa-Weiß-Gold-Glasur mit echtem Spitzenhäubchen auspackte, zwischen dessen fette Tatzen man zum Beispiel ein Bündel Zahnstocher stecken konnte. Gromi konnte aber auch ihren teuren Füllfederhalter hineinstecken und musste ihn dann nicht mehr überall suchen. Alf grinste, als er sich vorstellte, wie das Ding sich auf ihrem zierlichen Biedermeiersekretär ausnehmen würde. Gerti Strelitz liebte ihren Enkel viel zu sehr, um seine Geschenke nicht auch zu benutzen. Meine Mutter ist eine tapfere Frau, dachte Alf.

Carli saß auf Alfs Schultern, und sie waren gerade in leichtem Trab unterwegs zu einem Asia-Laden, wo es ebenfalls ganz abenteuerliche Sachen gab, als Carli mit dem Finger über die Straße zeigte und schrie: «Guck mal! Da vorne ist einer mit grünen Haaren!»

«Was? Wo?! Das gibt's doch gar nicht!», rief Alf, drehte sich noch im Weiterlaufen um und stieß dabei mit dem Rücken heftig gegen jemand an. Mit einer Entschuldigung wandte er sich um und sah sich dem Türken vom Eigelstein gegenüber, dem Osman, der damals, als sie unterwegs zur Operettenparty waren, Perdita so tief in die Augen geschaut hatte. Der Hund war auch wieder dabei.

Für den Bruchteil einer Sekunde nahm Alf auf Osmans Gesicht noch die unterschwellige Kampfbereitschaft wahr, in die ein Stoß von hinten ihn offenbar versetzte. Dann, als er den anderen erkannte, trat der gleiche undurchdringliche Ausdruck in seine Augen, mit dem er Alf am Eigelstein so betont kurz gemustert hatte. Er schaute hoch zu Carli und fragte: «Dein Sohn?»

«Ja», sagte Alf mit unverhohlenem Stolz, «mein Carli. Sag Osman guten Tag, Carli!»

Höflich reichte Carli seine Hand herunter: «Guten Tag.»

Osman schlug ein: «Guten Tag, Carli.»

«Wie heißt der Hund?»

«Er heißt Schnitzel.»

«Ist der gefährlich?»

«Nicht besonders.»

Während Carli sich von oben interessiert den Hund anguckte, fuhren Alf und Osman mit ihrer gegenseitigen stummen Musterung fort. Unterbrochen wurden sie erst durch begeisterte Rufe von Carli: «Pedrita! Da ist ja Pedrita! Hallo, Pedrita!!»

In seinen Gedanken wie auch in Ehrenfeld war Alf Perdita bislang lieber aus dem Weg gegangen.

Jetzt wandte er auf Carlis Rufen den Kopf und sah, wie sie gerade aus einer nahegelegenen Konditorei kam. Seine erste Regung: ungetrübte Freude. Er beobachtete, wie sie überrascht stehenblieb, ihn erkannte. Ihr Gesicht gab keinerlei Aufschluss über das, was sie dachte. Ja, es war viel Zeit vergangen, und viel war passiert, seit sie nebeneinander im Büro auf dem Sofa gesessen hatten. Nach kurzem Zögern kam sie zu ihnen herüber. Sie lächelte jetzt, aber ihr Lächeln galt Carli, der nicht aufhörte, zu rufen und zu winken.

Perdita begrüßte Carli, sie schüttelten sich lang und überschwänglich die Hand, und Alf fand Zeit für die Entdeckung, dass Perdita und dieser Osman ganz selbstverständlich miteinander einkaufen gingen, dass er mit dem Hund draußen wartete, während sie wohl Gebäck besorgte für einen gemütlichen Nachmittagskaffee zu dritt, nur Osman und Perdita und der Hund.

«Hallo, Carli! Schön, dich zu sehen! Wie geht's dir?»

«Gut!»

«Magst du Baisers?»

«Was ist das?»

«Was ganz Süßes – hier, probier mal!»

Sie hielt Carli eine Papiertüte hoch, und während er neugierig hineingriff, sagte sie mit entschuldigendem Lächeln zu Alf: «Tut mir leid, du kannst keinen haben, die anderen brauch ich alle für ein Dessert.»

Alf sah nur, dass sie ihn anlächelte, und das beruhigte ihn vorläufig über alles.

Carli verkündete mit vollem Mund eine tolle Idee: «Jetzt müssen wir alle Eis essen gehen! Du hast es versprochen!»

Vater und Sohn schauten sie erwartungsvoll an. Perdita wandte sich an Osman: «Ja, stimmt, ich hab's versprochen.»

«Versprechen muss man halten», erwiderte Osman. «Gehen wir Eis essen.»

Es gab eine Eisdiele an der nächsten Straßenecke. Alf war noch damit beschäftigt, Carli die dicke Jacke aufzuknöpfen, als der schon rief: «Ich möchte ein Spaghetti-Eis!»

«Guck doch erst mal, was es sonst noch so gibt.»

«Nein, ich möchte – Pedrita, was nimmst du denn?»

«Hm, ehrlich gesagt überleg ich, ob ich auch ein Spaghetti-Eis nehmen soll ...»

«Au ja! Das schmeckt gut!»

«Und, was wollt ihr?»

«Ich nehme auch Spaghetti-Eis», sagte Osman.

Perdita grinste ihn an: «Ja?»

Osman nickte und sagte knapp: «Ja.»

Der Kellner erschien, und Alf bestellte vier Spaghetti-Eis.

«Ehrlich? Ihr wollt auch alle Spaghetti-Eis? Dann haben wir ja alle dasselbe!»

Während Carli noch überlegte, ob seine Wahl klug gewesen war, holte Alf seine Zigaretten hervor. Perdita erkannte die flache, quadratische weiße Schachtel mit dem schwarzen Schriftzug. Sie lächelte überrascht und fragte: «Balkan Sobranie? Wo hast du die denn her?»

«Aus einem Geschäft am Bahnhof. Magst du eine?»

«Gern.»

Alf bot auch Osman eine Zigarette an, der lehnte höflich ab und nahm sich eine von seinen Marlboros.

Carli hatte die Eisfrage inzwischen vergessen. Vornübergebeugt saß er auf seinem Stuhl und guckte fasziniert unter den Tisch. Er wandte sich an Osman: «Wie heißt der Hund nochmal?»

«Schnitzel.»

«Darf ich ihn mal streicheln?»

«Ja. Aber du darfst ihn nicht erschrecken. Halt ihm erst mal deine Hand hin, und dann lass ihn schnuppern. Damit er weiß, mit wem er's zu tun hat.»

Alf schaute etwas skeptisch, aber Perdita strahlte ihn an: «Du brauchst keine Angst zu haben, Schnitzel ist wirklich ein Schätzchen. Ich kenn ihn, seit er klein war. Er schläft bei Osman im Bett. Staffordshires sind sehr kinderlieb.»

Alf fand die Informationen etwas verwirrend. Er fragte sich, wer wohl noch alles in Osmans Bett schlief. Vom Boden tönte es begeistert: «Er hat meine Hand geleckt!»

Osman, der das Treiben unter dem Tisch aufmerksam beobachtete, sagte: «Das heißt, er mag dich.»

«Ich mag dich auch, Schnitzel.»

«Carli, dein Eis ist da.»

Die Erwachsenen fingen an, ihr Eis zu essen.

«Osman, darf ich Schnitzel meine Eiswaffel geben?»

«Besser nicht. Das ist nicht gut für Hunde.»

«Ich glaube aber, er möchte sie haben.»

«Das kann schon sein, aber er wird sie nicht kriegen. Warte mal.»

Osman stand auf, ging zur Garderobe und holte etwas aus der Tasche seines Lammfellmantels.

«Hier. Du kannst ihm ein Hunde-Leckerli geben.»

«Ist das ein Plätzchen für Hunde?»

«Exakt.»

Carli verschwand wieder unter dem Tisch.

«Dein Büro ist geschlossen», sagte Perdita, lachte und fügte hinzu: «Aber das weißt du ja wahrscheinlich.»

«Ja, ich war eine Weile weg.»

«Urlaub?»

«Hm, ja. So eine Art Pfadfinderurlaub. Mit Rainer. Kein Alkohol, keine Frauen, jeden Tag eine gute Tat. Die gingen allerdings alle auf Rainers Konto.»

Sie löffelten schweigend.

«Was ist das für ein Dessert, das du machst? Mit den Baisers?»

«Das geht ganz leicht. Packung gefrorene Himbeeren, angetaut, Becher Sahne, geschlagen, vorsichtig vermengen, Baisers zerbröseln, unterheben, das Ganze essen, bevor es vermatscht. Mit Minzblättchen verzieren oder, wahlweise, Zitronenmelisse.»

«Klingt köstlich.»

«Ist es auch.»

Perdita knabberte an ihrer Eiswaffel und lächelte Alf an, auf dessen Gesicht jetzt ein heiterer, versonnener Ausdruck lag. Dann lächelte sie Osman zu, der in großer Gelassenheit sein Eis verzehrte und ihr Lächeln ruhig und vorwiegend mit den Augen erwiderte. Gern hätte sie auch Carli angelächelt, aber der hockte immer noch unter dem Tisch.

«Carli, dein Eis schmilzt.»

Pedritas Stimme war Carli Befehl und brachte ihn augenblicklich zum Vorschein. In seinem Eifer stieß er gegen das wacklige Plastiktischchen. Im Reflex hielten alle ihre Eisbecher fest, nur der von Carli geriet ins Schlittern und landete auf dem Boden, zum Teil auch auf Carli. Betreten und von oben bis unten bekleckert, guckte Carli auf die Schweinerei hinunter. Alf tat einen kleinen Seufzer.

«Mensch, Carli.»

«Tut mir leid ... guck mal, jetzt kriegt Schnitzel doch noch die Eiswaffel!»

Vorsichtig schielte er zu Osman, der leise schmunzelte. Alf stand von seinem Platz auf.

«Los, Carli, wir müssen sehen, dass wir dich wieder sauber kriegen.»

«Kann Pedrita nicht lieber mitkommen?»

«Na klar. Komm, das kriegen wir schon hin.»

Perdita und Carli marschierten Richtung Waschraum. Alf entschuldigte sich noch beim Kellner, da kam schon eine Frau mit Lappen und Kehrblech aus der Küche, als habe sie die ganze Zeit nur auf ihren Einsatz gewartet.

Alf sah ihr zu, wie sie mit geübter Hand Scherben und Eismatsch beseitigte.

«Ich hab deinen Abschlussfilm gesehen», sagte da Osman.

Alf versteinerte. Mit den Augen verfolgte er weiter die Bewegungen der Frau. Schließlich hob er den Kopf, schaute Osman an und sagte: «Der war Schrott.»

«Der war gut.»

«Epigonal, substanzlos und plakativ.»

«Hat von Bretzdorf das gesagt?»

«Das hat er jedenfalls gemeint.»

«Und? Von Bretzdorf ist ein Armleuchter.»

Die Erstarrung wich aus Alfs Gesicht und machte einer ausgesprochenen Ungläubigkeit Platz: «Er hat *Bottropski Baby* gemacht!»

«Ja. Ganz nett. Und weiter?»

«Weiter braucht man eigentlich gar nichts mehr zu machen. Außer vielleicht noch *Hundsgeburt*.»

«Steh ich nicht drauf.»

Alf schnaubte kurz und freudlos auf. Er hing seinen Gedanken nach, runzelte die Stirn und blickte wieder zu Osman: «Jetzt erinnere ich mich an dich.»

Alf versuchte, den Mann zu ergründen, der ihm nach dem kurzen, überraschenden Zwischenspiel wieder ganz unbeteiligt gegenübersaß. Er hatte ihn nicht gleich erkannt, weil Osman sich damals an der Filmhochschule in München noch nicht den Kopf rasierte. Erinnerungen stiegen auf an ein dunkles, irgendwie achtunggebietendes Gesicht, das sporadisch bei Vorlesungen, Veranstaltungen und Partys aufgetaucht war. Dies war der etwas rätselhafte Mann, der nicht zu den Studenten gehört hatte und sich nur selten mit einer knappen, überraschenden Bemerkung in die Diskussion mischte. Der alles mit einer ruhigen, wachen Präsenz verfolgte und mit dem Alf damals immer gern mal ins Gespräch kommen wollte. Aber es hatte sich nie ergeben.

Perdita und Carli kamen zurück.

«Ich bin wieder sauber!»

«Na ja ...»

«Aber Schnitzel hat's geschmeckt!»

Ertappt lugte er nochmal zu Osman, der lächelnd den Kopf schüttelte. Perdita legte Osman die Hand auf die Schulter: «Ich glaube, wir sollten langsam weiter.»

Osman nickte dem Kellner zu und griff nach seiner Brieftasche. Alf winkte ab: «Lass nur, wir laden euch ein. Stimmt's, Carli?»

«Ja!»

Osman neigte dankend den Kopf.

Perdita beugte sich zu Carli hinunter: «Carli, es war mir ein Vergnügen. Danke für die Einladung.»

«Bitte sehr! Komm bald wieder – und Schnitzel, und Osman!»

«Ciao, Alf.»

«Ciao, Perdita.»

«Tschau, Pedrita! Tschau, Osman! Tschau, Schnitzel!»

Alf und Carli sahen zu, wie Osman Perdita an der Garderobe in den Mantel half, ihr die Tür aufhielt und sie beide mit dem Hund das Eiscafé verließen. Carli erwies sich als guter Beobachter: «Die haben beide die gleichen Mäntel an!»

«Ja. Ist mir auch schon aufgefallen.»

Alf wartete noch bis zum nächsten Tag, an dem seine Eltern kamen und Carli abholten. Anschließend räumte er die Wohnung auf, joggte einmal durch den kleinen Park, duschte, kochte und aß in Ruhe zu Abend. Er spülte, trocknete ab, und als nichts mehr zu tun blieb, machte er sich noch einen Kaffee und rief sie an.

«Hallo, ich bin's ... der Alf.»

«Hallo, Alf.»

«Stör ich grad?»

«Nein, überhaupt nicht.»

«Was machst du gerade?»

«Jetzt grad? Also – ich rauche.»

«Rauchen bei etwas oder einfach nur rauchen?»

«Einfach nur rauchen. Ich rauche gern. Weißt du ja.»

«Was rauchst du?»

«Na, Gauloises.»

«Und dazu trinkst du – was?»

«Einen Tee.»

«Lapsang Souchong?»

«Nein, Yunnan.»

Sie hörte, wie er am anderen Ende Rauch ausblies, und fragte: «Und du? Was rauchst du? Balkan Sobranie?»

«Hm», machte er nachdenklich und fügte nach einer kleinen Pause hinzu: «Die Frau erinnert mich an dich.»

Perdita hatte das Bildchen auf der Schachtel vor Augen: die schwarze Ellipse des Namenszugs und darin der Ausschnitt einer kargen Berglandschaft. Im Vordergrund, auf einer steinigen Erhebung, zwei Frauen in Balkantracht, hinter ihnen ein Konvoi aus drei Lastwagen, beladen mit Balkan Sobranie. Sie lachte und fragte: «Welche? Die linke oder die rechte?»

«Die linke.»

«Ah ja. Die hat, glaub ich, auch schwarze Haare», stellte sie fest, denn damit erschöpfte sich die Ähnlichkeit. Die Frau war einfach nur eine weibliche Figur, ein Typus, schemenhaft dahinskizziert.

«Die Landschaft passt zu dir», sagte Alf ernst.

«Ach? Steinige Hügel und unzugängliche Bergketten? Ich weiß nicht, deine Komplimente sind sonst irgendwie blumiger ausgefallen ...»

«Archaisch.»

«Oh.»

«Rein. Und klar. Intensiv.»

Guten Tag, führen Sie eine Ausgabe von Alf Strelitz' bekannter *Ode an Perdita*? Sie wissen schon, dieses unnachahmlich sublime Prosafragment, das dem Dichter beim Betrachten einer Zigarettenschachtel einfiel ... Perdita schwieg betroffen. Schließlich fühlte sie sich verpflichtet, zu sagen: «Also, wenn du wüsstest, wie es so in meinem Kopf aussieht, würdest du das nicht sagen.»

Alf lachte. Der nachdenkliche, versonnene Ernst war aus seiner Stimme verschwunden, als er heiter sagte: «Ich stell mir vor, dass es in deinem Kopf zugeht wie in einem gewaltigen Stummfilm-Epos, allerdings in Technicolor gedreht.»

«Ja, da könntest du ungefähr richtig liegen.»

«Perdita, ich hab mich riesig gefreut, dich zu sehen.»

«Ich hab mich auch gefreut.»

«Also, ich kann dir zwar momentan keinen Carli bieten, weil, der lässt sich ja inzwischen auf Teneriffa die Sonne auf den Bauch scheinen ... Aber vielleicht würdest du auch mal mit mir allein ein Eis essen? Oder einen Kaffee trinken?»

«Würd ich gern.»

Es entstand eine kleine Pause.

«Hallo?», fragte Perdita.

Sie hörte Alf einmal tief durchatmen. Dann vernahm sie die Worte: «Ich hatte zwischenzeitlich einen Rückfall. In die Sauferei.»

«Oh.»

«Und ich hab zwischenzeitlich wieder mit meiner Frau zusammengelebt.»

Weil sie diesmal gar nichts sagte, fragte er: «Bist du noch da?»

«Ja, sicher.»

Sie drehte sich erst eine neue Zigarette, dann fragte sie: «Die ganze Zeit, wo wir telefoniert haben, da hast du mit deiner Frau zusammengelebt?»

«Nicht am Anfang. Aber irgendwann dann schon.»

«Und als ich bei dir im Büro war, da auch?»

«Ja. Da auch. Aber – jetzt nicht mehr ...»

Das ist ein starkes Stück. Perdita, das ist wirklich ein starkes Stück! Sag doch auch mal was, Perdita. Ja, was soll man dazu sagen?

Schon gestern hatte sie sich eine gleichlautende Frage gestellt, als sie Alf nach über drei Monaten wiedersah, zufällig, auf der Straße. Vor über drei Monaten hatte er ihr ein befremdliches Schauspiel geboten, war dann spurlos verschwunden, mehr als ein Vierteljahr hörte und sah sie nichts von ihm. Plötzlich war er wieder da und strahlte sie glücklich über seinem Eis an. Was sollte man dazu sagen? Was hatte sie gestern darauf geantwortet? Gar nichts. Auf einmal hatte sie keine Antwort mehr für nötig gehalten.

Soll doch Alf zu alldem was sagen. Weiß Gott. Jetzt war es wirklich an Alf, etwas zu sagen. Aber Alf schwieg. So saß sie nur da, den Hörer am Ohr, und lauschte seinem Schweigen.

Die Stimme, die sie plötzlich hörte, war nicht die von Alf: *And I heard, as it were, the noise of thunder* ... Johnny Cash. Die alte, brüchige, kraftvolle Stimme von Johnny Cash. *When the man comes around.* Nach den ersten, atemlos gesprochenen Worten setzte die Musik ein, treibend, mitreißend, reduziert. Nicht das unselige Country-Gedudel, das den Genuss von Johnny Cash so oft schmälerte. O nein. Dies hier war pur ... *there's a man coming 'round taking names, and he decides who to free and who to blame* ... apokalyptisch, alttestamentarisch, monumental ... es packte sie jedes Mal. Die Musik wurde lauter, offenbar drehte Alf gerade am Regler. Oder er lag da, einsam hingestreckt auf seinem Sofa, und hob nur müde den Arm mit der Fernbedienung. Perdita musste lächeln. Sie lehnte sich tief in ihren Sessel zurück und lauschte. Die Instrumentierung verstummte. Wieder nur die Stimme, die von dem bleichen Pferd sprach ... Dann war das Stück zu Ende. Perdita atmete unwillkürlich aus. Alf am anderen Ende der Leitung atmete gleichfalls aus. Perdita presste den Hörer fester ans Ohr. Sie wusste, was nun kam. Das erste Lied war gut. Aber was jetzt kam, *Hurt*, war eine Messe. Fand Perdita. Es beschwerte ihren Atem, jedes Mal. Da waren sie, die ersten, schlichten, langsamen

Gitarrenakkorde ... dann die Stimme: *I hurt myself today – to see if I still feel – a focus on the pain – the only thing that's real* ... Die Musik wurde noch um einige Grade lauter gedreht, die Akkorde treibender, härter ... *what have I become – my sweetest friend – everyone I know goes away in the end* ... ach, Alf, dachte Perdita, belustigt und gerührt ... abermals ging die Lautstärke rauf, ja, sicher, denn dies war die Botschaft, dies war - sakral: *And you could have it all – my empire of dirt – I will let you down – I will make you hurt* ... wer wollte von Selbstmitleid reden, bei dieser Stimme, die alles kannte, alles wusste, der man alles glaubte ... Gott, Alf, dachte Perdita, ich hätte nicht geglaubt, dass dein Hang zum Pathos es mit dem meinen aufnehmen könnte ... Sie war durchaus immer noch amüsiert, denn ihr Sinn für Pathos und ihr Sinn für Komik hielten sich die Waage. Vor allem aber war sie wirklich bewegt. Und jetzt, das Ansteigen zum traurig-hoffnungsvollen Schlussakkord, in dem neue Kraft und doch auch die Ahnung von Vergeblichkeit klangen: *If I could start again – a million miles away – I would keep myself – I would find a way* ... Perdita fühlte sich immer ein wenig erschöpft, wenn sie *Hurt* beigewohnt hatte.

Sie hoffte, dass Alf die Lautstärke rechtzeitig herunterdrehen würde, und er tat es, denn *Give my Love to Rose*, ein schönes, sentimentales Lied über einen sterbenden Cowboy, kam in seinem gemächlicheren Country-Rhythmus von sehr weit daher. Doch von Alf noch immer kein Wort. Da sagte Perdita: «Wie wär's morgen?»

«Was –?»

«So am späten Nachmittag, im Café?»

«Café Sehnsucht?»

«Ja. Um sechs?»

Sie hörte, wie er abermals tief durchatmete. Der Ärmste. Das kam von zu viel Johnny Cash. Dann sagte er: «Sehr gern.»

«Dann bis morgen.»

Pünktlich zur verabredeten Zeit stieß Perdita die Glastür auf. Vor Alf stand bereits ein Getränk aus frischer Pfefferminze. Kräftige grüne Minzzweiglein schwammen in klarem, heißem Wasser. Es sah hübsch aus – und archaisch, ging es ihr durch den Kopf. Sie bestellte aber einen Milchkaffee.

Etwas scheu lächelten sie einander zu. Perdita begann, eine Zigarette zu drehen, und Alf fuhr fort, mit dem Teelöffel die Pfefferminze in seinem Glas herumzuschwenken. Eine drei viertel Gauloise später sagte Perdita: «Ich mag Johnny Cash.»

«Ja? Ich auch.»

Sie lachte leise, weil er das so beiläufig sagte, als hätten sie nicht erst am Abend zuvor einige hochdramatische Momente mit Johnny Cash geteilt. Alf grinste verhalten. Dann schaute er wieder ernst in seinen Tee. Perdita sah, wie seine Augenbrauen sich zusammenzogen, und fragte lapidar: «Was ist das eigentlich für eine Geschichte mit dir und deiner Frau?»

«Das ist eine ziemlich – ziemlich unrühmliche Geschichte.»

Er runzelte angestrengt die Stirn und blickte dann zu ihr auf.

«Ich hab mir den Kopf zerbrochen, wie ich dir das am besten und kurz und knapp ... ich bin es so müde. Aber ich möchte auch nicht, dass du irgendwas Falsches denkst. Also, es ist vorbei. Es war schon längst vorbei, ich wusste schon, dass es ein Fehler war, als wir heirateten, aber ich habe diesen Fehler eben gemacht. Dann kam gleich Carli, und wir haben es weiter versucht. Aber es ging nicht. Ich fing das Saufen an, und vor zwei Jahren bin ich ausgezogen. Ich hatte mein Problem zu bewältigen, das hat mich ziemlich in Anspruch genommen. Ich wollte, wenn ich wieder so weit wäre, Carli zu mir nehmen, der war die meiste Zeit über bei meinen Eltern. Und dann, kürzlich, aus heiterem Himmel diese exzentrische Idee von Marilène, wir müssten es auf jeden Fall noch einmal miteinander probieren, denn andernfalls würde sie mit Carli und einem Dirigenten nach Kanada auswandern. Eine absolut hirnrissige Idee. Aber – zuerst dachte ich, wir könnten es vielleicht irgendwie auf einer anderen Basis hinkriegen. Doch es wurde nur alles immer verfahrener und wir in unseren Köpfen immer vernagelter. Es war – aufreibend. Wir schlitterten in die Katastrophe, ich hing wieder an der Flasche, doch dann: Katharsis. Jetzt läuft die Scheidung, und wir haben bereits feste Vereinbarungen getroffen, was Carli betrifft. In vier Wochen zieht er bei mir ein.»

Alf lehnte sich in seinen Stuhl zurück und beobachtete sie gespannt.

«Puuuh ...», machte Perdita.

«Ja», sagte er knapp.

«Auf so was wär ich im Leben nicht gekommen. Wenn wir telefoniert haben ... ich wär nicht drauf gekommen.»

«Du findest das wahrscheinlich ziemlich verlogen. Aber ich kam mir nicht verlogen dabei vor. Nicht, wenn ich mit dir telefoniert habe. Das waren eigentlich die einzigen Momente, in denen ich keinem was vorgemacht hab.»

Eine Weile schwiegen sie. Schließlich fragte Alf: «Was denkst du?»

«Über dich?»

«Ja. Was denkst du gerade über mich?»

«Weiß nicht. Was ich von dir denke, scheint irgendwie immer dem hinterherzuhinken, was ich für dich empfinde ...»

«Ja?»

«Hm.»

«Dann ... empfindest du was für mich?»

«Na ja. Sicher.»

Sie schauten sich an, und Perdita begann wieder zu lächeln. Genaugenommen lächelte sie seit dem gestrigen Abend, seit sie Johnny Cash miteinander gehört hatten.

«Hört sich doch ganz gut an», sagte Alf vorsichtig.

Perditas Lächeln wuchs sich zu einem Grinsen aus, sie nahm an, dass es dämlich aussah, aber sie konnte nicht anders.

«Ja?», fragte sie.

«Mhm», nickte er, und ihr Grinsen steckte ihn an. Er begann, sich zu entspannen, sich geradewegs leicht zu fühlen, doch ein Widerhaken stak noch da, der verhinderte, dass er abhob.

«Dieser Osman ...», murmelte er.

«Ja?»

«Bist du mit ihm zusammen?»

«Nein.»

Weil sie wegsah und weil er ganz sichergehen wollte, hakte er nach: «Ich dachte bloß. Ich meine, ihr habt die gleichen Mäntel an und so. Ihr kauft zusammen Baisers.»

«Mit Osman kann man nicht zusammen sein.»

«Ach nein?»

Sie schüttelte den Kopf.

«Nein.»

Alf fand die Auskunft weniger zufriedenstellend als erhofft, aber weil sie ihn jetzt wieder so anlächelte, verlor er die Lust, noch weiter zu bohren. Er fand es viel hübscher, zuzuschauen, wie sie gerade die Schale mit dem Milchkaffee in einem kleinen, langsamen Kreis auf dem Tisch herumschob.

«Lernt ihr das eigentlich von euren Müttern und euren Großmüttern, oder macht ihr das instinktiv?»

«Was denn?»

«Café au Lait. Ihr bestellt nie was anderes. In diesen großen Schalen, die beim Trinken eure ganze untere Gesichtshälfte verdecken. Wie ein orientalischer Schleier. Die perfekte Bühne für diesen typischen Augenaufschlag-über-einem-Milchkaffee.»

Sie lachte.

«Du meinst, Männer trinken ihren Milchkaffee anders?»

«Zuerst mal nehmen Männer, wenn sie sich überhaupt für ein so, pardon, effeminiertes Getränk entscheiden, die Schale nur in eine Hand. Frauen nehmen immer beide Hände. Sie führen die Milchkaffeeschale an die Lippen, als wär's der Kelch der Aphrodite. Ich gebe zu, das kann ganz anmutig aussehen. Der Mann nimmt einen kurzen, schnellen Schluck, denn es geht ihm um nichts anderes als die Aufnahme von Flüssigkeit. Dabei hält er den Blick weiterhin auf den Kaffee gesenkt, um sicherzugehen, dass keine Fliege oder sonst was drin rumschwimmt. Danach stellt er die Schale sofort und ohne viel Gedöns wieder hin, während Frauen, nachdem sie den Kaffee abgesetzt haben, die

Schale gerne noch mit beiden Händen umschlossen halten. Sie erwecken damit den Eindruck, dass sie frieren, eiskalte Händchen haben, das löst im Mann den Beschützerinstinkt aus. Außerdem wollen sie auf die Art ihre hübschen Hände zur Geltung bringen. Na ja, das kann man ihnen nicht verübeln ... Nicht zuletzt ist es natürlich eine Geste, die mütterlich und zugleich erotisch wirkt ...»

Sie grinste: «Jedenfalls bist du wieder in Form.»

«Das hoff ich doch.»

Behutsam legte er seine Hände um die von Perdita, die immer noch die Kaffeeschale umschlossen hielten.

«Siehst du. Ich hab's mir gedacht. Deine Hände sind überhaupt nicht kalt. Ein Trick.»

Sie lächelte.

«Na ja. Was soll ich sagen. Weißt du, früher haben wir Frauen unseren Augenaufschlag mit Hilfe des Fächers inszeniert. Wir mussten uns den Vorwurf der Koketterie gefallen lassen, und zur Strafe hat man uns die Fächer weggenommen. Wir flüchteten uns zum Milchkaffee. Der ist viel dezenter. Milchkaffee, das hört sich so harmlos an, als wär's was für kleine Mädchen. Und es erscheint ganz natürlich, wenn man den Mann darüber weg mit großen Augen anschaut. Der Mann erwartet das direkt. Er verzeiht es nicht, wenn man die Aufmerksamkeit auch nur für einen Augenblick von ihm abzieht. Und sei es nur, um nachzuschauen, ob im Kaffee eine Fliege schwimmt.»

«Und was tust du, wenn du bemerkst, dass tatsächlich eine Fliege drin war?»

«Na, ich schluck sie runter, ohne mit der Wimper zu zucken. Meine Augen würden vielleicht für einen Moment etwas feucht, aber Männer finden das für gewöhnlich verführerisch.»

«Aber jetzt hast du nicht gerade zufällig eine Fliege verschluckt?», fragte er leise.

«Nein, jetzt grad nicht.»

«Weil ich dich nämlich gerade sehr, sehr verführerisch finde ...»

Perditas Hände lösten sich langsam von der Milchkaffeeschale, und ihre Finger verflochten sich mit denen von Alf. Sie erwiderte den leichten Druck, als er sich über den Tisch beugte, und hob ihm ihr Gesicht entgegen. Sie schloss die Augen, fühlte das leise Kitzeln seiner Wimpern und die Berührung seiner Lippen. Sie küssten sich zart und tastend, und niemand wäre auf die Idee gekommen, dass dies die beiden aus Rainers Wintergarten waren. Die Gesichter aneinandergeschmiegt, hielten sie einen Moment lang inne und begannen vorsichtig von vorn.

«Ich könnte uns was kochen», schlug Alf unvermutet vor. «Wie findest du das?»

«Du kannst kochen?»

«Aber ja.»

«Find ich gut.»

Sie verließen das Café und schlenderten still die Straße hinunter zu seinem Wagen. Von Alfs Wohnung in Nippes registrierte Perdita nur, dass sie geräumig und behaglich schien. Sie folgte ihm in die Küche. In andächtigem Schweigen standen sie vor dem weitgeöffneten Kühlschrank.

«Also», sagte schließlich Alf, «Fisch oder Fleisch?»

«Ich weiß nicht. Was macht am wenigsten Umstände?»

«Nein, komm mir nicht so, da könnten wir auch gleich Pizza bestellen. Also: Lachssteaks oder marinierte Lammfilets. Worauf hast du Lust?»

«Klingt beides gut.»

Weil er jetzt sehr streng auf sie herunterschaute, beeilte sie sich zu sagen: «Was, äh, was reichst du denn zum Beispiel zu dem Lamm?»

«Ich reiche dazu gewöhnlich gebackene Rosmarinkartoffeln oder Gratin, aber beides dauert ziemlich lange.»

«Man könnte vielleicht ausnahmsweise mit einfachen Salzkartoffeln vorliebnehmen.»

«Hm. Ja. Und natürlich Salat.»

«Klingt lecker.»

«Dann also Lamm?»

Perdita zupfte und wusch die Salatblätter, schnitt Tomaten und Kräuter, während Alf die Kartoffeln schälte und die Zwiebeln zerhackte. Sie genehmigten sich einen Espresso und zwei Zigaretten, solange die Kartoffeln kochten und bis es Zeit war, die Koteletts zu braten. Ihre Frage nach dem Salatdressing nahm Alf zum Anlass für einen kleinen Vortrag über die von ihm bevorzugten Balsamico- und Olivenölsorten. Perdita fand das sehr interessant und hätte doch kein Wort davon wiederholen können. Sie trumpfte ihrerseits auf mit dem Rezept der Kellermann'schen Tomatensauce, dem einzigen kulinarischen Geheimnis, dessen Hüterin sie war. Alf lauschte gebannt und bekam immerhin so viel mit, dass sie dazu Tomatenmark nahm. Beide empfanden ihre Konversation als sehr anregend. Beim Essen setzten sie sie fort: «Lecker!»

«Ja?»

«Oh, köstlich!»

«Findest du die Marinade nicht zu streng?»

«Überhaupt nicht.»

«Ist nicht jedermanns Sache.»

«Meine schon.»

«Ja, ich hab mir irgendwie gedacht, dass sie dir schmeckt.»

«Ich liebe diese Marinade. Sie ist köstlich.»

Er sah aus, als ob nichts, was sie irgend sonst hätte sagen können, ihn glücklicher gemacht hätte.

Den Kaffee nahmen sie im Wohnzimmer.

«Willst du nicht deine Stiefel ausziehen?»

Sie tat es, schlug die Beine unter und kuschelte sich entspannt in ihre Ecke des dreipolstrigen Sofas. Alf holte noch eine handverlesene Gebäckauswahl – vom italienischen Konditor – aus der Küche. Bequem setzte er sich ihr gegenüber in die andere Ecke und schaute zu, wie sie an einem Plätzchen knabberte.

«Diese Plätzchen. Wo hast du die her?»

«Das Geschäft war früher in der Körnerstraße, ein winzig kleiner Laden. Jetzt sind sie leider nach Kalk gezogen.»

«Lohnt sich, dafür nach Kalk zu fahren.»

Alf nickte, aber er schien nicht ganz bei der Sache. Er schaute zum Tisch, wo die Schale mit dem Gebäck stand, entschied sich aber zuletzt für eine Zigarette. Das Rauchen beanspruchte seine ganze Aufmerksamkeit, bis Perdita fragte: «Kann ich auch eine haben?»

«Natürlich!»

Er rutschte ein Stück nach vorn und hielt ihr die Schachtel hin. Perdita verließ gleichfalls ihr Eckchen, und so saßen sie nun nah beieinander in der Mitte des Sofas. Sie schauten sich an, als er ihr Feuer gab, und Perdita sah, dass ihm etwas im Kopf herumging. Ruhig wartete sie ab. Schließlich sagte Alf: «Also ...»

Er legte den Kopf gegen die Lehne, und Perdita machte es genauso.

«Es gab die Sache mit meiner Frau ... das war das eine. Aber – es gibt da ja noch etwas. Worüber du bislang noch kein Wort verloren hast und ich selber auch nicht allzu viele.»

Sie runzelte leicht die Stirn.

«Was meinst du?»

Alf setzte sich etwas auf, schob den Arm auf die Lehne und stützte seinen Kopf in die Hand. Unbewusst tat Perdita es ihm nach.

«Dark Star, was mein ich wohl? Du brauchst nicht so taktvoll zu sein. Ich meine das Laster. Die Sucht.»

«Oh. Ich, äh, ich hatte dich so verstanden, dass du damit durch bist.»

«Ja. Soweit man das sein kann. Ich meine, ich glaube wirklich, dass ich's hinter mir hab, aber das ist ja natürlich immer irgendwo ein Risiko. Nicht wahr.»

«Das weiß ich.»

«Und?»

«Und was?»

«Und damit ist das für dich erledigt? Oder –?»

«Oder was?»

«Ich meine – du hast mir mal ziemlich deutlich zu verstehen gegeben, dass du mit einem Alkoholiker nichts am Hut haben willst. Und streiten wir uns jetzt nicht um die Definition von Alkoholiker.»

«Wann soll ich denn das gesagt haben?»

Er holte tief Luft.

«Baby, du hättest dein Gesicht sehen sollen auf der Party, als ich dir mit meinem Tonic-Wasser zugeprostet hab. Und kurz darauf bist du abgerauscht.»

«Das – das war doch nicht deswegen. Da hab ich in dem Moment überhaupt nicht mehr dran gedacht ...»

Das musste er erst mal verdauen.

«Weshalb denn dann?»

Perdita saß jetzt sehr aufrecht, denn zu ihrem Schrecken fühlte sie das gleiche Gefühl in sich aufsteigen wie damals im Wintergarten. Sie strich über ihr Haar und schaute sich suchend nach einem Aschenbecher um. Alf angelte einen für sie vom Tisch, doch Perdita führte die Hand zu schnell darauf zu, und die Asche ging daneben.

«Es – es war eine Art Panik. Glaub's oder glaub's nicht, ich hatte Panik.»

«Wieso denn das?»

«Ich – es – es war mir auf einmal alles ein bisschen zu viel.»

Er dachte darüber nach.

«Und weshalb wolltest du mich dann die ganze Zeit über nicht treffen? All die vielen Telefonate lang? Ich dachte, es wär wegen –»

Aus Perditas Mund sprudelten auf einmal die Worte: «Gott! Deine Frau, deine ganze Art und das Was-du-in-mir-ausgelöst-hast, das – das war mir alles zu viel –»

Er schaute etwas skeptisch drein, und Perdita wurde immer aufgebrachter. Er schien nicht zu begreifen!

«Ich meine – seit zweieinhalb Jahren leb ich praktisch hinter den sieben Bergen, kein Kino, keine Bücher, weil ich bloß meine Ruhe will, nichts anderes will als nur – und dann kommst plötzlich du!»

Sie brach ab. *Und dann kommst plötzlich du!* Was sie da von sich gab, klang wie ein Schlagertext. Nein, schlimmer. *Hinter den sieben Bergen!* Du hast sie ja nicht mehr alle, Perdita! Alf schaute sie ungläubig an, natürlich, er konnte es nicht glauben, wer hätte auch gedacht, dass die Kellermann sich auf dem Reifegrad einer Siebenjährigen befindet. Einer für ihr Alter zurückgebliebenen Siebenjährigen. Man sieht's ihr nicht so ohne weiteres an.

Sie versuchte, die Asche vom Sofa wegzuschnipsen. Weil das nichts half, begann sie, die Asche ins Polster zu reiben.

«Zweieinhalb Jahre ohne Kino und ohne Bücher?»

«Ja, verdammt», murmelte sie grimmig.

«Hört sich an wie eine Abenteuergeschichte. Ein bisschen wie *Robinson Crusoe*.»

«Ja.»

Sie hörte endlich auf, sein Sofa zu ruinieren, und fragte sachlich: «Kann man den Bezug abnehmen und waschen?»

«Keine Ahnung.»

Sie schaute hoch zu ihm und sah, dass er lächelte, sehr leise. Der mulmige Aufruhr flaute ab, dafür wurde sie nun von einer ganz albernen Nervosität ergriffen.

«Was war das da eben, mit dem, was ich in dir ausgelöst habe?», fragte Alf.

«Den Fluchtreflex. Du löst in mir den Fluchtreflex aus.»

Er sagte nichts dazu, fuhr nur fort, sie anzuschauen, wie sie da kerzengerade vor ihm auf dem Sofa kniete.

«Wo, wo ist denn hier das Badezimmer?», hörte sie sich fragen.

«Hier gibt's kein Badezimmer.»

«Was?!»

«Darf ich bitte mal deine Haare anfassen?»

Sie starrte ihn an. Zögernd griff sie an ihr Haargummi und streifte es ab. Sie schüttelte leicht den Kopf, und das Haar fiel ihr über die Schultern. Ein finsterer, durchaus abschreckender Ausdruck lag auf ihrem Gesicht.

Alf streckte den Arm aus und strich ihr eine Strähne aus der Stirn. Mit den Fingerspitzen berührte er ihre Schläfe. Seine Finger schoben sich in ihr warmes Haar, fassten zu, ließen los, tasteten sich langsam an der Wölbung des Schädels entlang. Perdita schloss die Augen. Sie schmiegte den Kopf gegen die Hand, folgte den ruhigen Bewegungen, dem leichten Ziehen, dem sanften, festen Griff. Ihre Züge lösten sich. Sie fühlte, wie er näher kam, fühlte seine andere Hand warm auf ihrem Nacken, die sanfte Berührung, als er mit der Nase über ihr Haar fuhr. Sie fand es erregend, als er den Mund auf ihr Haar drückte und sie mehr ahnte als spürte, dass er es zwischen die Lippen nahm und Strähne um Strähne küsste. Sie schlang ihre Arme um ihn und bedurfte weiter keiner Tröstung oder Ermutigung.

21
Glück

«Als ich dich zum ersten Mal gesehen hab ...»

«Ja? Wann war das?»

«Das war wohl so ziemlich genau vor einem Jahr. Letztes Frühjahr hab ich das Büro aufgemacht. Kurz darauf bist du zum ersten Mal vorbeispaziert.»

«Und da?»

«Da dacht ich: So ganz anders ...»

«Ganz anders? Als was?»

«Als alles andere. Und das stimmt.»

«Inwiefern anders?»

«Schöner. Leichter. Tiefer. Vertrauter. Lustiger.»

«Besser als alles andere?»

«Viel besser.»

«Vielleicht sogar am besten?»

«Ganz bestimmt sogar am allerbesten.»

«Du hast es wirklich nicht gemerkt?»

«Nein, und ich weiß auch immer noch nicht, ob ich es glauben soll, denn ich hätte das bestimmt gemerkt. So was spürt man doch, als Mann.»

«Dann bin ich doch besser, als ich gedacht hatte. Ich bin richtig gut.»

«Also ich weiß nicht, ob mir diese spezielle Begabung von dir, heimlich und unbemerkt fremde Männer anzustarren, gefällt.»

«Ich hatte nur Augen für dich.»

«Glaub mir, wenn ich das gemerkt hätte, hätt ich nicht so lange gefackelt.»

«Nein?»

«Ich wär zu dir hingegangen und hätt gesagt: Hey, Baby, du willst es, ich will es, was soll'n wir lange fackeln ...»

«Da wär ich sicher hin und weg gewesen.»

«Auf die Art haben wir ein ganzes Jahr verloren. Ich darf gar nicht dran denken.»

«Schrecklich.»

«Furchtbar.»

«Andrerseits, vor einem Jahr, da war ich doch noch recht verschroben. Nicht wirklich kompatibel, fürcht ich.»

«Verschrobener als jetzt? – Aua! Ich meine verschroben im Sinne von aufregend ausgefallen, verwirrend vielschichtig, exzentrisch und extraordinär ...»

«Apropos extra ordinär ...»

«Ja?»

«Was du mir da heut früh bei Morgengrauen ins Ohr geflüstert hast ...»

«Das war nicht ich.»

«Das war wirklich ordinär ...»

«Ja, aber das war ich nicht. Ich würde nie solche Sachen zu dir sagen. Nie würd ich verlangen, dass du dich zu so was hergibst.»

«Aber das konnte ich nicht wissen, oder? Ich konnte dich nur wörtlich nehmen.»

«Ja, bei Gott ...»

«Was ich sagen will ... ich kann das unmöglich wiederholen, was du gesagt hast, aber ich sage: Dito!»

«Nein bitte, sag das nicht, das sagt mein Vater immer, das wirkt auf mich nicht besonders –»

«Meinethalben, dann: In diesem Sinne!»

«Du hast mitunter wirklich eine sonderbare Art, zur Sache zu kommen.»

«Ich bin eben vielschichtig.»

«Komm her, ich sag dir, was du bist ...»

«Meinst du nicht, Carli wird es vielleicht komisch finden, dass ich jetzt da bin?»

«Er wird's toll finden. Carli ist total verknallt in dich.»

«Aber es macht doch einen Unterschied, ob ich bloß Carlis oder auch deine Freundin bin. Ich geh hier ein und aus, ich schlafe sogar hier ... oder sollte ich dann besser nicht mehr hier schlafen? Vorläufig?»

«Was ist denn das für eine absurde Idee? Der einzige Unterschied wäre höchstens, dass wir nicht mehr überall und jederzeit – wir müssten uns vielleicht ein wenig gesitteter benehmen, wenn Carli da ist, hm?»

«O Gott, natürlich!»

«Mach dir keine Sorgen wegen Carli. Meine Mutter rief letztens aus Teneriffa an und fragte mich, wer eigentlich diese Pedrita ist, von der er dauernd redet ...»

«Deine Eltern! Die werden dann sicher öfter vorbeikommen, wenn Carli nicht mehr bei ihnen lebt. Und früher oder später werden sie mich kennenlernen –»

«Eher früher.»

«Und dann werden sie Vergleiche ziehen –»

«Du wirst hervorragend abschneiden.»

«Und sich fragen, warum ich mich an ihren Sohn rangemacht habe –»

«Ja, warum?»

«Und was ich beruflich mache ... sie werden nicht begeistert sein.»

«Wie kommst du denn darauf?»

«Ich hab deinen Vater gesehen.»

«Mein Vater fand dich charmant.»

«Ja, als Kellnerin.»

«Du bist wirklich eine verschrobene Person.»

«Ich bin nur realistisch.»

«Nein, nicht sehr. Kann es sein, dass dir der bevorstehende Familienanschluss gerade ein bisschen über den Kopf wächst?»

«Nein, ich freu mich auf Carli. Ich bin das bloß nicht gewohnt. Kinder. Eltern. Ich mache mir bloß meine Gedanken.»

«Mach dir keine Gedanken. Probier's einfach aus. Wenn's dir zu viel wird, dann ...»

«Ja, was dann?»

«Dann mach ich dich zu meiner heimlichen Geliebten. Wir treffen uns insgeheim. Lieben uns im Verborgenen. Das hat auch seinen Reiz.»

«Ach ...»

«Komm. Wir gehen es langsam an. Auf keinen Fall mehr Familie, als du verträgst.»

«Apropos. Ich sollte demnächst mal ins Bergische fahren. Meine Mutter hat angerufen, die Küken sind geschlüpft. Ich nehme nicht an, dass du Lust hast mitzukommen, aber ich werde wohl an einem der nächsten Nachmittage –»

«Doch, hab ich.»

«Du musst wirklich nicht.»

«Ich möchte aber gern.»

«Meine Eltern sind ein bisschen wunderlich, weißt du.»

«Das sagtest du schon.»

«Aber die Küken sind bestimmt süß.»

22
High Noon

Drei Wochen vergingen, und sie sahen sich *Tag für Tag*. Schon Ende der nächsten Woche wurde Carli zurückerwartet.

Sie saßen noch beim Frühstück in Perditas Wohnung. Es klingelte in dem Moment, als Perdita kurz im Badezimmer verschwand.

«Baby, es klingelt!»

«Machst du bitte auf, Baby?»

Alf ging zur Tür und drückte den Summer. Er schaute an sich herunter und hielt es für angebracht, sein Hemd zuzuknöpfen. Damit war er noch beschäftigt, als er den Kopf hob und in Osmans ausdrucksloses Gesicht sah.

«Hallo, Osman!», sagte er munter.

«Hey ...»

«Komm doch rein!»

Nach kurzem Zögern trat Osman über die Schwelle.

«Ist Perdita –?»

Die Badezimmertür flog auf: «Osman!»

Alle drei standen sie in dem engen Flur.

«Magst du einen Kaffee?», fragte Perdita. Osman antwortete nicht. Alf entfernte sich taktvoll in die Küche.

«Osman ...», fing Perdita an und verstummte gleich wieder. Ihre Finger flatterten hilflos über den Ärmel seiner Lederjacke.

«Osman ...», murmelte sie.

«Ich gehe nach Istanbul.»

«Was –?»

«Mein Onkel Kemal hat mir ein Angebot gemacht.»

Er hielt den Blick auf ihr fassungsloses Gesicht gerichtet und fügte hinzu: «Ich kam, um es dir zu sagen.»

Im nächsten Augenblick wandte er sich zum Gehen. Die Hand schon auf der Türklinke, drehte er sich noch einmal um: «Was ich eigentlich vorhatte, dir zu sagen: Ich wäre glücklich, wenn du mitkommst.»

Weiter sagte er: «Um mit mir zu leben.»

Perdita brachte kein Wort heraus. Tatsächlich sah sie auch nicht so aus, als ob sie überhaupt ein Wort verstanden hatte.

«Das ist jetzt ein schlechter Moment», stellte Osman fest.

Er griff in seine Innentasche und drückte ihr einen Umschlag in die kraftlose Hand.

«Denk drüber nach.»

Dann war er weg. Mechanisch hob Perdita die Hand und betrachtete mit blinden Augen den Umschlag, den sie festhielt. Schließlich schob sie die Lasche auf und warf einen Blick hinein. Sie ging zurück in die Küche, an Alf vorbei zur Balkontür. Vom Tisch aus beobachtete Alf ihren Rücken mit zunehmender Irritation.

«Ist er schon weg?», fragte er geistreich.

«Osman geht nach Istanbul», sagte sie tonlos.

Oh, gut, dachte Alf. Laut fragte er: «Für immer?»

Perdita antwortete nicht. Er fand, dass sie komisch aussah, als sie sich endlich umdrehte. Ohne einen Blick für ihn murmelte sie «Entschuldige mal kurz», und als Nächstes hörte er ihre Absätze die Treppe herunterklappern, immer schneller, bis unten die Haustür quietschte, und dann nichts mehr.

Nachdenklich blieb Alf zurück. Betont ruhig zündete er sich eine Zigarette an. Sein Blick fiel auf den schmalen Umschlag, den sie im Vorbeigehen auf den Boden hatte fallen lassen. Er fixierte den Umschlag eine ganze Zigarette lang. In Zeitlupe beugte er sich vor, streckte den Arm danach aus, aber es reichte nicht ganz. Einige Momente verharrte er in dieser Position. Schließlich verließ er seinen Stuhl, bückte sich, hob den Umschlag auf und zog ein Flugticket heraus. Köln/Bonn – Istanbul, um Punkt elf Uhr am nächsten Morgen, ausgestellt auf ihren Namen. Sorgsam schob Alf das Ticket zurück und ließ den Umschlag wieder sanft zu Boden gleiten. Zügig, aber nicht übereilt, zog er sein Jackett an und verließ die Wohnung.

Vor dem Haus schaute er sich suchend um. Weder Perdita noch Osman waren zu sehen. Aufs Geratewohl ging er ein Stück den Bürgersteig hinauf, drehte abrupt um und wanderte in die entgegengesetzte Richtung. Seine Schritte beschleunigten sich, bis er am Ende der Glasstraße ankam und sich fragte, was er da eigentlich tat. In gelassenerem Tempo kehrte er um. Er war schon an Perditas Haustür angekommen und wollte gerade wieder hineingehen, da fuhr ein Transporter aus einer Parklücke und gab die Sicht auf einen Hauseingang auf der anderen Straßenseite frei. Auf der zweiten Stufe standen Perdita und Osman, zu einer Form verschmolzen in ihrem Kuss. Alf stand da und starrte hinüber. Irgendwann wandte Perdita den Kopf. Über die Straße blickte sie ihm genau in die Augen. Er begriff nicht, wie sie ihn so ruhig anschauen konnte, bis ihm klar wurde, dass sie ihn gar nicht wahrnahm. Unendlich langsam zogen sich ihre langen schwarzen Augenbrauen zusammen, entsprechend der Verzögerung, mit der sein Bild dort auf der anderen Straßenseite in ihr Bewusstsein drang. Er wollte es nicht abwarten.

Auf Umwegen kam Alf in seiner Wohnung in Nippes an. Auf halber Strecke fiel ihm ein, dass zwar seine Brieftasche im Jackett steckte, seine Schlüssel aber noch in Perditas Wohnung lagen. Er musste erst zu Rainer, um den Ersatzschlüssel zu holen.

Etwa zwei Stunden nachdem Alf Perdita zuletzt gesehen hatte, klingelte in seiner Wohnung in Nippes das Telefon. Er stand vom Küchenstuhl auf, ging mit der Zigarette ins Wohnzimmer an das Tischchen, auf dem der Apparat stand, hielt sich den Hörer ans Ohr und horchte. Als er ihre Stimme fragend seinen Namen sagen hörte – «Alf?» –, sank die Hand mit dem Hörer ohne sein Zutun wieder herab. Ein kurzes Stück oberhalb des Telefons ließ sie los, der Hörer fiel herunter und rastete mit einem trockenen «Klack» in der Gabel ein.

Alf nahm einen tiefen Zug von seiner Zigarette und beobachtete das Telefon mit unpersönlichem Interesse. Asche fiel auf den Teppich. Als die Kippe ihm die Finger verbrannte, ging er zurück in die Küche, setzte sich auf den alten Platz und zündete eine neue an.

Er wiederholte sich ihre Worte, ihre Worte wiederholten sich von selbst ... «Alf, es tut mir so leid. Glaub mir, Alf, das hat nichts mit uns zu tun. Ich brauche ein bisschen Zeit, wenn dir etwas an uns liegt, Alf, dann gib mir ein bisschen Zeit. Alf, es tut mir so leid ...»

Die stumme Leier lullte ihn ein wie ein Schlaflied. Er hob die Arme auf die Tischplatte und bettete den schweren Kopf darein. Ein Einwand flog vorbei, ein dummer, belangloser Einwand: Immerhin hatte sie in Wirklichkeit nichts dergleichen gesagt. Na und, antwortete Alf, doch nur, weil ich gleich wieder aufgelegt hab. Aber wie ein schwerfälliger Brummer drehte der Einwand weiter seine trägen Kreise. Also, was noch?, fragte Alf. Die Stimme, die du hörst, surrte der Einwand. Das ist nicht die Stimme von Perdita. Ruckartig setzte Alf sich auf.

«Alf, es tut mir so leid ...» Das waren damals Adrianas Worte gewesen, die sie ständig wiederholte während jener Wochen. Das hatte sie noch am Morgen des Tages gesagt, an dem er sie zum letzten Mal sah.

Es lag inzwischen zehn Jahre zurück. München. Alf stand vor einer dämmrigen Toreinfahrt und glotzte, weil er sich weigerte zu glauben, was er sah. Bis Adrianas Kopf zurückfiel und ihr Mund sich öffnete zu dem langgezogenen, heiseren Laut.

Dem vorausgegangen waren zwei glückliche Jahre und anderthalb zermürbende Monate, nachdem Adriana ihm kummervoll gestanden hatte, es gebe noch einen anderen Mann. Anfangs empfand er nicht mal Eifersucht, überzeugt, dass keiner es mit ihm aufnehmen konnte. Er glaubte, Adriana sei nur vorübergehend ein Opfer ihrer eigenen Phantasie geworden. Als er die Gefahr begriff, begann er zu leiden. Er redete sich ein, die abstruse Passion werde sich austoben, kämpfte seine Angst und seine Wut nieder und gab Adriana die Zeit, um die sie ihn immer wieder bat. Er liebte sie sehr. Ein langer Blick in die Toreinfahrt genügte, und Alf sah mit Staunen, wie leicht alles, woran er glaubte, zerbrach. Er nahm Adriana die Entscheidung ab, packte seine Sachen und verschwand nach Frankreich.

Das reine Déjà-vu, dachte Alf nun zehn Jahre später. Zwar nicht technisch gesehen. Vom technischen Standpunkt gab es gewisse Abweichungen: Hauseingang – Toreinfahrt, Kuss – Kopulation. Der Grad der Intimität jedoch, ablesbar an der Haltung der Körper und am Gesicht der Frau: so ziemlich der gleiche. Und wenn es sich auch rein technisch betrachtet natürlich nicht um dieselbe Frau handelte, so war doch die beim unfreiwilligen Zeugen beider Szenen vorhandene damalige beziehungsweise jetzige emotionale Bindung an die jeweilige Frau durchaus vergleichbar. Somit durfte bei aller Spitzfindigkeit mit Fug und Recht von einem Déjà-vu gesprochen werden.

Dieses Problem zufriedenstellend geklärt zu haben, verschaffte Alf in seinem überreizten Zustand eine vorübergehende Befriedigung. Sein Verstand funktionierte einwandfrei, und überhaupt war es angenehm, die ganze Angelegenheit rein logisch zu betrachten. Die Logik eröffnete ganz neue Perspektiven. Zum Beispiel könnte er jetzt zu Perdita sagen: Du, entschuldige, ich hätte nicht einfach so auflegen sollen, ich hab ein bisschen überreagiert, aber versteh das bitte. Ich hatte nämlich, wie ich dich mit dem Osman sah, ein Déjà-vu, ja stell dir vor, ich hab mal eine Frau geliebt, die fand ich fast in der nämlichen Situation, ist das nicht verrückt? Aber jetzt kommt's erst: Dass ich sie so vorfand, war das Resultat eines langen, enervierenden Prozesses, sie konnte sich einfach nicht entscheiden zwischen mir und dem andern Typen. Du verstehst bestimmt, dass sich mir da gewisse Schlussfolgerungen geradezu aufdrängen und dass ich, wie gesagt, ein bisschen überreagiere. Denn ich möchte dergleichen im Leben nicht noch einmal durchmachen.

Und was würde Perdita darauf sagen? Logischerweise

gab es nicht allzu viele Möglichkeiten. Sie könnte zum Beispiel sagen: Du, Mensch, das ist ja wirklich verrückt, da hast du ja wahrhaftig ein echtes Déjà-vu gehabt! Denn stell dir vor, mir geht's genauso wie der andern Frau, ich kann mich auch nicht entscheiden, ich wusste bloß nicht, wie ich's dir sagen sollte. Aber jetzt hattest du dieses Déjà-vu-Erlebnis, und alles ist klar, ohne viel Gerede. Ich bin froh, dass du so viel Verständnis hast, denn wahrhaftig, ich glaub, ich brauch ein bisschen Zeit ...

Alf stand so abrupt auf, dass der Küchenstuhl umkippte. Er kümmerte sich nicht darum, ging mit drei raschen Schritten ans Fenster und starrte hinaus.

Denk nach, Alf. Eine von den anderen Möglichkeiten. Es gibt zig Möglichkeiten, was sie sagen könnte. Zum Beispiel: Mensch, Alf, es kam so über mich. Du weißt doch, wie das ist. Der Osman geht für immer weg, da kamen so alte Erinnerungen hoch, sehr alte, weit, sehr weit zurückliegende Erinnerungen, ich erinner mich kaum mehr, so lange ist das her. Aber plötzlich kam das irgendwie so hoch und über mich, da hab ich ihn geküsst, bloß so zum Abschied und ganz bestimmt zum allerletzten Mal.

Klang doch ganz einleuchtend. Dagegen stand nur die Intensität, die er beobachtet hatte. Nein, korrekterweise musste er sagen: beobachtet zu haben glaubte, denn sein Eindruck war eindeutig gefärbt und beeinflusst von dem zehn Jahre zuvor Erlebten. Dagegen stand aber auch der komische Ausdruck in ihrem Gesicht, als sie aus der Küche rauschte. Das Flugticket. Ferner die nackte, zähnefletschende Angst, die fortwährend ihre schrundige Klaue in seine Magenwand schlug und ihm höhnisch bedeutete, dass Perdita und Alf in diesem Moment vielleicht schon längst Geschichte waren.

Alf lehnte die Stirn gegen die kühle Fensterscheibe. Als im Wohnzimmer das Telefon schrillte, rannte er los.

«Guten Tag, Herr Strelitz, heute ist Ihr Glückstag! Sie haben die einmalige Gelegenheit, persönlich unsere sensationellen Gewinnchancen –»

Der Hörer knallte zurück auf die Gabel. Er tippte ihre Nummer so hektisch, dass der Ruf erst beim dritten Versuch durchging. Nach dem fünften Läuten sprang Perditas Anrufbeantworter an.

Alf rief im weiteren Verlauf des Tages zunächst halbstündlich, dann stündlich bei Perdita an, hinterließ aber nur vier allerdings widersprüchliche Nachrichten auf ihrem Anrufbeantworter. Sicherheitshalber sprach er auch auf ihre Mailbox, obschon das Mobiltelefon offensichtlich abgeschaltet war, ebenfalls viermal, um jeweils die vorhergegangene Aussage zu modifizieren beziehungsweise zu widerrufen. Die Wohnung verließ er nur, um am späten Nachmittag einen Spaziergang nach Ehrenfeld zu machen. Er klingelte an ihrem Haus und ging wieder, weil niemand öffnete und die Fenster dunkel und verlassen aussahen.

Bis zum Abend verhielt er sich im Großen und Ganzen gefasst. Dann begann die lange, unruhige Nacht, von der er einen großen Teil vor Perditas Haus oder auf dem Weg zwischen Nippes und Ehrenfeld verbrachte. Nachdem er die Strecke zweimal zu Fuß zurückgelegt hatte, nahm er das Auto. Er schloss gerade wieder die Tür seiner Wohnung auf, als ihm einfiel, dass sie vielleicht aufgrund eines Missverständnisses im Büro angerufen hatte oder unter der Tür eine Nachricht durchgeschoben haben könnte, also suchte er den Ersatzschlüssel für die Körnerstraße und fuhr nochmal los. Er betrat sein Büro und stolperte über seinen eigenen Schlüsselbund, der am Morgen in Perditas Wohnung geblieben war. Sie musste ihn irgendwann durch den Briefschlitz geworfen haben. Die Endgültigkeit, die darin zu liegen schien, verursachte ihm Übelkeit. Offenbar rechnete sie nicht damit, ihn so bald wiederzusehen. Alf fuhr noch einmal durch die Glasstraße und sah aus dem Wagen zu ihren dunklen Fenstern hoch, obwohl ihm das jetzt sinnlos schien. Zu Hause kochte er sich einen Kräutertee, legte sich auf die Couch, rauchte und wartete darauf, dass der Tag anbrach.

Die Kunststoffschalensitze im Wartebereich der türkischen Fluglinie begannen sich langsam zu füllen, als Alf Osman entdeckte. Er kam allein.

Osman erkannte Alf und stutzte für einen Moment. Dann setzte er sich in neutraler Entfernung – nicht zu weit, nicht zu nah – auf einen Platz und vertiefte sich in eine türkische Zeitung.

Jeder von beiden demonstrierte seine Entschlossenheit, vom anderen keine Notiz zu nehmen. Erst nach knapp zwanzig Minuten ließ Osman seine Zeitung geräuschvoll sinken und begann, Alf ostentativ zu fixieren. Betont langsam drehte Alf seinen Kopf und erwiderte den Blick.

«Was machst du hier?», fragte Osman kühl.

Alf ließ so viel Zeit verstreichen, wie ihm angemessen schien, bevor er sachlich antwortete: «Ich warte auf Perdita.»

Osman runzelte die Stirn.

«Was bringt dich auf die Idee, dass sie zum Flughafen kommt?»

Alf schnaubte verächtlich, ließ sich noch ein wenig tiefer in den Schalensitz gleiten, sodass sein Kopf auf der Lehne zu liegen kam, und fasste unter halbgeschlossenen Lidern wieder den Gang ins Auge.

Kurz entschlossen setzte Osman sich auf den freien Platz neben Alf.

«Was bringt dich auf die Idee, dass Perdita hier auftaucht?»

Ohne seine Haltung zu verändern, sagte Alf: «Ach, komm, Osman. Das ist doch deiner nicht würdig.»

«Warum bist du hier? Was ist passiert?»

«Ich denke doch, du weißt am besten, was passiert ist.»

Nach kurzem Schweigen sagte Osman: «Ich hab sie seit gestern Morgen nicht mehr gesehen.»

Alf begann, sich zu wundern. Im Laufe der Nacht war er zu der festen Überzeugung gekommen, dass Perdita nur bei Osman sein konnte. Osmans angespannte Haltung, die drängende Art, in der er Aufklärung verlangte, sprachen jetzt dagegen. Aber Alfs übermüdeter Verstand weigerte sich, die wenn auch schmerzliche Gewissheit aufzugeben für einen Haufen neuer Möglichkeiten, auf die er nicht vorbereitet war. Verwirrt rieb er sich mit den Händen über das Gesicht.

«Osman. Sag mir einfach, wo sie ist.»

«Ich weiß es nicht. Das sage ich ja die ganze Zeit.»

In seiner Stimme schwang Streitlust. Alf merkte, wie seine eigene latente Gereiztheit kurzzeitig Oberhand über die Erschöpfung gewann.

«Was ist zwischen euch vorgefallen?», setzte Osman nach.

«Ich hab sie mit 'nem Kerl erwischt», antwortete Alf bedrohlich ruhig.

«Du willst sagen, du hast sie seitdem nicht gesehen oder gesprochen?»

Alf antwortete nicht.

Osman zückte sein Mobiltelefon und drückte ein paar Tasten. Alf ließ sich nichts anmerken, aber seine Muskulatur verspannte sich bei der Vorstellung, Perdita könne vielleicht drangehen, wenn sie erkannte, dass nicht seine, sondern Osmans Nummer auf dem Display erschien. Erleichtert sah er, wie Osman nach vergeblichem Horchen das Telefon wieder in die Manteltasche gleiten ließ.

Osman grübelte.

«Ich kann nicht glauben, dass sie dich nicht irgendwann angerufen hat», sagte er, schaute Alf forschend an und setzte nach: «Oder hat sie? Und du hast ihr den Hörer aufgeknallt? Du bist ein Idiot.»

In Gedanken schlug Alf Osman die Faust ins Gesicht, und Osmans Nase barst knirschend unter seinen Knöcheln. In Wirklichkeit fühlte er sich dazu schlichtweg zu schlapp.

Er sagte lediglich: «Ich glaube, dein Flug wurde eben aufgerufen.»

Osman sprang auf: «Verdammt. Ich muss sehen, dass ich den Hund wieder aus der Maschine kriege.»

«Du willst nicht fliegen?»

«Exakt.»

Auf dem Weg zum Schalter drehte er sich um: «Wenn du willst, warte hier.»

Alf hob nur die Augenbrauen. Aber als Osman schließlich mit der Tiertransportbox zurückkam, in der Schnitzel sein Beruhigungsmittel verdöste, saß er noch auf seinem Platz. Osman setzte sich wieder neben ihn.

Die Tatsache, dass Osman, der Perdita länger kannte

als er, wegen ihres Verschwindens seinen Flug sausenließ, begann, Alf zu beunruhigen.

«Du glaubst doch nicht, dass sie – ich meine, dazu ist sie nicht der Typ. Oder?»

Osman runzelte düster die Stirn, dann schüttelte er den Gedanken unwirsch ab.

«Ich frage mich eher, ob sie sich vielleicht an irgendwas den Kopf angeschlagen hat und jetzt bewusstlos in ihrer Wohnung liegt. Sie hat manchmal Kreislaufprobleme. Sie raucht zu viel, schläft zu wenig, dann noch der Kaffee. Sie wird manchmal ohnmächtig.»

Nachdenklich fügte er hinzu: «Sie ist mal in ihrer Dusche aufgewacht, am Morgen nach einer Party. Das heiße Wasser lief noch, und sie hatte einen Bluterguss am Ohr.»

«Am Ohr?»

«Ja, am Ohr.»

Alf stand auf: «Dann sollten wir jetzt gleich mal nachsehen.»

Osman stand ebenfalls auf.

«Hast du», er räusperte sich kurz, «hast du einen Schlüssel? Zu ihrer Wohnung?»

«Ja. Das heißt ...»

Alf fiel ein, dass seine Schlüssel zu Perditas Wohnung in Perditas Wohnung lagen. Er hatte sich nicht durchringen können, sie an seinen Schlüsselbund zu machen, weil die zwei so süß aussahen an dem roten Schleifenbändchen, mit dem sie sie ihm überreicht hatte. Auch weil er dachte, sollte ihm jemals sein Schlüsselbund abhanden kommen, wäre das kein Drama, solange er nicht Perditas Schlüssel verlöre.

«... das heißt, nein.»

«Gut», sagte Osman, «das geht auch so. Wir müssen nur irgendwie ins Haus.»

«Das kann ja nicht so schwierig sein.»

«Also los.»

Sie fuhren mit Alfs Wagen zurück in die Stadt.

«Ich war etwas überrascht, dich bei ihr zu sehen», sagte Osman.

«Und ich erst.»

Abgesehen davon redeten sie nicht viel.

Alf fand einen Parkplatz nicht weit von ihrem Haus. Sie klingelten bei Perdita, und als wie erwartet nichts geschah, bei den Nachbarn. Der Summer wurde gedrückt. Vor der Wohnung im Erdgeschoss erwartete sie ein großer, hagerer Mann in schwarzem Muskelshirt. Eine schwarze Lederhose umschloss seine dürren Beine wie eine Haut.

«Sie wünschen?», fragte er sie mit anzüglichem Lächeln, dabei fuhr er sich mit der Zungenspitze über die dünnen Lippen.

«Sei gegrüßt, Bruder», improvisierte Alf, «wir sind gekommen, um mit dir über unseren lieben Herrn Jesus Christus zu sprechen.»

Der Mann ließ sich Zeit, mit schmalen Augen erst Osman, dann Alf zu mustern, leckte sich eidechsenartig die Lippen und sagte: «Na, dann kommt mal rein.»

«Wenn es nicht passt, können wir auch gerne einen Termin vereinbaren.»

Wieder das zweideutige Reptilienlächeln: «Passt grad ganz gut.»

«Geh nur, Bruder», sagte Osman. «Ich will sehen, ob ich ein Stockwerk höher eine Seele retten kann.»

Damit stieg er die Treppe hinauf, und Alf blieb nichts

übrig, als dem Eidechsenmann in seine Wohnung zu folgen.

Er verfluchte Osman in jeder Minute, die er in dem überheizten, schummrigen Wohn-Schlafzimmer herumstand. Die Fenster waren mit Wolldecken verhängt, rote Grablichter glommen funzelig auf dem Boden, aufdringlicher Patschouli-Duft beleidigte seine Nase. Alf kürzte das Ganze ab, indem er sich an den Kopf schlug – «Jesus!» – und vorgab, seine Bibel vergessen zu haben. Es war ihm inzwischen egal, was der Mann von ihnen dachte. Die Polizei würde er kaum rufen.

Perditas Wohnungstür stand offen, er fand Osman in der Küche.

«Sie ist nicht da», sagte er.

Alf tat, als wolle er frische Luft schnappen, und ging hinaus auf den Balkon. Dort versicherte er sich unauffällig, dass ihr Körper nicht zerschellt im Hinterhof lag.

Als er zurückkam, sah er Osman über den Anrufbeantworter gebeugt. Er wollte gerade die Abhörtaste drücken, da sagte Alf: «Hey, was machst du?»

«Da sind Nachrichten drauf. Vielleicht sagt uns das irgendwas.»

«Lass es. Die sind alle von mir.»

Osman warf noch einmal einen Blick auf das Display, wo die Zahl «4» lustig blinkte, hob eine Augenbraue und wandte sich anderen Fragen zu: «Was jetzt?»

«Vielleicht ist sie bei ihren Eltern?»

«Unwahrscheinlich.»

«Ihre Freundin ist in London. Evelyn. Von anderen Freundinnen hat sie nichts erzählt.»

«Sie hat noch einen Freund in Bremen», sagte Osman,

«aber ich glaube nicht, dass sie dort ist. Er muss irgendwie komisch sein.»

«Vielleicht arbeitet sie.»

«Nicht am Samstag. Die Tante in Bonn?»

«Ist in Paris.»

Alf bemerkte, dass Osman angespannt auf den Boden starrte. Er folgte seinem Blick dorthin, wo immer noch das Flugticket lag.

«Wie wär's erst mal mit einem Kaffee?», fragte Alf.

«Gute Idee», antwortete Osman.

Um die Zeit, als Osman und Alf sich Zutritt zu ihrer Wohnung verschafften, schlief Perdita in Brettschneiders Gästebett ihren Rausch aus.

Sie hatte am gestrigen Tag nach dem Anruf bei Alf, als er ohne ein Wort aufgelegt hatte, das Haus verlassen. Im Treppenhaus kehrte sie nochmal um und holte Alfs Schlüsselbund, um ihn im Büro einzuwerfen. In jenem Moment war sie überzeugt gewesen, dass es vorbei sei. Sie rechnete nicht damit, je wieder etwas von Alf zu hören. Falls aber doch, dann sollte sich nicht herausstellen, dass er nur seine Schlüssel wiederhaben wollte.

Sie lief durch die Straßen, durch Grünanlagen und Parks, bis sie müde wurde. In ihre Wohnung konnte sie unmöglich zurück, dort lagen noch Alfs angebissener Toast auf dem Frühstücksteller und irgendwo auf dem Boden Osmans Flugticket. Sie sehnte sich nach einem stillen, dämmrigen Ort, und Brettschneiders Kabinett mit den schwarzen und roten Lackmöbeln kam ihr in den Sinn. Brettschneider flog in dieser Stunde nach Tokio. Sie tastete in ihrer Manteltasche. Richtig, sie hatte noch vom Donnerstag seine Schlüssel dabei.

Perdita kauerte bis in den späten Nachmittag in einem der tiefen Sessel in Brettschneiders Lackkabinett und beobachtete, wie die Schatten im Zimmer länger wurden. Schließlich ging sie in die Küche und machte sich eine Kanne Tee. Es gab keinen konkreten Auslöser, aber plötzlich bekam sie einen Weinkrampf.

«Tränen, Kellermann?»

Perdita fuhr heftig zusammen. Sie hatte niemanden kommen gehört.

«Brettschneider!» Sie zog die Nase hoch und wischte hastig mit den Händen übers Gesicht. «Ich denke, Sie sind in Tokio.»

«Morgen. Tokio ist morgen.»

«Sind Sie sicher? Ich meine, ich hätte geschworen –»

«Kellermann, trocknen Sie sich das Gesicht, bitte.»

Mit weit ausgestrecktem Arm und abgewandtem Kopf hielt er ihr eine Rolle Küchenpapier hin, dabei machte er den Eindruck, als habe er sie gerade ohne Kleider überrascht.

«Ich werde gleich verschwinden. Ich sollte wirklich nicht hier sein. Hoffentlich glauben Sie nicht, ich würde – ich hab mir eine Kanne Tee –»

«Hören Sie schon auf», unterbrach er sie ungeduldig. Widerstrebend drehte er ihr den Kopf zu. Er wirkte äußerst angespannt. Er forschte nach Spuren von Tränen auf ihrem Gesicht. Erst als er sich überzeugt hatte, dass sie nicht mehr weinte, lockerte sich seine Haltung, und er atmete tief und hörbar durch.

«Gott sei Dank.»

Er reckte den Kopf einmal nach links und nach rechts, als habe er einen verkrampften Nacken.

«Ich kann so was nicht sehen, wirklich nicht.»

«Tut mir leid.»

«Sie sollen aufhören mit diesen Entschuldigungen. Gehen wir hinüber, trinken wir Ihren Tee.»

Perdita gab Brettschneider einen Abriss der Geschehnisse, die dazu geführt hatten, dass er sie in seiner Wohnung vorfand.

«Also untergetaucht, was?», stellte er fest.

«Kann man so sagen.»

«Gute Wahl. Diese Wohnung ist die ideale Zuflucht. Nirgends kann man sich besser vor der Liebe verbergen.»

Perdita schaute ihn betroffen an. Brettschneider winkte ab.

«Verzeihen Sie, Kellermann. Ich bin heute sentimental gestimmt.»

«Wie kommt's?»

«Schwamm drüber. Also: darf ich resümieren?»

«Resümieren Sie, Brettschneider.»

«Sie glauben, sich entscheiden zu müssen zwischen dem Osmanen und dem Rotschopf. In Wirklichkeit haben Sie sich längst entschieden, für den Rotschopf. Das erscheint Ihnen als Untreue gegenüber dem Osmanen. Faktisch wurden Sie aber dem Rotschopf untreu, als Sie den anderen küssten.»

«Moment, ich hab mich in keiner Weise untreu gefühlt, als ich Osman küsste, das möchte ich mal festhalten.»

«Jetzt lassen Sie mich mal reden, Kellermann. Sie glauben, eine emotionale Entscheidung treffen zu müssen. Aber: Das kann niemand von Ihnen verlangen. Das darf niemand von Ihnen verlangen. Tatsächlich brauchen Sie lediglich eine praktische Entscheidung zu treffen.»

«So, wie Sie's sagen, hört's sich ganz leicht an.»

«Ist es auch. Sie sind verwirrt, weil sich die Dinge an diesem Morgen kompliziert haben. Dabei hat sich die Lage grundsätzlich nicht geändert. Gehen wir einen Tag zurück: Wie haben Sie sich denn gestern vorgestellt, dass es mit Ihnen und den beiden Männern weitergehen soll?»

«Gott, ich hab mir überhaupt nichts vorgestellt ... warum muss denn – warum kann denn nicht ...»

«Weiter mit dem Rotschopf und hin und wieder eine osmanische Eskapade?»

«Jetzt werden Sie mal nicht geschmacklos, Brettschneider.»

«Sie lenken ab.»

«Ich hab mir überhaupt nichts vorgestellt! Ich meine ... was ich für den einen empfinde, nimmt dem anderen nichts weg. Verstehen Sie?»

«Ich versteh das, Kellermann. Aber ob's der Alf versteht? Wir leben nicht mehr im Paradiesgärtlein.»

«Das weiß ich. Aber ich dachte, ich könnte Osman doch zumindest weiter sehen ...»

«Platonisch?»

«Ähm, ja, warum nicht. Platonisch, wenn Sie so wollen.»

«Ist das realistisch?»

«Wirklich, Brettschneider, uns verbindet sehr viel mehr als bloß Sex. Oh, Verzeihung.»

«Wieso Verzeihung?»

«Mir war, als zuckten Sie zusammen bei dem Wort.»

«Jetzt werden Sie mal nicht bösartig, Kellermann.»

«Das wollt' ich nicht. Aber Sie haben so komisch geguckt.»

«Wohl weil das Wort in meinem Wortschatz nicht existiert.»

«Oh ...»

«Wohlgemerkt, nur die Vokabel.»

«Oh, was sagen Sie stattdessen?»

«Sie lenken wieder ab. Lassen Sie uns das jetzt zu Ende analysieren.»

«Ach, Brettschneider, können wir uns nicht einfach betrinken?»

«Nachher, Kellermann, nachher. Also, Sie hatten bereits eine Lösung für das Problem. Ob es funktioniert hätte, nun, akzeptieren wir es vorerst als Lösung. An der Praktikabilität hat sich wenig geändert. Köln–Istanbul, das ist doch heutzutage keine Entfernung.»

«Doch, ist es. Wenn Osman die Stadt verlässt, das ist wie wenn plötzlich der Rhein nicht mehr durch Köln fließen würde.»

«Aha. Verstehe. Hübsches Bild. Trotzdem. Sie haben jetzt Alf. Den gab's vorher nicht. Nein, kommen Sie mir jetzt nicht wieder damit, Alf hätte Schluss gemacht, bloß weil er den Hörer aufgelegt hat. Die Rothaarigen wird man so schnell nicht wieder los. So. Einen wesentlichen Punkt haben wir noch außer Acht gelassen: eine Beziehung, wie Sie sie mit Alf führen, aber mit Osman. Was vorher nicht möglich war, wenn ich Sie richtig verstanden habe. Stellt sich die Frage, wieso es jetzt auf einmal möglich sein soll. Aber gut: Das wäre die Erfüllung einer alten Sehnsucht, hab ich recht?»

«Ja», sagte sie leise.

«Und es ist ein großer Schmerz, wenn sich eine langgehegte Sehnsucht erfüllt und wir erkennen müssen, dass wir inzwischen anderes begehren.»

«Nein, so ist das nicht ...»

«Schon wieder fürchten Sie, illoyal zu sein. Sie haben

etwas von einem Samurai in sich, Kellermann. Nein, bitte, nicht wieder weinen! Kellermann! Wollen Sie wohl aufhören –?!»

Perdita hatte die Hände vors Gesicht geschlagen, darunter rannen still ihre Tränen. Brettschneider sprang von seinem Sessel auf und verschwand in der Küche. Er kam mit der Papierrolle zurück und warf sie ihr in den Schoß. Nervös lief er zwischen den lackierten Wandschirmen auf und ab.

«Gut, weinen Sie in Gottes Namen. Wenn Sie wüssten, was Sie – was Sie mir damit – ah, so, Sie haben aufgehört. Schön. Gut.»

Er nahm wieder in seinem Sessel Platz.

«Kellermann. Hören Sie. Hören Sie? Gut. Sie sagten es selbst: Was Sie für den einen empfinden, nimmt dem anderen nichts weg. Sie haben starke Gefühle für beide. Und Sie verraten doch nicht Ihr Gefühl für Osman, bloß weil Sie jetzt eben Lust haben, mit Alf zusammen zu sein. Mit dem können Sie keine Intervall-Beziehung führen wie mit Osman. Der ist anders gestrickt. Und es ist fraglich, ob Sie mit Osman –»

«Und wenn doch?»

«Ja, wer weiß? Wer weiß, was kommt? Was zählt, ist doch der Moment. Wonach Sie sich jetzt im Moment sehnen. Wen hätten Sie jetzt lieber an Ihrer Seite? Schnell, überlegen Sie nicht!»

«Niemand als Sie, Brettschneider.»

«Seien Sie nicht charmant, Kellermann, seien Sie ehrlich.»

«Das bin ich.»

«Hören Sie: Sie können beide lieben, aber nicht beide haben. Sie hatten den einen, jetzt haben Sie den anderen.

Was ist so schlimm daran? Es gibt Menschen, die lieben die See und andere die Berge. Andere wieder sind eine Zeitlang an der See glücklich, dann zieht es sie in die Berge. Bis sie die See wieder ruft. Was gucken Sie so, Kellermann?»

«Ich weiß nicht. Das klingt so – herumgeworfen, heimatlos, zerspalten.»

«Nein, warum denn? Solange Sie glücklich sind, dort, wo Sie gerade sind? Sie leben eben zwei große Leidenschaften. Die meisten Menschen haben nicht einmal eine.»

«Was – was bringt Sie eigentlich darauf, dass ich mich in irgendeiner Form entschieden hätte ...? Ich schwöre Ihnen, Brettschneider, da wissen Sie mehr als ich.»

«Erst einmal, dass Sie sich die Frage, die wir hier strapazieren, bis zu der osmanischen Eröffnung heute Morgen offenbar gar nicht gestellt haben. Das spricht für sich, finden Sie nicht? Ferner die letzten drei Donnerstage. Sie sahen so glücklich aus. Ich schließe daraus, dass Sie auch an den anderen Tagen dieser letzten drei Wochen mit Rotschopf glücklich waren. In ähnlichem Zustand sah ich Sie zuvor nur einmal, nämlich auf jener Operettenparty, wo Sie bekanntermaßen in Rotschopfs Begleitung auftauchten. Ich will nun nicht in Abrede stellen, dass Sie sich nicht auch während der Intervalle mit Osman glücklich fühlten. Aber ich hab es nie gesehen. Woraus ich folgere, dass der Glückszustand nicht so lange anhielt. Was natürlich auf die Unterbrechungen zwischen den Intervallen zurückzuführen sein mag.»

«Brettschneider, Sie reden mich ganz wirr.»

«Dann sollten wir uns jetzt betrinken. Möchten Sie zuvor noch einen der beiden Herren anrufen?»

«Den Teufel werd ich!»

«So gefallen Sie mir.»

Anderntags brachte Brettschneider Perdita einen starken Kaffee ans Gästebett.

«Gut geschlafen?»

«Ach, Brettschneider, diese Satinbettwäsche ist herrlich ... Besonders, wenn man noch den passenden Pyjama dazu anhat.»

«Nicht wahr? Behalten Sie den Pyjama. Hören Sie, Kellermann. Unmäßiger Alkoholgenuss wird zu Recht verteufelt. Das bitte ich Sie zu bedenken, in Anbetracht der Dinge, die ich gestern ... ehrlich gesagt, ich habe keine Ahnung, aber ich fürchte, ich könnte möglicherweise Dinge gesagt –»

«Ich war blau, Brettschneider, ich erinnere mich an gar nichts.»

«So. Dann ist es gut.»

Alf und Osman tranken schweigsam einen um den anderen Kaffee in Perditas Wohnzimmer, der eine auf dem Sofa, der andere im Sessel. Von Zeit zu Zeit stand einer von ihnen auf, schaute aus dem Fenster hinunter auf die Straße oder ging an eins der Regale, betrachtete die Fotos, die dort standen, zog ein Buch heraus, schob es wieder zurück. Schnitzel war inzwischen aus dem Auto geholt worden. Immer noch ein wenig benommen tapste er durch die Zimmer.

«Auf diesem Foto sieht sie fast aus wie Adriana», sagte Osman zu einer Fotografie in einem randlosen Plexiglasrahmen.

Alf glaubte, seine Einbildung spiele ihm einen Streich.

«Wie wer sieht sie aus?»

«Wie Adriana. Adriana Fortú.»

«Du kennst Adriana?»

Plötzlich ging ihm auf, dass die Erklärung ganz einfach war, und er fügte hinzu: «Ach so. Du warst ja damals auch in München.»

Trotzdem fragte er sich, was an der Sache nicht stimmte. Warum gerade jetzt sein Solarplexus sich regte.

«Ich war der andere Typ», sagte Osman.

«Der was?»

«Der andere. In der Toreinfahrt.»

Alfs Mund wurde trocken. Verschiedenes ging ihm durch den Kopf. Wieso erzählte Osman auf einmal so einen Scheiß? Wieso wusste Osman überhaupt von der Sache in der Toreinfahrt? Weil Osman der Mann war, der in der Toreinfahrt vor seinen Augen Adriana gevögelt hatte. Derselbe massige Rücken. Der sich gestern in einem Hauseingang zwischen ihn und Perdita geschoben hatte. Alf runzelte die Stirn. Dann trank er einen Schluck Wasser. Er sagte: «Das ist ja grotesk.»

Osman stand immer noch am Regal und beobachtete ihn. Langsam ging er zum Sessel zurück und setzte sich wieder. Er beugte sich vor zum Tisch und griff nach der Kaffeekanne, aber die war inzwischen leer. Er ließ sich zurück in das Polster fallen, legte die Arme auf die Lehnen und betrachtete nachdenklich Alf, wie er ihm gegenüber auf dem Sofa saß. Alf schaute aus dem Fenster.

«Mir ist noch nie in den Sinn gekommen, dass Perdita irgendwie Ähnlichkeit mit Adriana hätte», sagte er, ohne den Kopf zu wenden.

«Hat sie auch nicht. Nur auf diesem Foto. Und als ich

sie zum ersten Mal gesehen hab. Da hat sie mich an Adriana erinnert. Nachher nicht mehr.»

Osman angelte seine Schachtel Marlboro vom Tisch und stellte fest, dass die auch leer war. Er knüllte die Packung zusammen und warf sie in den Papierkorb.

«Sie ist anders», fügte er hinzu.

«Ja», murmelte Alf. «Ganz anders ...»

Blind starrte er aus dem Fenster.

«Ich denke, ich geh mal eben mit dem Hund um den Block. Zigaretten holen. Brauchst du was?», fragte Osman.

Alf riss sich von der Fensterscheibe los und schaute zu Osman.

«Packung Ducal.»

«Ich klingel dann.»

«Okay», nickte Alf.

Sie versorgten sich mit frischem Kaffee und fuhren dann fort, zu warten. Irgendwann griff jeder halb in Gedanken ein Blatt aus dem schmalen Stapel, der unter dem Tischchen mit dem Laptop lag, und begann zu lesen. Osman sah, wie meistens, wenn er las, finster und konzentriert aus. Alfs Augenbrauen hoben sich ungläubig.

«Das scheint mir ganz anders als die Sachen, die sie sonst so schreibt.»

«Ja ... kommt mir auch so vor.»

Sie lasen weiter. Alf lachte laut auf.

«Hör dir das mal an, das ist köstlich –»

Osman unterbrach ihn: «Ich weiß nicht. Es ist irgendwie was anderes, ob wir's jeder für sich lesen oder ob wir's uns laut vorlesen, ohne dass sie was davon weiß. Findest du nicht?»

«Doch. Irgendwie schon.»

«Gib's mir, wenn ich mit dem hier fertig bin. Das ist auch ziemlich gut.»

Am frühen Nachmittag bestellte Brettschneider ein Taxi zum Flughafen, und Perdita verabschiedete sich.

«Danke für den Kaffee. Und für den Toast. Und den Pyjama. Danke für alles, Brettschneider.»

«Sie hätten auch von den Rühreiern nehmen sollen. Sie sehen ein bisschen durchsichtig aus.»

«So kurz nach dem Aufstehen bring ich nicht so viel runter.»

«Ich fürchte, Sie sind immer noch verkatert. Was machen Sie denn jetzt, Kellermann?»

«Ich geh nach Hause. Spülen. Küche aufräumen. Vielleicht mach ich mir später Rühreier.»

«Ich bring Ihnen ein Souvenir aus Tokio mit.»

«Ach! Das würde mich freuen.»

Die Lektüre von Perditas Manuskriptseiten versetzte Osman und Alf in angeregte Stimmung. Als es nichts weiter zu lesen gab, mussten sie zwangsläufig ein Gespräch beginnen.

Sie erörterten eben ernsthaft und sehr engagiert, wie besoffen Cassavetes, Gazzara, Falk und die anderen bei den Dreharbeiten zu *Husbands* wohl tatsächlich gewesen waren, als Schnitzel jäh seinen Platz zu Osmans Füßen aufgab und mit wedelndem Schwänzchen in die Diele lief. Kurz darauf hörten sie einen Schlüssel im Schloss. Augenblicke später erschien Perdita in der Wohnzimmertür.

«Was macht ihr denn hier?», fragte sie mit flacher, unbeteiligter Stimme.

«Wir – wir haben dich gesucht. Wir haben uns Sorgen gemacht», sagte Alf.

«Ihr habt ja wohl nicht geglaubt, ich hätt mir wegen euch die Pulsadern aufgeschnitten.»

«Nein, natürlich nicht», versicherte Alf eilig. «Wir, äh, wir dachten, du hast dir vielleicht irgendwo das Ohr angeschlagen, liegst in deiner Dusche ...»

Perdita hob spöttisch die Augenbrauen. Alf schaute hilfesuchend zu Osman. Der ließ ihn hängen. Seine Augen waren auf Perdita gerichtet.

«Wir waren einfach ein bisschen besorgt», stellte Alf so nüchtern wie möglich fest.

«Wie seid ihr überhaupt reingekommen?»

«Dein Schloss ist was für Kinder», sagte jetzt Osman. «Du hast nicht mal zugesperrt.»

Perdita ging in die Hocke und kümmerte sich um Schnitzel, der seinen dicken Kopf gegen ihre Stiefel drückte. Sie kraulte ihn ausgiebig und flüsterte ihm zärtliche Namen ins Ohr. Der Hund stellte seine Vorderpfoten auf ihre Knie, und Perdita umarmte ihn. Eng an Schnitzel geschmiegt, schaute sie an ihm vorbei zu Osman, dann zu Alf.

«Warum habt ihr beide dieselben Pullover an?»

Verwirrt guckten die beiden an sich herunter. Obschon sie inzwischen einige Stunden miteinander verbracht hatten, fiel ihnen erst jetzt auf, dass sie jeder haargenau das gleiche Modell trugen, cremeweißer Baumwollstrick in irischem Fischermuster.

«Die gleichen», murmelte Osman, «nicht dieselben.»

«Gab's bei Tchibo», fügte Alf überflüssigerweise hinzu.

Perdita verglich noch einmal in einer langen, stummen

Musterung die beiden Pullover. Dann stand sie auf und ging in die Küche. Schnitzel folgte ihr schwanzwedelnd. Osman und Alf warfen sich einen kurzen, betretenen Blick zu, schlugen die Augen nieder, und jeder starrte vor sich hin auf den Boden. Mit der schönen, männlichen Harmonie war es auf einmal vorbei.

Sie hörten Perdita in der Küche hantieren, wahrscheinlich machte sie Tee. Abrupt verließ Osman seinen Sessel, ging aus dem Zimmer und zog die Tür hinter sich zu.

Er stand hinter ihr an der Spüle und schaute zu, wie sie langsam den Teefilter im heißen Wasser schwenkte. Sie ließ den Tee lange ziehen. Schließlich nahm sie den Filter aus der Kanne, ließ ihn abtropfen und pfefferte plötzlich den Beutel mit einer heftigen Bewegung in die Spüle. Ohne sich umzudrehen, sagte sie: «Ich dachte, du bist längst in Istanbul.»

«Alf war am Flughafen und sagte, du wärst verschwunden.»

«Na und? Frauen verschwinden eben auch manchmal.»

«Du bist wütend.»

Sie fuhr herum zu ihm: «Ja! Scheiße, verdammt! Wichser! Was glaubst du eigentlich?! Was hast du dir dabei gedacht?! Wie – warum tust du mir das an ...»

Ihr Gesicht verzog sich qualvoll. Osman griff nach ihren schlaffen Händen.

«Ich wollte dich schon lange fragen», begann er stockend. «Schon im Januar. Erinnerst du dich? Als ich im Wagen vor deinem Haus saß. Du hast dich gewundert, warum ich nicht raufgekommen bin.»

«Da wolltest du mich fragen, ob ich –?»

Er nickte.

«Ob du mit mir leben willst. Aber ich hatte nicht den Mut dazu.»

«Warum nicht?»

«Ich wollte ganz sicher sein, dass ich es auch kann. Es nicht wieder zerstöre.»

«Du, du hast doch nicht –»

«Ich hab Unmögliches von dir verlangt. Als wir uns trennten, haben wir uns fast umgebracht. Aber ich konnte damals nicht anders ...»

«Ich weiß.»

«Ich hab aufgehört zu leben, als du fort warst.»

«Osman ...»

Sie schlang die Arme um ihn herum und presste sich an seinen Körper. Osman hielt sie fest.

«Ich hätte dich gestern nicht so überrumpeln dürfen ... aber ich war nicht vorbereitet auf Alf.»

«Ich wollte es dir sagen», murmelte sie, das Gesicht in seine Halsbeuge geschmiegt. «Aber ich wusste nicht, wie.»

Er nickte langsam.

«Vor sechs Wochen hab ich eine Wohnung gemietet, in Istanbul. Dein Zimmer hat türkisgrüne Wände. Man sieht den Bosporus.»

Er spürte, wie ein stummes Schluchzen durch ihren Körper ging, und strich ihr begütigend über den Rücken.

«Die Dinge haben sich verändert, was?»

Perdita atmete durch. Sie hob den Kopf und schaute ihn an.

«Ja. Und nein. Verstehst du?»

Ein stilles, trauriges Lächeln huschte auf Osmans Gesicht. Perditas Wimpern begannen zu flattern. Er schob die Hand in ihr Haar und zog ihren Kopf an seine Schulter.

«Ich werde jetzt gleich gehen und das Feld räumen. Ich zieh ab und kneif den Schwanz ein. Aber nicht wegen Alf. Sosehr ich ihn schätze.»

«Ach. Seid ihr jetzt Freunde, oder was?», murmelte Perdita erstickt.

«Ich kenn ihn von früher.»

«Was –?»

«Lass dir das von Alf erzählen. Vor allem, Perdita: Glaub nicht, dass du es mir nicht wert bist, um dich zu kämpfen. Glaub das nicht.»

Sie klammerte sich noch fester an ihn und presste die Lippen auf seinen Hals. Osman holte tief Atem. Zögernd sagte er: «Ich bin mir selbst mein größter Feind. Ich weiß nicht, ob ich es mit dir aushalten könnte. Ich will es so gern glauben. Aber ich weiß nicht, ob ich gegen mich selbst antreten kann.»

Er schwieg. Seine Brust hob und senkte sich langsam. Irgendwann gab er ihr einen sanften Klaps auf den Po und sagte in festerem Ton: «Sonst würde ich dich schon dazu bringen, mitzukommen.»

Sie hob den Kopf und sah, dass er sich zu einem kleinen Grinsen entschlossen hatte. Es wirkte ganz überzeugend, im Großen und Ganzen.

«Ach. Du würdest mich einfach dazu bringen?»

Osman nickte nachdrücklich.

«Das würde ich.»

Die Vorstellung machte ihr Spaß. Sie standen und lächelten einander an, für Augenblicke fast unbeschwert. Perdita legte die Hände um seinen rasierten Schädel. Ihr Gesicht wurde wieder ernst.

«Du gehst doch nicht für immer, oder?»

Osman zuckte die Schultern.

«Gott, Osman ...»

Er zog sie noch einmal an sich.

«Pass auf dich auf ...»

Alf hatte im Wohnzimmer seinen Platz auf dem Sofa nicht verlassen. Er hörte die schweren Schritte im Flur und die Wohnungstür, die ins Schloss fiel. Er ließ etwas Zeit verstreichen. Dann stand er auf und ging in die Küche.

Gegen den Türrahmen gelehnt sah er zu, wie Perdita am Küchentisch eine Gauloise drehte.

«Wo warst du eigentlich?», fragte er beiläufig.

Sie machte erst ihre Zigarette fertig und zündete sie an.

«Bei Brettschneider.»

«Wer ist jetzt wieder Brettschneider?»

«Das ist der Mephisto, dem du eins in die Fresse geben wolltest, auf der Operettenparty damals.»

Alf runzelte irritiert die Stirn. Er erinnerte sich vage an eine Figur im Mephisto-Kostüm und an seine kurze Anwandlung von Gewalttätigkeit, aber er brachte beides nicht mehr zusammen.

«Is ja auch egal.»

Er stieß sich von der Tür ab und setzte sich ihr gegenüber an den Tisch.

«Kann ich auch einen Zug haben?»

Sie reichte ihm die Zigarette über den Tisch, dabei tauschten sie einen kurzen Blick. Alf inhalierte zweimal und gab die Gauloise zurück.

«Wegen gestern Morgen ...», redete Perdita ihre Schuhspitzen an und verstummte.

«Ich versteh schon», sagte Alf. Sie schaute zu ihm hoch.

«Ja?»

Er sah sie eindringlich an und nickte.

«Lass mich nochmal ziehen, bitte.»

Sie gab ihm die Zigarette.

«Ich dreh uns zwei Neue.»

Alf rauchte die Gauloise zu Ende und drückte sie aus.

«Ich hätte nicht einfach auflegen sollen, gestern. Es war nur, weil ... ach, ich erklär's ein andermal, ja?»

Sie lächelte, und nickte: «Ja, ist mir recht.»

Plötzlich stand er auf, kam mit zwei raschen Schritten um den Tisch und riss sie zu sich hoch. Der Tabak und die halbfertige Gauloise fielen auf den Boden, Perdita hing an seinem Hals.

«Dachte, alles vorbei», flüsterte sie.

«Solche Angst», murmelte er.

Sein Atem ging heftig. Perdita fühlte an ihrer Brust sein Herz schlagen.

Alf merkte, wie sie auf einmal in seinen Armen zusammensackte.

«Hey, was ist?!»

«Nichts ... schwindlig ...»

Er ließ sich auf den Stuhl gleiten und zog sie mit, auf seinen Schoß.

«Willst du dich lieber hinlegen?»

«Nein, das ist gut so.»

Sie kuschelte sich an ihn, er strich ihr das Haar aus dem Gesicht.

«Is 'n bisschen spät geworden, gestern.»

«Dieser Brettschneider, was?»

Sie lächelte und murmelte: «Rotschopf.»

«Was?!»

Alf hoffte, sich verhört zu haben: «Du hast mich nicht eben Rotschopf genannt, oder? Weil, wenn doch, dann müsste ich – ich müsste –»

Sie lächelte aber auf eine Weise, dass er es darüber vergaß.

«Sag mal ...»

«Hm?»

«Was sind das eigentlich für Sachen, die du da neuerdings schreibst?»

Perdita, immer noch bequem auf Alfs Schoß gelagert, richtete sich abrupt auf.

«Hast du was davon gelesen?»

«Na ja, du warst lange weg, und es lag so herum –»

«Findest du es – findest du es gut?»

«Ich find's gut.»

«Wirklich?»

«Richtig gut. Wo kommt das denn auf einmal alles her?»

Perdita zuckte die Achseln. Sie strahlte übers ganze Gesicht.

«Und es passiert auf einmal so viel», fuhr Alf fort.

«Ja, nicht? Es passiert eine ganze Menge.»

«Ich hab was von Stummfilmen gelesen, die in Wirklichkeit alle in Farbe gedreht waren?»

«Ja, aber die Bolschewiken haben die Farben daraus geklaut.»

«Vor allem das Rot, wenn ich mich recht entsinne.»

«Das liegt doch nahe, oder nicht?»

«Das drängt sich sogar auf. Und Transvestiten kommen auch drin vor?»

«Ja, es gibt Elemente von Verschwörungstheorie. Irgendwas mit Liebe kommt auch drin vor ...»

«Am Ende wird's noch ein Roman?»

Sie lachte.

«Ja, am Ende wird's noch ein Roman.»

cut!

Philippe Claudel
Die grauen Seelen
Roman
Dezember 1917, im Osten Frankreichs. Die Front ist nah, doch alles geht seinen gewohnten Gang. Bis ein Mord geschieht ... Ein Roman, so schön, so dunkel, so unfassbar spannend, dass er tief unter die Haut geht.
rororo 23779

Liebe in stürmischen Zeiten

Diane Broeckhoven
Ein Tag mit Herrn Jules
Roman
Leiser Abschied ... Als Alice zu Jules ins Wohnzimmer kommt, sitzt er tot auf dem Sofa. Sie will seinen Tod zumindest für einen Tag ignorieren. Doch dann taucht der Nachbarsjunge auf, der wie immer Schach mit Herrn Jules spielen möchte.
rororo 24155

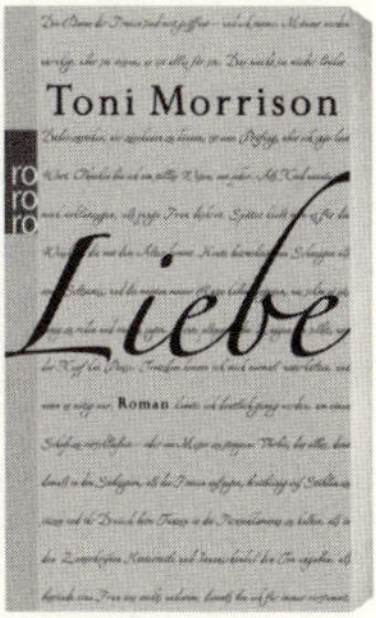

Toni Morrison
Liebe
Roman
Ein Roman, der erzählt, wie Frauen lieben. Und sie lieben anders als Männer. Toni Morrison wurde 1993 als erste afroamerikanische Autorin für ihr Werk mit dem Literatur-Nobelpreis ausgezeichnet.
rororo 23737

BW 116/2

Weitere Informationen in der Rowohlt Revue *oder unter* www.rororo.de

Elizabeth Edmondson

Villa Dante

Frühling 1957: Vier Menschen, die einander nicht kennen und unterschiedlicher nicht sein könnten, erhalten einen Brief, der sie in einer alten Villa zusammenführt. Sie alle werden im Testament von Beatrice Malaspina erwähnt, ohne die Signora zu kennen. Eine aufregende Schnitzeljagd beginnt ... rororo 24471

Romantische Geschichten, große Gefühle

Jo Dutton

Die Frauen von Arranoo

Eve flieht im 2. Weltkrieg aus Italien nach Perth. Mit unendlicher Liebe zieht sie auf der Farm Arranoo ihre Tochter Nina groß. Die schämt sich für die seltsamen europäischen Bräuche ihrer Mutter. Doch als Nina selbst schwanger wird und heiratet, beginnt auch sie die Familienbande zu schätzen ... rororo 24605

Ines Thorn

Unter dem Teebaum

Die junge Amber ist Erbin eines Weinguts im Süden Australiens, das ihr Vater der rauen Erde abgerungen hat. Sie liebt Jonah – eine verbotene Liebe, denn er ist Aborigine. Der machtbesessene Verwalter Steve sieht sich als zukünftigen Gutsherren und Ehemann Ambers. Er tut alles, um das junge Glück zu zerstören ... rororo 24484

BW 164/1

Weitere Informationen in der Rowohlt Revue *oder unter* www.rororo.de